자두 푹딩

PLUM PUDDING MURDER

살인사건

조앤 플루크 지음 / 박영인 옮김

해문

자두 푸딩
PLUM PUDDING MURDER
살인사건

등장인물

....

한나 스웬슨	'쿠키단지' 라는 베이커리 카페 운영.
안드레아 토드	한나의 여동생. 부동산 중개인.
미셸 스웬슨	한나의 막냇동생.
노먼 로드	레이크 에덴의 치과의사.
마이크 킹스턴	위넷카 카운티의 경찰관.
리사 비즈먼	한나의 어린 동업자.
허브 비즈먼	리사의 남편. 위넷카 카운티의 교통경찰.
딜로어 스웬슨	한나의 어머니. 그래니의 앤티크 운영.
캐리 로드	노먼의 어머니. 한나의 어머니와 골동품점을 운영.
래리 재거	크레이지 엘프 크리스마스트리 사장.
코트니	래리 재거의 동업자이자 약혼자.
바스콤	레이크 에덴 시장.
루앤	그래니의 앤티크 직원.

미네소타 주 레이크 에덴
크리스마스 열흘 전

오늘 밤과 같은 밤은 전에도 여러 번 있었다. 큰돈을 걸었던 팀이 패배했던 날, 래리 재거는 내가 왜 이 구질구질한 마을에 돌아왔을까 후회막심이었다. 돈 문제에 있어서 이곳 사람들은 무지하기 짝이 없었다. 그들 주머니에서 돈이 나오게 하기란 식은 죽 먹기였으니 말이다. 그는 자신에게 적대적인 투자자라고 생각했던 사람들의 마음을 요령 있게 돌려 세워 결국 자신의 편으로 만드는 승부를 즐겼다. 이건 게임이나 마찬가지다. 게임에서 상대가 물렁하기 짝이 없다면 그것만큼 지루한 일도 없을 것이다.

승리가 뻔한 우열의 차이를 고려해 그는 자신의 위험 부담을 평소보다 더하기로 했다. 하지만 마을 사람들 중 어느 누구도 경계의 대상이 되지 못했다. 심지어 사업 수완에 도가 텄다는 바스콤 시장도 물렁하긴 마찬가지였다. 이건 세잎 클로버를 세는 것만큼이나 쉬웠다. 하나도 재미있지 않았다. 누군가 눈치채기 바로 직전에 돈을 낚아채는 긴장감이 참으로 흥미진진한데, 이 사람들에게선 기대할 것이 전혀 없었다.

그리고 코트니가 있다. 그의 가장 큰 투자자이자, 동업자이자 약혼녀.

그녀는 크레이지 엘프 크리스마스트리의 지분 50%를 소유하고 있었다. 서류상으로는.

코트니는 그와 함께 지낼 수 있는 회사의 본사격인 널찍한 간이 사무소를 두고 굳이 레이크 에덴 호텔에 따로 방을 잡겠다고 고집을 부렸다. 둘이 아직 결혼한 사이가 아니었기 때문에 사람들 입에 오르내릴 것을 걱정했기 때문이다. 그녀의 생각이 옳았다. 사람들은 입방아를 찧어댔다. 하지만 그런 것쯤이야 그에게는 대수롭지 않았다. 그가 염려하는 것은 오로지 코트니와 떨어져 지내는 것뿐이었다. 그녀에게 홀로 생각할 시간이 주어진다는 것이 말이다. 항상 붙어 있어야만 그녀를 예의주시할 수가 있다. 코트니는 그가 지금껏 만났던 그 어떤 여자들보다도 타고난 사업 감각을 갖고 있었다. 그녀라면 그가 위조한 서류와 여기 레이크 에덴 공원에서 실제로 무슨 일이 일어나고 있는지를 비교해 볼지도 모른다. 만약 그렇게 된다면 분명 뭔가 이상하다는 것을 눈치채고 말 것이다. 다른 사람이면 모르겠지만 코트니라면 충분히 가능한 일이다.

손님들의 발길은 수 시간 전에 끊겼고, 마지막으로 남았던 직원마저 10분 전에 퇴근했다. 그는 완벽하게 혼자였고, 한나가 영수증을 가지러 다녀가고 난 뒤에는 밤새 혼자일 것이다.

이제 문을 닫을 시간이었다. 그는 사무실의 뒷문으로 나와 전기 계기판이 설치되어 있는 곳으로 향했다. 오늘 밤은 날씨가 쌀쌀했다. 직원들이 이미 스탠드식 난로를 모두 끈 뒤였다. 그는 두툼한 스웨터를 입고 있었음에도 불구하고 몸을 부르르 떨었다.

비바람을 막아주는 상자 안에는 3개의 스위치가 있었다. 제일 위에 있는 것은 공원 안의 건물들과 나무 텐트와 놀이기구들, 그리고 공원 이곳 저곳을 밝혀 주는 캔디 케인 모양의 가로등의 전원이었다. 그리고 두 번째 스위치는 머리 위에 주렁주렁 달린 안전 전구들의 전원이었는데, 안전을 위해 한밤중에도 이것만은 희미하게 불을 밝혀 두었다. 그리고 세 번째 스위치는 회사 사무실의 전원이었는데, 이것은 항상 켜짐 방향으로 고정이 되어 있었다. 그가 한창 중요한 경기를 시청하고 있는 중에 직원 중 누군가 실수로 텔레비전의 전원을 나가게 하는 일이 없도록 일부러 전기 기술자에게 일러둔 것이었다.

음악소리는 평소와 다름없이 요란했다. 공원을 찾은 사람들의 웅성임 이나 놀이기구를 타는 아이들의 웃음소리도 없는 지금은 오히려 더 크게 들리는 듯했다. 그의 사무실은 방음이 되지 않았지만, 사무실 안에 있을 때는 바깥 소리 같은 건 별로 신경 쓰지 않았다. 텅 빈 공원에 울려 퍼지는 크리스마스 캐럴의 후렴구로 귀가 찢어지는 듯했다.

그가 안전 전구의 불을 켜자 '고요한 밤' 노래가 흘러나오기 시작했다. 공원에서 처음으로 밤을 보냈던 날 그는 깨달은 것이 있었다. 그건 바로 공원의 메인 전등을 끄고 나면 두 번째 스위치가 보이지 않는다는 사실이었다. 당시 그는 조심스럽게 사무실로 돌아가 손전등을 가지고 나왔었다.

그가 첫 번째 스위치로 손을 뻗는 순간 캐럴의 후렴구가 시작되었다.

"고요한 밤, 거룩한 밤. 어둠에 잠긴⋯⋯."

그는 스위치를 내리며 미소를 지었다.

"어둡지. 아주 어둡고말고."

따뜻하고 환한 사무실로 돌아가며 그가 중얼거렸다.

커피 테이블 앞에 앉아 브랜디 한 잔을 꿀꺽 들이키고 나니 추위가 조금 가셨다. 그리고 두 번째 잔에서는 꽁꽁 얼었던 손과 발이 누그러지는 듯했다. 그런 뒤 그는 뭔가 재미있는 볼거리가 없을까 텔레비전의 채널을 이리저리 돌려보았다. 요리쇼를 지나고, 자연다큐멘터리를 지나고, 역사프로그램과 알지 못하는 배우들이 출연하는 영화 몇 편, 그리고 역시나 알 길이 없는 지휘자가 등장하는 오케스트라 연주와 방영한 지 10년이 넘은 게임쇼의 재방송이 지나갔다. 채널이 무려 200개에 달하는 위성 케이블 방송에 재미있어 보이는 프로그램은 단 한 편도 없었다. 그나마 흥미가 당기는 것이라곤 작년에 있었던 대학 농구팀 챔피언십 경기 재방송뿐이었다.

브랜디를 세 잔째 들이키고 나니 이미 본 농구 경기도 제법 흥미진진한 척 즐길 수 있게 되었다. 3점짜리 슛이 그물망을 하나 건드리지 않고 깨끗하게 골인되는 순간 창밖으로 자동차 불빛이 비쳤다.

누군가 길가에 주차를 하고 있었다. 아마 한나와 그 치과의사일 것이다. 이렇게 늦은 시간에 그들 말고는 달리 올 사람이 없다. 공원 정문에는 이미 '닫았음'이라는 표지가 걸려 있었지만, 한나가 올 것을 알고 있었기 때문에 문은 잠그지 않았다.

사무실 문 옆 탁자에는 한나에게 줄 수표와 영수증이 봉투에 담긴 채 놓여 있었다. 그는 준비성이 철저한 사람이었다. 그는 한나가 자두 푸딩을 담아왔던 쟁반을 들고, 쟁반에 남은 부스러기를 물끄러미 내려다보았다. 모두들 맛있어했다고, 그리고 크레이지 엘프 쿠키샵에서 판매하면 아주 인기가 좋을 거라는 데 만장일치했다는 이야기를 전해주면 한나가 무척 좋아할 것이다.

기다렸던 노크소리가 들렸다. 그는 문을 열었지만, 찾아온 사람을 확인하고는 바로 인상을 찌푸렸다.

"여긴 대체 어쩐 일이야? 설마 당신이 올 거라곤 생각 못했는데! 당신 따윈 보고 싶지 않아!"

"이걸 어쩌지? 이 세상에서 제일 마지막으로 보는 사람이 내가 될 텐데."

성난 목소리가 되돌아왔다.

"네가 저지른 잘못의 대가야."

"무슨 소리야?"

얼굴빛이 점점 어두워지며 그는 방문자와의 대립을 피하려는 듯 뒤로 주춤주춤 물러났다. 그에게는 반갑지 않은 방문임에 틀림없었다.

초대받지 않은 손님이 안으로 들어오고 곧이어 문이 닫혔다. 그런 뒤 자꾸 그를 향해 다가왔다.

"원하는 게 뭐야?"

그가 물었다.

대답은 확실했다. 그는 총을 보자 떨리는 걸음으로 뒤로 몇 발자국 물러나다 이내 들고 있던 접시를 와장창 바닥에 떨어뜨렸다. 그런 뒤 자신을 보호하려는 듯 부질없이 두 손을 들어 앞을 가로막았다.

"안 돼! 그럴 순······."

그것은 그가 뱉은 마지막 말이 되고 말았다.

하루 전

지긋지긋한 진저브레드맨이 또다시 눈을 찔러대고 있었다! 한나 스웬슨은 바삭바삭하게 익은 진저브레드의 둥근 손끝을 피하기 위해 뒤로 물러섰다. 그러자 한나가 밟고 올라선, 쿠키단지에 항상 놓아두고 사용하는 낡은 사다리 의자의 두 다리가 불안하게 흔들거리기 시작했다. 순간 본능적으로 한나는 다섯 가지 색깔의 알록달록한 전구와 초콜릿 칩 쿠키 장식, 그리고 플라스틱으로 만든 서양호랑가시나무 잎사귀가 나란히 달린 단단한 가지를 움켜쥐었다. 가지를 붙들자 흔들거리던 사다리 의자가 안정을 되찾았고, 다행히 바닥에 불시착하는 불상사는 막을 수 있었다.

"이만하면 충분해. 이제 됐어."

한나는 허공에 대고 중얼거렸다. 그도 그럴 것이 베이커리 카페에는 한나 혼자뿐이었다. 오후 4시 15분. 한나는 한창 한가로운 시간대를 즐기고 있었다. 지금은 손님들이 오후 간식을 먹으러 들르기에는 너무 늦은 시간이고, 저녁에 있을 파티나 홀리데이 뷔페를 위해 주문해 두었던 쿠키를 가지러 들르기에는 역시 너무 이른 시간이었다. 한나의 동업자인 리사가 쿠키 배달을 자청했기 때문에 한나는 가게에 남아 앞 유리창에 놓인 크리스마스트리 장식을 하고 있던 참이었다.

이제 레이크 에덴 신문에서 이 일대에서 최고의 커피 맛이라고 극찬했던 커피를 마시며 노력의 결과물을 감상할 차례다. 한나는 컵에 커피를 가득 따라 가장 좋아하는 가게 뒤편 자리에 앉았다. 그런 뒤 커피를 홀짝이며 마치 크리스마스카드에서 금방이라도 빠져나온 듯한 카페의 앞 유리창을 물끄러미 바라보았다. 창밖은 화사한 눈송이들이 날려 이미 눈으로 새하얗게 덮인 도보 위로 사뿐히 내려앉았다. 너무도 사랑스러운 크리스마스트리를 바라보며 한나는 만족스러운 미소를 지었다. 12월 둘째 주의 미네소타에는 밤이 빨리 찾아온다. 덕분에 매년 이 시기에는 모두들 깜깜할 때에 출근을 해서 낮 시간 동안에는 사무실 창문으로만 간신히 햇빛 구경을 했다가 퇴근 때에는 해가 져서 다시 깜깜한 길을 돌아와야만 했다.

미네소타의 겨울은 길고 지루한데다 답답하기까지 해서 피한객 열풍을 일으켰는데, RV 차량을 갖고 있는 사람들은 첫눈이 내리자마자 플로리다나 캘리포니아같이 따뜻한 곳으로 피한을 떠났다. 혹독한 추위는 끔찍하지만 그렇다고 겨울 내내 마을을 떠나 있을 수 없는 사람들은 관광상품을 예약해 잠깐이나마 태양이 작열하는 하와이나 세인트 토마스, 혹은 바하마 등지로 휴가를 다녀오곤 했다. 휴가지에서 마치 훈장인양 햇빛에 까맣게 그을려 돌아온 사람들은 제설용 삽과 스키 마스크, 그리고 손난로 등과 함께 마을에 파묻혀 있던 사람들의 부러움을 샀다.

레이크 에덴 마을 사람들은 생존 전략을 완벽하게 익히기까지 몇 달의 시간이 필요했다. 미네소타의 겨울은 이른 10월부터 시작되어 4월까지 지속되었다. 기온이 영하 40도 이하로 떨어지는 한겨울에는 거의 20파운드(약 9kg)에 가깝도록 겹겹이 옷을 껴입고는 난로 앞에 붙어살아야만 했다. 이 난로가 갑자기 운명을 달리하는 불상사가 생기지 않기를 기도하면서 말이다.

연휴가 끝난 뒤에는 어쩔 수 없는 지루함이 찾아오게 마련이었다. 그래서 사람들은 창밖으로 끝도 없이 계속될 것만 같은 이 흑백의 세상에서 조금이라도 신경을 분산시키기 위해 다양한 놀거리를 생각해냈다. 그래서 1월 말에는 레이크 에덴 호텔에서 열리는 겨울 스포츠 대회와 함께 말 한 마리가 끄는 옛날 방식의 썰매를 마을 곳곳에 운행하는 레이크 에덴 겨울 축제를 개최했고, 2월에는 포트럭 저녁식사에 이어 밸런타인데이의 밤 무도회를 열었다. 3월에는 크레이지 데이즈라는 행사가 열렸는데, 메인가 곳곳에 스탠드식 난로를 세워놓고 거리의 상인들이 저마다 자기네 물건들을 거리로 갖고 나와 파는 행사였다. 한겨울에 거리 시장이라니, 일종의 환각 놀이라고도 볼 수 있는데, 그래도 사람들은 거리에 군데군데 남아 있는 눈더미를 애써 무시하고 마치 여름이 찾아온 양 활기찬 모습으로 즐기곤 했다. 그리고 4월에는 부활절 달걀 찾기 놀이가 있었다. 레이크 에덴 여성회 회원들이 장식한 삶은 계란이 얼어 터질 만큼 날이 추울 때는 커뮤니티 센터 안에서 열렸다.

겨울은 가혹했다. 의심의 여지가 없었다. 하지만 그럼에도 불구하고 모두들 12월만큼은 매혹적인 달이라는 데에 의견을 같이했다. 크리스마스가 있는 달이라면 그것이 8월이 됐든 12월이 됐든 설렐 수밖에 없을 것이다. 메인가에는 종일 색색의 불빛이 반짝였고, 도우 그리어슨의 퍼스트 머천다일 은행의 판유리창에는 금색 조각들을 이어 만든 장식을 우아하게 걸쳐 놓은 분홍빛 크리스마스트리가 장식되었다. 트리에는 분홍색의 새틴을 씌운 공과 황금색의 캔디 케인, 그리고 분홍색의 미니 전구들이 발랄하게 반짝이곤 했다.

거스 요크 역시 올해는 그의 이발소 표지 전등을 알록달록한 전구로 장식했다. 전구의 불빛이 바닥에 갓 내려 하얗게 쌓인 눈에 반짝반짝 반사되었다. 크롬 가죽으로 만든 두 개의 이발 의자가 훤히 들여다보이는 앞 유리창에는 소나무 가지와 빨간색의 리본, 그리고 반짝이는 하얀색 미니 전구가 장식되어 있었다.

이웃하고 있는 부동산 사장인 알 퍼시 역시 이에 질세라 유리창에 끈을 달아 미니어처 집을 장식했다. 서재에서는 크리스마스트리가 은은하게 빛을 발하고 파티 음식이 준비된 부엌에서는 환한 불빛이 새어나오고 있었다. 방문마다 미니어처 화환이 걸려 있고, 지붕에는 썰매를 탄 산타가 올라서 있었다.

반면 트루디의 패브릭 샵의 유리창은 하나의 바느질 작품이 전시되어 있었는데, 붉은색과 초록색의 벨벳 퀼트를 바탕으로 천사들이 투명한 낚싯줄에 묶인 채 대롱대롱 매달려 있었다. 각각의 천사들은 트루디와 로레타가 크리스마스 시즌을 대비해 특별히 선보인 다채로운 옷감으로 만든 화려한 의상을 입고 있었다. 반짝이는 황금빛 조명이 조그만 전나무와 활짝 핀 포인세티아로 장식한 미니어처 숲 위로 날아다니는 천사들의 실루엣을 비추고 있었다.

한나가 앉은 자리에서는 홀과 로즈의 카페 유리창이 보이지 않았지만, 올해도 분명 회전하는 사이키 조명에 따라 시시각각 색깔을 바꾸는 철제 소나무로 가게를 장식했을 것이다. 철제 크리스마스트리는 한나가 태어나기 몇 년 전까지 무척 인기가 좋았기 때문에 한나의 할아버지와 아버지는 그들의 철물점에 가득 쌓아두고 팔았다고 한다. 로즈의 그 철제 트리가 보이지 않는 크리스마스란 상상할 수 없다.

"다녀왔어요."

한나는 생각에서 퍼뜩 깨어났다. 리사였다. 배달을 마치고 돌아온 모양이었다. 이내 작업실과 홀을 연결하는 회전문이 열리고 리사가 모습을 보였다.

"트리가 정말 환상적이에요!"

리사가 앞 유리창 쪽으로 가까이 다가가며 탄성을 질렀다.

"이 쿠키 장식, 제가 2년 전에 셸락(니스의 원료)을 발라 만든 거 맞죠? 이렇게 오래 가다니 놀랍네요."

"놀랄 일도 아니야. 셸락이 얼마나 보존력이 강한데. 근데 사람들이 이걸 인도에 사는 곤충의 날개로 만들었다고 믿었던 거 알아?"

리사가 고개를 가로저었다.

"근데 아니에요?"

"사실 그건 암컷 곤충의 배설물에서 채취한 원료로 만들거든. 나무껍 질에서 긁어내는 거지."

"오, 그나마 다행이네요."

"항상 그렇진 않아. 가끔은 껍질에 붙은 곤충 사체도 들어가거든."

"으웩! 괜히 들었어요."

"미안. 좀 입맛 떨어지는 얘기였지? 그나저나 배달은 다 마쳤어?"

"재거 씨만 빼구요. 거긴 집에 가는 길에 들르려구요."

리사가 한나 옆에 앉아 자신의 몫으로 들고온 커피를 한 모금 마셨다.

"우연히 허브를 만나서 그이 차를 타고 돌았어요. 밖은 너무 추운데, 순찰차 안은 너무 따뜻하고 아늑한 거 있죠."

한나는 미소를 지었다. 결혼한 지 10개월이 된 리사는 아직도 남편 이 야기를 할 때면 눈이 반짝였다. 리사의 아버지와 허브의 어머니가 즐겨 말씀하시듯이 정말 서로에게 완벽한 짝이 아닐 수 없다.

"덕분에 배달을 하면서 그이랑 틈틈이 이야기를 했는데."

리사가 말을 이었다.

"그이 말이 바스콤 시장님이 지난밤에 바스콤 부인을 병원 응급실로 데려갔다는 거예요."

"응급실? 불길한 단어인데."

리사는 어렸을 때 그랬던 것처럼 바스콤 시장의 부인을 여전히 공식적인 이름으로 부르고 있었다. 역시 레이크 에덴에서는 오래된 버릇을 고치기가 쉽지 않다.

"스테파니에게 무슨 일이라도 있는 거야?"

"나이트 박사님 말씀이 심한 독감이라나 봐요. 그래서 입원을 시키셨다고. 미리 예방 주사를 맞으라고 여러 번 안내를 하고 연락을 했는데도 불구하고 부인이 제때 오지 않았다고 엄청 화를 내셨대요."

"왜 진작 주사를 맞으러 가지 않은 거야?"

리사는 홀에 손님이라곤 아무도 없는데도 불구하고 주변을 한 번 둘러본 후에 한나에게 가까이 다가가 속삭였다.

"듣기로는 그 주사는 45세 이상 되는 사람들만 맞는 거래요."

"그럼 자기가 45살이 넘었다는 사실을 인정하기 싫어서 일부러 병원에 안 갔단 말이야?"

"허브 생각으로는 그렇다는데, 아마 사실일 거예요."

"자만심이여, 그대 이름은 스테파니 바스콤."

한나가 바드(일반적으로 영웅과 그들의 행적에 대해 시를 짓고 낭송하는 데 재주가 있는 부족의 시인 겸 가수를 일컫는 말)의 시구를 빌려 읊어댔다.

"괜찮겠지?"

"그래야죠. 일주일가량 입원할 거라는데 잘 먹고, 잘 쉬는지 가까이서 지켜보기 위해서래요. 덕분에 난 주말까지 남편을 뺏기게 생겼어요."

한나는 고개를 갸우뚱했다.

"뭐라구?"

"덕분에 그이를 한 주 내내 뺏기게 생겼다구요. 부인이 병원에 계시는 동안 바스콤 시장님은 밀레 랙스 호수에 있는 얼음낚시집에 잠시 머물기로 하셨나 봐요. 그이더러 같이 가서 도와달라고 하셨대요. 오늘 자정쯤에, 교통이 덜 복잡할 때 출발할 거예요. 며칠간은 얼음낚시만 하면서 지내겠죠."

"허브가 얼음낚시를 좋아하는 줄은 몰랐는걸."

"별로요. 일종의 사회생활이라고 할까요. 게다가 바스콤 시장님의 얼음낚시집은 꽤 좋잖아요. 낚시하기 싫으면 그냥 텔레비전을 보거나 포켓볼을 쳐도 될 거예요."

한나도 언젠가 한 번 시장님의 얼음낚시집에 가본 적이 있었다. 레이크 에덴의 겨울 축제 때 쿠키와 커피를 배달하기 위해 들렀는데, 화려하고 값비싼 가구들로 장식된 집 안은 과연 훌륭했지만, 그때 당시에는 얼음 속에서 발견한 '무엇' 때문에 그런 것은 눈에 들어오지도 않았었다.

"그래서 출발하기 전에 포크 앤 빈스 브레드를 만들어주겠다고 허브에게 약속했어요. 허브도 좋아하지만 바스콤 시장님도 좋아하실 거라고 하더라구요."

"포크 앤 빈스 브레드?"

"팻시의 레시피예요. 지난달에 친구를 만나러 캘리포니아에 갔다가 파소 로블레스(미국 캘리포니아 주 산루이스오비스포 카운티에 있는 도시)에서 빅스 카페라는 곳에 들렀는데, 거기에 있던 메뉴래요."

"레시피는 어떻게 얻은 거야?"

그러자 리사가 살짝 웃음을 지었다.

"팻시를 알잖아요. 결코 부끄러움을 타는 성격은 아니시죠."

"맞는 말이야."

한나도 미소를 지었다. 팻시는 마지 비즈먼의 여동생인데, 리사의 시어머니 역시 당찬 성격이었다.

"그럼 직접적으로 레시피를 물어보신 거야?"

"에둘러서요. 팻시가 그곳 사장인 잰이라는 사람에게 저희 아버지가 복합 탄수화물을 특히 많이 필요로 하는데, 최근 들어 아침식사로 토스트를 드시고 싶어 하신다면서, 포크 앤 빈스 브레드로 만든 토스트라면 정말 안성맞춤일 것 같다고 하셨대요. 일반 식빵보다 영양이 두 배는 더 높을 것 같다구요."

"정말 아버님 알츠하이머에 복합 탄수화물이 도움이 되는 거야?"

"전 잘 모르지만, 팻시는 영양소에 대해 잘 알고 있으니까요. 균형 잡힌 식단이 도움이 될 거라고 생각하시는 것 같아요. 한나가 묻기 전에 미리 말씀드리는데, 아버지 주치의에게도 이미 여쭤봤어요. 포크 앤 빈스 브레드라면 괜찮다고 하셨구요."

"이름이 특이해. 돼지고기랑 콩 요리 등과 같이 먹으면 좋은 종류라 그렇게 이름 붙인 거야?"

"아뇨, 돼지고기와 콩으로 만든 빵이라서 그런 거예요!"

리사가 웃음을 터뜨렸다.

"근데 알고 먹지 않는 이상은 무슨 재료가 들어갔는지 상상도 못할 거예요. 반죽을 두 번 할 거니까 빵은 모두 네 덩어리가 나올 거예요. 그중 하나는 내일 올 때 맛보시게 가져올게요."

"기대되는걸. 허브가 그 외에 다른 이야기는 안 했어?"

리사는 잠시 생각에 잠겼다.

"한나 어머님 일은 이미 알고 계시죠?"

"우리 엄마가 왜?"

"대학에 수강 신청을 하셨대요. 노먼의 어머님과 같이요. 소규모 사업체 경영에 대한 수업인가 봐요."

한나는 깜짝 놀랐다. 엄마가 경영학 과정에 등록을 하다니, 금시초문이었다.

"그건, 좋은 일이네. 근데 엄마가 왜 나한테 진작 얘기를 안 하셨을까?"

때마침 큐사인이라도 떨어진 듯 엄마가 가게로 들어왔다. 그녀는 진홍빛의 붉은색 코트를 벗어 눈을 털어낸 다음 문 옆의 옷걸이에 걸었다.

"안녕, 얘야."

엄마는 한나와 리사를 향해 미소를 지어보였다.

"커피 마시러 왔는데, 내가 너무 늦은 거니?"

"커피는 24시간 언제든 마시기 좋은 음료죠."

한나는 엄마에게 커피를 가져다주기 위해 자리에서 일어났다.

"쿠키도 함께 드시는 게 어떠세요?"

그때 리사가 나섰다.

딜로어는 잠시 생각하는 듯했다.

"고맙구나. 오늘 밤에 수업이 있어서 집에 들러 식사할 시간은 없을 것 같으니 잘 됐다. 초콜릿이 들은 것이 있다면 그것으로 주련?"

"초콜릿이 들은 것이 있다면이라뇨?"

엄마의 질문에 반문하며 한나가 웃음을 터뜨렸다.

"우리 가게에서 만든 것은 거의 다가 초콜릿이 들었다구요!"

리사는 홀에서 진열장 대신 사용하고 있는 유리 단지들을 둘러보았다.

"초콜릿 칩 크런치 쿠키도 있구요, 퍼지 애룬스와 초콜릿 올모스트 토스트도 한 조각 있어요, 그리고……."

리사가 단지들 앞으로 가까이 다가갔다.

"초콜릿을 입힌 체리 딜라이트도 두 개 남았네요. 한 개는 윗부분이 조금 부서지긴 했는데, 그래도 크게 상하지 않았어요."

"그럼 그걸로 하마."

엄마가 자리에 앉아 한나를 돌아보았다.

"오늘 밤은 뭘 할 거니, 얘야?"

한나는 그게 왜 궁금한지 물어보고 싶었지만, 그랬다가는 엄마의 기분을 상하게 할 것 같았다. 이럴 때에는 애매하게 대답하는 것이 최고다.

"아직 모르겠어요."

"그럼 아직 약속 잡힌 것은 없는 게지?"

"그런 셈이죠."

애매모호한 대답도 먹히지 않으니, 이제는 어쩔 수 없었다.

"근데 물어보시는 특별한 이유라도 있으세요?"

그러자 엄마가 웃음을 터뜨렸다.

"이유부터 말하는 건데 그랬구나. 그래도 괜찮았다, 애야. 전혀 기분 상하지 않았어. 대답이 애매하긴 했다만."

"고마워요, 엄마. 그 이유라는 게 뭔데요?"

"캐리 때문이야."

"로드 부인이 오늘 밤 제가 뭘 할 것인지 궁금하시대요?"

"아니, 그건 내가 궁금했던 것이지. 다만 그렇게 된 이유가 캐리 때문이라는 뜻이란다."

마침 리사가 쿠키와 함께 갓 내린 커피를 딜로어 앞에 사뿐히 내려놓았다.

"고맙다, 리사."

"천만에요."

리사가 한나를 돌아보았다.

"전 작업실에 있을게요. 크누드슨 부인께 드릴 블루베리 크런치 쿠키를 만들어야 하거든요. 크누드슨 목사님 말씀이 부인께서 다크 베리를 엄청 신봉하신대요."

"리사 말이 무슨 소리인지 아세요?"

리사가 작업실 안으로 사라지자 한나가 물었다.

"알다마다. 요즘 다크 베리가 아주 인기잖니. 눈 건강에 그렇게 좋다더라."

한나가 어깨를 살짝 으쓱해 보였다.

"사실이에요?"

"잘 모르겠다만 난 원래 블루베리랑 블랙베리를 좋아하니까 굳이 안 먹을 이유는 없지. 거기다 건강에까지 도움이 된다면야 더 바랄 게 없지 않느냐. 뭐, 설사 그렇지 않다고 해도 손해 볼 것도 없고."

"긍정적인 생각이네요."

한나가 칭찬의 말을 건넸다.

"그나저나 로드 부인이랑 제 오늘 밤 일정이랑은 무슨 관련이 있어서요?"

엄마는 커피를 한 모금 마시더니 한숨을 내쉬었다.

"또다시 수업 시작할 시간이 다 되어서야 약속을 취소하지 않았겠니. 캐리 말이다. 원래 같이 수업을 듣는데, 이번만 벌써 두 번째란다. 그래서 네가 별다른 계획이 없다면, 오늘 나랑 같이 학교에 가주었으면 하는데 말이다. 겨울에, 그것도 한밤에 학교까지 혼자 운전을 해서 가기가 무섭구나."

한나는 꼼짝없이 발목이 잡혔다고 생각했다. 엄마가 이렇게까지 부탁을 해 오는 일도 흔치 않았다.

"알았어요. 함께 가 드릴게요. 무슨 수업인데요?"

"소사업체 경영실습이라고, 경영학 수업이란다."

"재미있겠네요."

하지만 한나의 속마음은 정반대였다. 물론 수업을 들어서 도움이 될만한 정보를 얻게 되는지도 모르겠지만, 엄마와 함께 수업을 듣는 일정이라니, 정말 지루한 저녁 계획이 아닐 수 없었다.

"휘팅 교수가 정말 잘 가르친단다. 대학에서 회계를 전공했고, 소사업체와 법인 쪽을 전문으로 하는 회계사라더구나. 덕분에 장부 관리도 예전보다 잘되고 있고, 쓸모없는 서류들을 정리하는 데도 도움이 된단다."

순간 한나의 머릿속에 현재 가게의 재정 관리를 리사가 맡고 있으니, 엄마와 함께 수업을 들어야 할 사람은 리사가 아닐까 하는 생각이 잠시 스쳐 지나갔다. 한나가 이야기하면 리사는 기꺼이 엄마와 수업을 들으러 가 주겠지만, 그건 왠지 마음에 걸렸다. 오늘은 허브가 바스콤 시장과 함께 얼음낚시를 떠나기 전 둘이 함께 보내는 마지막 밤일 테니 말이다. 리사에게 부탁하고 싶은 충동을 바로 접은 한나는 왠지 뿌듯한 기분이 들었다. 사실 마음을 접은 것이 꼭 리사를 위해서만은 아니었다. 리사가 제때 집으로 돌아가야 포크 앤 빈스 브레드를 만들 수 있지 않겠는가. 그래야 한나가 내일 아침에 그 특별한 식빵 맛을 볼 수가 있다.

"로드 부인은 갑자기 왜 못가시게 된 거예요?"

"나도 모르겠다."

"말씀 안 하셨어요?"

한나는 놀랐다. 엄마와 로드 부인은 함께 앤티크 가게를 열기 몇 년 전부터 둘도 없는 친구 사이였다. 사소한 것 하나까지도 함께 고민하고 함께 의논했다. 윈슬롭 해링턴 3세와의 끔찍한 연애 사건까지도 말이다.

"갑자기 개인적이 일이 생겨서 수업에 못가겠다고 하더구나. 미안하다면서. 지난주에도 꼭 그렇게 얘기했었지."

"그 개인적인 일이 무슨 일인지는 말씀 안 하시구요?"

"그래. 안 하더라."

"물어보지 않으셨어요?"

"어머, 한나!"

엄마가 엄한 표정을 지었다.

"캐리가 개인적인 일이라고 말하는데, 거기에 대고 어떻게 따져 물을 수 있겠니. 그건 정말 무례한 일이다."

"그래서 그냥 계셨어요?"

"아니, 물어봤지. 그래도 개인적인 일이라고만 하더라. 때가 되면 얘기해주겠다고 하면서 전화를 끊었다. 처음에는 대수롭지 않게 생각했는데, 오늘은 신경이 쓰이는구나. 평소의 캐리라면 이러지 않는데 말이다. 나쁜 일이 아니기를 바랄밖에."

"나쁜 일이라뇨?"

"어디가 아픈 것일지도 모르잖니. 하루 종일 가게에서 일하고 밤에는 또 수업을 들으러 가니 몸이 힘들만도 했을 게야. 아니면……갑자기 비밀 음주가가 됐거나. 몇 년간을 밤새 술을 마셔도 주변 사람 아무도 눈치 못 채는 경우가 있지 않니. 그것도 아니면 노먼이 설치해 준 컴퓨터 때문일 수도 있겠지. 온라인 포커 게임에 중독돼서 노후 자금까지 몽땅 털어버린 거면?"

"셋 다 로드 부인답지 않은 일인데요."

한나가 말했다.

"그래, 그렇지. 근데 최근 몇 주간 사람이 조금 달라졌단다. 예전에는 얘기도 참 많이 했는데, 요즘 들어서 말수가 줄었어."

엄마는 가장 오래되고 절친한 친구가 갑자기 자신에게 마음을 닫아 버렸다는 사실에 크게 혼란스러워하시는 듯했다.

"무슨 일인지 제가 한번 알아볼까요?"

한나가 제안했다.

"그래주겠니, 얘야? 그래만 준다면 무척 고맙겠구나!"

엄마는 매우 안심한 듯한 표정이었다.

"노먼에게 물어봐도 좋겠구나. 노먼이라면 뭔가 알고 있을지도 모르니 말이다."

"좋은 생각이에요."

한나가 말했다.

"오늘 수업이 끝난 후에 한번 만나볼게요. 수업이 언제 끝나죠?"

"7시 30분이란다. 한 시간 수업이거든."

"그럼 우리 집으로 와줄 수 있는지 전화해서 물어봐야겠어요. 디저트로 뇌물을 좀 먹여야겠는걸요."

그러자 엄마가 살짝 미소를 지었다.

"뇌물까지는 필요 없을 게다, 얘야. 노먼이라면 네 호출에 당장이라도 달려올 테니 말이다. 그런 면은 네 아버지를 참 많이 닮았어. 네 아버지도 연애 시절에는 낮이건 밤이건 전화 한 통이면 바로 달려오곤 했었지."

한나는 문득 생각에 잠겼다 이내 엄마의 말이 옳다고 결론을 내렸다. 노먼은 병원에 환자가 대기하고 있지 않은 이상, 언제나 기쁜 마음으로 한나에게 달려오곤 했다.

"만약 노먼도 모르고 있다면, 마을 사람들에게 수소문을 해봐야 될지도 모르겠구나."

"제가 해볼게요."

"그리고, 얘야……마을을 돌아다니다가 캐리의 차를 보게 되면 주의 깊게 살펴보거라. 어딘가 낯선 곳에 차가 세워져 있다면, 무슨 일이 있는 것인지 단서를 제공해 줄지도 모르잖니."

"그럴게요."

"아니면 늦은 저녁시간에 갑자기 방문해서 캐리가 뭘 하고 있는지 직접 살펴보는 방법도 있단다. 노먼에게 이야기해서 같이 가도록 해라. 갑작스런 방문에 대한 그럴싸한 이유만 만들어내면 될 게야."

"노먼이라면 자기 어머니 집을 찾는 데에 이유 같은 건 필요 없을 거예요. 로드 부인도 노먼을 보면 좋아하실 걸요. 두 사람이 이야기를 나누는 동안 전 집 안을 둘러보면 되잖아요."

"그거 정말 좋은 생각이로구나. 도와줘서 고맙다, 애야."

엄마는 마지막 남은 쿠키를 입에 넣고 커피를 마셨다. 그런 뒤 자리에서 일어나 한나의 등을 토닥였다.

"6시에 네 아파트로 데리러 가마. 그 정도면 학교에 여유 있게 도착할 수 있을 게다."

"엄마가 운전하시게요?"

"그럼. 너한테는 무리야. 내가 널 데리러 가고, 데려다 주고 하는 게 나을 것 같다."

"편할 대로 하세요, 엄마."

한나가 순종적으로 대답했다. 엄마는 홀을 가로질러 코트를 다시 챙겨 입고는 서둘러 밖으로 나섰다. 세련된 옷차림을 한 엄마의 등 뒤로 문이 닫히자마자 한나는 절망에 가까운, 길고 긴 한숨을 내쉬었다. 노련한 책략가에 의해 한나가 또다시 당하고 만 것이다. 처음에 엄마는 밤 운전이 무섭다고 한나에게 도움을 청하더니, 이제는 한나의 집까지 데리러 가는 것은 물론 학교까지, 그리고 다시 한나의 집까지 모두 자신이 운전하겠다고 하니 말이다.

자리에서 일어나 리사가 있는 작업실로 들어서는 한나는 엄마를 돕는 일이라는 생각에 한편으로는 기쁘면서도 한편으로는 화가 났다. 이 방면에 있어서 엄마는 정말 전문가다. 덕분에 한나는 관심도 없는 경영학 수업을 들어야 했을 뿐만 아니라 남자친구 중 한 명인 노먼에게 그의 엄마를 비밀리에 관찰해 보라는 부탁을 해야 하게 생겼으니 말이다!

　엄마와 함께 스튜어트 홀로 향하며 한나는 오묘한 데자뷰를 느꼈다. 레이크 에덴 커뮤니티 대학에 와보는 것은 처음이었다. 한나가 조단 고등학교를 졸업했을 무렵 레이크 에덴 커뮤니티 대학은 건물을 막 짓기 시작한 단계였기 때문이다. 하지만 한나가 다녔던 대학교와 확실히 닮은 점이 몇 가지 있었다. 우선 학생전용 중고차 가게와 리무진 서비스 업체를 운영하고 있는 시릴 머피가 단번에 중고차라고 알아볼 만한 차들이 학생전용 주차장에 가득 들어차 있다는 사실이었다. 대부분의 차들이 꽤 낡고 오래돼 보였는데, 아무래도 전 차주들이 굉장히 조심성 없는 성격들이었던 모양이다.

　"여기 있다."

　엄마가 한나에게 노트를 건넨다.

　"너도 가게를 운영하고 있으니 수업 중에 메모할 만한 것이 있을지도 모르잖니."

　"고마워요."

　한나가 겨드랑이 밑에 노트를 끼고는 엄마를 따라갔다.

　대학 건물들 사이에 둘러싸여 있는 안뜰을 지나며 두 사람은 저마다 노트와 책, 간혹 노트북을 옆구리에 낀 채 서둘러 강의실로 향하는 학생들 무리에 합류했다. 밤공기가 점점 차가워지는 가운데 조심성 많은 엄마는 세단의 플러그를 뽑아 주차장을 가로질러 위치한 콘센트에 꽂아놓았음에도 불구하고 학생들은 재킷의 지퍼도 제대로 채우지 않고, 모자도 쓰지 않은 채 교정을 활보했다. 몇몇은 부츠 대신 가벼운 테니스 슈즈를 신고 있었다. 한나가 다니던 대학교에서도 마찬가지였다. 혈기왕성한 나이대의 학생들에게 겨울 추위 따위는 대수롭지 않은 것일 테다.

엄마는 스튜어트 홀의 문 옆에서 잠시 멈췄고, 그 사이 많은 무리의 학생들이 엄마를 앞질러 갔다. 엄마가 제법 날카로운 시선으로 그 무리를 지켜보는 것을 눈치챈 한나는 학생 수가 조금 잦아들자 엄마를 쳐다보았다.

"왜요?"

"어떻게 여자아이들 중에 모자나 장갑을 낀 애가 한 명도 없구나. 이렇게 건조한 겨울 공기에 피부나 머리카락을 그대로 노출시키면 어떤 끔찍한 일이 생기는지 정녕 모르는 건지? 아니면 그냥 신경 쓰지 않는 게야?"

"둘 다겠죠."

한나는 다정히 엄마의 팔을 붙들고 따뜻한 건물 안으로 재촉했다.

"강의실은 어디에요?"

"2층이란다. 따라오너라."

엄마는 계단으로 안내하더니 이내 서둘러 계단을 올랐다. 한나도 그 뒤를 따랐지만, 1층과 2층 사이에 자리한 중간 공간에 도착해서는 숨을 헐떡였다. 천국의 몸매에서 운동을 계속했어야 하는 건데, 크리스마스 시즌에 맞춰 물밀듯 밀려오는 주문들을 감당하려니 운동할 시간도 없었다. 그야말로 하루에 단 1시간 30분이라도 개인시간을 즐길만한 여유가 없는 상황이었다. 적어도 이것이 운동에 대한 죄책감이 들 때마다 한나가 둘러대는 핑계였다.

"서둘러라, 얘야."

이미 2층에 도착한 엄마가 어깨너머로 돌아보며 외쳤다.

"늦으면 안 되지 않겠니."

그렇다고 우스꽝스러운 꼴이 되긴 싫다구요. 한나는 생각했다. *스팀 엔진처럼 씩씩거리며 강의실에 들어가면 내가 얼마나 창피하겠냐구요.*

"한나?"

엄마가 또다시 불렀다.

"잠깐만요."

몇 분만 더 쉬면 어느 정도 숨을 고를 수 있을 것 같아 한나는 일부러 허리를 굽혀 부츠를 만지작거렸다.

"방금 압정을 밟은 것 같아요. 먼저 강의실에 가 계세요. 압정 **빼내고** 금방 따라갈게요."

한나의 숨이 제자리를 찾는 데까지는 그리 오랜 시간이 걸리지 않았다. 예전에 잠깐이나마 운동을 했던 것이 그래도 도움이 되는 것 같았다. 한나는 다시 자리에서 일어나 남은 계단을 오른 뒤 복도로 통하는 문을 열었다. 문 앞에서는 마침 엄마가 한나를 기다리고 있었고, 엄마에게 다가가는 순간 한나에게 저쪽 복도 끝에서 두 사람을 향해 다가오는 낯익은 누군가의 모습이 눈에 띄었다.

그 남자는 **빠르게** 걸으며 자신의 손목시계를 내려다보고 있었는데, 엄마와 한나가 서 있는 것을 미처 보지 못한 듯 한나의 옆을 지나며 그녀의 팔을 툭 쳤고, 그 바람에 한나는 손에 들고 있던 노트를 복도 저쪽 편으로 날려버리고 말았다. 그는 발걸음을 멈추고 뒤를 돌아보더니 이내 떨어진 노트를 주워 겸연쩍은 미소와 함께 한나에게 건넸다.

"미안합니다."

그가 말했다.

"수업에 늦어서요. 제가 조심했어야 하는 건데, 아무튼 미안합니다. 괜찮으세요?"

한나는 그를 멍하니 쳐다보았다. 목구멍에서 숨이 턱 막히고 말았다. 내가 상상을 하고 있는 건 아닐까. 아니, 그건 아니다. 한나는 입을 열고 자신은 괜찮다고 말하려 했지만 도저히 단어들이 나오지 않았다.

"걱정 마세요. 얘는 괜찮아요."

엄마가 대신 나섰다. 그런 뒤 한나를 쳐다보았다.

"괜찮니, 얘야?"

한나는 아주 간신히 한 단어를 뱉어냈다.

"괜찮아요."

평소의 한나 목소리 같지 않았다.

"괜찮으시다면, 전 그만 가봐야 할 것 같아요."

남자가 말했다.

"학생들이 기다리고 있어서요."

"뭘 가르치시죠?"

꿀 먹은 벙어리가 된 한나 대신 엄마가 대화를 이끌어갔다.

"시를 가르칩니다. 맥칼레스터에서 온 일행 중 한 명이에요. 크리스마스 폴리라고 부르는 일종의 대학 간 연합 행사를 진행하고 있거든요."

"재미있겠군요!"

엄마가 탄성을 질렀다.

"행사가 사람들한테도 공개가 되나요?"

"네, 방송도 탈 거예요. 각 다섯 개의 대학에서 출전을 하거든요."

남자가 한나를 돌아보았다.

"실례지만, 낯이 익은데, 우리 전에 만난 적이 있던가요?"

한때 영혼을 꿰뚫는 마법 같은 눈이라고 표현했던 그의 짙은 푸른색 눈을 올려다보며 한나는 죽고 싶었다. 당장이라도 바닥이 무너져 내려 까마득한 저 아래 지하실 어두운 구석으로 숨어버릴 수만 있다면 얼마나 좋을까. 마음 아프게도 그는 나를 기억하지 못하는 게 분명하다! 이럴 수가!

"한나?"

엄마가 재촉했다. 한나는 아리송한 표정으로 자신을 쳐다보고 있는 엄마의 시선을 느낄 수 있었다.

"네, 만난 적이 있어요."

한나가 이상하리만큼 차분한 목소리로 대답했다. 그런 뒤 엄마의 팔을 잡고 복도 저편으로 이끌었다. 뒤 한 번 돌아보지 않았다.

"한나!"

엄마가 한나의 귓가에 대고 나지막한 소리로 꾸짖었지만, 한나에게는 충분히 큰소리로 들렸다.

"그냥 이렇게 돌아서 버리다니, 잘생긴 저 젊은 교수에게 너무 무례한 거 아니냐."

"알아요."

한나가 인정했다. 엄마의 말에 대꾸해봤자 소용없었다.

"도저히 이해가 안 되는구나."

"그러실 거예요."

강의실 앞에 당도해서야 엄마가 발걸음을 멈췄다.

"다 왔다."

엄마가 손목시계를 내려다보았다.

"수업 시작 전까지 딱 1분이 남았구나. 대체 아까 그 남자가 누구길래 그러느냐, 한나?"

"한때 제가 잘 안다고 생각했던 사람이요. 어서 들어가요, 엄마."

"아직 안 된다."

엄마가 한나의 팔을 붙잡았다.

"왜 그렇게 허겁지겁 도망쳐 나온 게야?"

"모르시는 게 좋으실걸요."

"그래도 알아야겠다! 혹시 저 남자가 네가 전에 말했던, 네가 대학을 떠날 수밖에 없었던 이유가 됐던 그 사람이냐?"

한나는 심호흡을 했다. 엄마에게 모두 털어놓고 싶은 마음도 조금 있었지만, 애초에 끝나 버린 바보 같은 사랑 이야기를 이제 와서 되새기고 싶지 않았다.

"별로 얘기하고 싶지 않아요."

한나는 강의실 문을 열고 엄마를 먼저 안으로 들여보내며 단호하게 대답했다.

시간이 정말 천천히 흘렀다. 누군가 죽음이 가까워져 오게 되면, 그동안의 인생이 눈앞에 주마등처럼 흘러간다고 했던가. 지금의 경우는 완전히 그 반대였다. 시간이 이렇게 천천히 흐르기는 한나 인생에 처음이었다. 3시간은 지난 것 같은 기분에 시계를 보면 고작 4분이 지나 있었다. 한나는 회계사인 킴벌리 휘팅이 손익계산서를 읽는 방법과 송장을 작성하는 방법, 그리고 판매세 기록 관리법 등에 대해 설명을 하는 동안 하릴없이 펜으로 노트 위를 끼적거렸다. 별도의 질문 시간도 없이 속사포처럼 강의가 이어지다 7시 25분이 되자 휘팅 교수가 설명을 멈추고는 단상 위에 올려두었던 파일을 집었다.

"이제 불건전한 경영 사례에 대해 실습할 시간이에요."

그녀가 다시 입을 열자 꾸벅꾸벅 졸던 사람도 자세를 고쳐 앉았다.

"오늘의 사례는 대형 스크린 텔레비전 판매 대리점이에요."

휘팅 교수는 4명의 동업자로 구성된 사업체에 대한 설명을 시작했다. 세 명의 사람이 똑같은 금액으로 투자를 하고, 나머지 한 사람은 그의 경력과 시간을 들여 실질적인 경영을 맡는 것으로 함께 투자를 했다. 교수가 나눠준 자료에는 그 사업체의 손익계산서와 소득신고서, 은행의 입출금 내역서 사본과 인건비 내역서가 첨부되어 있었다. 학생들에게 주어진 과제는 바로 텔레비전이 원가 이하로 팔리고 있음에도 불구하고 어떻게 5개월 이상 경영을 지속시킬 수 있는가 하는 것이었다.

엄마와 함께 강의실을 빠져나가며 한나는 집에 돌아갈 길이 무서워졌다. 엄마는 분명 브래드포드 램지에 대해 온갖 질문을 쏟아낼 것이고, 별로 얘기하고 싶지 않다는 아까 한나의 대답은 진심이었다.

계단을 내려가 1층의 한 강의실 앞을 지나는 중 한나는 누군가를 보고는 발걸음을 멈추었다.

"저기 닥터 러브 아니에요?"

한나가 엄마에게 물었다.

"그래, 하지만 여기서는 슈미트 박사님이라고 부른다."

엄마가 열린 문 안으로 빼꼼 머리를 밀어 넣고 손을 흔들었다.

"안녕하세요, 딜로어!"

닥터 러브의 음성에 반가움이 묻어났다.

"한나도 같이 있군요. 지난번 어머님 출간파티 때 보고는 처음이네요. 어떻게 지냈어요?"

"잘 지냈어요, 슈미트 박사님."

"낸시라고 불러요."

닥터 러브가 따뜻한 미소를 지어보이더니 이내 엄마를 향해 고개를 돌렸다.

"안 그래도 전화 드리려던 참이었어요. 이곳 캠퍼스에 있는 내 연구실을 새로 꾸미는데 복고풍의 유리문이 달린 책장을 찾고 있거든요."

"운이 좋았어!"

엄마가 웃음을 터뜨리며 말했다.

"우리 가게 직원인 루앤이 세인트 폴에 사는 명망 있는 변호사의 집에서 열린 에스테이트 세일(장례를 치른 후 고인의 유품을 집 안에 전시해 놓고 싼 값에 파는 행사)에 막 다녀왔거든. 마침 선반에 유리문이 달린 고풍스러운 월넛 책장 2개를 구해 왔어."

"유리문이 접이식인가요?"

"그래, 들러서 한번 보겠어?"

"그럴게요. 제가 찾는 딱 그 물건일 것 같네요. 내일 정오쯤 어떠세요? 10시에 음성 취입할 일이 있어서 역에 나가야 하는데, 몇 시간이면 끝날 거예요."

"커피를 준비해 놓을게."

엄마가 말했다.

"블랙에 설탕 2스푼이지?"

"맞아요."

닥터 러브가 다시 한나를 쳐다보았다.

"만나서 반가웠어요, 한나."

"저도요."

한나도 인사를 건네고는 엄마를 따라 출구 쪽으로 향했다.

홀 밖으로 나서자마자 얼음장 같은 추위가 밀려와 두 사람은 숨이 턱막혔다. 수업을 듣는 동안 북쪽에서 찬바람이 불어오기 시작한 것이다. 한나와 엄마는 장갑을 낀 두 손으로 입과 코를 가린 채 매서운 바람을 뚫고 주차장으로 향했다. 대부분의 학생들은 수업이 끝나자마자 집으로 돌아갔기 때문에 주차장에 플러그를 꼽은 채 남아 있는 차는 엄마 차뿐이었다. 한나가 막 플러그를 뽑으려는 찰나 누군가 자신을 부르는 목소리가 들렸다.

"노먼!"

두툼한 파카를 입고 털이 달린 모자를 썼음에도 불구하고 한나는 그를 단번에 알아보았다. 한나는 추위에 달달 떨리는 이를 진정시키며 미소를 지어보였다.

"여긴 어쩐 일이에요?"

"한나 어머님 수고를 덜어드릴까 해서요. 내가 직접 학교로 와서 한나를 데리고 가면, 어머님은 바로 집으로 가셔도 되잖아요."

"정말 친절하구나, 노먼. 하지만 난 괜찮다."

엄마가 두 사람의 대화에 끼어들었다. 하지만 엄마는 브래드포드 램지에 대해 꼬치꼬치 물어볼 수 있는 기회를 놓치기가 싫은 눈치였다.

"오, 사실 다른 속셈도 있는 걸요."

노먼이 플러그를 뽑아 엄마의 차 범퍼에 선을 감고는 엄마를 위해 운전석 문을 열어주며 말했다.

"그렇게 하면 한나랑 더 오래 같이 있을 수 있잖아요."

엄마는 잠시 망설이더니 잠자코 운전석에 올라탔다. 한나의 과거 연애사에 대한 호기심과 가장 친한 친구인 로드 부인에 대한 걱정 간의 전쟁에서 로드 부인이 승리를 거둔 모양이었다.

"알았다. 그럼, 내일 보자꾸나, 얘야."

엄마가 차의 시동을 걸며 전조등을 켰다.

"가게 문 열기 전에 커피 마시러 들르마."

잠시 후, 한나는 노먼과 함께 따끈따끈한 차 안에 앉아 있었다. 재킷의 지퍼를 열고, 모자와 장갑도 벗은 한나는 더 이상 이가 달달 떨리지 않았다.

"뭣 좀 먹었어요?"

노먼이 고속도로로 접어들며 물었다.

"아직이요. 모이쉐만 간신히 먹이고 나왔어요."

"모이쉐가 먼저로군요?"

노먼의 음성이 다정했다. 한나는 계기판의 불빛에 그의 미소를 엿볼 수 있었다. 노먼 역시 한나만큼이나 모이쉐를 아꼈다.

"모이쉐가 먼저죠."

한나가 힘주어 말했다.

"노먼은요? 저녁 먹었어요?"

"아뇨, 한나가 식사를 안 했을 것 같아 일부러 안 먹었어요."

한나는 즐겨 찾는 레스토랑들을 떠올렸다. 버타넬리의 피자, 레이크 에덴 호텔, 아니면 코너 태번. 맛있는 메뉴로 저녁식사를 하는 것도 좋겠지만, 정말은 노먼과 모이쉐와 함께 소파 위에 널브러져 아무 생각 없이 텔레비전을 보고 싶은 생각이 간절했다.

"버타넬리? 코너 태번? 아니면 샐리의 호텔로 갈까요?"

한나가 이미 한 번씩 생각해본 장소들을 노먼이 되짚었다.

"그냥 집에 가서 간편하게 만들어 먹는 게 좋겠어요."

한나가 대답했다.

"노먼이 괜찮다면요."

"나야 괜찮죠. 근데 한나가 피곤하지 않겠어요? 오늘 바빴잖아요."

"괜찮아요. 집에 마침 미트 로프(다진 고기, 계란, 야채를 섞어 덩어리로 오븐에서 구운 것)가 있으니까 데우면 되고, 이지 치즈 비스킷 반죽은 금방 만들 수 있으니까 어렵지 않아요."

"이지 치즈 비스킷이요? 먹어본 적이 없는 것 같은데."

"그럴 거예요. 지난 주말에 조단 고등학교 동창에게서 받은 레시피거든요. 푸르던스라는 친구인데 졸업하자마자 나이아가라 폭포 부근으로 이사를 갔어요."

"그럼 반죽을 하는데 필요한 재료 없어요? 편의점에 들렀다 갈까요?"

"필요한 건 다 있어요. 어차피 오늘 밤에 만들려고 했었거든요. 리사가 치즈를 좋아하니까 아침식사 대용으로 몇 개 가져다주려고 했죠."

도로는 한산했고, 노먼은 성능 좋은 그의 자동차로 신나게 내달렸다. 감미로운 재즈 선율을 들으며 차창 밖으로 스쳐 지나가는 밤의 풍경을 감상하고 있노라니 한나는 무척 호사스러운 기분이 들었다. 하지만 그런 기분을 만끽하는 것도 잠깐, 두 사람은 어느새 집에 도착해 버리고 말았다. 한나는 노먼에게 아파트 현관 게이트의 카드 열쇠를 건네주었고, 별 문제 없이 바 아래를 통과해 단지 안쪽으로 진입했다. 바가 잘 작동하는 것을 보니 드디어 관리소에서 카드 열쇠 문제를 해결한 모양이다. 아파트 주민들은 자석으로 된 카드 열쇠를 다른 카드와 함께 보관하면 문제가 생길 수도 있다는 사실을 안내받았음에도 불구하고 여전히 지갑 같은 곳에 한데 넣어갖고 다녔다. 그렇게 해서 간혹 게이트의 바가 작동하지 않을 때면 성미 급한 몇몇 주민들은 나무로 만든 바를 그대로 뚫고 들어가기도 했다. 외부인의 출입을 통제하기 위해 설치한, 이 1×4 크기의 게이트 바는, 거짓말 조금 보태서 생각보다 훨씬 더 자주 망가졌다.

"여분의 공간에 주차하면 될 것 같아요."

한나가 말했다. 그러자 노먼은 지하 주차장으로 내려가는 길로 진입했다. 한나의 아파트에서는 1세대당 2대분의 주차공간이 할당되기 때문에 노먼은 한나의 쿠키 트럭 바로 옆에 차를 세웠다.

차에서 내리자마자 또다시 추위가 느껴졌다. 따뜻한 차 안에 있다가 갑자기 내려서 그런 것일 수도 있겠지만, 학교 안에 있었을 때보다 더 추운 것 같았다.

"플러그를 꽂아 놓는 게 좋겠어요."

한나가 말했다.

"좋은 생각이에요."

노먼은 차에서 전기선을 풀었다. 차의 방한을 위해 부동액은 물론, 조심성 많은 운전자라면 차에 꼭 구비해 두는 비상용품과 함께 미네소타에서는 꼭 필요한 물건이었다. 비상용품에는 담요와 여분의 점퍼, 장갑, 그리고 빈 커피 캔과 촛불, 성냥이 들어 있었다. 핸드폰 앞에서는 수년이 지나도 한 번 쓸까 말까 한 용품들인지도 모르겠지만, 눈 폭풍에 갇혀 핸드폰도 터지지 않는 상황에서는 이러한 물품들이라도 없으면 영하의 기온 탓에 그대로 얼어 죽을지도 모르는 일이었다.

노먼이 주차를 마치자 두 사람은 지상으로 향하는 계단을 올랐다. 지상에 올라서자마자 매서운 찬바람이 한나의 얼굴을 때렸고, 그 바람에 한나의 눈가에 눈물이 맺혔다. 노먼은 한나의 팔을 잡아 2층으로 향하는 계단 위로 재촉했고, 한나에게서 집 열쇠를 받아 먼저 문을 열었다.

문이 열리자마자 오렌지색과 하얀색이 뒤섞인 털 뭉치가 두 사람을 향해 획 달려들었다. 그러나 노먼은 당황하지 않고 보기 좋게 모이쉐를 받아 안았다. 노먼의 품에서 녀석은 가르랑거리기 시작했고, 노먼은 모이쉐를 녀석이 가장 좋아하는 소파 뒷자리에 내려놓았다.

"우리가 반가운가 보구나, 녀석."

노먼의 말에 모이쉐는 대답이라도 하는 듯 큰소리로 가르랑거렸다.

"캣닙 생쥐 인형(고양이가 좋아하는 개박하로 속을 채운 쥐 모양의 인형) 던져줄까?"

모이쉐는 더욱 행복한 듯 야옹거리며 소파에서 훌쩍 뛰어내리더니 노먼이 인형을 꺼내는 모습을 뚫어져라 쳐다보았다. 그러는 동안 한나는 점퍼를 벗고 저녁 준비를 위해 바로 부엌으로 향했다.

이지 치즈 비스킷부터 만들어야 한다. 한나는 오븐을 예열하고 중간 크기의 믹싱볼을 꺼낸 뒤 필요한 재료들을 모았다. 믹서기로 섞은 재료를 볼에 쏟아부으려는 찰나에 노먼이 부엌으로 들어왔다.

"도와줄까요?"

그가 물었다.

"좋죠."

진심어린 도움의 손길은 한 번도 거절한 적이 없는 한나였다.

"치즈를 갈아줘요. 체다 치즈 1/2컵, 아지아고 치즈(이탈리아의 베네토 등지에서 우유를 가열. 압착해 숙성시킨 세미하드 치즈) 1/2컵, 그리고 파마산 치즈 1/2컵이면 될 거예요. 믹서기에 칼날을 부착해서 사용해요."

노먼이 가장자리에 아직 밀가루가 남아 있는 믹서기 그릇을 발견했다.

"씻어서 사용하는 게 낫겠어요."

"괜찮아요. 아까 마른 재료들이랑 버터를 섞는 데 사용했거든요. 어차피 치즈도 비스킷 반죽에 들어갈 거니까 아까 재료들이랑 조금 섞여도 상관없어요."

노먼은 재빨리 치즈들을 갈았고, 한나는 믹싱볼에 잘 갈린 체다 치즈와 아지아고 치즈를 넣었다. 파마산 치즈는 나중에 비스킷 위에 뿌릴 것이기 때문에 따로 보관해 두었다. 그리고 막 계란을 깨어 그릇에 담으려는 찰나에 노먼이 입을 열었다.

"그건 내가 할게요."

"좋아요. 2개만 깨트려서 포크로 저어줘요. 난 사우어크림과 우유를 측량할게요."

얼마간 두 사람은 말없이 각자의 작업에 열중했다. 잠시 후 노먼이 계란이 담긴 그릇을 한나에게 내밀었다.

"이 정도면 되겠어요?"

"좋아요."

한나는 흰자와 노른자가 골고루 잘 섞인 내용물을 확인하며 대답했다.

"내가 믹싱볼에 재료들을 하나씩 넣는 동안 계속 저어주겠어요?"

"그럴게요."

노먼이 숟가락을 집어들었다.

한나는 먼저 골고루 섞은 계란을 넣었다. 그런 뒤 사우어크림을 넣고 재료들이 잘 섞인 것을 확인한 뒤 노먼에게 튀지 않도록 우유를 조금씩 조심스럽게 부었다.

"울퉁불퉁한 게, 벽지 반죽 같네요."

노먼이 말했다. 애써 웃음을 참는 것으로 봐서는 한나에게 장난을 치고 있는 듯했다.

"벽지 반죽이 뭐예요. 차라리 코티지 치즈에 비교하는 게 낫겠어요."

한나가 나섰다.

"적어도 그건 먹을 수 있는 거잖아요."

"글쎄요. 꼭 그렇지만도 않은 것 같아요. 어머니가 지난번 저녁식사 때 코티지 치즈와 골파잎(향신료의 일종)으로 그린 젤로를 만들어 주신 적이 있었거든요. 참, 어머니 얘기가 나와서 말인데, 한나에게 의논하고 싶은 게 있어요. 사실 식사를 하면서 얘기를 꺼내려고 했는데, 자꾸 생각이 나서 안 되겠네요."

"무슨 일인데요?"

한나는 노먼의 이야기에 정신이 팔려 레시피상에는 전혀 필요하지 않은 들러붙음 방지 스프레이를 아무 생각 없이 쿠키 틀 위에 뿌렸다.

"원래는 때때로 목요일에 어머니와 같이 저녁식사를 하거든요. 한 주는 어머니가 요리를 하시면, 다음 주는 밖에 모시고 나가서 식사를 하든가 하는 방식으로요. 내가 레이크 에덴으로 이사 온 뒤로 꾸준히 그렇게 해 왔어요."

"지금도 그렇게 하고 있잖아요?"

한나가 수프용 숟가락으로 반죽을 떠 비스킷 모양을 만들면서 물었다.

"근데 어머니가 좀 이상하세요."

"무슨 말이에요?"

한나는 수돗물에 손가락을 적신 뒤 틀 위에 떨어뜨린 반죽을 좀 더 둥글게 다듬었다.

"나와 같이 저녁식사하는 걸 어머니가 좋아하시는 줄 알았는데, 지난 3주 내내 어머니가 식사 약속을 계속 취소하셨거든요."

한나가 노먼을 올려다보았다. 그의 얼굴에는 근심이 가득했다.

"왜 취소하시는지 이유는 말씀 안 하셨어요?"

"말씀은 하셨죠. 근데 진짜 이유 같진 않아요. 처음에는 감기가 심하게 걸리셨다고 했는데, 다음 날 통화했을 때 어머니는 쌩쌩했거든요. 그 다음 주는 가게 일이 늦게 끝날 것 같다고 하셨는데, 병원에서 퇴근하는 길에 가게 앞을 지나보니 불이 모두 꺼져 있지 뭐예요."

한나는 뭐라 말을 해야 좋을지 알 수 없었다. 어쨌든 분명한 것은 로드 부인이 노먼에게 거짓말을 하고 있다는 것이었다. 무어라 대꾸하기보다 한나는 질문을 던졌다.

"세 번째는요?"

"그게 지난주 목요일이었는데, 내가 확인 전화를 드렸더니 갑자기 일이 생겨서 안 될 것 같다고 하시더라구요. 그래서 무슨 일이냐고 여쭤봤더니 말씀을 안 해주시잖아요. 어떻게 생각해요, 한나? 내가 별일 아닌 것을 걱정하고 있는 건가요?"

"꼭 그렇진 않은 것 같아요."

한나가 말했다. 그런 뒤 비스킷 반죽 위에 파마산 치즈를 뿌린 뒤 오븐에 넣고 14분으로 타임을 맞춘 후 노먼을 쳐다보았다.

"우리 엄마한테도 똑같이 그러셨거든요. 그 때문에 오늘 수업도 나랑 같이 가신 거예요. 같이 수업 듣기로 하셨는데, 아직 한 번도 수업에 들어오신 적이 없으시대요. 꼭 시작할 시간이 다 되어서야 못 갈 것 같다고 하신다네요."

"그럼 한나 어머님도 걱정이 많으시겠네요?"

"네, 예전에는 무슨 얘기든 엄마한테 털어놓으셨는데, 요즘에는 조금 달라진 것 같다고 하셨어요. 노먼 어머님이 더 이상 자신을 믿지 않는 게 아닌가 하고 속상해하고 계세요."

노먼은 잠시 말이 없더니 이내 고개를 설레설레 흔들었다.

"한나의 이야기를 들으니 기분이 더 나아지는 것 같기도 하고, 더 걱정이 되는 것 같기도 하고, 모르겠네요."

"무슨 뜻이에요?"

"어머니가 나만 피하고 있는 게 아닌 것 같아서 다행이다 싶으면서도 혹시 어머니한테 심각한 문제가 생긴 것은 아닐까 걱정이 되기도 해요. 정말 그런 것일 가능성이 크겠는데요. 어머니한테 직접적으로 물어보는 방법이 좋을까요?"

한나는 어깨를 으쓱해 보였다.

"한번 시도해 보는 것도 나쁘지 않죠. 근데 그것도 소용이 없을 것 같아요. 엄마도 무슨 일이냐고 물어봤는데, 때가 되면 얘기해주겠다고만 하셨대요."

"그게 무슨 소리예요?"

"모르겠어요."

한나는 냉장고에서 미트로프를 꺼내 잘게 썰었다. 그런 다음 프라이팬에 버터를 녹인 뒤 미트로프를 얹고 가스 불을 중불로 맞춘 다음 뚜껑을 덮었다.

"샐리의 썸머 샐러드가 있는데, 먹겠어요?"

"좋죠. 내가 덜게요."

노먼은 한나가 건네는 통을 받아 두 개의 접시에 브로콜리와 꽃양배추를 덜었다.

"난 그냥……궁금한 게 정말 많지만……."

노먼이 하던 말을 멈추고 꿀꺽 침을 삼켰다.

"도대체 무슨 일인 건지 알고 싶어요. 이런 식으로 날 밀어내는 건 어머니답지 않거든요."

"그러게요."

한나는 미트로프를 뒤집은 뒤 다시 뚜껑을 덮었다. 로드 부인은 아들 일이라면 뭐든지 적극 관여하시는 분이었다. 노먼이 굳이 어머니의 집에서 5마일(약 8km)이나 떨어진 곳에 한나와 함께 디자인한 꿈의 집을 지어 독립한 것도 그런 이유 때문이었다. 로드 부인과 함께 지내면 사소한 일까지 모두 보고를 해야 하기 때문에 마치 어린아이로 돌아간 것 같은 기분이라고 했다.

"오븐 타이머가 다 됐네요."

노먼이 샐러드 위에 소금에 절인 해바라기 씨를 뿌리며 말했다.

"내가 꺼낼까요?"

"윗부분이 노릇노릇하게 잘 익었으면 바로 꺼내고, 그렇지 않으면 1~2분 정도 더 기다려요. 아, 그리고 오븐은 끄지 말아요. 식사를 나르기 전까지 오븐을 260도로 맞춰놓아야 하거든요."

"260도면 정말 뜨거운 온도잖아요."

오븐에서 빵을 구울 때의 평균 온도쯤은 알고 있다는 사실에 뿌듯해하며 노먼이 말했다.

"다른 것 또 구울 것이 있어요?"

"디저트로 핫 퍼지 선데 케이크를 만들까 하고요. 7분이면 되니까 우리가 커피 두 잔째 마실 때쯤이면 완성될 것 같아요. 노먼도 맘에 들 거예요."

"내가 좋아하는 것이 두 가지나 들어가는데, 의심의 여지가 없네요."

"핫 퍼지와 케이크요?"

한나가 추측했다.

"맞아요. 어쨌든……나 도와줄 거죠?"

"그럼요. 물론이죠."

한나는 자신도 모르게 재빨리 대답해 버리고 말았다. 정확히 무슨 일인지 알기 전까지는 누구에게라도 쉽게 약속하지 말자는 것이 평소의 원칙이었는데 말이다.

"고마워요, 한나. 한나에게라면 의지할 수 있을 것 같았어요."

한나는 미소를 지으며 가장 중요한 질문을 던졌다. 노먼에게 한 대답이 앞으로 두고두고 후회하게 될 약속은 아니기를 바라며.

"내가 뭘 하면 될까요?"

노먼은 잠시 머뭇거리더니 이내 입을 열었다.

"우리 어머니를 미행해 주었으면 해요."

이지 치즈 비스킷

오븐은 220도로 예열해 주세요. 틀은 오븐의 중앙에 둡니다.

재료

다용도 밀가루 3컵(컵에 가득 채워 측정합니다)

타르타르 크림 2티스푼(매우 중요한 재료입니다) / 베이킹파우더 1티스푼

베이킹소다 1티스푼 / 바다소금 1티스푼(일반 소금도 사용 가능합니다)

소금기가 있는 부드러운 버터 1/2컵(110g)

진한 체다 치즈 간 것 1/2컵

아지아고 치즈 간 것 1/2컵*** (블루치즈나 하바티(덴마크산 치즈)도 가능합니다)

거품 낸 계란 2개(포크로 휘저어 주세요)

사우어크림 1컵(220g) / 우유 1/2컵****

토핑용 파마산 치즈 간 것 1/2컵(진짜 파마산 치즈를 사용하세요)

*** 저희 가족들은 아지아고 치즈를 좋아하지 않아서 전 아지아고 대신 체다 치즈를 2배로 사용한답니다. 그렇게 해도 아주 맛이 있거든요. 아직 싫다는 사람은 만나지 못했어요! 여러분들도 취향에 따라 특별히 좋아하는 치즈를 넣어도 좋습니다. 단 브라나 쌩 땅드레(프랑스산 흰곰팡이 치즈)와 같은 프랑스 치즈나 향이 강한 고르곤졸라 유의 치즈는 피하는 것이 좋아요.

**** 프루던스의 말에 따르면 우유는 필요에 따라 적당량보다 더 넣거나 덜 넣어도 좋다고 해요. 그저 재료들이 코티지 치즈처럼 균일한 점성을 띠면서 골고루 잘 섞이기만 하면 됩니다. 전 이 비스킷을 열 번도 넘게 만들어 봤는데, 우유 1/2컵으로도 매번 성공적으로 완성했답니다.

만드는 법

1. 중간 크기의 믹싱볼에 밀가루, 타르타르 크림, 베이킹파우더, 베이킹소다, 그리고 소금을 넣고 잘 섞습니다. 소금기가 있는 버터를 파이 껍질에 넣는 분량만큼 잘라 넣습니다.

> 한나의 첫 번째 메모: 믹서기가 있다면 첫 번째 단계에서는 믹서기를 사용하세요. 냉장 보관해서 딱딱해진 버터를 8등분으로 잘라서 믹서기용 그릇에 마른 재료들과 함께 층층이 넣습니다. 혼합물이 옥수수가루 정도의 질감이 날 때까지 칼날을 단 믹서기를 돌립니다. 완성된 것을 다시 중간 크기의 믹싱볼에 담은 다음 두 번째 단계를 진행합니다.

2. 잘게 간 체다 치즈와 아지아고 치즈를 섞습니다. 거기에 거품 낸 계란과 사우어크림을 넣고 골고루 섞어줍니다.

3. 우유를 넣고 다시 골고루 섞어줍니다.

4. 수프용 숟가락으로 비스킷 반죽을 떠서 기름칠을 하지 않은 틀 위에 얹습니다. 1개 틀에 12개 정도 올리면 적당합니다(프루던스는 기름칠을 하지 않은 틀을 사용하였고, 리사는 코팅이 되어 있는 종이를 얹어 사용했다고 해요. 저는 들러붙음 방지 스프레이를 뿌렸습니다).

5. 반죽을 모두 올렸으면 손가락을 적셔서 반죽을 다듬습니다(저는 일부러 조금 비뚤게 다듬곤 한답니다. 그래야 수제 쿠키인 걸 모두가 알 수가 있죠).

6. 반죽 위에 잘게 간 파마산 치즈를 뿌립니다.

7. 220도에서 12~14분간 굽습니다. 윗부분이 노르스름해지면 완성입니다.

8. 틀 위에서 적어도 5분간 식힌 뒤 주걱으로 비스킷을 떼어 냅니다. 손님들에게 대접할 때는 비스킷이 금방 식지 않도록 바구니 위에 종이 타월을 깐 뒤 얹어내세요.

한나의 두 번째 메모: 엄마가 오셨을 때 만들어 드렸더니, 남은 한 개를 아침식사로 드신다면서 집으로 가져가셨어요. 그렇게 해서 다음 날 반을 쪼개 버터를 바르고 스크램블 에그까지 얹어서 아주 맛있게 잘 드셨다고 하네요.

리사의 메모: 허브가 출근할 때 곧잘 가지고 가는데, 중간에 마요네즈와 겨자 소스를 바르고 햄을 끼워서 만들어 주곤 해요. 지금껏 먹어본 햄 샌드위치 중 제일 맛있다고 했답니다.

"이 핫 퍼지 소스 맛, 정말 환상이에요!"

노먼이 마지막 남은 아이스크림을 한 숟가락 떠서 입으로 가져가며 만족스러운 한숨을 내쉬었다.

"그야말로 꿈에 그리던 디저트의 맛이에요."

"동감이에요. 케이크 좀 더 들겠어요? 레시피대로 여섯 개를 만들었거든요."

노먼은 잠시 고민하는 듯하더니 이내 고개를 끄덕였다.

"한 개 정도 더 먹을 수 있을 것 같네요."

한나는 재빨리 부엌으로 가서 노먼의 디저트 접시에 케이크 한 조각을 담았다. 그런 뒤 포크 두 개로 윗부분을 가른 다음 수플레를 서빙할 때 배웠던 솜씨대로 퍼지 소스를 접시 밑까지 흘러넘치도록 붓고 마지막으로 바닐라 아이스크림을 한 스쿱 얹었다.

"이번에는 아이스크림 조금 줄게."

노먼의 목소리가 들렸다. 이어 구슬픈 야옹소리가 들리는 것을 보니 노먼이 모이쉐랑 이야기를 나누고 있는 것이 분명했다.

"이건 커피 아이스크림과 함께 먹어도 맛있어요."

한나가 접시를 들고 거실로 나와 노먼에게 건네주며 말했다.

"커피 더 줄까요?"

"좋죠. 한나표 커피는 단연 최고……."

갑작스러운 초인종 소리에 노먼이 하던 말을 멈추었다.

"누구 올 사람 있어요?"

"아뇨, 엄마는 아닌 것 같은데."

"어떻게 알아요?"

한나는 모이쉐를 가리켰다.

"녀석의 털이 곤두서지 않았잖아요. 모이쉐는 엄마가 올 때면 늘 성을 내거든요."

"그럼 누구인지 전혀 짐작되는 바 없어요?"

"전혀요."

"그럼 내가 나가볼게요."

현관으로 다가가 문에 난 작은 구멍으로 밖을 내다보는 노먼을 바라보며 한나는 애써 웃음을 참았다. 한나의 아파트는 보안이 철저하게 이루어지고 있을뿐더러 이렇게 추운 밤에 밤일을 나설 바보는 없다. 게다가 손으로 직접 페인트칠을 한 밀방망이를 장식 삼아 현관 옆에 걸어 두었기 때문에 반갑지 않은 손님이 찾아왔을 경우에는 언제라도 휘두를 수 있었다.

"누구세요?"

노먼이 외쳤다. 도어렌즈로 밖을 내다보았자 바깥쪽에 부착된 안전등의 환한 불빛 탓에 방문자의 얼굴 위로 그늘이 져서 도대체 누구인지 알아볼 수 없을 터였다.

"마이크입니다!"

문틈으로 목소리가 새어 들어왔다.

"어서 문 열어줘. 추워 죽겠어."

노먼은 킥킥거리며 한나를 돌아보았다.

"어떻게 할까요? 열어 줄까요?"

노먼은 마이크가 들으라는 듯 일부러 큰소리로 물었다.

"아니면 우리끼리 핫 퍼지 선데 케이크나 계속 먹을까요?"

잠시 침묵이 흐르더니 이내 마이크가 외쳤다.

"지금 방금 핫 퍼지 선데 케이크라고 했어!?"

한나는 웃음을 터뜨렸다.

"문 열어줘요, 노먼. 난 가서 케이크를 준비할게요."

한나는 엄마가 크리스마스 때 선물한 접시에 케이크를 다시 한 조각 담았다. 마이크를 맞이하는 노먼의 목소리가 들렸다. 두 남자 모두 한나와 오묘한 관계이긴 했지만, 그럼에도 불구하고 두 사람은 친구로 잘 지내고 있었다. 때때로 질투심을 느끼는 것도 같았지만, 그것도 순간일 뿐 오래 마음에 담아두지 않았다. 한나가 굳이 둘 중 한 명을 선택하지 않는 한 세 사람은 친구 사이로 남을 수 있을 듯했다.

"들여보내줘서 아주 고마워."

거실에서 마이크의 목소리가 들렸다.

"별 수 있나. 경찰이 출동하셨는데."

"맞는 말이야. 그나저나 핫 퍼지 선데 케이크라니, 뭐야?"

"케이크 안에 핫 퍼지 선데를 넣은 거야."

노먼이 설명했다.

"아주 맛있다구."

그때 한나가 마이크 몫의 케이크와 커피 두 잔을 들고 부엌에서 나왔다. 커피 한 잔은 노먼의 것, 그리고 나머지 한 잔은 마이크의 것이었다.

"여기요."

한나는 접시와 커피를 마이크의 앞에 놓은 뒤 노먼에게 커피를 건넸다.

"어서 먹어봐요. 뜨거울 때 먹어야 맛있어요."

마이크는 숟가락을 소스에 푹 담근 뒤 케이크와 아이스크림을 조금 떴다. 그런 뒤 입안으로 가져가더니 이내 모이쉐가 가장 행복할 때 내는 소리와 아주 비슷한 신음소리를 냈다. 그러고는 곧이어 바삐 숟가락을 움직였다.

"맛있어요?"

한나가 물었다.

"말이라고요! 고마워요, 한나. 오늘은 종일 바빠서 제대로 먹을 시간도 없었거든요."

"그럼 미트로프 샌드위치 만들어 줄까요?"

한나가 제안했다.

"미트로프 남은 것이 있는데, 햄버거처럼 치즈 비스킷 사이에 끼워서 샌드위치를 만들어 줄게요."

마이크가 승낙 비슷한 대답을 웅얼거렸고, 한나는 곧바로 부엌으로 돌아가 잘게 썬 미트로프를 전자레인지에 돌렸다. 그런 뒤 비스킷을 반으로 잘라 마요네즈를 바른 뒤 리사가 준 오이 피클을 조각조각 얹었다.

"케첩 넣을까요?"

한나가 외쳤다.

"네, 머스터드도 있으면 부탁합니다."

마이크가 대답했다.

재료를 다 얹고 나자 거실 쪽에서 마이크가 숟가락으로 달각달각 접시 바닥을 훑는 소리가 들렸다. 한나는 마지막으로 미트로프를 얹은 다음 비스킷으로 덮고 접시에 담아 거실로 나간 뒤 마이크의 디저트 접시와 바꿔 놓았다. 그의 디저트 접시가 티끌 하나 없이 깨끗한 것을 보니 배가 어지간히도 고팠던 모양이었다.

"안녕, 친구."

디저트 접시를 들고 부엌으로 들어가는 한나의 등 뒤로 마이크가 모이쉐를 부르는 소리가 들렸다.

"물론 나눠줄 수 있지. 잠깐만 기다려. 미트로프를 잘게 잘라줄게."

한나는 두 남자의 이런 점이 무엇보다 마음에 드는 것일지도 모르겠다고 생각하며 흥겨운 기분으로 마이크의 접시를 씻어 식기세척기에 넣었다. 노먼과 마이크 모두 모이쉐를 좋아하고 아끼고 있으니 아마 녀석이 두 남자에 대해 느끼는 바도 한나와 똑같을 것이다. 차라리 모이쉐가 극명하게 두 남자 중 한 명만 좋아하고 다른 한 명은 싫어했다면 한나도 더 쉽게 결정내릴 수 있었을지 모르겠다. 어쨌든 한나는 두 남자를 동시에 만나게 되고 말았다. 뭐, 딱히 불행한 일이라고만은 말할 수 없는 일이다.

한나가 다시 거실로 나와 소파에 막 앉자마자 전화벨이 울렸다. 전화를 받은 한나는 얼굴을 찌푸렸다. 동생인 안드레아의 격앙된 목소리 때문이었다.

"나 좀 도와줘, 언니! 빌은 경찰서에서 근무 중이라 도중에 나올 수가 없고, 이 일은 도저히 나 혼자 못하겠어!"

"도대체 뭘 혼자 못하겠다는 거야?"

한나는 무슨 일인지 자세한 이야기를 듣기 전까지는 절대 덮어놓고 부탁을 들어주지 않겠다는 평소의 지론을 다짐하며 물었다. 사실 이 지론을 탄생시킨 장본인이 바로 안드레아였다. 한나가 고등학교 졸업반이었을 때 안드레아는 중학교 2학년이었는데, 한번은 안드레아가 한나로부터 뭐든 도와주겠다는 약속부터 받아낸 일이 있었다. 하지만 그 도와달라는 일이 나중에 알고 보니 안드레아를 그녀의 반 친구들 다섯 명과 함께 록 콘서트에 데려가는 것이었다. 한나는 장장 2시간 30분 동안 고막이 나갈 지경으로 소리를 질러대는 십대 여자아이들 틈에서 음률이나 곡조는 거의 없는 얼터너티브 록 음악에 시달려야만 했다. 그 음악을 듣고 있자니 차라리 교차로에서 여러 대의 차가 동시에 충돌하는 것을 녹음한 테이프를 듣고 있는 편이 더 나을 것 같았다.

"내일 아침까지 크리스마스트리를 준비해야 해. 트레시의 반에서 트리를 준비해 줄 사람을 지원 받았는데, 트레시가 내 얘기를 했다나 봐. 근데 그걸 지금까지 잊고 있다가 오늘 아침에서야 얘기하지 뭐야."

"좋은 부모 되기 세상에 온 걸 환영해."

한나가 킥킥거렸다.

"진정해, 안드레아. 크리스마스트리 고르러 갈 때 같이 가줄게."

"고마워, 언니! 언니라면 부탁 들어줄 줄 알았어."

"자매 좋은 게 뭐겠어. 그럼 내일 데리러 갈까?"

"내일은 안 돼. 오늘 밤에 해야 해."

안드레아가 제법 단호하게 말했다.

"내일 아침에 수업 시작할 때 갖다 줘야 하거든. 아이들이 트리 장식 파티를 할 거라는데, 가지가 조금이라도 길게 뻗으려면 시간이 좀 필요할 거야."

"아무리 그래도 밤 9시에 어디 가서 트리를 산단 말이야?"

"크레이지 엘프 크리스마스트리 공원이 있잖습니까."

한나의 통화 내용을 엿듣지 않는 척 무심코 있던 마이크가 불현듯 끼어들었다.

"밤 11시까지 영업하니까 우리한테 아직 시간은 충분해요."

노먼이 덧붙였다.

"우리요?"

한나가 깜짝 놀라 그를 돌아보았다.

"네, 우리 말입니다."

마이크가 대답했다.

"노먼과 내가 함께 가겠습니다. 트리를 고르는 건 남자가 할 일이니까요. 한나만 보냈다가는 샤방샤방한 분홍색 장식물들이나 잔뜩 붙어 있는 비실비실한 나무를 고를 게 틀림없어요. 그랬다간 트레시가 학교에서 창피를 당할지도 모릅니다."

한나는 자신의 트리 고르는 능력을 폄하하는 마이크에게 한마디 쏘아붙일까 생각했지만, 그래도 기분은 좋았다. 그리고 사실 안드레아는 정말로 분홍색 트리를 좋아했다. 올해만 해도 도우 그리어슨의 은행 유리창 앞에 놓여 있는 분홍색 트리를 보고는 몇 번을 감탄했는지 모른다. 노먼과 마이크가 한나의 편에 합류한다면 안드레아가 분홍색 트리 사는 것을 좀 더 쉽게 말릴 수 있을 것이다.

"좋아요."

한나는 두 사람을 향해 미소를 지어보였다.

"크레이지 엘프 크리스마스트리 공원은 한번 가보고 싶었어요. 트리를 살 건 아니에요. 어차피 우리 집은 너무 좁고 내가 집에 있는 시간도 별로 없으니까요. 그래도 래리 재거가 크리스마스 테마 파크를 아주 멋있게 조성해 놓았다는 이야기를 들어서 꼭 한 번 보고 싶었어요."

"래리가 한나의 쿠키도 팔고 있죠?"

노먼이 물었다.

"맞아요. 그 부분에 대해서도 래리와 의논할 게 있어요. 래리가 밤늦게까지 쿠키를 팔고 있다는 이야기를 누군가한테 들었거든요. 그게 사실이라면 추가 주문이 필요한 상황일지도 모르겠어요."

그러자 노먼이 마이크를 향해 윙크를 했다.

"한나가 오늘 학교에서 들은 경영학 수업에서 뭔가 좋은 아이디어라도 얻었나 봐."

한나가 막 부인하려는데 귓가에서 다시 목소리가 들려왔다.

"방금 마이크와 노먼이야?"

안드레아의 질문에 한나는 다시 안드레아와의 통화에 주의를 기울였다.

"맞아, 두 사람도 같이 가서 도와주겠대. 그럼 10시에 크레이지 엘프 주차장에서 만나자. 알았지?"

"좋았어. 그 시간까지면 다락방에 올라가서 트리 받침대를 찾아볼 여유가 되겠어. 트레시가 학교에 받침대가 있는지 잘 모르겠다고 해서."

"그래, 그럼 이따가 봐."

한나가 말했다. 그런 뒤 수화기를 내려놓고 마이크와 노먼을 돌아보았다.

"10분 안에 출발하면 되겠어요. 누구 커피 더 드실 분?"

대답은 들을 필요도 없었다. 한나는 부엌으로 들어가 새로 커피 물을 올렸다. 비록 유난히 바빴던 하루 일정에 몸은 피곤했지만, 래리의 크레이지 엘프 크리스마스트리 공원이 몹시 궁금하기도 했다.

핫 퍼지 선데 케이크

오븐은 260도로 예열해 주세요. 틀은 오븐의 중앙에 둡니다.

재료

소금기 있는 버터 8온스(220g)

중간 달기의 초콜릿 칩 8온스(220g)

계란 노른자 4개(흰자는 냉장고에 보관했다가 스크램블 에그 만들 때 사용하세요)

계란 5개 / 백설탕 1컵

밀가루 1컵(다목적용—분량을 측정할 때는 컵에 가득 담아 주셔야 합니다)

마무리를 위한 바닐라 아이스크림

시작하기 전에 다음의 제안에 따라 원하는 종류의 팬을 고르세요:

크고 깊은 머핀 컵을 사용해도 되지만 머핀 팬이 단단하고 컵이 따로 분리가 되지 않는 종류의 것이라면 2개의 수프 숟가락을 사용해서 일이이 케이크를 빼내야 한답니다. 재료의 반죽 분량이면 9개의 케이크를 만들 수 있습니다.

포포버 팬 역시 사용가능합니다. 특히 고정되어 있지 않은 컵이 부착되어 있는 것이면 더욱 좋습니다. 하지만 케이크가 완성되었을 때 컵의 가장자리를 칼로 발라낸 다음에 뒤집어서 케이크를 빼내야 한답니다. 이렇게 크고 깊은 포포버 컵으로는 6개의 케이크를 만들 수 있습니다.

수플레 컵을 사용해도 됩니다. 하지만 이번에도 케이크를 빼내기 위해서는 수프 숟가락을 사용하거나 칼을 사용해야 합니다. 수플레 컵으로는 작은 것은 8개, 큰 것은 6개를 만들 수 있습니다.

한나의 기술: 근처 상점에서 흔히 구할 수 있는 1회용 쿠킹호일 팟파이 틀을 사용하면 손쉽게 만들 수 있답니다. 그것을 사용하면 케이크가 완성되었을 때 틀을 뒤집어 오븐장갑을 낀 손으로 호일 바닥을 누르면 디저트 접시나 그릇 위에 깔끔하게 케이크를 올릴 수 있답니다 (물론 팟파이 틀을 따로 도 구매해야 하니 돈이 들지만, 케이크를 훨씬 더 빠르게 빼낼 수 있을 뿐만 아니라 손이나 식기세척기 등으로 깨끗하게 씻어서 여러 번 더 사용할 수 있습니다).

만드는 법

1. 선택한 팬에 밀가루와 기름칠을 합니다. 이 과정이 번거로우면 간편하게 들러붙음 방지 밀가루 스프레이(밀가루가 첨가되어 있답니다)를 뿌려도 됩니다.

2. 중간 크기의 그릇(전자레인지에 넣어도 괜찮은 것으로)에 버터와 초콜릿 칩을 넣습니다. 전자레인지에 강으로 90초간 돌립니다. 그런 후 다시 전자레인지에서 꺼내 내용물이 부드럽게 섞이도록 저어줍니다(초콜릿 칩은 녹은 후에도 제 형태를 유지하고 있는 경우가 많아요). 내용물이 잘 섞였으면 실온에서 식힙니다. 초콜릿이 완전히 녹지 않았으면, 전자레인지에 20초씩 더 돌립니다.

3. 손으로 초콜릿 혼합물이 든 그릇을 만져보아 계란이 익을 만큼 뜨겁지 않으면 계란 4개를 꺼내 흰자와 노른자로 분류합니다. 흰자는 냉장고에 넣고 다음 날 아침 스크램블 에그를 만들 때 더하시면 됩니다. 그리고 노른자는 잘 섞은 다음에 초콜릿 혼합물이 있는 그릇에 천천히 부으면서 잘 저어줍니다.

4. 계란 5개를 한 번에 한 개씩 넣고 충분히 저어줍니다.

5. 백설탕을 넣고 잘 섞습니다.

6. 밀가루를 넣고 덩어리지는 곳이 없이 반죽이 부드러워질 때까지 잘 섞습니다.

7. 반죽을 팬(커다란 머핀 컵 9개, 커다란 포포버 컵 6개, 작은 수플레 컵 8개, 큰 수플레 컵 6개, 1회용 쿠킹호일 팟파이 틀 6개)에 붓습니다. 구이판에 팬을 올리고 오븐에 넣습니다.

8. 260도에서 정확히 7분 굽습니다. 오븐 타이머를 꼭 맞춰두세요. 그리고 구워지는 동안 절대로 오븐을 열어보지 마세요. 이 레시피의 성공 여부는 정해진 시간 동안 높은 온도에서 굽는 것에 달려 있답니다. 겉은 잘 굽되, 안은 뜨거운 초콜릿으로 촉촉해야 합니다.

9. 타이머가 울리면 오븐에서 즉시 케이크를 꺼내서 선반으로 옮기세요. 선반으로 옮길 때 케이크의 푹 꺼진 부분이 조금 흔들리는 것이 눈에 보일 거예요. 그렇다고 걱정하진 마세요. 원래 그래야 옳게 구워진 것이니까요.

10. 선반에서 2분간 식힌 다음 디저트 접시나 그릇에 옮겨 담습니다. 중앙의 초콜릿 소스를 새어나오게 하고 싶으면 포크 2개로 윗부분을 쪼개면 됩니다.

11. 먹음직스럽게 녹은 초콜릿 소스가 넘치는 케이크 윗부분에 작은 아이스크림 스쿱을 이용해 바닐라 아이스크림을 얹어 주세요.

12. 완성되었으면 즉시 손님에게 냅니다.

한나의 메모: 디저트에 장식을 하고 싶을 때는 포테이토 팬케이크에 곁들이곤 하는 과일 소스를 만들어요. 핫 퍼지 선데 케이크를 굽는 동안 디저트 접시 가장자리를 장식하기도 하구요. 엄마는 그렇게 해서 드리면 더 좋아하시거든요. 제 동생들은 자기 취향대로 아이스크림을 고른답니다. 안드레아는 초콜릿 아이스크림을 좋아하고, 미셸은 버터 브리클 아이스크림(토피 아이스크림)을 좋아해요. 전 커피 아이스크림 이랑 먹는 것을 가장 좋아하구요.

케이크가 남았으면 나중에
전자레인지에 데워 먹어도 된답니다.
하지만 갓 만든 것과는 달라요.
여전히 맛은 좋지만, 가운데 부분의
핫 퍼지 소스가 시간이 지나면 일반 케이크처럼
굳어 버리거든요.

　노먼의 차가 붐비는 주차장 안으로 진입했다. 안드레아는 입구의 바로 오른편에 난 주차 공간의 한가운데 서서 한나를 향해 열광적으로 손을 흔들고 있었다. 안드레아의 초록색 볼보는 그 옆에 주차되어 있었는데, 안드레아가 한나 무리를 위해 주차할 자리를 맡아놓으려고 그곳에 서 있었던 모양이었다.

　차에서 내리자마자 날카로운 소음과 함께 Hark the Herald Angels Sing(크리스마스 캐럴)이 큰 소리로 울려 퍼지고 있었다. 한나는 근처 이웃들이 불평도 하지 않는 것일까 의아해하며 건너편에 자리하고 있는 집들을 쳐다보았다.

　한나는 귀를 두 손으로 막고 신음소리를 냈다.

　"안녕, 안드레아."

　"왔어, 언니?"

　안드레아가 노먼을 쳐다보았다.

　"같이 와줘서 고마워요. 세 명이 둘보단 낫죠."

　"네 명이면 말할 것도 없고."

　한나가 말했다.

　"마이크도 금방 올 거야. 마이크 오기 전에 잔소리 하나 할게. 아까 주차 공간 한가운데 서 있던 것 말이야. 그거 정말 위험한 일이야, 안드레아. 차가 빠른 속도로 진입해 들어오면 어떡해? 그럼 그대로 차에 치이는 거야."

"하지만 그런 일은 없었잖아! 내가 경찰서장 부인인 거 전부 다 아는데!"

"그래, 하지만 널 미처 발견하지 못했다면? 지금이 환한 낮시간도 아니잖아."

안드레아가 잠시 생각에 잠겼다. 그 모습을 보니 이 논쟁에서 쉽게 백기를 들 생각이 없는 모양이었다.

"노먼은 날 봤어. 그래서 속도를 줄였다구."

"그거야 노먼은 운전을 잘하니까. 만약 다른 사람이었다면? 그것도 술집에서 뜨거운 토디(위스키에 뜨거운 물, 설탕, 레몬을 탄 음료) 몇 잔 걸치고 트리를 사러 온 사람이었다면 어떡할 거야?"

"그럼……."

안드레아가 마침내 한숨을 내쉬었다.

"알았어, 인정할게. 언니 말이 옳아. 위험한 일이었어."

안드레아는 노먼을 돌아보았다.

"우리 그이한테 말하면 안 돼요, 알았죠?"

그러자 노먼이 미소를 지었다.

"걱정 말아요. 말 안할 테니. 나쁜 소식을 전한 사신의 결말이 어떤지 잘 알고 있거든요."

"어떤데요?"

안드레아가 물었다.

"죽어요, 때때로. 안티고네(고대 그리스의 3대 비극 시인 중 하나인 소포클레스의 대표작)에서 소포클레스의 사신도 그래서 이 말부터 하잖아요. '사신을 죽이면 안 됩니다'라고."

"끔찍해요!"

안드레아가 겁에 질려 말했다.

"달갑지 않은 소식을 전했다고 사람을 죽일 순 없어요. 그래서 그 사람들은 사형을 받았나요? 사형제도가 있는 주에서 벌어진 일이 맞죠?"

역사와 문학에 문외한인 안드레아를 위해 한나가 얼른 나서 설명했다.

"그건 아주 오래전에 다른 나라에서 있었던 일이야. 실제로 있었던 일인지, 아닌지도 모르구. 그저 문장들만이 남았을 뿐이지. 이건 셰익스피어가 '헨리 4세 2부'에서도 인용했어. 오스카 와일드와 마크 트웨인도 똑같이 인용했다는 사람도 있구."

"마크 트웨인의 진짜 이름은 사무엘 클레멘스야."

안드레아가 자랑스럽게 말했다. 그러더니 주차장에 막 진입한 차를 보고는 환한 미소를 지었다.

"오, 저기 마이크가 왔어! 근데 주차할 자리가 없네. 어쩌지?"

"어디든 하겠지."

마이크의 경찰차가 지붕 위의 사이렌 불빛을 반짝이며 노먼의 세단과 안드레아의 볼보 앞에 가로로 주차하는 모습을 보며 한나가 대답했다.

마이크가 무리에 합류하자 안드레아는 트레시가 학교 선생님에게 받아 온 메모를 한나에게 주었다. 크리스마스트리는 4~5피트(약 120~150cm)의 높이여야 하고, 잎이 짧아야 하며, 아이들이 크리스마스 장식을 쉽게 달 수 있도록 나뭇가지들 사이의 공간이 넉넉해야 했다.

"블루 스프러스(가문비나무 류)면 되겠군요."

마이크가 말했다.

"아니면 스카치 파인(구주소나무)이나요."

노먼이 제안했다.

"일단 크레이지 엘프에 어떤 종류의 나무들이 있는지 들어가 봐요."

"모두 같이 와줘서 너무 고마워요."

먼저 나서서 입구로 향하며 안드레아가 말했다.

"매년 트리는 그이가 골라요. 이런 상점에서 사는 게 아니라 시부모님 댁 뒷마당에서 한 그루씩 직접 베어오거든요. 마당에 널린 게 소나무니까요."

"그럼 트레시도 아빠 따라 가나요?"

노먼이 물었다.

"지난 2년간은 그랬어요. 그전에는 너무 어려서 데려가지 못했구요."

안드레아가 한나를 돌아보았다.

"언니도 아빠가 트리 고르러 가실 때 같이 갔었지?"

"그래, 대신 우리는 빨간 부엉이에서 샀었지. 플로렌스의 아버지가 식료품점에 트리들도 가져다 놓고 파셨거든. 벽돌로 된 가게 바깥 쪽 벽에 뾰족한 창처럼 주르륵 세워놓으셨었지."

"나무들을 풀어놓지 않았어요?"

노먼이 물었다.

"네, 꽁꽁 묶어 놓았어요. 내가 아빠랑 빨간 부엉이에 들렀을 때 마침 배달차가 온 것을 봤는데, 바닥에 방수 천을 깐 플랫베드 트럭(컨테이너 차량처럼 적재함이 평평한 트럭)에 가득 실려 있더라구요. 나무들이 마치 미라처럼 끈으로 꽁꽁 묶여 쌓여 있던 것이 가장 기억에 남아요. 나무를 펼치면 어떤 모양이 될지 어떻게 한 번 보고 알 수 있냐고 아빠한테 물어봤었는데, 그때 아빠는 다 요령이 있다고 하셨어요."

"어떤 요령?"

안드레아가 한나의 팔을 잡았다.

"지금 우리한테 얘기해줘. 크레이지 엘프의 트리들도 끈으로 묶어놓았을지도 모르잖아."

"그때 당시에는 그 요령이란 것이 잘 이해가 안 됐었는데, 뭐라고 하셨냐면, 나무는 당근과 비슷해서 그 높이가 나무 밑동 원주의 2배라고 하셨어. 그래서 내가 그게 무슨 뜻이냐고 물었더니, 밑동 주변으로 실을 감아서 그 길이만큼 칼로 자른 다음에 그걸 갖고 나무 중간 부분까지 닿는지 재봐야 한다는 거야. 아빠가 정말 그렇게 하시더라구."

"와우!"

마이크가 감탄했다.

"정말 예쁜 트리를 골랐을 것 같군요."

"맞아요. 한 해만 빼구요. 아빠랑 같이 트리를 사서 집으로 갖고 온 다음에 받침대 위에 세우고 난 잠을 자러 갔어요. 아빠는 내일 아침이면 나뭇가지와 잎들이 제자리를 찾아갈 거라고 하셨어요. 그러면 정말 예쁠 거라고."

"그래서? 예뻤어?"

안드레아가 물었다.

"난 하나도 기억이 안나."

"기억이 날 리가 없지. 넌 그때 아직 아기였으니까. 밤새 트리가 살아나긴 했는데, 나이가 많은 나무였나 봐. 밤새 잎들이 거의 다 떨어지고, 아침에 거실로 내려왔을 때는 거의 남은 잎들이 없었거든."

"아빠가 무척 실망하셨겠다."

안드레아가 쓸쓸한 표정을 지었다.

"그래서 어떻게 했어?"

"철물점을 다른 사람한테 잠깐 맡기고 급히 할아버지 댁 농장에 가서 다른 나무를 베어오셨어."

안드레아의 얼굴이 근심에 휩싸였다.

"우리 트레시의 트리도 그렇게 되면 큰일인데!"

안드레아가 세 사람을 돌아보았다.

"나무가 싱싱한지 아닌지 구분하는 법 아는 사람 있어요?"

"내가 알아요."

노먼이 나섰다.

"그냥 잎을 만져보면 돼요. 잎이 건조하고 잘 부스러지면 늙은 나무예요."

"더 쉬운 방법도 있습니다."

마이크가 말했다.

"내 경찰 배지를 보여주고 가장 최근에 들여온 나무들의 송장을 요구하는 겁니다. 그리고 거기 중에서 나무를 고르겠다고 말하는 거죠."

그러자 노먼이 마이크의 어깨를 툭 쳤다.

"그 방법이 훨씬 낫겠는걸. 일단 안에 들어가보자구."

공원 안으로 들어선 한나는 현관 안쪽으로 썰매들이 줄지어 놓여 있는 것이 눈에 띄었다. 밝은 초록색의 썰매에는 아이들을 태울 공간도 있었다. 그 공간 뒤에는 슈퍼마켓의 쇼핑카트처럼 생긴 커다란 빨간색 상자가 부착되어 있었다. 쇼핑한 물건들을 담기 위해 만든 것이 분명했다. 꽤 많이 넣을 수 있을 것 같았다.

"기발한데요."

역시나 썰매를 눈여겨본 노먼이 말했다.

"정말이에요."

한나가 대답했다.

"근데 아이를 둘 이상 데리고 왔을 때는 어떻게 하죠?"

"제가 나서야 할 때인 것 같네요."

네 사람이 동시에 고개를 돌리자 초록색 요정 의상을 입은 금발의 소녀가 입을 열었다.

"전 메리예요. 오늘 밤 여러분의 담당 요정이죠."

"정말로 오는 손님들마다 그렇게 얘기하는 거예요?"

한나가 물었다.

"아뇨, 이번만 특별히요. 농담이에요, 스웬슨 양. 저 트리샤 바텔의 막내 여동생이에요. 복장이 이러니까 못 알아보실 만도 해요."

"어머, 그렇구나. 그래도 작년 크리스마스 때 레이크 에덴 호텔에서 내가 입었던 의상보다는 나아. 적어도 이 타이즈는 그렇게 꽉 쪼이지 않잖아."

"안녕, 메리."

안드레아가 미소를 지어보였다.

"우리 딸 학교에 가져갈 트리를 찾고 있어. 4~5피트에 잎은 짧고, 크리스마스 장식을 걸기 쉬운 형태의 가지여야 해."

"마침 적당한 게 있어요. 절 따라 크기가 작은 트리가 있는 천막으로 가세요. 마음에 드실 만한 것을 몇 개 보여 드릴게요."

네 사람은 메리를 따라 우르르 공원 가장자리에 있는 텐트로 향했다. 그렇게 좋은 위치가 아니었기 때문에 한나는 이보다 더 크고 비싼 트리들은 입구에서 좀더 가까운 텐트에 비치해놓았겠구나 생각했다. 가는 길에 그들은 크레이지 엘프 장난감 가게와 크레이지 엘프 크리스마스 장식 매장, 그리고 크레이지 엘프 트리 받침대 상점을 지났다. 그러는 동안에도 스피커에서는 We Wish You a Merry Christmas가 계속 흘러나왔다.

한나는 메리 요정에게 가까이 다가갔다.

"계속해서 캐럴만 듣기 힘들지 않아?"

"처음엔 그랬는데 이제는 많이 익숙해졌어요. 별로 들리지도 않는걸요. 들리다가 안 들리면 그때야 캐럴이 계속 나오고 있었구나 해요. 오늘 밤에는 아마 밤 11시까지 계속 틀 거예요."

"주변에 사는 사람들이 소리 때문에 불평할 것 같은데."

"안 그래도 매니저님한테 여쭤봤었는데, 재거 씨가 여기 주변에 사는 사람들에게 공짜 트리와 크레이지 엘프에서 사용할 수 있는 50달러 상품권을 돌렸대요."

"좋은 방법인걸."

한나가 말했다. 연휴 때는 여분의 돈이 필요한 법이다. 공짜 트리와 장식품, 장난감 등을 살 수 있는 50달러 상품권이라면 누구에게든 반가운 크리스마스 보너스였을 것이다.

"다 왔어요."

메리가 한나 무리를 초록색과 빨간색 줄무늬의 캔버스 천으로 만든 커다란 텐트 중 한 곳으로 안내하며 말했다.

"여기 있는 트리들이 모두 잎이 짧은 것들이에요."

마치 소나무 숲 한가운데를 걷는 듯한 향기로운 냄새에 한나는 심호흡을 하며 미소를 지었다. 텐트 안 공간은 온풍기 덕분에 따뜻했고, 트리들도 모두 끈을 풀어놓은 상태였기 때문에 굳이 아빠의 방법을 사용하지 않아도 되었다.

"블루 스프러스는 여기 있어요."

메리가 파란색 테이프를 둘러친 공간을 가리켰다.

"하지만 별로 추천해 드리고 싶진 않아요. 따뜻한 교실에서는 잎이 쉽게 떨어질 수가 있거든요."

"어머나, 알려줘서 고마워."

안드레아가 진심이 담긴 어조로 인사했다.

"저건 무슨 나무야?"

안드레아가 넓은 구역을 가리키며 물었다.

"저건 스카치 파인이에요."

메리가 초록색 테이프가 둘러쳐진 공간으로 안내했다.

"선생님들이 많이 사가세요. 크리스마스트리로는 인기 품종일 뿐만 아니라 잎들도 오래 버티거든요. 나무가 건조해져도 쉽게 떨어지지 않아요."

한나는 안드레아를 흘끗 쳐다보았다. 무엇을 선택할지 이미 답은 나온 듯했다. 안드레아는 상품은 비싼 만큼 제값을 하기 마련이라고 굳게 믿는 사람 중 한 명이었다.

"어쨌든 싸구려는 사고 싶지 않아."

한나의 추측이 맞았다.

"저건 어때?"

안드레아가 이번에는 빨간색 테이프가 둘러쳐진, 제일 좁은 구역을 가리켰다.

"나무들이 멋진데."

"오, 저건 노블 퍼스(전나무의 일종)예요. 가격도 훨씬 비싸죠. 근데 저건……."

메리는 텐트에 한나 무리 외에 아무도 없는데도 불구하고 안드레아에게 가까이 다가서더니 나지막한 목소리로 속삭였다.

"이런 말씀 드려도 될지 모르겠지만, 저희가 갖고 있는 것 중에서 가장 싱싱한 나무들이에요. 더운 교실에서도 잎도 거의 떨어지지 않구요. 게다가 유연하기까지 해요."

메리가 노블 퍼스의 잎을 하나 따서 손가락으로 비볐다.

"사실 나무가 오래되면 잎이 굉장히 날카로워지거든요. 그래서 소나무 류의 잎들을 니들(바늘)이라고 부르는 것 같아요. 근데 이 노블 퍼스는 아이들이 학교를 쉬는 크리스마스 연휴 때까지도 문제없을 거예요."

"그럼 이걸로 할래."

안드레아가 가까이 다가가 나무를 살펴보았다.

"근데 같은 구역에 있는 나무들도 전부 제각각이야. 직접 재어보지 않고도 대략 높이를 가늠할 수 있는 방법 있어?"

"보여드릴게요."

메리가 안드레아에게 손짓을 했다.

"저를 따라오세요. 상표에 적힌 색깔 코드 읽는 법을 알려드릴게요."

안드레아가 메리를 따라 빨간색 구역 안쪽으로 사라지자 노먼이 한나에게 가까이 다가왔다.

"계속 후렴구예요. 머리가 지끈거리네요."

순간 한나는 노먼의 말이 무슨 뜻인지 아리송했지만, 이내 We Wish You a Merry Christmas가 벌써 끝나고 The Twelve Days of Christmas가 흘러나오고 있는 중이라는 사실을 알아챘다.

"아직 여덟 번이나 남았어요."

한나가 말했다.

"가방에 아스피린이 있을 텐데, 줄까요?"

"괜찮아요. 여기서 나가기만 하면 금방 괜찮아질 거예요."

"헤이, 한나."

마이크가 다가와 한나와 노먼에 합류했다.

"크리스마스 장작 한번 타보는 거 어때요?"

한나는 장작으로 만든 놀이기구를 흘끗 쳐다보고는 이내 고개를 가로저었다. 커다란 장작 가운데에 홈을 파서 안에 좌석을 만든 것이었는데, 좌석 옆에는 놀이기구가 앞뒤로 흔들릴 때 밖으로 떨어지는 것을 방지해주는 안전벨트까지 부착되어 있었다. 좌석은 여러 개가 서로 마주보고 앉게끔 배치되어 있었다. 한쪽이 꼭대기까지 올라가면 상대편을 똑바로 내려다보게 되고, 반대로 다른 한쪽이 꼭대기까지 올라가면 다시 상대편을 내려다보게 되는 방식이었다. 밑으로 떨어질 때의 속도가 꽤 스릴이 넘치는지 놀이기구를 탄 사람들은 떨어질 때마다 꽥 소리를 질렀다. 한나가 조금만 더 어렸더라면 마이크의 제안을 도전으로 받아들이고 자신도 무서운 놀이기구를 탈 수 있다는 것을 증명해 보이기 위해 어떻게든 탔을 것이다. 하지만 지금의 한나는 나이도 웬만큼 먹었고, 그만큼 더 현명해졌다.

"고맙지만, 사양할래요."

한나가 말했다.

"그럼 산타의 매직 썰매는 어때요?"

"관람차 말이에요?"

"네, 관람차가 썰매처럼 꾸며져 있잖습니까. 앞에는 플라스틱으로 만든 사슴도 달았구요. 꼭대기까지 올라가면 공원 전체를 내려다볼 수 있을 겁니다."

마이크가 멀리서 천천히 돌아가고 있는 관람차를 가리켰다.

저 정도면 탈 수 있을 것 같았지만, 한나는 왠지 순순히 응하고 싶지 않았다.

"사슴에 태워준다면요."

"하지만 그건 그냥 장식입니다. 그러니까, 움직이거나 그런 게 아니……"

"나도 알아요. 장난친 거예요. 안드레아가 트리를 골라 올 때까지 기다렸다가 함께 가요."

"두 사람 먼저 가요." 노먼이 말했다.

"난 여기 남아서 안드레아가 트리 고르는 걸 도울게요. 메리가 잘 도와주고 있으니까 우리 두 사람만 있어도 어렵지 않을 거예요."

"정말이요?"

노먼의 흔쾌한 제안이 한나는 의아했다.

"그럼요. 먼저 가면 시간이 여유가 있으니까 줄 서서 기다리지 않아도 되잖아요. 안드레아가 트리 고르려면 아직 한참은 더 있어야 할 거예요. 트리를 포장하고 차까지 실어가는 데에도 시간이 걸리니까요."

"알았어요, 그럼."

한나는 마이크를 쳐다보았다.

"가는 길에 크레이지 엘프 쿠키샵에 들러요. 우리 쿠키가 잘 팔리고 있는지 한번 보고 싶어요."

한나와 마이크는 텐트들 사이로 난 길을 따라 걸었다. 노스 폴 에비뉴라고 표지판이 붙은 길의 끝에는 장작으로 만든 통나무집들이 늘어서 있었다. 각각의 통나무집 현관문에는 문에 부착된 막대기에 현판이 걸려 있었는데, 그 풍경을 보니 한나는 옛날 영국식 맥주집에서 보았던 사진들이 떠올랐다. 물론 이곳 통나무집들에서는 비프 로스트 샌드위치와 스타우트 맥주를 팔진 않겠지만 말이다.

"래리가 이 건물들에 돈을 많이 들였겠어요."

마이크가 크레이지 엘프 장난감 가게 방향으로 안내하며 말했다.

"왜요?"

"도시에 살 때 이런 건물들이 얼마쯤 하는지 알아본 적이 있거든요. 뒷마당에 놓고 잔디 깎는 기계며 제설차 같은 것들을 보관하려고 말입니다."

"얼마였는데요?"

"제일 작은 건물이 1,000달러였어요. 그것도 몇 년 전 일이지 않습니까. 근데 이건 가장 큰 사이즈인 것 같네요. 래리가 직접 구매한 것이라면 적어도 5,000달러 이상은 줬을 겁니다."

"빌린 것일 수도 있죠."

한나가 말했다.

"크리스마스가 지나면 어차피 철수해야 하니 빌린 것일 수 있어요. 아니면 나중에 중고 시장에 내놓을 계획을 했든가."

"하지만 뒷마당에 두긴 너무 큰데요."

그때 제일 끝에 자리한 통나무집에 사람들이 구름같이 들고 나는 것이 한나의 눈에 띄었다. 한나는 마이크를 향해 그 통나무집을 가리켰다.

"누가 저런 집을 살까요?"

"글쎄요. 농장 꾸미는 취미를 갖고 있는 사람들이 좋아하는지도 모르겠군요. 목공품을 보관하거나 나름 예쁜장한 창고로 사용할 수도 있죠. 그래도 농기구나 차 몇 대 보관하기에도 큽니다."

"어쩌면요."

한나는 다소 의심스러운 어조로 대답했다. 사실 통나무집에 달린 문은 차나 농기구들을 넣기에는 너무 작아보였다. 그러기 위해서는 리모델링을 해야 할 터인데, 그러려면 많은 돈이 들 것이다.

마이크는 킥킥거렸다.

"바스콤 시장님이 얼음낚시집으로 하나 구매하실 수도 있겠네요. 지금 갖고 계시는 것보다 크니까요."

"충분히 가능한 일이에요."

한나가 제일 붐비는 통나무집 앞에서 발길을 멈추었다. 그 통나무집 앞에는 크레이지 엘프 쿠키샵 표지판이 걸려 있었다.

"들어가요. 내가 커피 한잔 사겠습니다."

마이크가 말했다.

"쿠키도 쏘고 싶은데, 다 팔렸군요."

한나는 깜짝 놀라 그를 쳐다보았다.

"들어가 보지도 않고 어떻게 알아요?"

"가게에서 나오는 손님들이 뜨거운 음료 컵만 들고 나오는 걸 눈여겨 봤거든요. 쿠키가 있었다면 그 사람들 중 몇몇은 당연히 쿠키 봉투를 들고 나왔겠죠."

"놀라워요!"

"그럼요."

마이크가 한나를 향해 씩 웃어보였다.

"한나는 일반인이지만, 난 훈련받은 형사 아닙니까."

한나는 혀를 지그시 깨물었다. 실질적으로 한나가 해결한 사건이 더 많지 않느냐는 이야기를 꺼내 괜스레 분위기를 망치고 싶지 않았다. 만약 한나가 그렇게 이야기한다면, 마이크는 한나가 자초하여 여러 번이나 위험에 빠진 것을 자신이 구해주지 않았느냐고 따질 것이 분명하다. 민감한 갈등을 불러일으키느니 이럴 때는 차라리 침묵하는 것이 나았다.

"먼저 들어가요."

마이크가 한나를 위해 통나무집의 문을 열어주었다.

"고마워요."

안으로 들어선 한나는 몇 번이나 눈을 깜빡였다. 실내가 반짝반짝, 너무나 눈이 부셨기 때문이다. 가게 안은 온통 미니어처 크리스마스 등으로 장식되어 여기저기 불규칙적으로 깜빡거리고 있었다. 매대 뒤에는 크리스마스 화환이 걸려 있고, 주문을 위한 줄이 시작되는 지점에는 격자무늬의 크리스마스 모자를 쓴 커다란 곰 인형이 놓여 있어 손님이 지날 때마다 메리 크리스마스라고 인사를 건넸다. 반짝이는 은색과 파란색의 호일 끈도 여기저기 걸려 있고, 창틀마다 전자 초가 불을 밝히고 있었으며, 뒤쪽 벽에는 커다란 크리스마스트리 2개가 양쪽 구석에 자리를 지키고 있었다.

"저기 트리 좀 봐요."

한나가 놓치기라도 할까 마이크가 굳이 일러주었다. 트리는 적어도 15 피트(약 460cm)는 족히 되어 보였는데, 트리 여섯 개도 충분히 다 장식할 만큼 많은 장식들과 전등들이 걸려 있었다. 트리 꼭대기에는 날개를 단 사랑스러운 천사가 걸려 있었는데, 아주 얇은 천으로 만든 천사의 날개가 공기의 흐름에 맞춰 마치 금방이라도 날아오를 듯 반짝거렸다.

한나와 마이크는 경쾌하게 크리스마스 인사를 건네는 곰 인형 옆을 지나 손님들 줄에 합류했다. 줄을 만들어 주는 붉은색의 벨벳 밧줄은 재미있게도 커다란 캔디 케인 기둥으로 연결되어 있었다. 아무래도 래리가 놀이공원 같은 곳에서 힌트를 얻어 남녀노소 누구나 좋아할 만한 이런 아이템들을 구매한 듯했다.

줄은 생각보다 빨리 줄어들었고, 마침내 한나와 마이크는 매대 앞에 섰다.

"봤죠?"

마이크가 텅 빈 진열장을 가리켰다.

"쿠키가 없잖습니까."

"그러네요. 언제 이렇게 동이 났는지 모르겠어요."

"6시부터예요."

매대 뒤에서 한 소녀가 다가오며 대답했다.

"스웬슨 양 쿠키가 정말 날개달린 듯 팔렸어요."

"크리스타?" 한나가 물었다.

요정 의상을 입은 소녀는 바바라 도넬리의 손녀딸과 꼭 닮아 있었다.

"맞아요. 할머니가 여기까지 데려다 주셨는데, 의상을 이렇게 입으니까 몰라보겠다고 하시던걸요."

"정말이야. 얘기하지 않았으면 나도 몰랐을 거야."

"어쩌면 다행한 일이에요. 쿠키가 다 떨어졌다고 하면 손님들이 무척 상심해하시거든요. 주문 수량을 늘이는 것에 대해 재거 씨와 이야기해 보시겠어요?"

"그래야겠어. 지금 여기 계셔?"

"매일 밤 여기 계세요. 장난감 가게 앞으로 쭉 가시다가 루돌프 레인에서 왼쪽으로 꺾어지세요. 그러면 오른쪽으로 숲 속에 묻힌 트레일러가 하나 보이실 거예요. 트레일러도 크리스마스 전등으로 장식되어 있고, 앞에는 파란색의 트리도 놓여 있어요. 거기가 바로 본부 사무실이거든요. 초인종을 누르면 재거 씨가 들여보내 주실 거예요. 그럼, 우선 주문은 뭐로 하시겠어요?"

"난 홀리 졸리 라지로 할게요."

마이크가 대답하고는 이내 한나를 쳐다보았다.

"한나는 뭐로 할래요?"

"글쎄요. 근데 홀리 졸리가 뭐예요?"

"오렌지 맛이 나는 커피를 섞은 핫 초콜릿이에요."

크리스타가 대신 설명했다.

"위에는 휘핑크림을 얹는데 정말 맛있어요."

"그럼 나도 그걸로 할게."

1분도 지나지 않아 한나와 마이크는 홀리 졸리 두 컵을 들고 가게 밖으로 나섰다. 한나는 들고 있던 홀리 졸리를 한 모금 마셔보고는 깜짝 놀랐다.

"정말 맛있어요."

한나가 말했다.

"그렇죠? 오늘같이 싸늘한 밤에는 딱입니다. 브랜디를 조금 섞어 마시면 더 좋아요."

한나는 또 한 번 놀라고 말았다. 마이크는 그렇게 술을 즐기는 사람이 아니었다. 가끔 맥주를 마시거나 분위기 있는 저녁식사 때 와인 한 잔 하는 것이 전부였다. 그가 브랜디를 마시는 것은 한 번도 보지 못했다.

"아니면 그랑마니에르(일종의 오렌지 술) 같은 오렌지 음료와 섞어도 좋아요. 그럼 커피에서 나는 오렌지 향이 더 강해지거든요. 그것도 아니면 오렌지 향이 나는 보드카도 괜찮습니다. 보드카도 요즘에는 향이 다양하게 나오니까요."

순식간에 즐기지도 않는 술을 세 종류나 나열하는 마이크를 보며 한나는 왠지 이유를 알 것 같았다.

"요즘 스트레스 많이 받나 봐요."

한나가 물었다.

"넵. 그래서 한나의 집에 들렀던 건데, 노먼 앞에서는 이야기하고 싶지 않았습니다. 아직은 추측일 뿐이니까요."

"추측일 뿐이라니, 뭐가요?"

"노먼의 어머님 말입니다. 사실 절도 용의가 있어요."

"뭐라구요?!"

"그래서 말했잖아요. 추측일 뿐이라고. 하루 종일 생각해 봤는데, 그렇게밖에 설명이 안 됩니다."

한나는 발걸음을 멈추었다.

"잠깐만요. 어째서 로드 부인이 도둑질을 했다고 생각하는 거예요? 처음부터 이야기해 봐요."

"어젯밤이 세 번째였습니다. 내가 쇼핑몰에서 나오는 부인을 따라간 것이요. 일요일 밤에도 쇼핑몰에 계셨고, 지난주 월요일과 화요일 밤에도 그랬어요."

"로드 부인을 미행했어요?"

한나가 놀라며 물었다. 로드 부인이 도둑질을 했을 리가 없다! 하지만

도벽도 일종의 질병이라는데……심리학 수업에서 배운 내용으로는 그러했다. 보통은 사고 싶은 물건을 살만한 돈이 없을 때 절도를 저지르지만, 어떤 사람들은 그때의 스릴과 흥분에 중독되어 계속 절도를 저지른다는 것이다. 도벽 중독자들을 위한 치료 프로그램도 마련되어 있었는데, 그것은 알코올 중독 치료 프로그램과 크게 다르지 않았다.

"일부러 부인을 미행한 것이 아닙니다."

마이크가 설명하려 애썼다.

"쇼핑몰이 문을 닫을 시간에 밖으로 나서는 부인을 나도 마침 쇼핑몰에서 나오다 우연히 본 것뿐이에요. 쇼핑몰 경비원의 인력이 부족해서 풀타임 근무자를 고용할 때까지 교대를 맡아 주기로 했거든요."

"쇼핑몰이 문 닫을 시간까지 있는 사람들은 많잖아요. 한겨울에 코트와 부츠 없이도 몇 킬로미터나 걸을 수 있는 유일한 장소 아니겠어요? 근데 어째서 로드 부인이 도둑질을 했다고 생각하는 거죠?"

"아까도 얘기했지만, 그냥 추측일 뿐이라니까요. 다만 매번 부인을 볼 때마다 차 트렁크에 무언가를 한가득 실으시는데, 모습이 무척 불안해 보였습니다."

물론 마이크의 짐작이 대부분의 경우 맞아떨어졌다는 데에 한나도 동의한다. 하지만 그렇다고 해도 노먼의 어머님이 도둑질을 했다는 이야기는 좀처럼 믿기 힘들었다.

"그 트렁크에 실었다는 꾸러미들, 어디서 산 물건들인지 알아보겠던가요?"

"어젯밤은 '글래스 슬리퍼'였어요. 비싼 브랜드의 신발가게 아닙니까. 정말 큰 꾸러미였어요, 하나. 여섯 켤레는 족히 들은 것 같더라고요."

"그럼 글래스 슬리퍼에 확인해 봤어요?"

그러자 마이크는 숲 속에서 가장 튼튼한 나무도 단번에 말라죽일 듯한 눈빛으로 한나를 쏘아보았다.

"당연히 확인해 봤죠! 난 초짜가 아닙니다."

"알았어요. 거기서는 뭐라고 했는데요?"

"신용카드로 여섯 켤레를 결제하셨다고 하더군요. 카드에도 문제가 없었구요. 확인했답니다."

"그럼 뭐가 문제예요? 도둑질한 게 아니잖아요."

"글래스 슬리퍼에서 산 게 전부가 아니었습니다. 트렁크에는 또 다른 꾸러미들도 많았어요. 어디 브랜드의 물건들인지는 미처 확인하지 못했지만 말입니다."

"알았어요."

한나는 심호흡을 했다.

"아직 확실한 건 아무것도 없잖아요. 그러니 일단은 내버려둬요. 어느 가게에선가 도난 신고가 들어오기 전까지는요. 보통은 없어진 물건이 있으면 그렇게 하잖아요, 그렇죠?"

"매주 금요일에 확인을 하죠. 한나 말이 맞아요. 성급하게 결론지을 순 없어요. 다만 부인이 나를 보았을 때의 표정이 조금 이상했습니다. 마치 내가 뭔가를 캐물을까 봐 두려워하는 표정이었어요. 전에는 한 번도 그렇게 나를 보신 적이 없었는데 말입니다."

"무슨 말인지 알겠어요."

한나가 마이크의 팔을 잡은 손에 살짝 힘을 주었다.

"아마 별일 아닐지 몰라요. 마이크가 요새 낮에는 경찰서에서 근무하고 밤에는 쇼핑몰에서 경비를 서느라 피곤해서 그런 걸 거예요."

"그건 맞지만, 부인의 표정은 분명히 뭔가 이상했어요."

"알았어요. 이 이야기는 여기까지 하고 이제 더 중요한 다른 이야기를 해요."

"무엇 말입니까?"

"산타의 매직 썰매부터 타러 갈까요, 아니면 쿠키의 추가 주문 건에 대해 이야기하러 래리부터 만나볼까요?"

"래리부터 만나보죠."

마이크가 결정했다.

"안 그래도 그에게 몇 가지 물어볼 것이 있었습니다."

"뭘요?"

"오는 길에 계산대에 붙여져 있는 표지판을 봤거든요."

"무슨 표지판이요?"

"원가 이하로 판매하면서도 수익을 낸다고 적혀 있던 표지판 말입니다."

한나의 입이 떡 벌어졌다.

"하지만……하지만……."

한나가 말을 더듬었다.

"그건 불가능해요!"

"그렇죠. 그래서 그게 래리의 농담인지, 아니면 정말로 그렇게 믿고 있는지 확인해보고 싶어요."

마이크와 눈길을 걸으며 한나는 고개를 설레설레 저었다. 비록 그토록 가기 싫어했지만, 한나는 엄마가 한 번 더 자신을 경영학 수업에 초대해 주었으면 좋겠다고 생각했다. 래리 재거가 내건 표지판은, 그것이 농담이든 아니든, 그야말로 돈벌이가 안 되는 장사의 표본이 아닌가. 그 말은 곧 불건전한 경영사례 실습과제를 해갈 수 있다는 뜻이었다. 한나는 생각하면 생각할수록 웃음이 나서 본부 사무실까지 가는 내내 혼자 킥킥거렸다. 휘팅 교수에게 이 이야기를 해주고 싶어 못 견딜 지경이라니!

홀리 졸리 커피

재료

진한 스팀 커피 1컵 / 핫코코아 믹스 1개(1컵 분량이면 됩니다)

오렌지 추출액 1/4티스푼***

*** 마이크가 알려줬듯이 브랜디 1온스(30g)나 그랑마르니에 1온스, 혹은 오렌지 향이 나는 보드카 1온스로 대체해도 됩니다.

만드는 법

모든 재료를 함께 섞은 뒤 위에 휘핑크림을 얹습니다.

"누구세요?"

마이크가 초인종을 누르자 안쪽에서 남자의 목소리가 들려왔다.

"마이크 킹스턴과 한나 스웬슨입니다."

마이크가 대답했다.

"잠깐만요. 나갑니다."

잠시 후 래리 재거가 문을 열었다. 커피 테이블 위에 감자칩 한 봉지와 어니언 소스, 그리고 반쯤 빈 병맥주가 놓여 있는 것으로 보아선 소파에 앉아 한창 풋볼 경기를 시청하던 중인 듯했다.

커다란 평면 텔레비전의 화면으로 가까이 다가가자 낯익은 보라색과 금색의 유니폼이 한나의 눈에 들어왔다. 한나는 바이킹스 팀(미네소타 주의 프로미식축구팀)과 경기하고 있는 상대편 팀이 어디 소속인지 확인하기 위해 화면에 시선을 고정했다. 상대편 팀은 LA였다. 가운데에 구두점이 없으니 루이지애나일 수도 있고 로스앤젤레스일 수도 있겠다. 한나는 섣불리 추측해서 풋볼의 문외한임을 드러내느니 좋아하는 고향 팀에 대한 이야기를 꺼내는 것이 더 낫겠다고 생각했다.

"바이킹스 팀 잘하고 있나요?"

한나가 어깨를 으쓱해 보이며 물었다.

"또 시작이에요."

래리가 소파 맞은편에 위치한 의자로 두 사람을 안내하며 말했다.

"골대까지 반쯤 달려와서는 또다시 공을 날려 버리고 말았어요. 우리 얘기하는 데 방해되니까 소리는 죽일게요."

한나는 리모컨을 찾아 헤매는 래리의 모습을 지켜보았다. 그를 한마디로 표현하자면, '무난함'이라고 할 수 있을 것이다. 그의 모든 것이 그저 무난했기 때문이다. 그의 머리카락 색깔은 밝고 어두운 것의 딱 중간이었고, 체격도 중간, 키도 중간이었다. 그는 청바지에 격자무늬 셔츠를 입고 사슴 가죽으로 만든 부츠를 신고 있었다.

비록 래리가 겉으로 보기에는 아주 평범한 남자이지만, 실제로는 그렇지 않다는 것을 한나는 잘 알고 있었다. 독특한 방법으로 돈을 버는 이 초짜 경영인에 대한 소문을 모르는 것은 레이크 에덴에서는 간첩이나 마찬가지였다. 래리는 고등학생이었을 때부터 남달리 수완이 좋았다.

바로 지금 그가 그 수완을 발휘하고 있는 것이다. 래리의 크리스마스 트리 공원은 손님들로 발 디딜 틈이 없으니 사업에 성공했다고 말할 수 있을 것이다. 좀전에 마이크가 알려주었던 표지판의 문구가 조금 신경 쓰이긴 했지만, 한나는 무난한 씨께서 특이한 유머 감각을 갖고 계신 모양이라고 생각하기로 했다.

"마침 와 주어서 반가워요, 한나."

래리가 무난한 톤에 무난한 목청으로 말했다. 그런 뒤 뮤트 버튼을 눌러 텔레비전 소리를 죽이고는 한나를 향해 고개를 돌렸다.

"안 그래도 아침에 전화할 참이었거든요. 쿠키샵에서 일하는 아가씨들이 쿠키 주문량을 늘여야 될 것 같다고 해서요."

"잘됐네요."

한나가 그를 향해 미소를 지었다. 쿠키 문제에 대해 래리는 이미 잘 알고 있는 듯했다.

"얼마나 더 주문하실 생각이세요?"

"어디 보자……오후에만 한 시간 평균 12개들이 상자 6개 분량 정도 판매가 되니까 저녁시간에는 그보다 더 많이 있어야 할 거예요. 36상자면 되겠군요. 그 정도면 문제없겠어요."

생각보다 큰 수량의 주문에 한나는 기분이 좋아졌다.

"36상자면 가능할 거예요. 혹시 특별히 원하는 메뉴가 있으세요?"

"사실, 있어요. 가만 보니 화이트 초콜릿이 들어간 메뉴가 없는 것 같더군요."

한나는 재빨리 머리를 굴렸다.

"화이트 초콜릿 펌킨 드림스라고, 새 레시피를 개발한 것이 있는데, 속이 아주 촉촉한 것이 정말 맛있어요. 한번 드셔보시겠어요?"

"괜찮을 것 같네요. 그럼 그걸로 매일 5상자씩 배달해 줄 수 있어요?"

한나가 고개를 끄덕이자 그는 말을 이었다.

"그리고 진저 쿠키가 다 떨어졌는데, 그것과 비슷한 메뉴가 또 있나요?"

"프로스팅 진저 쿠키 5상자도 함께 드릴게요."

"좋아요. 그럼 마시멜로우가 들어간 것은 어떨까요? 아이들이 마시멜로우를 좋아하던데."

"그렇죠."

한나가 동의했다. 한나의 경우에는 참고가 되는 것이 바로 조카인 트레시였다. 트레시 역시 마시멜로우라면 자다가도 벌떡 일어날 정도로 좋아했다. 그래서 지난번에 쿠키단지에 놀러왔을 때에도 브라우니에 마시멜로우를 얹어 주었다.

"그럼 퍼지 멜로우 쿠키 바 5팬 정도 어떠세요? 1개 팬에서 브라우니

24개 정도가 나오니까 10상자 더 추가하시는 것과 같다고 보시면 될 거예요."

"좋군요!"

래리는 그 이후로 잠시 말이 없었고, 한나는 그가 암산이 잘 안 되는가 보다고 생각했다.

"그러니까 총 20상자가 되는 거예요."

한나가 상기시켰다.

"알아요. 그게 아니라 다른 것을 좀 생각해보느라구요. 저녁식사 시간 직후에 손님들이 많이 오는데, 특별한 크리스마스 디저트를 준비하면 어떨까 해요. 식사는 다른 곳에서 했어도 디저트를 먹으러 일부러 크레이지 엘프에 올 만큼 특별한 것 말이에요."

"좋은 생각이네요."

한나가 말했다. 그러고는 이내 조용해졌다. 래리가 특별한 것이라고 언급한 이 시점에서 그저 평범한 민스미트 파이(건포도, 설탕, 사과, 향료 등과 잘게 다진 고기를 섞어서 만든 파이)나 과일 케이크 같은 것을 제안할 수는 없는 일이었다.

"집에서 쉽게 만들 수 없는 메뉴들로 생각해 보고 있어요. 동네 슈퍼마켓에서도 팔지 않는 것 말이에요. 어쩌면 여기 마을 사람들이 지금껏 한 번도 맛보지 못한 메뉴가 필요할지도 모르겠어요."

한나는 래리의 묘사에 부합하는 디저트 종류가 몇 가지 떠올랐지만, 차마 알려줄 수 없었다. 안 그래도 야근을 밥 먹듯 하는 쿠키단지에서 손이 많이 가는 크랜베리 타르트나 초콜릿 머랭 파이를 구울 여력은 없었다. 한나는 잠자코 그가 아이디어를 내길 기다렸다가 그가 말한 것이 한나의 능력에 가능할지 어떨지 정도만 가늠해 보기로 했다.

래리는 잠시 골몰하더니 갑자기 흥분하며 몸을 바싹 앞으로 기울였다.

"자두 푸딩 어때요? 영국에서는 전통적인 크리스마스 디저트로 자두 푸딩을 먹잖아요."

"전통적일지는 몰라도 일단 먹어본 사람들은 두 번은 주문 안 할 겁니 다."

마이크가 처음으로 두 사람의 대화에 끼어들었다.

"미니애폴리스에 있는 고급 레스토랑에서 먹어본 적이 있었는데, 그냥 평범한 과일 케이크 같으면서도 자두는 단 한 개도 들어 있지 않더군 요."

"자두 푸딩에 자두가 안 들어간다고요?"

래리가 확인을 청하는 듯 한나를 쳐다보며 물었다.

"마이크의 말이 맞아요. 전통 레시피에는 시트론과 말려서 잘게 다진 과일만 조금 들어갈 뿐 자두는 없어요."

"그럼 왜 자두 푸딩이라고 하는 거죠?"

그러자 한나는 어깨를 으쓱해 보였다.

"천에 싸서 찌기 때문일지도 몰라요. 누군가 그렇게 갓 쪄서 나온 모 습을 보고 자두와 비슷하게 생겼다고 생각한 게 아닐까요?"

"흠, 그렇다면 자두 푸딩은 안 되겠네요."

래리는 실망스러운 표정이었다.

"아직 포기하긴 일러요."

한나가 말했다. 머릿속에서는 1초에서 수십 가지 생각들이 스쳐 지나 갔다. 그렇지 않아도 클레어와 크누드슨 목사의 결혼식 저녁식사를 위한 성대한 디저트를 준비해야 했는데, 한 번에 두 마리 토끼를 잡을 수 있 을지도 모르겠다.

"자두 푸딩 레시피를 새롭게 변형해서 만들어 볼 수 있어요. 진짜 자 두도 넣구요. 조각으로 잘라서 판매할 거면 플람베(브랜드 등을 붓고 불을 붙여 눈계 한 요리)로 하지 않는 게 좋겠네요."

"그렇죠."

래리가 동의했다.

"쿠키샵에 전자레인지가 있나요?"

"네."

"좋아요. 아마 데워서 먹으면 더 맛있을 거예요. 이건 제가 미리 테스트를 해볼게요."

하지만 래리는 여전히 조금 근심스러운 얼굴이었다.

"전 과일 케이크 싫어하는데, 설마 비슷한 맛이 나는 건 아니겠죠?"

"그럼요. 시트론이나 말린 과일은 전혀 넣지 않을 거예요. 황금 건포도만 빼구요. 맛보시게끔 샘플로 구워서 가져다 드릴까요?"

"좋죠."

두 남자가 동시에 대답했고, 한나는 웃음을 터뜨렸다.

"내일 쿠키단지에서 만든 다음에 오후에 쿠키 배달해 드릴 때 가져다 드릴게요. 괜찮으시죠?"

"괜찮고말고요."

래리가 대답했다.

한나는 다시 마이크를 바라보았다.

"그리고 마이크는 정오쯤에 가게에 들러요. 굽는 동안은 설탕 쿠키를 대접할게요. 마이크만 괜찮다면."

"그럼요. 한나의 설탕 쿠키는 베스트셀러잖아요."

래리가 두 사람을 바래다주기 위해 자리에서 일어섰지만, 마이크는 따라 일어서지 않았다.

"한 가지 더 있습니다."

마이크가 입을 열었다.

"아까부터 눈여겨봤는데, 사무실에는 크리스마스 장식이 전혀 없군요."

"맞아요. 문만 열면 여기저기 장식들이 널렸으니까요. 코트니는 어떻게 견뎌내나 모르겠어요."

"코트니요?"

"내 약혼녀예요. 장난감 가게에서 판매원으로 일하고 있는데 하루 종일 장난감 인형들이 끽끽거리는 기계음을 듣고 있어야 하잖아요."

"힘들겠군요."

마이크가 말했다.

"정말 그래요. 하지만 코트니도 불평은 하면서도 끌 생각은 없다더군요. 사업에 도움이 된다면서요."

래리가 다시 자리에서 일어나 문 쪽을 가리켰다.

"급하게 일어서시게 해서 죄송하지만 5분 뒤에 중요한 회의가 있어서요."

마이크와 한나는 자리에서 일어나 래리의 뒤를 따랐다. 그리고 마침내 문 앞에 이르자 마이크가 발걸음을 멈추고 래리를 쳐다보았다.

"계산대에서 표지판 하나를 봤는데, 원가 이하로 물건을 팔고도 순익을 남긴다고 되어 있더군요. 그거 그냥 농담으로 하신 말씀이시죠?"

"그럼요, 농담이고말고요! 원가 이하로 팔면 판매가와 상관없이 순익을 낼 수가 없죠. 그건 애들도 아는 사실이에요."

"그럼 왜 그런 표지판을 거셨어요?"

한나가 휘팅 교수에게 보고할 만한 소재가 등장하기를 바라며 물었다.

"내가 중학생이었을 때 TV 광고에서 똑같은 문구를 본 적이 있었거든요. 매트리스 가게 광고였는데, 그때 그게 무척 재밌다고 생각했어요. 그러고는 바로 그럴듯해 보이는 홍보 문구를 직접 만들어 보고 싶어서 전문 수업에 등록했죠. 아까 보신 그 표지판이 오리지널이에요. 이제는 일종의, L. J. 엔터프라이즈의 전통 같은 것이 되었어요. 새로 시작하는 사업에는 항상 그 문구를 걸어 놓거든요."

쾌청한 겨울밤이었다. 다면체의 얼음 크리스탈을 정교하게 깎아 만든 듯한 별들은 하늘에서 눈부시게 반짝이고 있었다. 머리 위로 둥글게 떠오른 은빛의 달은 눈밭 위로 푸른색 그림자를 드리웠다. 높은 곳에 올라오니 음악 역시 감미로웠다. 밤하늘을 부유하던 멜로디가 잠시 잠깐 두 사람을 휘감는 듯하더니 이내 어둡고 차가운 공기 속으로 흩어져 버렸다.

"추워요?"

마이크가 한나의 대답을 기다리지도 않고 팔을 뻗어 한나의 어깨를 감쌌다.

전혀요라는 대답이 한나의 혀끝을 서성였지만, 마이크의 포옹이 너무도 달콤해서 한나는 미소로 대신 답했다.

"저기 쿠키샵이 보이는군요."

마이크가 썰매 옆에 가까이 기대며 말했다.

"트리 텐트도 있어요. 부디 안드레아가 정신없이 장식이 달린 트리를 고르지 않았기를 바라요."

"동감이에요!"

대답하는 한나의 심정은 절절함 그 자체였다. 장식된 트리는 호텔 로비나 은행의 현관 등에 놓기에는 안성맞춤이었지만, 학교에서 아이들이 체험할 나무로는 여기저기 눈 스프레이가 뿌려져 있고, 크레이지 엘프에서는 어떤 장식들을 사용하였는지 모르겠지만, 대게 현란한 플라스틱 장식들이 달려 있어 좋지 않았다.

"저기 장작 놀이기구는 꽤 높이까지 올라가네요."

마이크가 바깥 풍경을 더 자세히 보기 위해 이번에도 썰매 옆으로 가까이 붙었다.

"기구가 올라간 뒤에 딱 멈추는 지점에서 다시 아래로 떨어지기 전까지의 시간이 정말 스릴 넘칠 겁니다."

한나는 마이크의 팔에 감싸여 스릴을 만끽하는 장면을 상상해 보았다. 아주 멋질 것이다. 몇 초 후면 아래로 쑥 떨어져야 하는 운명만 아니라면 말이다.

"저기 래리의 사무실도 보이는군요."

마이크가 썰매의 한쪽을 가리켰다.

"보입니까?"

한나가 시선을 사무실 쪽으로 옮기자 마침 어떤 남자가 트레일러 안으로 들어가는 모습이 보였다. 아까 래리가 말했던 회의에 참석하러 온 사람인 모양이었다. 현관을 지나치는 옆모습이 어쩐지 얼 프렌스버그와 닮았다고 한나는 생각했다. 물론 그건 6월에 눈이 내리는 것만큼이나 말도 안 되는 이야기다. 위넷카 카운티 견인차 및 제설차 운전사는 경영 회의 같은 데에는 참석하지 않는다. 더군다나 래리 재거와 같은 거물급 경영인과 일대일로 회의할 일이 있을 리 만무했다.

"재미있지 않습니까? 어떻게 사무실에 크리스마스 장식 하나 없는지."

마이크가 물었다.

한나는 마이크가 무슨 이야기를 하는 것인지 순간 아리송했다가 이내 래리 재거의 트레일러 사무실 이야기라는 것을 깨달았다.

"그렇지만도 않아요. 매일 자고 일어나서 보는 게 그런 것들뿐이라면 때로는 벗어나고 싶을 때도 있을 걸요."

"조심해요, 한나."

매번 한나의 발끝을 찌릿하게 만드는 특유의 매력적인 미소를 지으며 마이크가 말했다.

"방금 평생을 한 여자에게만 헌신해야 되는 문제에 대한 남자들의 이슈를 꼬집었어요."

그리고 마이크는 본능적으로 그것을 눈치챘구요. 한나는 생각했다. 물론 정말로 그렇게 이야기하진 않았다.

"난 그냥·한 주간 힘들게 일한 뒤 캠핑을 떠나는 문제에 대한 이슈쯤으로 생각했어요."

한나가 입을 열었다.

"아니면 미네소타에 사는 사람이 왜 하와이에서 휴가를 보내고 싶어 하는지 정도쯤으로요."

"한나 생각이 맞네요. 한겨울에는 햇빛 한 조각도 간절하죠. 있잖습니까, 한나, 1월 말에 2주간 휴가가 있는데, 세인트 토마스에 갈까 해요. 그래서 말인데……아, 저기 안드레아인가요?"

마이크가 바깥 멀리로 내다보며 손을 흔들었다.

"네, 맞아요. 밑에서 우릴 기다리고 있네요."

동생 덕분에 살았다. 한나는 생각했다. 겨울 휴가를 함께 보내자는 마이크의 제안이 미처 마무리되지 못한 것이 서운한지, 아니면 다행인지 한나 자신도 알 수 없었다.

관람차가 다시 땅 밑으로 내려오자 두 사람만의 오붓한 시간도 끝이 나고 말았다. 한나가 관람차에서 내려서자 직원이 내려와 도와주었고, 한나는 기다리고 있는 안드레아를 향해 미소를 지었다.

"재밌었어?"

안드레아가 두 사람을 향해 물었다.

"좋았어."

한나가 대답했다.

"좋았다라."

마이크가 한나를 놀리기 시작했다.

"난 좋은 것 이상이었는데 말이에요."

"알았어요, 재밌었어요."

한나가 안드레아를 쳐다보았다.

"트레시 데리고 언제 한번 타봐. 멀미도 안 나고 괜찮아. 아니면 맥캔 할머니나 베서니와 함께 와도 되고. 단, 장작 놀이기구는 타지 마."

"알았어. 안 그래도 여기 오면서 지나왔는데, 그건 도저히 못 타겠더라."

안드레아가 두 사람을 입구로 안내했다.

"다 골랐어. 노먼이 지금 주차장에서 트리들 묶는 걸 도와주고 있어."

"나도 얼른 가서 도와야겠군요."

마이크가 두 자매만 남겨 둔 채 먼저 주차장으로 떠났다.

"너 방금 트리들이라고 했어."

한나가 안드레아의 말을 상기시켰다.

"트리를 한 개만 산 게 아니야?"

"내가 트리들이라고 했어? 말이 잘못 나왔나 봐. 아무튼 우리 것이 내 볼보 지붕을 긁지 않았으면 좋겠는데."

"너네 것?"

한나가 되물었다.

"그럼 네 것이 아닌 트리가 또 있다는 말이야?"

"당연하지. 내 트리는 트레시의 교실에 놓을 트리잖아. 내 것이 있는 만큼 다른 사람의 트리도 있을 것이구. 그 다른 사람들 트리는 다른 사람들 것이지. 특별한 누군가의 트리를 말하는 것이 아니라 일반적인 누군가의 트리를 말하는 거야. 여긴 트리 공원이니까 다른 사람들도 많이 와 있잖아. 그들 중 누군가는 분명 트리를 사갈 테고, 그렇지?"

한나는 안드레아를 쳐다보았고, 순간 안드레아는 한나의 시선을 피해 버렸다. 뭔가 숨기고 있는 것이 틀림없다. 한나는 안드레아에게 더 가까이 다가가 물었다.

"지금 말해 줄래, 아니면 나중에 얘기할래?"

"나중에."

안드레아가 한숨을 내쉬며 대답했다.

"나 아무 말도 안 하기로 약속했는데, 벌써 사고 친 것 같아. 어쨌든 더 이상 아무것도 묻지 마, 알았지?"

"알았어."

안드레아가 어쩐지 속상해하는 것 같아 한나는 잠자코 있기로 했다.

"그건 그렇고 혹시 장난감 가게에 가봤어? 그냥 궁금해서 물어보는 거야."

"가봤지."

안드레아는 한결 안심한 표정이었다.

"베서니한테 줄 토들러 지구본을 사려고 들렀는데, 없더라구."

"토들러 지구본이 뭐야?"

"부드럽고 흐물흐물한 속으로 채워진 지구본이야. 아기들이 쥐기도 하고, 굴리기도 하고, 쪼물거리기도 하면서 갖고 노는 거지. 조기교육에 좋대. 학교 들어가기 전에 세상에 대해서, 바다에 대해, 내륙에 대해 모두 알게 된다던 걸."

"그렇구나."

한나가 대꾸했다. 안드레아의 아이디어는 깜찍했다. 베서니도 아주 좋아할 것이다. 하지만 베서니가 나라 이름을 읽을 정도의 나이가 되면 그 지구본은 이미 소용이 없어지고 말 것이다. 그 이유는 올림픽을 보면 알 수 있다. 매년 새 나라들이 생기거나 있던 나라들이 없어지고, 새로운 이름으로 바뀌기도 하지 않는가. 개막식 행사의 참가국 입장은 언제나 똑같았던 적이 없었다.

"대신 다른 걸 샀어."

안드레아가 주차장 입구로 향하며 말했다.

"뭘 샀는데?"

"이런 귀여운 크로셰 동물들이 있더라구. 거기 종업원이 그러는데, 레이크 에덴에 사는 사람이 손수 만든 거래. 그래서 베시 것으로 코끼리 인형을 샀어. 트레시 것으로는 사자 인형을 샀구. 올해는 트레시가 정글 살쾡이에 아주 폭 빠졌거든."

"비싸지 않아?"

"그렇긴 한데, 정말 꼼꼼히 잘 만들었어. 세탁하기도 쉽구. 손으로 직접 만든 인형 하나에 20달러면 그렇게 비싼 가격은 아닌 것 같아, 안 그래?"

"그래, 더군다나 네가 지역 경제 활성화에 관심을 갖고 있다면 말이야. 아주 중요한 사안이지."

한나는 래리가 했던 말을 떠올리며 안드레아를 쳐다보았다.

"혹시 장난감 가게에서 일하는 여자 봤어? 이름이 코트니인데 래리 재거의 약혼녀래."

안드레아는 잠시 생각에 잠겼다.

"짧은 검은머리에 빨간색 벨벳 점퍼랑 안에 흰색 레이스 블라우스를 입고 있었던 것 같아. 그리고 산타클로스 모자를 썼는데, 다른 계산원들은 요정 복장을 한 고등학생들이었어."

두 사람은 마침내 안드레아의 차에 도달했다. 노먼과 마이크가 트리를 차 위에 올리고 끈으로 단단히 묶고 있었다. 한나는 노먼의 차 위에도 트리가 묶여 있는 것을 눈치챘다.

"노먼도 트리 샀어요?"

한나가 물었다.

"아뇨, 한나 거예요."

"내거요?!"

한나는 커다란 스카치 파인을 올려다보고는 다시 노먼을 쳐다보았다.

"이런 생각까지 하다니, 너무 고마워요, 노먼. 근데 고양이 키우는 집에는 트리를 놓을 수 없어요."

"시도해 봤어요?"

"아……아뇨, 그렇다고 들었어요. 고양이가 트리에 올라가서 장식도 다 떨어트리고, 반짝이 끈 같은 것도 먹어버린대요."

"해보지 않으면 모르는 거야."

안드레아가 끼어들었다.

"바바라 도넬리도 고양이를 키우는데, 매년 집에 크리스마스트리를 놓는 걸."

"맞습니다."

마이크가 거들었다.

"고양이가 트리는 거들떠도 안 본다고 바바라가 그러더군요. 그러니까 한번 해봐요. 모이쉐는 착한 녀석이니까 아마 별일 없을 겁니다."

한나는 믿을 수 없다는 표정으로 마이크를 쳐다보았다. 방금 새벽 2시에 동네 떠나가라 화장실 욕조를 긁어대던 녀석을 착한 고양이라고 한 건가. 그 착한 녀석이 소파의 쿠션을 모두 할퀴어 놓고, 세탁실 바닥에 모래상자를 엎었을 뿐만 아니라 부엌 벽장에 구멍을 내고, 한나가 언제 손님을 데리고 올지 모르는 상황에서 세탁 바구니에 든 한나의 속옷을 모두 꺼내 거실에 어질러놓은 전적이 있단 말이다. 물론 모이쉐는 재미있는 녀석이자 한나에게 있어서는 최고의 동료, 그리고 사랑스러운 룸메이트다. 하지만 아무리 좋게 포장을 한다고 해도 모이쉐에게 착한 녀석이라는 표현은 도무지 어울리지 않았다.

"오늘 밤만 한번 해봐요."

노먼이 부드럽게 한나의 용기를 북돋워주었다.

"집에 트리 세우는 건 내가 할게요. 크리스마스트리 없이 연휴를 보낼 한나를 생각하니 허전해서요. 스카치 파인이 향도 좋고 아주 예뻐요. 아마 집에 놓으면 크리스마스 분위기가 물씬 날 거예요."

"아……."

한나는 망설였다. 사실 크리스마스트리가 몹시 갖고 싶긴 했다.

"좋아요."

노먼은 한나의 망설임을 종결지을 태세였다.

"만약 여의치가 않으면, 내가 도로 갖고 갈게요."

"그런 제안을 내가 어떻게 거절할 수 있겠어요?"

한나가 단번에 그를 포용했다. 한나를 위해 크리스마스트리를 준비하다니, 정말 로맨틱한 아이디어가 아닐 수 없다.

"대신 오늘 밤에 집에 트리를 놓은 후 노먼이 모이쉐랑 진지하게 이야기를 해봐요."

"뭐라고 할까요?"

"트리가 진짜 트리가 아니라구요."

"네?"

"그러니까……트리는 맞는데, 밖에서 볼 수 있는 나무가 아니라구요. 이건 집 안에 놓는, 크리스마스 장식용 나무라고 알려줘요."

"과연 모이쉐가 그 차이를 이해할 수 있을까요?"

"예를 들어서 설명해 주면 이해할 거예요. 키티 콘도가 고양이들의 장난감이듯이, 이 크리스마스트리는 사람들의 장난감이라고 말이에요."

한나는 하던 말을 멈추고, 고개를 설레설레 저었다.

"아까 얘기했던 건 잊어버려요."

"어째서?"

안드레아가 재촉했다.

"괜찮은 방법인 것 같았는데."

"그래, 다만 그 구분이라는 게 모이쉐한테는 소용이 없을 거라는 게 문제야."

"왜입니까?"

이번에는 마이크가 나서서 물었다.

"모이쉐는 사람과 고양이를 구분할 줄 모르거든요. 녀석은 자기가 털옷을 입은 네 발 달린 사람인 줄 알아요. 자기가 고양이란 걸 전혀 모른다니까요."

화이트 초콜릿 펌킨 드롭스

오븐은 175도로 예열해 주세요. 틀은 오븐의 중앙에 둡니다.

재료

소금기 있는 부드러운 버터 1컵(220g) / 백설탕 1/2컵 / 황설탕 1/2컵

거품 낸 계란 큰 것 1개 / 베이킹파우더 1티스푼 / 베이킹소다 1티스푼

소금 1/5티스푼 / 육두구 열매 1/2티스푼(신선한 것) / 시나몬 1티스푼

카르다몸 1/2티스푼(혹은 시나몬 1/2티스푼-물론 카르다몸을 사용하는 게 훨씬 낫습니다)

호박 통조림 1컵*** / 밀가루 2컵 / 화이트 초콜릿 칩 2컵(340g)

피칸 다진 것 1컵(측량한 뒤에 다지세요)

*** 호박 통조림에는 향신료가 첨가되어 있지 않아야 합니다. 어떤 통조림에는 펌킨 파이에 들어가는 소의 용도로 양념이 되어 있는 것이 있거든요. 밖에는 눈발이 날리고, 차는 고장 나고, 가게까지 다녀오기는 너무 멀 때 이런 통조림이라도 있으면 그냥 사용해 버리고 싶은 유혹을 느끼시겠지만, 그건 진짜 오리지널이 아니라는 것을 명심하세요.

만드는 법

1. 쿠키 틀에 들러붙음 방지 스프레이를 뿌리거나 양피지 종이를 깔아줍니다.
2. 백설탕과 황설탕을 섞습니다. 균일한 색이 날 때까지 섞어 주세요.
3. 부드러운 버터를 넣고 다시 잘 섞습니다.
4. 거품 낸 계란을 넣고 골고루 섞습니다.

5. 베이킹파우더와 베이킹소다, 소금을 넣고 다시 섞습니다.

6. 육두구 열매와 시나몬, 카르다몸을 넣고 섞습니다(수잔은 갓 다진 육두구 열매와 시나몬, 카르다몸을 사용하지 않고 호박 파이 양념을 사용하였더군요).

7. 호박 1컵을 측량하여 아까의 그릇에 넣고 재료들이 골고루 섞이도록 합니다.

8. 밀가루를 1/2컵씩 넣으면서 부드럽게 반죽합니다.

9. 화이트 초콜릿 칩을 넣은 뒤 피칸 다진 것을 넣고 다시 한 번 반죽합니다.

10. 티스푼으로 반죽을 떼어서 쿠키 틀 위에 놓습니다. 이렇게 떼어낸 쿠키는 크기가 작아 보이겠지만, 구운 후에는 넓게 퍼진답니다. 가로로 3개, 세로로 4개 놓습니다.

11. 175도에서 12~14분간, 반죽이 단단해질 때까지 굽습니다(저는 13분 정도 걸렸어요).

12. 오븐에서 빼낸 쿠키는 틀 위에서 2분간 식힌 다음에 철제 주걱으로 떼어내어 선반으로 옮긴 뒤 완전히 식힙니다.

미셸의 룸메이트인 수잔에게서 받은 레시피인데, 단연 초!고예요!

쿠키가 완전히 식었으면 이제 프로스팅을 할 차례입니다. 지금 알려드리려고 하는 브라운 슈가 프로스팅은 화이트 초콜릿 펌킨 드림스와 아주 잘 어울리는 프로스팅이랍니다.

수잔의 프로스팅

재료

황설탕 1/2컵

소금기 있는 버터 3테이블스푼***

우유 1/4컵

슈가 파우더 1~1과 1/2컵(큰 덩어리가 눈에 띄지 않는 이상 체질하지 않아도 됩니다)

*** 약 1과 1/2온스 정도 되는 분량입니다. 아주 정확하지 않아도 괜찮으니 너무 걱정하지 마세요. 버터가 조금 더 들어간다고 해서 해될 것은 없으니까요.

만드는 법

1. 소스팬에 황설탕과 버터를 넣고 가스레인지에서 중불로 끓입니다.

2. 1분간 끓이거나 조금 끈적끈적해질 때까지 끓입니다.

3. 소스팬을 불에서 내려 10분간 식힙니다.

4. 거기에 우유를 넣고 부드러워질 때까지 저어줍니다.

5. 슈가 파우더를 1/2컵씩 더하면서 더할 때마다 잘 섞어줍니다. 재료들이 균일한 색을 띨 때까지 슈가 파우더를 넣어주세요.

6. 이제 쿠키에 프로스팅을 입힙니다. 혹시 장식에 더 욕심이 나시면 프로스팅이 굳기 전에 쿠키 위에 피칸 반쪽씩을 올려주어도 좋습니다.

한나의 메모: 화이트 초콜릿 펌킨 드림스는 호박으로 만든 쿠키이기 때문에 아이들이 이걸 먹으면 야채를 먹는 것이나 마찬가지라고 주장할지도 모르겠어요.

리사의 메모: 가끔 프로스팅을 만들 시간이 없어 건너뛰는 때도 있답니다. 아빠와 허브가 화이트 초콜릿 펌킨 드림스가 빨리 오븐에서 나오기만을 목 빠지게 기다리고 있을 경우에 말이에요. 두 사람은 프로스팅할 시간도 주지 않거든요. 그래서 그럴 때는 간단히 위에 슈가 파우더만 뿌린답니다.

한나가 차고 안으로 들어서자 마이크가 기다리고 있는 것이 보였다. 한나의 쿠키 트럭 바로 옆, 한나의 여분 주차 자리에 주차를 해놓은 그는 어쩐지 즐거운 모습이었다. 두 사람 사이에 아직 한나를 사이에 둔 경쟁이 치열하다는 것을 보여주는 또 다른 예였다. 마이크는 노먼이 트리를 내린 다음 차를 손님용 주차 구역에 세워야 하면 한나의 집에 오래 머물지 못할 거라고 생각한 듯했다. 하지만 그 주요한 자리에 차를 세우는 순간까지 마이크는 몰랐을 것이다. 한나의 이웃인 마거릿과 클라라 홀른벡 자매가 그들의 여분 주차 자리를 한나가 필요할 때 사용할 수 있도록 내주었다는 사실을 말이다.

"마거릿과 클라라의 차 뒤에 세우면 돼요."

한나가 노먼에게 말했다.

"좋아요."

노먼이 차를 제자리에 주차했다.

"여기가 트리 내리기에도 더 좋네요. 한나의 자리는 기둥 옆이라 좀 어려웠을 거예요."

한나는 차에서 내린 뒤 자신의 자리를 살펴보았다. 노먼의 말이 옳았다. 마이크의 경찰차가 떡하니 차지하고 있는 자리는 한쪽에 차고를 지지해 주고 있는 기둥이 솟아 있었다.

"이쪽은 내가 맡겠어."

마이크가 노먼의 차 운전석 쪽으로 다가갔다.

그러자 노먼은 그 반대편으로 돌아가 조수석 쪽에 섰다.

"그럼 난 여길 맡을게."

노먼이 말했다.

한나는 두 남자가 힘을 합쳐 일하는 모습을 물끄러미 바라보았다. 노먼이 조수석 쪽의 끈을 풀어 마이크에게 던졌다. 그러자 마이크는 운전석 쪽에 묶인 것을 풀어 다시 노먼에게 던졌다. 그렇게 여섯 번 정도를 되풀이하자 단단하게 묶였던 끈이 모두 풀어지고, 드디어 트리는 자유의 몸이 되었다.

"어느 쪽에서 내릴까? 네 쪽? 아니면 내 쪽?"

노먼이 물었다.

"네 쪽에서 해. 거기가 공간이 더 많으니까. 일단 끌어내려서 세우는 거야. 그런 다음에 네가 윗부분을 들고, 내가 아랫부분을 들게. 그렇게 위층까지 올라가자구."

"잠깐만."

노먼이 한나에게 손짓했다.

"뒷좌석 바닥에 보면 트리 받침대가 있을 거예요. 나사 좀 풀어줄래요? 받침대에 꽂은 채로 가져가려구요. 그렇게 하면 양탄자에 잎이 많이 떨어지지 않을 거예요."

"고마워요!"

한나가 대답했다. 그러고는 얼른 뒷자리 문을 열고 트리 받침대를 꺼냈다. 엄마와 두 동생들이 늘 이야기하듯이 노먼은 정말 진국이었다. 대부분의 남자들은 양탄자 따위 신경 쓰지 않는다. 그런데 그는 언제나 한나의 입장에서 세심하게 배려해 주니 말이다.

금세 알게 된 사실이었지만 받침대를 펼치는 일은 결코 쉽지 않았다. 네 개의 기다란 나사가 가운데에 위치한 동그란 철제 고리에 부착되어 있어 나무의 크기에 맞게 단단하게 고정해 조일 수 있도록 되어 있었다. 지금은 나사들이 모두 안쪽까지 깊게 박혀 있어 그것을 일일이 푸는 일이 생각보다 오래 걸렸다. 결국은 노먼과 마이크까지 무릎을 꿇고 앉아 셋이 손목이 아플 때까지 나사를 돌려야만 했다.

"이 정도면 되지 않았어요?"

한나가 나사를 가리키며 물었다. 그러자 노먼이 들여다보더니 이내 고개를 끄덕였다.

"괜찮을 것 같아요. 이쪽 나사만 마저 푼 다음에 공간이 얼마만큼 나는지 한번 보기로 해요."

"그것만 끝나면 트리를 넣어보자구."

마이크가 굽혔던 허리를 펴면서 등을 문질렀다.

"이 트리 받침대 맘에 안 드는 걸."

그러자 노먼이 차고 바닥에 잔뜩 몸을 구부린 채로 고개를 들었다.

"나도 마찬가지야. 근데 이게 제일 좋은 상품이라는데 어떡해. 한나가 집에 받침대를 갖고 있는지 어쩐지도 모르겠고, 그렇다고 일부러 물어봐서 깜짝 선물을 망치고 싶지 않았던 게 문제라면 문제였지."

"잘 샀어요."

한나가 말했다.

"가게에 하나 있는 게 다였거든요."

"핸드폰이 처음 나왔을 때는 이것만 있으면 뭐든 다 해결할 수 있을 것 같지만, 금세 또 새로운 모델이 나오곤 하죠."

마이크가 트리 받침대를 내려다보았다.

"이건 내가 어렸을 때부터 있었어요."

"다른 종류도 있었어. 이것보다 더 사용하기가 힘들었지."

노먼이 말했다.

"바닥에 날카로운 못이 달려 있어서 트리를 세운 다음에 밑동에다가 직접 못질을 해야 했다니까."

마이크는 아리송한 표정이었다.

"그게 가능해?"

마이크가 물었다.

"못질을 하려고 하면 트리가 넘어질 텐데. 한 손으로 붙잡는다고 해도 못질을 하려면 두 손이 필요하다구."

"맞아."

노먼이 말했다.

"한 손은 나무 단면의 정중앙에 못질할 못을 붙잡고, 다른 한 손으로는 망치를 들어야겠지."

"그런 종류의 받침대를 사용하려면 두 사람은 있어야겠네요."

한나가 나섰다.

"세 사람은 있어야 해요."

노먼이 대답했다.

"누군가 못질하고 있는 동안 목표물이 흔들리지 않게 붙잡고 있어본 적 있어요?"

"있지."

마이크가 대답했다.

"형이랑 어머니의 야채밭에 토끼들이 들어오지 못하도록 담장을 두르곤 했었거든. 보통은 철조망을 쳤지만, 어머니는 초록색 나무판자를 2인치 간격으로 박아달라고 했었지. 내가 제일 막내였기 때문에 나는 담장 바깥쪽에서 형이 판자를 연결하는 나무 조각에 못을 박는 동안 판자를 붙들고 있어야 했어. 망치질을 할 때마다 충격이 고스란히 전해졌지만, 꽤 잘 참아냈지. 망치질의 박자에 맞춰 앞쪽으로 힘을 줘보기도 했지만, 늘 엇박자가 났어. 한 번도 성공한 적이 없었다니까."

노먼이 철제 고리의 지름에 나무 밑동이 들어가기 충분하다고 판단했고, 두 남자가 노먼의 차에서 트리를 내린 뒤 고리 안에 트리를 넣는 동안 한나는 받침대를 단단히 붙잡고 있었다.

"안 들어가."

마이크가 단호하게 얘기했다.

"아랫부분에 가지들이 걸려."

"그러면 잘라내야지."

노먼이 한나를 돌아보았다.

"혹시 전지가위(원예용 가위) 있어요?"

한나는 고개를 가로저었다.

"정원용품은 하나도 없어요. 다달이 정원사를 불러서 손질하는 걸요."

"톱 종류 몇 가지 정도는 가지고 있어야 합니다."

마이크가 말했다.

"집집마다 대부분은 갖고 있어요. 의외로 다양하게 사용되고 있거든요."

"어떤 것들 말이에요?"

한나가 물었다.

"가는 톱, 가로 켜는 톱, 실톱, 둥근톱, 심지어 일반 쇠톱도 갖고 있으면 좋죠."

노먼이 말했다.

"그리고 지금은 그중 하나만 있어도 상당히 도움이 될 것 같아요."

한나는 당황스러웠다. 톱에 대해서라면 한나도 물론 잘 알고 있었다. 여름이면 매년 아버지의 철물점에서 일을 도왔으니 말이다. 하지만 철물점에서 파는 그 어떤 물건도 한나는 갖고 있지 않았다.

"주방용 칼은 어때요?"

한나가 물었다.

"TV 광고에서 보고 샀는데, 꽁꽁 언 야채도 썰 수 있대요. 그러면 나뭇가지도 자를 수 있지 않을까요?"

그러자 마이크가 천장을 향해 눈을 굴렸다.

"도저히 안 되겠군요."

그가 말했다.

"전화해서 볼트 커터 절단기를 구해보겠습니다. 그거면 가지들을 충분히 자를 수 있을 거예요."

로니 머피가 볼트 커터를 가지고 오기를 기다리며 한나는 차고에 딸린 창고를 열고 할머니가 쓰던 크리스마스 장식을 꺼냈다. 지금껏 한 번도 사용해 본 적이 없었는데, 드디어 때가 온 것 같았다. 세 자매들 중 누구도 할머니의 장식을 욕심내지 않았다. 안드레아는 빌의 가족들이 갖고 있던 장식을 물려받았고, 미셸은 아직 독립하지 않았으니 장식이 따로 필요가 없었던 것이다. 덕분에 의도치 않게 한나가 수혜자가 되어 버리고 말았다.

"그건 뭡니까?"

한나가 꺼내 온 상자를 보며 마이크가 물었다.

"크리스마스 장식들이에요. 저희 조부모님이 쓰시던 거요."

"유리예요?"

노먼이 물었다.

한나는 기억을 떠올려보았다. 보라색의 유리 포도알이 가득 찬 섬세한

갈색의 유리 바구니들이 생각났다. 구불구불한 줄기가 달려 따로 고리를 달 필요가 없었던 유리 딸기들도 있었다. 어렸을 적 풍선만큼이나 커다랗게 느껴졌던 은색과 금색의 유리공들도 새록새록 기억이 났다. 유리가 아닌 장식품은 오로지 증조할머니 엘사가 천조각으로 직접 만든, 나뭇가지에 앉아 있는 새 장식뿐이었다.

"대부분 유리였던 것 같아요."

한나가 대답했다.

"유리로 만든 것은 꼭대기에 있는 가지들에 장식하는 게 좋아요."

노먼이 말했다.

"모이쉐 때문에요?"

"네, 나도 아래쪽에 있는 가지에 유리공을 걸었다가 낭패를 봤거든요. 커들스가 장난감인 줄 알더라구요."

"그래서 깨졌어요?"

"아뇨, 깨질 뻔했죠. 그래서 이제 아래쪽 2개의 가지에는 플라스틱 장식만 걸려 있어요."

"근데 아까는 커들스가 트리에 전혀 관심 없다고 했잖아요?"

한나가 노먼이 했던 말을 떠올렸다.

"맞아요. 더 이상 관심을 두지 않거든요. 아마 그 유리공에 호기심이 발동했던 것 같아요. 반짝반짝 빛나는 게 거울처럼 보이거든요. 커들스가 원래 거울 보면서 자기 모습을 툭툭 쳐보는 걸 워낙 좋아해요."

한나는 창고에서 꺼내 온 장식 상자를 다시 제자리에 갖다 놓는 게 어떨까 잠시 고민했지만, 오랫동안 묵혀 두었던 크리스마스 장식을 다시 한 번 꺼내어 보고 싶은 마음을 차마 누를 수가 없었다. 결국 한나는 모이쉐로 인한 불상사를 방지하기 위해 트리에는 깨지지 않는 장식들만 걸고, 유리 장식들 중에서는 종류별로 하나씩만 골라 제일 위에 자리한 가지에 걸어야겠다고 생각했다.

"로니가 오는군요."

주차장 진입로를 통해 아래로 내려오고 있는 경찰차를 발견한 마이크가 말했다. 마이크가 손을 흔들자 로니가 세 사람 앞에 차를 세웠다.

로니가 운전석 창문을 내렸다.

"이게 필요하셨어요?"

그가 열린 창문 사이로 마이크에게 볼트 커터를 건넸다.

"내가 필요한 게 아니라, 자네가 필요한 거겠지."

마이크는 로니가 차에서 내릴 수 있도록 뒤로 물러섰다.

"크리스마스트리가 받침대 안에 들어갈 수 있도록 아래쪽에 있는 가지들을 쳐내줘."

"교환원이 말한 긴급 상황이라는 게 바로 이거였습니까?"

로니가 자신의 상관인 마이크를 향해 씩 웃어보였다.

"자네 상관이 한나의 주차장 바닥에 줄곧 무릎을 꿇고 앉아 있느라 관절이 얼마나 저렸는 줄 아나? 자네 무릎은 나보다 젊으니, 자네가 해보라구."

로니는 순식간에 가지들을 잘라냈고, 마이크가 트리를 들어 고리 안에 넣는 동안 노먼과 로니, 한나는 재빨리 나사들을 단단하게 조였다.

"다 됐습니다."

로니가 자리에서 일어났다.

"아직 아니야."

마이크가 말했다.

"이제 한나의 집까지 계단 오르는 걸 도와달라구. 난 위쪽을 들 테니, 자네는 아래쪽을 맡아. 그리고 노먼은 장식 상자를 들고 오면 되겠어."

"한나는 트렁크에 있는 꾸러미를 들고 오고요."

 108

노먼이 리모컨으로 트렁크를 열었다.

"미니 전구랑 장식 몇 개 골라봤어요."

얼마 후 네 사람은 한나의 아파트로 향하는 계단을 올랐다. 트리의 윗부분을 든 마이크가 선두에 서고, 로니가 그 뒤를 따랐으며, 스웬슨 가족의 크리스마스 장식 상자를 든 노먼이 그 뒤에, 그리고 양쪽에 10센티미터의 굵은 글씨로 크레이지 엘프라고 적힌 빨간색과 초록색의 비닐 꾸러미를 든 한나가 제일 후미에 섰다.

집 앞에 제일 먼저 도착한 것은 당연히 마이크였다. 그는 로니가 올라올 수 있도록 한쪽으로 비켜섰고, 로니가 올라오자 트리를 문 앞에 내려놓았다.

"문 열 수 있겠어요? 아니면 우리가 조금 뒤로 물러날까요?"

마이크가 한나에게 물었다.

"할 수 있어요."

한나는 두 개의 가지 사이로 손을 뻗어 열쇠구멍에 열쇠를 밀어 넣었다.

"모이쉐는 어쩌죠?"

마이크가 물었다.

"녀석이 펄쩍 달려들려다가 우리를 보면 무슨 숲이 방문한 줄 알겠어요."

그러자 한나는 웃음을 터뜨렸다.

"버넘 숲만 아니면 괜찮아요. 모이쉐가 맥베스는 아니잖아요(셰익스피어의 맥베스에서 그의 죽음을 예언할 때 버넘 숲이 언급되었다)."

하지만 한나가 문을 열고 세 남자가 트리를 안으로 들여놓을 때까지도 모이쉐는 모습을 보이지 않았다. 문밖에서 사람들의 목소리를 듣고 일단은 신중하게 몸을 숨기는 것이 현명하다고, 아니 모이쉐의 경우 공개적으로 나서느니 어딘가의 밑이나 뒤쪽에 잔뜩 웅크리고 숨어 있는 것이 현명하겠다고 판단한 모양이었다.

"내가 찾아볼게요."

노먼이 상자를 바닥에 내려놓고 부엌으로 향했다.

"여기 있어요."

그가 외쳤다.

한나가 부엌에 들어서자 때마침 냉장고 위에 올라가 있던 모이쉐가 노먼의 팔로 펄쩍 뛰어들었다. 노먼은 녀석을 데리고 거실로 나와 소파 뒤 제일 좋아하는 자리에 내려놓고는 귀 뒤를 살살 긁어주었다.

"괜찮아."

노먼이 말했다.

"이건 그냥 크리스마스트리일 뿐이야."

모이쉐는 거실 한 구석에 서 있는 트리를 올려다보고는 귀를 머리 뒤로 바짝 젖혔다. 한나는 녀석의 생각을 읽을 수 있었다. 무작정 거실로 쳐들어 온 트리를 용납할 수 없다는 것이다. 모이쉐는 악의가 가득한 눈빛으로 트리를 쏘아보며 목 깊은 곳에서 그르렁 소리를 냈다.

"커피 들겠어요?"

한나가 남자들 무리를 향해 물었다. 사실 너무 피곤해 커피를 끓일 기운조차 남아 있지 않았지만, 예의상이라도 물어보는 것이 미네소타 여주인 된 도리였다.

"솔깃한데요."

마이크가 말했다.

"나도요."

노먼도 재빨리 합류했다.

"저도 부탁드려요."

이번에는 로니가 말했다.

"커피 끓이시는 동안 전 트리에 물을 줄게요. 혹시 플라스틱 그릇 있으세요?"

"잠깐만요."

한나가 대답했다.

"물이 샐지도 모르니까 트리 밑에 뭔가 받쳐야겠어요."

그러자 노먼이 아리송한 표정을 지었다.

"샐 리가 없어요. 새 상품이잖아요."

"그래도 혹시나 해서요. 아래층에 필과 수 부부가 사는데 얼마 전에 카펫을 새로 깔았거든요. 물이 새면 큰일이잖아요. 잠깐이면 돼요."

평생 처음으로, 사각형의 커다란 플라스틱 그릇이 한나가 기억하고 있는 바로 그 자리에 있었다. 한나는 손님방 벽장의 제일 윗선반에서 그릇을 꺼내 거실로 가지고 나왔다.

"이 바느질 상자면 크기가 딱 맞을 거예요. 실이랑 바늘 담을 봉투를 따로 가져올게요."

"한나가 바느질도 하는 줄은 몰랐어요."

노먼이 한나의 등 뒤에서 외쳤다.

"바느질 안 해요."

한나는 쓰레기봉투를 들고 돌아와 실 꾸러미를 던져 넣었다.

"그럼 뜨개질을 하는 건가요?"

노먼이 되물었다.

"그것도 아니에요."

"바느질도 뜨개질도 아니라면 왜 그렇게 실이랑 바늘을 많이 갖고 있는 겁니까?"

이번에는 마이크가 물었다.

"대학 다닐 때 빌렸던 아파트에 먼저 살던 사람이 두고 간 거예요. 이사 간 주소를 아는 이웃들도 없고, 그냥 버리기에는 아깝고 해서 여기까지 가져온 거죠."

세 사람이 이야기하는 동안 로니는 트리를 들고 발로 그릇을 받침대 밑에 밀어 넣은 다음 그 안에 다시 트리를 내려놓았다.

"딱 맞는데요."

그가 말했다.

"그럼 그 실들은 어떻게 하실 거예요?"

"중고품 매장에 내놓으려구요. 퀼트 하는 사람은 몇 명 아는데, 주변에 바느질이나 뜨개질을 하는 사람은 아는 사람이 없네요."

"제가 알아요."

로니가 미소를 지었다.

"누구요?"

"저희 형수님이요. 제시카가 크로셰 하는 법을 배워서 아이들 갖고 노는 봉제 인형을 만들거든요. 제시카가 아이들을 데리고 크리스마스트리를 사러 크레이지 엘프에 갔다가 래리 재거가 형수님이 만든 사자 인형을 보고는 모두 사겠다고 했대요. 그래서 개당 10달러에 사들여서 지금 장난감 가게에서 팔고 있다더라구요."

아하, 안드레아가 베시와 트레시 선물로 산 인형을 만든 사람이 바로 제시카였구나. 안드레아가 20달러를 주고 산 인형을 래리는 10달러를 주고 사들였으니 그는 무려 100%에 달하는 순익을 내고 있는 것이다.

"그럼 갈 때 이 실하고 바늘 가져가요."

한나가 로니에게 말했다.

"제시카가 무척 좋아할 거예요."

한나가 커피를 끓이는 동안 로니는 그릇을 찾아 트리 받침대에 물을

112

채웠다. 한나는 커피와 함께 내갈 만한 것이 없을까 부엌을 두리번거리다 조리대에 얌전히 올려놓은 소다크래커에 시선이 멈추었다. 기본 재료로 소다크래커만큼 안성맞춤인 것이 없다. 그럼 여기에 무엇을 더하면 좋을까?

냉장고를 열어본 한나는 금세 답을 얻었다. 낸시 헨더슨의 크리스마스 치즈볼 덩어리 3개가 비닐랩에 쌓인 채 치즈 전용 서랍에 들어 있었던 것이다. 치즈와 크래커라, 정말 환상적인 조합이다. 특히 지금처럼 긴급한 상황에서는 더더욱. 하지만 노먼과 마이크는 불과 몇 시간 전에 치즈비스킷을 먹었다. 한꺼번에 치즈만 너무 많이 먹는 게 아닐까?

한나는 잠시 고민했지만, 이내 떨쳐버렸다. 미네소타는 낙농업이 발달한 곳이었다. 그러니 미네소타에 살고 있는 사람들은 자연스럽게 치즈와 버터, 우유, 크림 등을 많이 먹게 될 수밖에 없었다. 게다가 낸시의 치즈 레시피의 맛이 어떤지 사람들에게 평가받고픈 마음도 있었다. 그저 흔한 레시피도 아닐뿐더러 거기에 들어가는 재료 중 하나는 정체를 알게 되면 모두 깜짝 놀라고 말 것이다.

한나는 빨간 부엉이 식료품점의 플로렌스가 한나를 위해 특별히 주문하여 들여온 할라피뇨 젤리 병의 뚜껑을 열었다. 그런 뒤 접시 중앙에 치즈볼을 올려놓고, 전자레인지에 얼마간 데워 부드러워진 몇 순가락 분량의 젤리를 조금씩 덜어 치즈볼 위에 얹었다. 조그마한 서빙 나이프를 접시 옆에 놓으며 한나는 세 남자가 맛보기 전에 미리 젤리의 정체를 설명하지 말아야겠다고 생각했다.

냅킨이 깔린 바구니에 크래커를 놓는 일은 간단했다. 한나는 완성된 바구니를 치즈볼 접시와 함께 들고 거실로 나갔다.

"여기 홈메이드 치즈볼 드세요."

한나가 말했다.

"커피도 곧 가져다드릴게요."

세 남자는 얼른 달려와 맛을 보았다. 다시 부엌으로 돌아가 머그잔에 커피를 따른 뒤 쟁반으로 옮기는 한나의 등 뒤로 세 남자의 우물거리는 말소리가 들려왔다.

"무슨 양념 맛이 나지 않아?"

노먼이 물었다.

"모르겠는데요."

로니가 대답했다.

"양파인가?"

"양파맛이 아니야."

마이크가 말했다.

"이건……후추 종류인 것 같은데."

"뭔진 모르겠지만 맛은 좋네요!"

로니가 말했다.

"노먼은 어떠세요?"

"소스맛이거나 위에 따로 얹은 무엇인 것 같아. 맛있다는 데에 동감이야."

한나는 커피를 들고 거실로 나와 테이블 위에 쟁반을 올려놓았다.

"할라피뇨예요."

한나가 말했다. 세 사람은 놀란 기색이 가득했다.

"그렇게 맵진 않은데요."

마이크가 말했다.

"전에 할라피뇨를 먹어본 적이 있는데, 이것보다 훨씬 더 매웠습니다."

"할라피뇨 젤리라서 그래요. 할라피뇨로 직접 만든 게 아니거든요."

"설탕이 매운맛을 좀 없애주나 봐요."

노먼이 크래커를 하나 더 집어들며 말했다.

"정말 맛있어요, 한나. 새로운 맛이에요."

"나한텐 별로 새롭지 않아."

마이크가 한나를 향해 눈짓을 했다.

"예전에 누군가 깜짝 선물로 할라피뇨 브라우니를 선물해 줬거든."

한나는 당장이라도 그게 아니라고 소리치고 싶었지만 꾹 참았다. 그 브라우니는 깜짝 선물이 아니었다. 다른 여자가 만든 브라우니를 두고 지금껏 먹어 본 중 최고로 맛있다고 칭찬했던 마이크에게 복수하기 위한 선물이었단 말이다. 하지만 불행하게도 한나의 시도는 실패로 끝나고 말았다. 그 불같은 복수의 간식을 마이크는 진정 즐겼다.

"얼른들 먹어요. 슬슬 갈 시간이에요."

한나가 말했다.

"벌써 밤 11시가 넘었어요. 난 내일 새벽 4시에 일어나야 한다구요."

"트리 장식은 어쩌구요?"

노먼이 물었다.

"우리 도움이 필요하지 않아요?"

"필요해요, 하지만 오늘 밤은 안 되겠어요."

한나가 노먼의 제안에 대한 감사의 뜻으로 미소를 지어보였다.

"너무 지쳐서 더 이상은 아무것도 못하겠어요. 아침에 전화할게요. 그때 다시 계획을 세워봐요."

5분 후, 머그잔과 치즈볼 접시, 그리고 서빙 나이프까지 모두 식기세척기에 얌전히 자리를 잡았다. 한나는 내일 아침을 위해 커피포트에 타이머를 맞추고는 재빨리 양치질을 하고, 세수를 한 뒤 영하의 날씨에만 입는 크고 두꺼운 파자마로 갈아입었다. 막 침대에 기어오르려는 순간 한나는 모이쉐가 늘 있던 베개 옆 자리에 보이지 않는다는 사실을 깨달았다.

"모이쉐?"

한나는 문밖을 향해 외쳤지만, 복도 쪽에서 부드러운 고양이 발걸음 소리는 들리지 않았다. 모이쉐가 아직 거실에 있는 모양이다. 그제야 한나는 노먼과 마이크 둘 다 모이쉐와 크리스마스트리에 대한 담화를 나눈다는 것을 깜빡하고 그냥 집으로 돌아갔다는 것을 깨달았다.

역시 정작 닥치면 엄마의 일이 되어 버리고 만다니까. 한나는 생각했다. 그러고는 이내 자신이 떠올린 말귀가 우스워서 피식 웃고 말았다. 한나는 모이쉐의 엄마가 아니다. 그 자격을 갖추려면 무엇보다 먼저 네 다리와 꼬리가 있어야 하지 않겠는가. 하지만 때때로 지금과 같이, 엄마의 역할을 충실히 이행해야 할 순간이 있었다.

한나가 다시 거실로 나왔을 때 모이쉐는 아리송한 표정으로 소파 뒤에 앉아 있었다. 뚫어져라 트리를 응시하고 있는 모이쉐를 보며 한나는 녀석을 열심히 설득해 보아야겠다고 다짐했다.

"우리 모이쉐, 뭐하고 있었어?"

한나는 소파에 앉아 녀석을 토닥여주었다.

"크리스마스트리가 마음에 들어?"

침묵이 흘렀다. 기다려봐도 마찬가지였다. 10초 정도가 지난 뒤 한나는 모이쉐가 전혀 대답할 생각이 없다는 것을 깨달았다.

"내일 밤에 장식할 건데, 정말 예쁠 거야."

한나가 말했다.

"너도 마음에 들 거야, 모이쉐. 정말이야. 크리스마스 연휴니까 우리 같이 마음껏 즐겨야지."

침묵은 여전했다. 한나는 계속해서 녀석을 토닥이며 다시 한 번 힘주어 말했다.

"그리고 크리스마스를 맞아서 너한테 새 캣닙 생쥐 인형을 선물할까 하는데, 어때?"

몇 초간은 침묵이 흘렀지만, 이내 부드러운 야옹소리가 흘러나왔다.

"인형 2개?"

한나가 물었다.

"아니면 3개?"

"냐아아아옹."

모이쉐가 크게 대답하고는 한나의 손을 핥았다.

"좋아, 생쥐 인형 3개."

한나는 모이쉐의 볼 아래를 살살 긁어주었다.

"어서 들어가자, 모이쉐. 시간도 늦었구, 너무 피곤해. 얼른 자야지."

이번엔 모이쉐가 순순히 한나의 뒤를 따라 베개 위로 풀쩍 뛰어올랐다. 한나 역시 침대에 올라 볼 위까지 이불을 끌어당겨 덮었다. 그러고는 손을 뻗어 모이쉐의 부드러운 털을 보듬었다. 아, 정말 평화롭고 행복한 순간이다. 모이쉐가 나지막이 가르랑거리는 소리 역시 무척 감미로웠다.

모이쉐의 소리를 들으며 한나는 금세 잠이 들고 말았다. 정말 사랑스러운 저녁시간이 아닐 수 없다. 아파트 안에 가득 퍼진 소나무 향기, 그리고 한나의 옆에서 부드럽게 가르랑거리는 모이쉐의 소리, 세상 모든 것이 정말이지 완벽하게 느껴졌다. 브래드포드 램지 일만 제외하면 말이다. 그 사람만이 오점으로 남아 있었다. 어째서 그는 또다시 한나의 인생에 끼어들어 이 완벽한 세상을 망치려드는 것일까?

크리스마스 치즈볼

재료 (6~8명 정도 먹을 수 있는 치즈볼 분량의 재료입니다)

잘게 다진 체다치즈 1컵(다진 다음에 측량하세요. 대신 측량할 때는 컵 가득 담아야 합니다. 그리고 전 샤프 체다(6~9개월간 숙성시킨 체다치즈)를 즐겨 사용한답니다)

잘게 다진 피칸 1컵(다진 다음에 측량하세요) / 할라피뇨 젤리 조그만 병 1개

부드러운 크림치즈 8온스(220g, 네모난 형태로 나오는 것을 사용하세요)

잘게 다진 파 1/2컵(파 줄기 2.5cm 정도 사용하시면 될 거예요)

만드는 법

1. 할라피뇨 젤리를 제외한 모든 재료를 한데 넣고 섞습니다. 조그만 둥근 원형 틀에 넣거나 공 모양으로 만들어 하키 퍽과 비슷한 모양으로 눌러줍니다(혹시 미네소타 주 출신이 아니라 겨울 스포츠에 대해 잘 모르신다면 베이비 브리(브리 치즈를 조그마한 원형으로 만든 것) 모양 정도로 추측하시면 될 거예요).

2. 형태를 만든 치즈를 적어도 2시간 동안 숙성시킵니다(하룻밤 혹은 며칠을 숙성시켜도 좋습니다).

3. 준비가 되었으면 둥근 접시에 치즈볼을 담습니다. 그리고 할라피뇨 젤리를 부드러워질 때까지 몇 초간 전자레인지에 돌린 뒤 약 1/4컵 정도의 분량을 숟가락으로 떠서 치즈볼 위에 얹어 조금씩 흘러내리게 합니다. 크래커 혹은 칵테일 브레드와 함께 맛있게 드셔보세요.

　한나가 아직 잠에서 헤어 나오지 못했는데도 알람 소리는 속절없이 끊겨 버리고 말았다. 한나는 이불 속에 더 깊이 파묻혀 막 시작되려는 하루의 일과를 어떻게든 피하고픈 마음뿐이었다. 어째서 나는 9시 출근, 6시 퇴근의 평범한 직장인이 되지 않았을까? 대다수의 직장인들은 초과 근무에도 따로 수당을 받고, 때가 되면 월급이 인상될뿐더러 크리스마스 보너스까지 받는다. 게다가…….

　순간 분주했던 한나의 머릿속이 일시 정지되어 버렸다. 크리스마스. 침실에 크리스마스의 향기가 감돌고 있었다. 노먼이 선물한 크리스마스트리에서 풍기는 사랑스러운 소나무향이 겨울 숲의 향기와 어우러져 온 아파트 안을 채우고 있었다. 왜 지금껏 한 번도 크리스마스트리를 집에 놓을 생각을 못했을까? 향도 정말 좋을 뿐더러 거실 소파에 가만히 앉아 크리스마스트리 가지에 걸쳐 반짝이는 불빛에 저마다의 사랑스러움을 뽐내는 장식들을 감상하는 것도 행복한 일이었다. 김이 모락모락 나는 핫초콜릿을 홀짝이며 따스하고 평화로운 기분을 함께 만끽하고 싶었다. 노먼과, 아니면 마이크, 그게 아니라면 모이쉐와도 좋다.

　한나의 생각이 순간 다른 데에 가 이르렀다. 알람소리가 끊겼을 때까지만 해도 모이쉐는 분명 침대에 있었다. 23파운드(약 10kg)나 나가는 녀석이 한나의 팔을 베개 삼아 누워 잠을 청했던 터라 한나는 아직도 팔에 찌릿찌릿 쥐가 나고 있었기 때문이다.

한나는 손을 뻗어 불을 켰다. 이런, 모이쉐가 보이지 않는다. 침대 위에도 없고, 창밖의 눈 덮인 장미 정원을 가로지르는 토끼를 잡으려 창틀에 올라가 있지도 않았다. 빨리 일어나서 밥을 달라고 야옹거리며 시위를 벌이곤 했던 옷장 위에도 없었다. 침실 어디에도 모이쉐는 없었다.

그때 멀리서 쿵 소리가 들렸다. 아주 큰 소리는 아니었지만, 단번에 한나의 주의를 끌기에 충분했다. 그리고 마치 숲 속에서 나무가 쓰러지는 것처럼 소리가 나기까지는 꽤 긴 시간이 소요되었다. 우선 가지들이 꺾이고, 무언가가 휙휙 소리를 내더니 잠시 후, 희미하게 쿵! 그런 뒤 물이 엎어지고, 물방울이 똑-똑-똑 떨어지고 있었다. 이건 실제 상황이었다. 한나의 거실에서 일이 벌어진 것이다!

모이쉐. 크리스마스트리. 무슨 일이 벌어진 것인지 안 봐도 비디오였다. 한나는 재빨리 일어나 거실로 달려나가기 시작했다. 복도를 지날 때는 속도를 조금 낮춰 불을 모두 켠 한나는 마침내 거실에 다다라서야 그 자리에 우뚝 서버리고 말았다. 한때 거실 구석에 고즈넉하게 자리하고 있었던 트리는 카펫 위에 나뒹굴고 있었고, 트리 받침대 역시 카펫 위로 넘어져 믿을 수 없을 만큼 커다란 호수를 이루고 있었다.

한나는 어린 조카들 앞에서는 차마 뱉을 수 없는 단어들을 중얼거렸다. 그토록 신중했건만 소용없는 일이었다. 트리는 넘어졌고, 받침대 밑에 받쳐 놓았던 플라스틱 통에는 아주 적은 양의 물만 남아 있을 뿐, 카펫 위로 물이 점점 번져가고 있었다.

한나의 목청에서 기나긴 겨울잠에서 막 깨어난 곰 아저씨와 같은 신음 소리가 터져 나왔다. 어찌해야 좋을지 몰라 멍하니 거실의 광경을 바라보고 있는 중에도 카펫은 안쪽 패드까지 열심히 물을 빨아들이고 있었고, 아랫집과 분리해 주는 바닥 아래까지 젖어들어 가 단열재는 물론 필과 수 플랫닉 부부의 천장 바로 위에 자리한 건식 벽체에까지 스며들고 있었다.

한나는 세탁실로 달려가 수건을 될 수 있는 한 많이 챙겨 거실에 생긴 웅덩이 위에 덮었다. 남은 물기라도 닦아낼 수 있기를 간절히 바라며 수건들을 야무지게 두드린 한나는 잠에서 퍼뜩 깨어나게 해주는 마법의 카페인을 들이키기 위해 아슬아슬하게 거실을 건너 부엌으로 향했다. 커피를 마시면 마음을 진정시키는 데 도움이 될 것이다. 어쩌면 이 모든 것이 악몽을 꾸고 있는 것인지도 모른다.

찬장을 열고 얌전히 한나를 기다리고 있는 머그잔들을 응시하며 한나는 자신이 아직도 잠을 자고 있는 거라고, 단지 부엌에 들어와 아침에 커피를 담아 마실 머그잔을 고르는 꿈을 꾸고 있는 거라고 스스로에게 되뇌었다. 한나는 가장 좋아하는, That's the Way the Cookie Crumbles(세상사가 다 그런 거야)라는 문구가 적힌 머그잔을 꺼내 커피포트 앞으로 가져갔다. 이렇게 실감나는 꿈은 처음이다. 손에 들린 머그잔의 무게도 느낄 수 있었고, 액체 카페인을 따르기 위해 조리대 위에 컵을 내려놓을 때의 땡그랑 소리도 생생하게 들을 수 있었다.

한나는 가만히 서서 뜨거운 커피를 한 모금 삼켰다. 그리고 바로 그 순간 이것이 꿈이 아님을 깨달았다. 모이쉐가 정말로 트리를 넘어뜨렸고, 그 바람에 거실 바닥에 호수처럼 흥건하게 물이 고였으며, 어쩌면 수와 필의 새 카펫까지 물이 새어들었을지도 모른다. 그게 정말이라면 한나는 두 사람의 얼굴을 볼 면목이 없다. 이 모두가 꿈이 아닌 사실이었다. 왜냐하면 뜨거운 커피에 데인 혀가 마치 칼에 베인 것만큼 아팠기 때문이다.

오븐에서 자두 푸딩이 완성되기를 기다리고 있는데 리사가 뒷문으로 들어왔다.

"안녕, 한나. 날씨가 너무 추워요!"

리사는 안쪽 어금니가 다 보이도록 활짝 웃었다.

"기분 좋아 보이네."

한나가 말했다.

"맞아요. 허브랑 바스콤 시장님이 낚시 여정을 오늘로 마치기로 했거든요. 오후에 돌아온대요."

"잘됐다."

"그 이상이에요. 너무 좋아서 날아갈 것 같은 기분인 걸요. 포크 앤 빈스 브레드 한 덩어리 가져왔는데, 한 조각 썰어드릴까요? 버터에 토스트해서 먹으면 정말 맛있어요."

"얼른 먹어보고 싶어. 오늘은 아침부터 배가 고프거든."

리사는 재빨리 빵을 썰어 토스트기에 넣은 뒤 다시 꺼내 버터를 발랐다. 그런 뒤 갓 내린 커피와 함께 한나에게 건넸다.

"이제 안에 뭐가 들었는지 한나는 모르는 것으로 치고, 맛만 봐서 알 수 있나 시험해 봐요."

"모르는 것으로 치라구? 아예 백지 상태로 말이지?"

"그런 셈이죠."

리사가 어깨를 으쓱해 보였다.

"차라리 한나에게 재료 이야기를 하지 말 걸 그랬어요. 그러면 맞춰보라고 할 수 있었을 텐데."

"괜찮아. 오늘 가게에 오는 첫 손님한테 맛보이고 맞춰보라고 하자."

"좋은 생각이에요. 근데 우선은 한나의 생각이 듣고 싶어요."

빵을 한 입 베어 문 한나는 고소한 견과류의 맛에 더해진 매콤한 향에 감탄을 금치 못했다. 바나나 혹은 대추야자 빵과 비슷했지만, 결은 케이크와 조금 달랐다. 리사의 빵은 아주 맛있었다. 그게 돼지고기와 콩으로 만든 것이라는 사실을 미리 알지 못했다면, 재료가 무엇인지 결코 알아맞힐 수 없었을 것이다.

"어때요?"

리사가 한나의 소감을 재촉했다.

"너무 맛있어. 레시피 나도 부탁해."

"이미 준비했죠."

리사가 가방을 열어 레시피 한 장을 꺼냈다.

"한나가 궁금해할 줄 알고, 아침 일찍 복사해 왔어요."

한나는 어린 동업자의 얼굴을 쳐다보았다. 리사의 눈 밑에 다크서클이 짙게 깔려 있었다.

"얼마나 일찍?"

"새벽 1시쯤이었을 걸요. 허브가 없으니까 잠이 안 오더라구요. 집이 어찌나 텅 빈 것 같은지. 혼자 있는 게 무섭다기보다 너무 외로운 거 있죠."

리사는 하던 말을 멈추고 한나를 쳐다보았다.

"한나는 매일 그걸 어떻게 견뎌요?"

만약 리사가 아닌 다른 사람에게 그런 질문을 받았다면 한나는 대충 얼버무리고 말았을 것이다. 하지만 리사는 정말로 궁금한 듯 말똥말똥한 눈빛으로 한나의 대답을 기다리고 있었다.

"난 모이쉐가 있잖아."

물론 오늘 아침의 경우처럼 녀석이 자신에게 축복의 존재인지 재앙의 존재인지 종종 헷갈릴 때가 있다는 사실은 굳이 언급하지 않았다.

"맞다, 모이쉐가 있었죠!"

리사는 마치 누군가에게 엄청난 선물을 받은 것처럼 환한 얼굴로 외쳤다.

"그 생각을 못했네요! 모이쉐가 있으니 한나가 혼자일 리가 없죠. 허브랑 저도 강아지를 키워야겠어요."

한나는 잠자코 있었다. 한나가 나설 일이 아닌 듯했다. 리사와 허브도 그들만의 삶이 있으니 한나가 거기에 대고 이래라 저래라 할 일은 아니다. 하지만 그럼에도 불구하고 필요한 조언은 해주어야 하지 않을까.

"좋은 생각이야!"

한나가 말했다.

"빌의 아버님도 강아지들을 가지셨는데……."

리사가 풋하고 웃음을 터뜨렸고, 한나는 자신이 무슨 말을 했는지 그제야 깨달았다.

"아, 표현이 잘못됐네. 빌의 아버님도 강아지를 키우셨는데, 플롭시라는 개가 2개월 전에 강아지들을 낳았어."

"플롭시요?"

리사가 아리송한 표정을 지었다.

"그건 피터 래빗에 나오는 토끼 이름 아니에요?"

"그래, 근데 이 아이는 토끼가 아니야. 래브라도 리트리버 종인데, 뛸 때마다 귀가 팔랑거린다고 빌의 어머님이 그렇게 이름을 지으셨대."

"오, 말이 되네요. 근데 래브라도 리트리버는 몸집이 아주 크잖아요. 그럼 플롭시의 강아지들도 자라면서 금방 커지는 거 아니에요?"

"그렇진 않을 거야. 빌 아버님 생각으로는 강아지들의 아빠가 이웃집에서 키우는 잭 러셀 테리어 같다고 하셨거든."

"'프레이저(미국 드라마 제목)'에 나오는 것 같은 거요?"

한나는 고개를 끄덕이고는 리사의 다음 질문을 기다렸다. 리사도 농부들 틈에서 어린 시절을 보냈으니 분명 그 질문이 나올 것이다.

"하지만, 테리어는 진짜 조그맣고, 리트리버는 진짜 큰데. 어떻게 ......?"

"나도 몰라. 어쨌든 그렇게 됐대."

한나가 말했다.

"안드레아가 밥 선생님한테 물어봤는데, 계단의 도움을 받지 않았을까 했다던 걸."

리사는 스테인리스 작업대 앞의 의자에 털썩 주저앉아 깔깔거렸다. 웃음이 잦아들자 리사는 눈을 동그랗게 뜨고 한나에게 물었다.

"그러고는 더 자세히 얘기 안 해주셨대요?"

"응. 아마 안드레아가 유부녀인 걸 아니까 알아서 상상하겠거니 하신 것 같아. 아무튼 그래서 강아지들 중에 한 마리만 빼고는 다 주인을 찾았대. 수컷인데, 리사가 갖고 싶다고 하면 아마 주실 거야. 진짜 귀여워. 안드레아가 사진을 보여줬거든."

"저도 사진 볼 수 있을까요?"

"그래, 안드레아에게 전화해서 가져오라고 할게. 빌이 자기 집에 가서 몇 장을 가지고 왔거든. 원래는 강아지를 트레시에게 선물하려고 했는데, 안드레아가 아직은 이르다고 반대 중이야."

"그렇게만 되면 정말 저희는 행운인데요. 허브도 강아지를 키우고 싶어 했거든요."

리사는 잠시 생각에 잠겼다가 이내 미소를 지었다.

"안드레아가 오늘 아침에 가게에 올 수 있을까요?"

"가능할 거야. 어젯밤에 고른 트리 때문에 어차피 트레시의 학교에 가야 할 테니까. 돌아오는 길에 들르라고 할까?"

"그러면 좋을 것 같아요."

리사가 오븐을 향해 고개를 돌렸다.

"무슨 냄새가 이렇게 좋아요?"

"자두 푸딩이야. 래리 재거에게 오늘 오후에 쿠키 배달할 때 샘플로 만들어서 가져다주겠다고 했거든."

한나는 리사에게서 다음 질문이 이어질 줄 알고 가만히 기다렸지만, 아무 반응도 나오지 않아 자진하여 말을 이었다.

"그나저나 우리 가게 쿠키의 주문 수량을 늘렸어."

"잘 됐어요! 이제 영업에도 전문가가 되어가고 있네요, 한나."

리사가 컵에 커피를 따른 뒤 몸을 돌렸다.

"한나가 만든 자두 푸딩에는 자두가 들었어요? 영국식으로는 넣지 않잖아요, 아시죠?"

"내가 만든 건 영국식 푸딩이랑은 달라. 난 정말로 자두를 넣었거든."

"오, 잘 됐어요! 영국식으로 만든 것을 먹어본 적이 있는데, 별로였거든요. 작년에 마지가 통조림에 들은 것을 사왔었는데, 후르츠케이크 통조림보다도 더 맛없었어요."

리사가 예전의 기억을 떠올리며 살짝 몸서리를 쳤다.

"래리가 무슨 쿠키를 추가 주문했어요?"

"진저 쿠키."

한나는 래리가 요청한 메뉴 중 한 가지를 언급했다.

"루이스 브라운의 프로스팅 진저 쿠키를 만들면 될 것 같아. 그리고 래리가 자두 푸딩을 주문할 것인지 결정할 동안에는 전통 설탕 쿠키를 대신 추가하면 되겠어."

"진저 쿠키 레시피 출력한 것 있으세요?"

"여기."

한나가 리사에게 종이를 건넸다.

"제가 재료부터 준비할게요."

저장실로 향한 리사는 문을 열고 들어가려다 말고 뒤를 돌아보았다.

"크리스마스 선물 쇼핑할 날이 열흘밖에 안 남은 거 알고 계세요?"

"아니."

"오늘 아침에 KCOW 방송에서 들었어요. 선물 준비는 끝내신 거예요?"

"엄마의 조언대로 추수감사절 전부터 준비했지."

"다행이에요. 저도 다 끝냈어요."

리사가 저장실 안으로 사라졌다가 다시 머리를 불쑥 내밀었다.

"혹시 지금 안드레아한테 전화해 주실 수 있으세요? 생각하면 할수록 그 강아지가 너무 갖고 싶어서요. 예전부터 허브가 같이 순찰을 돌 강아지 한 마리 있으면 좋겠다고 했거든요. 동물을 너무 좋아해요."

"평소의 허브라면 강아지도 잘 훈련시킬 수 있을 거야."

한나가 말했다.

"잭 러셀은 똑똑한 종이거든. 리트리버도 충성심이 강해서 주인을 기쁘게 해 주지."

"맞아요. 강아지가 완전히 훈련이 되기 전에는 허브가 일터에 데려가지 못할 테구, 그렇다고 집에 혼자 두기도 싫은데, 혹시 훈련이 끝날 때까지만 목줄을 매서 여기 가게에 데리고 와도 될까요?

"그래, 괜찮아."

보건당국의 규칙도 미처 고려하지 않은 채 한나가 재빨리 대답했다. 뭐, 어떻게든 방법이 있을 것이다.

"그 녀석을 입양하기로 리사가 결심했다면, 난 적극 지지해줄게."

"오, 너무 귀여워요!"

안드레아가 작업대 위에 늘어놓은 사진들을 내려다보며 리사가 미소를 지었다.

"허브가 와서 직접 봐야겠지만, 분명 허브도 마음에 쏙 들어 할 거예요."

"그럼 지금 전화해서 얘기해볼래?"

안드레아가 물었다.

"그러고 싶은데, 허브가 핸드폰을 안 가져갔어요. 멀리 가니까 그동안 저한테 더 필요할 거라고 생각했나 봐요."

"그런 거라면 걱정 마."

안드레아가 자신의 핸드폰을 꺼내 번호를 눌렀다.

"빌한테 전화해볼게. 그이가 아마 바스콤 시장님 핸드폰 번호를 알고 있을 거야."

전자기기의 세계는 정말 놀랍기 그지없다. 한나는 안드레아가 시장의 핸드폰 번호를 손쉽게 얻어 다시금 번호를 누르는 모습을 보며 내심 감탄했다. 그리고 마침내 리사는 허브와 통화를 할 수 있게 되었다. 물론 안드레아에게는 리사가 빨리 강아지를 데려가 주길 바라는 데 대한 이유가 따로 있었다. 흙 묻은 발로 하얀색 타일의 부엌 바닥을 온통 뛰어다니고, 아끼던 아이스블루빛 거실 양탄자에 실례를 했을 뿐만 아니라, 무엇보다도 얼마 전에 주문한 새로운 디자인의 부엌문에 강아지용 출입문을 뚫기는 죽기보다 싫었기 때문이었다.

"그럼 정말 괜찮은 거지?"

리사가 묻고는, 이내 햇살처럼 환한 미소를 지었다. 그리고는 잠시 수화기 건너편의 이야기를 듣고 있더니 곧 얼굴이 발그레해졌다.

"나도 보고 싶어, 여보. 몇 시쯤 도착할 것 같아?"

안드레아가 한나를 쿡 찔렀고, 두 사람은 대략 일이 진행되는 방향을 눈치채고는 씩 웃었다. 한나는 리사에게 허브가 늦게까지 일하는 동안 적적함을 달래줄 친구가 생겼다는 사실에 기뻤다. 안드레아 역시 요즘처럼 추운 날씨에 이제 더 이상은 강아지 산책을 시켜주지 않아도 된다는 사실에 행복해하고 있었다.

"알았어. 그럼 가게 문 닫기 전에 봐. 한나가 자두 푸딩을 만들었는데, 당신 것 한 조각 남겨놓을게."

잠시 침묵이 흐르더니 이내 리사가 웃음을 터뜨렸다.

"그 자두 푸딩이랑은 달라. 한나가 만든 것은 진짜 자두를 넣었거든. 냄새도 너무 좋구. 자기가 얼른 와서 같이 먹었으면 좋겠다."

안드레아가 핸드폰을 막 가방 앞주머니에 넣었을 때 가게 앞문이 열리더니 엄마가 들어왔다.

"안녕, 얘들아!"

엄마는 가장자리에 양털이 달린, 하얀색 가죽 코트를 벗어 옷걸이에 걸었다.

"안녕, 엄마."

한나와 안드레아가 거의 동시에 인사했다.

"안녕하세요, 스웬슨 부인."

리사도 인사했다.

"스웬슨 부인이라고 부르지 않아도 된다. 딜로어라고 해도 괜찮아. 그 것도 불편하면 그냥 엄마라고 부르려무나."

엄마가 리사를 향해 미소를 지었다.

"아침부터 지치고 피곤한 이 늙은 숙녀에게 권해줄 만한 쿠키가 뭐가 있겠니?"

"방금 프로스팅 진저 쿠키를 구웠는데."

리사가 말했다.

"그것 몇 개 드릴까요?"

"좋지."

한나는 당신이 50살이 넘으셨다는 사실을 인정하느니 차라리 가혹한 고문을 받는 게 더 낫다고 생각하는 엄마가 스스로를 '지치고 피곤한 늙은 숙녀'라고 표현했다는 사실이 영 마음에 걸렸다.

"무슨 일 있으세요?"

리사가 진저 쿠키를 가지러 자리를 뜨자마자 한나가 물었다.

그러자 엄마는 한나의 옆자리에 와 앉았다.

"오늘 아침 일터에 누가 코빼기도 안 보였는지 아느냐?"

"로드 부인이요?"

한나가 추측했다. 엄마는 조금 근심스러운 표정이었다.

"아니, 캐리는 지금 가게에 있단다. 그게 아니면 내가 어떻게 여기 왔겠니. 루앤이 나타나질 않았어."

"왜요? 수지가 아프대요?"

한나의 머리로 루앤이 갑작스럽게 결근을 할 이유는 그것밖에 없었다.

"모르겠구나. 연락도 없었고, 전화해도 받질 않으니 말이다. 네티에게 전화를 해봐야 할까?"

네티는 전 경찰서장의 부인이자, 세상을 떠난 루앤 남편의 어머니였다.

"아뇨, 우선 제가 알아볼게요."

한나가 재빨리 대답했다. 루앤이 그래니의 앤티크에서의 일을 얼마나 소중하게 생각하는지 누구보다도 잘 알고 있는 한나였다. 그리고 루앤이 사생활을 얼마나 중요하게 생각하는지도 말이다. 그런 루앤이 이렇게 갑자기 출근을 하지 않았다는 건 뭔가 좋지 않은 일이 생겼다는 것을 의미하는 것이었다.

"고맙구나. 가는 날이 장날이라더니 하필 오늘 결근을 하다니, 오늘은 루앤의 도움이 꼭 필요한 날인데 말이다!"

"제가 뭐 도와드릴 게 있을까요?"

한나가 물었다.

"네가 휘팅 교수님의 숙제를 다 마친 게 아니라면 딱히 없을 것 같구나."

한나는 고개를 가로저었다. 학교에서 받은 유인물은 가게에 갖다놓고 한 번도 들춰보지 않았다. 누군가 경영 지식이 풍부한 사람, 이를테면 세무사인 스탠이나 은행원인 도우 그리어슨 같은 사람에게 물어볼 작정이었지만, 지금껏 짬을 내지 못했던 것이다.

"루앤에게라면 물어볼 수 있을 것 같았는데 말이야."

엄마는 계속 설명했다.

"회계학 야간 수업을 듣고 있거든."

"정말요?"

한나는 처음 듣는 이야기였다.

"충분히 공부하고 난 뒤에 그래니의 앤티크 장부를 모두 관리하겠다고 했었단다."

엄마가 하던 말을 멈추고 얼굴을 찌푸렸다.

"루앤에게 무슨 일이 있는 건지 꼭 알아봐야 한다, 알겠니?"

"틀림없이 알아볼게요."

엄마는 리사가 가져다준 쿠키를 한 입 베어 물었다.

"아주 맛있구나."

엄마가 칭찬했다.

"특히 레몬 아이싱이 되어 있는 것이 맛있어."

그러고는 여느 엄마들이 자식들과의 대화에서 그러는 것처럼 자연스럽게 화제를 돌렸다.

"그래, 그 일은 잘 진행되고 있느냐?"

한나는 안드레아를 향해 내가 나중에 다 설명할 테니 잠자코 있어달라는 눈짓을 보냈다.

"그럼요, 엄마."

"그래, 다행이구나."

엄마가 이번에는 안드레아를 향해 고개를 돌렸다.

"넌 어떠니, 얘야?"

"저도 좋아요. 리사랑 허브가 플롭시의 새끼 강아지 한 마리를 분양받기로 했어요. 이번 주말에 와서 데리고 간대요. 이제 모두 제 집을 찾았네요."

그러자 엄마가 슬며시 미소를 지었다.

"네가 당장은 짐을 벗었구나. 그래도 아마 이 강아지를 키우는 것에 대한 요청은 계속될 게야. 이번에는 트레시와 빌이 졌지만, 나중에 베시가 커서 합류하게 되면 결국 네가 포기해야 될 게다. 내가 그랬듯이 말이야."

"하지만 브루노는 훈련을 잘 받아서 아무 데나 볼일을 보지도 않고, 짖지도 않고, 물어뜯지도 않았잖아요."

엄마는 웃음을 터뜨렸다.

"그랬지. 하지만 문제는 누가 그렇게 녀석을 잘 훈련시켰느냐 하는 거란다."

"설마 언니?"

"한나는 거의 종일 학교에 있었잖니."

"그럼 아빠?"

"네 아빠는 철물점을 지켰지."

안드레아의 눈이 휘둥그레졌다.

"그럼 브루노를 훈련시킨 사람이 엄마예요?"

"그렇다마다. 집에 계속 있는 사람이 나밖에 더 있었니. 익숙해져야 한다, 얘야. 너도 이제 엄마잖니. 트레시와 빌은 아마 널 절대 귀찮게 하지 않겠노라고 약속하겠지만, 결국에는 제멋대로 천방지축인 강아지를 데리고 산책을 시켜야 하는 건 네가 될 게야."

포크 앤 빈스 브레드

오븐은 175도로 예열해 주세요. 틀은 오븐의 중앙에 둡니다.

재료

콩 통조림 1개(425g) / 거품 낸 계란 4개(포크로 저어주세요)

식물성 기름 1컵(카놀라와 올리브는 안 돼요) / 바닐라 추출액 1티스푼

백설탕 2컵 / 베이킹소다 1티스푼 / 베이킹파우더 1/2티스푼

소금 1/2티스푼 / 시나몬 가루 1과 1/2티스푼

피칸 혹은 호두 다진 것 1컵(다진 후에 측량하세요) / 다용도 밀가루 3컵

만드는 법

1. 9×5인치 크기에 깊이가 3인치인 팬 2개를 준비해 들러붙음 방지 스프레이를 뿌립니다.

2. 콩 통조림의 물을 따라내지 말고 통째로 믹서기에 넣고 곱게 갈아줍니다.

3. 커다란 믹싱볼에 거품 낸 계란을 넣고 콩 통조림 간 것을 붓습니다.

4. 식물성 기름과 바닐라 추출액을 넣고 잘 섞습니다.

5. 설탕을 넣고 섞습니다. 그런 뒤 베이킹소다, 베이킹파우더, 소금과 시나몬을 넣고 골고루 섞습니다.

6. 밀가루를 1컵씩 넣으면서 한 번씩 넣어 줄 때마다 잘 반죽합니다.

7. 반죽을 반으로 갈라 각각 팬에 넣습니다.

8. 175도에서 50~60분간 굽습니다. 완성된 것은 긴 꼬챙이로 가운데 부분을 찔러보세요. 꼬챙이에 끈적끈적한 것이 묻어나오면 더 구워야 하고, 아무것도 묻어나오지 않으면 오븐에서 팬을 꺼내 선반으로 옮긴 뒤 20분 정도 식힙니다.

9. 빵이 팬에서 잘 떨어지도록 잘 드는 칼로 팬 가장자리를 자릅니다. 그런 뒤 뒤집어서 꺼내세요.

10. 빵이 완전히 식었으면 비닐랩으로 덮습니다. 이 상태로 냉동실에 넣으면 3개월 보관도 문제없어요.

한나와 리사의 메모: 무슨 빵인지 이야기해 주지 않으면, 콩 통조림으로 만든 빵이라는 사실을 아무도 눈치채지 못한답니다.

프로스팅 진저 쿠키

오븐은 175도로 예열해 주세요. 틀은 오븐의 중앙에 둡니다.

재료

부드러운 버터 3/4컵 / 백설탕 1컵 / 거품 낸 계란 1개

당밀 3테이블스푼*** / 베이킹소다 1티스푼 / 소금 1/2티스푼

곱게 간 생강 1과 1/2티스푼 / 곱게 간 시나몬 1티스푼

곱게 간 정향(꽃봉오리를 말린 향료) 1/2티스푼(하나의 메모를 참고하세요)

곱게 간 육두구 열매 1/2티스푼 / 밀가루 2컵(컵에 가득 채워서 측량하세요)

반죽을 굴리기 위한 백설탕 1/4~1/2컵

*** 테이블스푼에 미리 들러붙음 방지 스프레이를 뿌려놓으면 당밀이 스푼에 들러붙지 않습니다.

글레이즈(쿠키를 구운 후 광택을 내기 위해 사용하는 소스):

슈가 파우더 1컵 / 레몬주스 1티스푼

한나의 메모: 엄마에게 드릴 때는 꼭 정향을 빼야 한답니다. 정말 싫어하시거든요.

만드는 법

1. 중간 크기의 믹싱볼에 버터와 설탕을 넣고 섞습니다.
2. 계란을 넣고 당밀을 더한 뒤에 재료들이 균일한 색을 낼 때까지 섞습니다.

3. 거기에 베이킹소다와 소금을 넣고 섞습니다.

4. 생강과 시나몬, 정향, 그리고 육두구 열매 간 것을 넣고 다시 잘 섞습니다.

5. 밀가루를 1컵씩 넣으면서 골고루 반죽합니다.

6. 백설탕 1/4컵을 오목한 그릇에 담습니다. 반죽을 떼어 팬에 올리기 전에 이 설탕 위에 한 번씩 굴릴 겁니다. 반죽을 1인치 크기의 공 모양으로 떼어 백설탕 위에 굴린 다음 기름 칠을 하거나 들러붙음 방지 스프레이를 뿌린 쿠키 틀 위에 올립니다. 3줄과 4줄로 만들면 1개의 틀에 12개의 쿠키를 만들 수 있답니다. 틀 위에 반죽이 굴러다니지 않도록 살짝 눌러줍니다.

7. 175도에서 10분간 굽습니다. 틀 위에서 2분 동안 식힌 다음 선반으로 옮겨 완전히 식힙니다.

8. 쿠키가 충분히 식었으면 글레이즈를 만듭니다.

9. 슈가 파우더와 레몬주스를 섞습니다. 너무 되면 레몬주스를 더 넣고, 묽으면 슈가 파우더를 더 넣는 식으로 조절합니다. 완성되었으면 완전히 식힌 쿠키 위에 글레이즈를 뿌립니다.

10. 진열대에 내놓기 전에 글레이즈를 완전히 말려야 합니다. 20~30분 정도 소요됩니다.

　남은 1시간 30분의 오전 시간 동안 한나는 루앤의 전화번호를 여섯 번도 넘게 누르고 있었다. 분명 무슨 일이 생긴 것이다. 한나는 확신했다. 루앤은 누구보다 성실한 사람이었다. 그래니의 앤티크에서 일하는 동안 단 한 번도 지각조차 한 일이 없었다. 그런 그녀가 무단결근이라니, 상상도 할 수 없었던 일이다!

　한나는 마지막으로 루앤의 전화번호를 누른 뒤 가만히 신호음을 듣고 있었다. 뭔가 이상하다. 한나는 래리에게 쿠키와 자두 푸딩 샘플을 배달해 주고 돌아오는 길에 루앤이 자기 어머니와 딸 수지와 함께 살고 있는 아파트에 들러봐야겠다고 생각했다. 만약 루앤이 집에 없으면 쿠키 선물로 잔뜩 무장한 뒤 네티 그랜트를 찾아가 루앤의 근황에 대해 조심스럽게 물어볼 계획이었다.

　루앤 증발 사건의 미스터리가 아직 해결될 기미도 보이지 않고 있는데도 하루는 여전히 흐르고 있었다. 노먼이 문에 걸린 종을 딸랑거리며 가게 안으로 들어오고 난 뒤에는 더욱 가속도가 붙었다. 한나는 마이크가 의심하고 있는 바에 대해 노먼에게 아무 말도 하지 않기로 결심한 뒤였다. 로드 부인이 절도를 했다는 명백한 증거도 없는 상황에서 괜히 이야기해 보았자 노먼의 걱정만 부풀리는 꼴이 되고 말 것이다. 하루 종일 경찰서에서 근무를 하고서도 연이어 쇼핑몰에서 다시 교대 근무를 서야 했던 마이크가 극도로 예민해진 탓일 것이다.

"안녕, 한나."

노먼이 카운터 앞자리에 앉았다.

"크리스마스트리는 잘 있어요?"

"묻지 말아요."

한나가 그에게 커피를 따라준 뒤 카운터 뒤편에 있는 전자레인지에서
자두 푸딩 한 조각을 데워 건네며 말했다.

"이게 뭐예요?"

노먼이 물었다.

"자두 푸딩이요."

"하지만 안에 정말로 자두가 들었잖아요. 원래 자두 푸딩에는 자두를
넣지 않는데."

"내가 만든 건 그래요. 맛이 괜찮으면 래리가 크레이지 엘프에서 판매
해 보겠다고 했거든요. 그래서 이름도 새로 생각해 보아야 해요. 딱 봐도
영국식 자두 푸딩과는 다르다는 것을 알 수 있는 이름으로요."

"미네소타 자두 푸딩 어때요."

리사가 카운터 쪽으로 가까이 다가와 노먼 앞에 놓인 자두 푸딩 조각
을 바라보며 말했다.

"예전에 복숭아 파이도 남쪽 지역에서 만든 것과 다르다는 것을 알리
기 위해 그렇게 이름 지었잖아요."

"미네소타 자두 푸딩, 괜찮은데."

한나가 푸딩을 한 조각 더 자르며 동의했다.

"한 조각 먹을래, 리사?"

"먹고 싶지만 참을래요. 허브한테 기다렸다가 같이 먹겠다고 약속했거
든요."

"그럼 조금만 떼어줄게 맛만 봐. 이따 허브가 오면 한 조각 다 먹구."

"알았어요."

내심 빨리 맛을 보고 싶던 리사에게는 단지 좋은 핑계거리가 필요했을 뿐이었다.

케이크에 가까운 미네소타 자두 푸딩을 사람들 앞에 선보인 한나는 리사와 노먼이 맛을 보는 모습을 가만히 지켜보았다. 두 사람이 입에 넣은 것을 미처 삼키기도 전에 또다시 푸딩으로 포크를 가져가는 것을 본 한나는 새로운 레시피가 성공적이라는 사실을 직감했다.

"최고예요!"

노먼이 단언했다.

"정말이요."

작은 푸딩 조각을 금세 먹어치운 리사는 더 먹고 싶어 하는 표정이 역력했다.

"진짜 맛있어요. 본능에 충실해져서 허겁지겁 푸딩을 다 먹어버리기 전에 얼른 작업실로 피신해야겠어요. 러블리 레몬 쿠키 바를 2팬 정도 구워야 해요. 샐리 퍼시가 오늘 밤 있을 크리스마스트리 장식 파티를 위해 주문했거든요."

리사가 작업실로 사라지고 나자 노먼은 한나를 돌아보았다.

"왜 크리스마스트리에 대해 묻지 말라고 했어요?"

"모이쉐가 새벽 4시에 트리 등반을 했거든요."

"저런. 그래서 넘어졌어요?"

"네, 양탄자 위가 온통 물바다가 됐는데, 다행히 필과 수의 집까지 새진 않은 것 같아요. 수에게 물었는데 괜찮다고 하더라구요."

"다행이네요."

노먼이 미네소타 자두 푸딩을 또 한 입 먹었다.

"이거 정말 맛있어요, 한나."

노먼은 잠자코 맛을 음미하더니 이내 다시 한나를 쳐다보았다.

"트리 문제를 해결할 방법이 생각났어요. 끈을 사서 트리가 제자리에서 넘어지지 않도록 고정시켜놓으면 될 거예요."

"오늘 바쁘지 않아요?"

"오후에 잠깐이요. 마지막 진료 예약 시간이 3시인데, 간단한 스케일링 진료예요. 늦어도 4시에 병원에서 나올 수 있을 테니까 한나가 집에 돌아가기 전까지 트리를 손볼 수 있을 거예요. 먼저 장식부터 다는 게 좋겠어요. 나중에 달려고 하면 고정한 선들 사이로 이리저리 움직이기가 힘들 테니까요."

"그래요."

한나는 모이쉐가 손가락 하나 대지 못하도록 여기저기를 고정 끈으로 거미줄처럼 엮어놓은 크리스마스트리의 광경을 떠올려보았다.

"근데 보기는 싫겠네요, 그렇죠?"

"전혀 그렇지 않아요. 끈도 2개면 충분하고, 겉으로 보이지 않게 구석으로 잘 숨겨놓을 거거든요."

"알았어요, 하지만……."

한나는 살짝 한숨을 내쉬었다. 자신이 조금 이기적인 게 아닐까 하는 생각이 들었지만, 다른 사람이, 설사 그 사람이 노먼이라 하더라도, 대신 크리스마스트리 장식을 하는 건 내키지 않았다.

"왜요?"

"어렸을 때 갖고 놀았던 크리스마스트리 장식을 오랜만에 풀어서, 어느 것을 트리에 달까 행복한 고민을 하는 장면을 계속 고대하고 있었거든요. 노먼이 장식을 해주면, 내가 좋아하는 장식으로 달지 못하잖아요."

"그러네요. 그럼 내가 미니 전구만 걸쳐놓으면 어떻겠어요? 장식은 오늘 밤에 같이 하구요."

"그렇다면 좋아요!"

한나는 그제야 안도의 미소를 지었다. 어쩌면 크리스마스트리 장식 파티를 여는 것도 좋을 것이다. 아주 재미있는 시간이 될 것 같았다. 노먼은 일순위로 초대하고 엄마도 초대하면 좋아하시겠지. 엄마 역시 옛적의 크리스마스트리 장식을 보면 감회가 새로우실 것이다. 그리고 로드 부인도 함께한다면……

"왜 그래요?"

노먼이 시시각각 변하는 한나의 표정을 살피며 물었다.

"트리 장식할 때 엄마랑 노먼의 어머님도 초대하면 어떨까 생각해봤어요. 그 초대에도 노먼의 어머님이 핑계를 대면서 거절하실지 어쩔지 시험해 볼 수도 있잖아요."

"좋은 생각이에요! 그럼 우리 어머니한테 먼저 연락해 보는 게 어때요? 만약 어머니가 못 오시겠다고 하면, 굳이 한나 어머님을 초대해서 모이쉐의 기분을 상하게 하지 않아도 되잖아요."

"똑똑한데요!"

한나가 노먼의 어깨를 다정하게 토닥였다. 모이쉐의 호감 인물 명단에 등극하지 못한 엄마는 한나의 집에 올 때마다 녀석의 공격에 스타킹 한 벌씩을 꼭 버리고 갔다. 그런 스타킹이 서랍 한가득이다.

한나가 로드 부인과 전화통화를 하는 동안 노먼은 잠자코 듣고 있다가 한나가 수화기를 내려놓자마자 물었다.

"이번에는 뭐라고 하세요?"

"꼭 오고 싶으신데, 오늘 브릿지 클럽 모임에 대타로 참석하기로 약속하셨대요."

노먼은 인상을 찌푸렸다.

"정말 이상하네요. 어머니는 브릿지 할 줄 모르시는데 말이에요. 카드 게임에는 소질이 없으시거든요. 어느 누구도 한 번도 어머니에게 게임 제안을 한 적이 없어요."

"그냥 오고 싶지 않으신 걸지도 모르죠."

한나는 잠시 골몰하다가 이내 노먼을 쳐다보았다.

"이번에 노먼이 다시 전화해서 다른 일로 초대를 해 보면 어때요? 그럼 동일한 이유를 말씀하시는지 확인할 수 있잖아요."

"좋은 생각이에요."

노먼이 자신의 핸드폰을 꺼내 번호를 눌렀다. 잠시 후 로드 부인과 연결이 되었다.

"오늘 밤에 호텔에서 저녁식사 어떠세요? 오늘 저녁 메뉴가 어머니 좋아하시는 포르치니 파스타예요."

노먼의 눈썹이 치켜 올라갔다.

"그럼요, 어머니. 괜찮아요."

그는 몇 마디 더 이야기를 나눈 뒤 작별 인사를 하고 전화를 끊었다.

"뭐라고 하세요?"

노먼이 주머니에 도로 핸드폰을 집어넣자마자 한나가 물었다.

"안 되시겠대요. 오늘 나랑 같이 저녁 먹는 거 어때요, 한나? 샐리가 오늘 저녁 메뉴로 포르치니 파스타를 준비하는 건 사실이거든요. 원래 한나랑 저녁을 먹을 계획이었기 때문에 미리 호텔에 전화해서 물어봤어요. 저녁 먹은 후에 같이 집으로 가서 우리 둘이서만 트리 장식을 해요."

"좋아요."

한나가 대답했다. 흔쾌히 승낙한 마음의 반은 노먼의 씁쓸해 보이는 얼굴 때문이었고, 나머지 반은 샐리의 파스타라면 한나 역시 자다가도 벌떡 일어날 만큼 좋아하기 때문이었다.

"어머님이 브릿지 클럽에 가신다고 하세요?"

"아뇨, 친구랑 영화를 보러 가기로 약속하셨다는데요."

"브릿지가 아니라요?"

노먼이 고개를 가로저었다.

"무슨 일이 있는 게 틀림없어요, 한나. 우리 둘에게 전부 거짓말을 하시다니, 지금껏 한 번도 이러신 적이 없었는데."

한나가 막 노먼의 접시를 집어 깨끗이 닦고 나자 마이크가 가게 안으로 들어왔다.

"자두 푸딩 맛보러 왔습니다."

그가 카운터 앞에 앉으며 말했다.

"길에서 노먼이랑 우연히 만났는데, 정말 맛있다고 하더군요."

"아직 로드 부인 이야기는 하지 않았죠?"

한나가 마이크에게 커피를 따라주며 물었다.

"물론입니다. 사실 내가 보았던 그 물건들, 쇼핑몰에서 직접 구입하신 것들인 것 같더군요."

"어떻게 알았어요?"

한나는 자두 푸딩 한 조각을 전자레인지에 데운 다음 마이크에게 건넸다.

"오늘 아침에 몇 군데 가게에 확인을 해봤거든요. 그중 몇 군데는 물건에 도난방지 전자칩을 심어 놓는데 도난된 것이 없다고 했습니다."

마이크가 미네소타 자두 푸딩을 한 입 베어 물고는 한나에게 엄지손가

144

락을 치켜들었다.

"환상이군요!"

그가 말했다.

"맛있다니 다행이에요."

"래리가 주문하지 않고는 못 배길 겁니다."

마이크가 또다시 푸딩 조각을 입에 가져갔다.

"사실 아직 확신이 들지 않아요."

"맛있다면서요!"

"자두 푸딩 이야기가 아니라, 로드 부인 말입니다."

"아, 로드 부인이 왜요?"

"그게 정말 절도건이 아닌지 확신이 들지 않는단 말입니다. 물건이 없어졌는데도 우연히 경보음이 울리지 않았을지도 모르잖아요. 어쨌든 금요일까지 기다려봐야죠."

수갑을 찬 로드 부인의 모습이 한나의 머릿속을 스쳐 지나갔다.

"정말로 로드 부인이 절도를 저지른 것이라면 어떻게 할 거예요?"

"힘든 일이군요."

마이크가 깊은 한숨을 내쉬었다.

"노먼은 내 친구고, 나도 평소 로드 부인을 존경하고 있으니 말입니다."

"그래도 규정대로 가야겠죠?"

한나가 추측했다.

"네, 엄격히 규정을 따라야죠. 즉 절도 현장이 직접 목격되거나 방범 카메라에 잡히지 않는 이상은 함부로 체포할 수 없다는 말입니다."

"아직은 둘 중 어느 경우도 해당되지 않잖아요, 그렇죠?"

"맞아요. 일단은 유죄인지 무죄인지 판단하지 않겠습니다. 금요일에 만약 없어진 물건이 있다고 한다면 연루 가능성을 추정해 볼 수 있겠죠. 그러면 개인적으로 부인을 만나 혹시 훔친 물건을 원상복귀하고 싶은 의사가 있는지 물어볼 겁니다. 만약 그렇다고 한다면 익명으로 돌려줄 수 있게끔 도울 것이고 말입니다. 그리고 물론 다시는 같은 일을 반복하지 않도록 단단히 약속을 받을 겁니다. 혹시라도 심리적 문제가 있는 것이라면 도움을 받을 수 있는 기관 명단을 알려드릴 수도 있을 테고요."

"당신은 정말 좋은 사람이에요, 마이크."

한나가 카운터를 돌아 앞으로 나간 뒤 그를 살짝 포옹했다.

그러자 마이크가 고개를 숙여 한나를 향해 씩 웃어보였다.

"고마워요. 그럼 자두 푸딩 한 조각 더 먹어도 괜찮은 거죠?"

미스터 자두 푸딩

오븐은 미리 예열하지 마세요. 이 자두 푸딩은 굽기 전에 30분 정도 여유 시간이 필요합니다.

재료

하얀 식빵 20온스(565g, 대략적인 무게입니다)***

보라색 자두 통조림(425g짜리) 2개 / 황금 건포도 2컵

백설탕 1과 1/2컵 / 시나몬 2티스푼 / 녹인 버터 1컵(220g)

계란 7개 / 휘핑크림 2컵 / 육두구 열매 갓 갈은 것

*** 샌드위치용 식빵이면 제일 좋아요. 왜냐하면 가장자리의 껍질 부분을 잘라내기가 쉬우거든요.

만드는 법

1. 번트용 팬 안쪽에 버터와 밀가루를 바릅니다(밀가루와 함께 들러붙음 방지 스프레이를 사용하셔도 됩니다).

  한나의 첫 번째 메모: 팬의 중간 부분에도 골고루 버터를 바르고, 밀가루 약 1/4컵 정도도 부어주셔야 합니다. 그런 다음 비닐랩으로 팬의 윗부분을 덮고 막 흔들어주세요(밀가루가 새는 일은 거의 없지만, 혹시나 하는 마음이 드신다면 싱크대 위에서 흔드시는 게 좋겠어요).

2. 식빵을 세 분류로 나눕니다(저는 7조각, 7조각, 그리고 6조각으로 나누었어요). 첫 번째 식빵들을 도마 위에 겹쳐 쌓은 뒤 빵 껍질을 잘라주세요. 그런 뒤 빵을 하나씩 대각선으로 4등분합니다(칼

로 X자를 그리면 간단해요). 그렇게 첫 번째 식빵들을 모두 4등분해 주세요.

3. 삼각형이 된 빵 조각들을 번트용 팬 바닥에 모두 깔아줍니다.

4. 자두 통조림 2개를 따서 여과기에 붓습니다(제가 사용한 통조림에는 각각 10개의 자두가 들어 있었어요).

5. 자두의 절반(10개 정도 되겠네요)을 칼로 쪼개서 씨를 빼냅니다. 그렇게 2조각이 된 자두를 자른 면이 밑으로 가도록 팬 위에 얹습니다.

6. 황금 건포도 1컵을 측량해서 자두 위에 얹습니다.

7. 그 위로 설탕 1/2컵에 시나몬을 섞어 뿌립니다.

8. 버터를 전자레인지 강에서 45초간 돌려 녹입니다. 녹인 버터를 번트팬 위로 붓습니다.

9. 아까 나누어두었던 두 번째 식빵들에도 똑같은 작업을 반복합니다. 빵 껍질을 자르고, 대각선 모양으로 자르고, 번트팬에 담고 나머지 자두를 잘라 씨를 빼고 빵 위로 엎어서 깐 다음에 황금 건포도를 뿌리고, 설탕 1/2컵을 뿌리고, 시나몬을 뿌린 뒤 녹인 버터를 다시 뿌립니다.

10. 세 번째 식빵들의 껍질을 잘라 대각선으로 자른 다음 번트팬 위로 덮습니다. 그런 뒤 깨끗이 씻은 손으로 살짝 눌러줍니다. 그 위로 설탕 1/2컵을 뿌립니다.

11. 계란 7개가 다 들어갈 만큼 큰 믹싱볼을 꺼내고 휘핑크림 2컵도 준비합니다. 계란을 모두 깨서 믹싱볼에 넣고 wire

whisk(혹은 핸드 믹서기를 사용하세요)로 치댑니다. 너무 많이 치대지 않도록 주의하세요. 우린 커스터드를 만드는 것이지 스폰지 케이크를 만드는 게 아닙니다.

12. 크림을 넣고 섞습니다.

13. 손잡이가 달린 쿠키 틀 위나 흐르는 것을 받칠 수 있을 정도로 오목한 팬에 번트팬을 얹습니다. 커스터드 혼합물을 천천히 팬에 붓습니다. 빵에 골고루 스며들 때까지 시간이 필요하니까 서두르지 마세요. 커스터드가 넘치려는 기미가 보이면 혼합물 수위가 조금 내려갈 때까지 1~2분 정도 기다 렸다가 다시 붓기 시작합니다. 만들어 놓은 커스터드를 전부 다 사용할 필요는 없습니다. 빵이 얼마큼 커스터드를 흡수하 느냐에 따라 양은 달라질 수 있으니 보면서 잘 조절하세요.

한나의 두 번째 메모: 제가 사용했던 식빵은 커스터드를 잘 흡수해 만 들어놓은 것을 모두 사용했답니다.

14. 커스터드 붓기가 끝났으면 그 위로 육두구 열매 같은 것 을 뿌린 뒤 30분 정도 가만히 놓아둡니다.

15. 30분이 지났으면 오븐을 175도로 예열합니다. 틀은 오븐 의 중앙에 둡니다.

16. 예열이 끝났으면 받침용 팬과 함께 번트팬을 오븐에 넣 고 70분간 굽습니다.

17. 완성된 미네소타 자두 푸딩은 20분간 식힌 다음 예쁜 접

시에 뒤집어서 얹습니다. 당일날 낼 것이 아니라면 완전히 식힌 다음에 비닐랩을 씌워 냉장고에 보관하세요. 그렇게 두면 3~5일 정도는 괜찮습니다.

18. 먹기 전에는 자두 푸딩을 꼭 실온 정도의 온도로 맞춰야 한답니다. 위에 슈가 파우더를 뿌리고 중앙에 무독성의 크리스마스 장식도 합니다. 그렇게 단장을 끝낸 자두 푸딩을 크리스마스 파티 식탁에 하이라이트로 올리는 겁니다.

한나의 세 번째 메모: 이 푸딩은 약간 따뜻할 때 하드 소스(알코올이 들어간 소스), 혹은 소프트 소스(알코올이 들어가지 않은 소스)와 함께 먹으면 제일 맛이 있답니다. 소스 레시피들은 아래에 나와요.

하드 소스

재료:

부드러운 버터 1/2컵

슈가 파우더 2컵(큰 덩어리가 눈에 보이지 않는다면 체질하지 않아도 됩니다)

브랜디, 위스키 혹은 럼 2테이블스푼(1/8컵)

만드는 법

1. 버터를 잘 치댑니다.

2. 슈가 파우더를 1컵씩 넣으면서 계속 저어준 뒤 알코올 1 테이블스푼을 넣습니다.

3. 슈가 파우더 나머지 1컵을 넣고 알코올 역시 마지막 1테이블스푼을 넣은 뒤 부드럽게 섞이도록 저어줍니다.

4. 점성을 확인하세요. 이 하드 소스는 끈적끈적하게 흘러야 합니다. 만약 너무 묽으면 슈가 파우더를 더 넣어주세요. 너무 되면 알코올을 더 첨가하구요.

5. 밀폐가 가능한 통에 하드 소스를 담고 냉장고에 30분 정도 보관합니다.

소프트 소스

재료:

부드러운 버터 1/2컵(110g) / 슈가 파우더 2컵 / 우유 2테이블스푼

만드는 법

1. 버터를 잘 치댑니다.

2. 슈가 파우더를 1컵씩 넣으면서 계속 저어준 뒤 우유 1테이블스푼을 넣습니다.

3. 마지막 슈가 파우더 1컵을 넣고 우유 1테이블스푼을 넣고는 골고루 섞습니다.

4. 점성을 확인합니다. 소프트 소스 역시 끈적끈적하게 흘러야 합니다. 너무 묽으면 슈가 파우더를 더 넣고, 너무 되면 우유를 더 넣어주세요.

5. 밀폐 그릇에 소프트 소스를 넣고 냉장고에 보관합니다. 먹기 30분 전에 냉장고에서 꺼내어 둡니다.

한나의 네 번째 메모: 레이크 에덴에서 제일 요령 좋기로 소문난 에드나 퍼거슨이 말하길, 하드 소스나 소프트 소스를 만드는 일이 번거로우면 바닐라 푸딩을 사서 거기에 하드 소스를 만들 때 사용하는 알코올을 첨가하면 된다고 해요. 소프트 소스 역시 마찬가지의 방법으로, 바닐라 푸딩에 우유만 약간 첨가하고요(즉석 푸딩을 사서 직접 만들어서 사용해도 좋습니다).

리사의 메모: 굳이 소스를 만들기가 번거롭다면 휘핑크림 등을 푸딩 위에 뿌려도 괜찮아요. 아니면 푸딩 조각에 일일이 생크림을 봉곳하게 얹어도 맛있구요. 허브는 자두 푸딩 남은 것을 아침식사로, 아무것도 첨가하지 않은 채로 먹었는데도 맛있었다고 하더라구요.

"근데 바스콤 시장님은 왜 갑자기 낚시를 접고 오시겠다는 거야?"

한나가 리사와 카운터에 나란히 선 채 물었다. 크레이지 엘프 쿠키샵에 가져다 줄 쿠키 포장이 한창이었다.

"허브 말로는 너무 걱정이 되서서 그렇대요. 만약의 경우 안락사를 준비해야 할 일이 생길지도 모르니까 가까이 있는 것이 낫겠다고요."

한나는 깜짝 놀라 리사를 쳐다보았다.

"무슨 소리야?! 스테파니가 그렇게까지 심각한 상태란 말이야?"

"오, 부인 이야기가 아니에요. 바스콤 부인은 괜찮으세요. 크레이지 엘프 크리스마스트리 공원 말이에요. 매일 매출 실적이 좋지 않아서 래리에게 장부를 보여달라고 요청했대요. 장부를 검토해봐서 상황이 영 좋지 않으면 완전히 파산해 버리기 전에 시장님은 손 떼려 하신다구요."

바스콤 시장의 투자가 실패라니, 한나는 믿을 수 없었다. 어젯밤 크리스마스트리 공원은 분명 사람들로 붐볐는데 말이다.

"어젯밤만 해도 사람들이 많았어. 차타고 다니면서도 보면 늘 트리 사러 온 가족들로 붐비던데."

"허브도 처음에는 그렇게 생각했었는데, 바스콤 시장님이 설명해 주셨다고 하더라구요. 사람들이 트리만 사가면 래리가 트리만큼은 원가에 팔고 있기 때문에 손해를 볼 수밖에 없다구요. 그런 걸 미끼상품_{(손님을 끌기}

위해 밑지고 파는 상품)이라고 부른대요. 원래의 아이디어는 크리스마스트리를 사러 온 부모들은 아이들이 크레이지 엘프 크리스마스 기차를 타거나 크레이지 엘프 펀 하우스에서 노는 동안 트리만 사는 것이 아니라 받침대도 사고 장식품도 사고, 장난감 가게에서 장난감도 산다는 거죠."

한나는 어젯밤에 사람들이 줄을 서 있던 가게는 쿠키샵 뿐이었던 사실을 기억해냈다.

"하지만 부모들이 받침대도 장식품도 그리고 장난감도 사지 않으면?"

"시장님이 걱정하시는 것도 바로 그거예요. 래리 역시 우리 마을에서 나고 자란 사람인데 마을 상황에 대해 좀 더 현명하게 판단했어야 했다고 말씀하셨대요. 레이크 에덴 사람들은 미끼상품 같은 것에 잘 넘어가지 않잖아요. 지하실에 이미 튼튼한 받침대가 있는데 뭐하러 새것을 또 사겠어요?"

"그리고 작년에 사용했던 멀쩡한 크리스마스 장식이 있는데 왜 새것을 사겠어?"

한나가 덧붙였다.

"맞아요. 그리고 장난감은 코스트마트가 더 저렴하다는 것을 모를 사람은 없을 거예요. 화환도 트리에서 쳐낸 잔가지들로 집에서도 충분히 만들 수 있잖아요. 바스콤 시장님은 공원에서 수익을 내는 곳은 아마 스낵 코너밖에 없을 거라고 하셨대요. 아마 그래서 래리가 우리한테서 쿠키를 공급받는 것 같아요!"

"섣불리 우쭐해지진 말자."

한나는 학교에서 우등상을 받아왔을 때 아빠가 하셨던 말씀을 떠올렸다.

"우쭐해하는 게 아니라 우리 쿠키가 최고라는 건 한나도 잘 알잖아요."

리사가 밀가루 통을 테이블 위에 올려놓고는 다시 저장실로 돌아갔다.

"어쨌든 래리에 대한 것은 어차피 들은 얘기일 뿐이에요."

"그래, 하지만 사실일지도 몰라. 쿠키 배달가면서 내가 한번 확인해볼 게."

"어떻게요?"

"래리의 약혼녀가 크레이지 엘프 장난감 가게에서 일하잖아. 가게에 잠깐 들러서 손님들이 그렇게 많은 것 같지 않으면 몇 가지 물어보려 구."

"좋은 생각이에요."

리사가 쿠키단지에서 사용하는 독특한 포장상자를 조립하며 말했다.

"바스콤 시장님이 실제보다 더 부정적으로 말씀하신 건지도 몰라요. 특히 재정 부분에 있어서는 더욱이요. 허브 말로는 가끔 그러신대요. 시장님이 얼마나 부자인지 가능하면 숨기려고 하신다나요."

"일리 있는 이야기야."

한나는 언젠가 시장이 주택담보대출로 한 달에 한 번 대출금을 갚아야 하는 마을 사람들에 대해 동정하면서 자신도 똑같은 처지라며 신세한탄 했던 일을 떠올렸다. 하지만 그 일은 얼마 가지 않아 거짓으로 드러났다. 레이크 에덴 신문에 게재되었던 투자 보고서에 의해 바스콤 시장이 사실은 자기 소유의 주택에 대해 그 어떤 담보대출도 받지 않았다는 사실이 드러나고 만 것이다.

"재거 씨가 한나의 자두 푸딩 무척 마음에 들어 하실 거예요."

리사가 자두 푸딩을 들어 포장상자에 조심스럽게 집어넣었다.

"매일 쿠키만 구웠는데, 때로 이런 유의 디저트를 만들어 보는 것도 좋을 것 같아요."

"쿠키 굽는 게 지루해?"

한나가 깜짝 놀라 물었다.

"아뇨. 쿠키도 종류가 정말 다양하잖아요. 지루할 새가 없죠. 단지 자두 푸딩은 정말 새로운 종류잖아요. 그리고 번트팬에서 잘 구워진 케이크를 빼내는 것만큼 설레는 일도 없어요. 아주 평범하고 예스러운 종류의 케이크도 아주 예쁘게 만들어지잖아요."

"번트팬이 미네소타 사람에 의해 처음 만들어졌단 거 알아?"

"정말이에요?"

리사는 깜짝 놀란 듯했다.

"H. 데이빗 달퀴스트라는 사람인데, 에디나 출신이래. 그 사람이 바로 노르딕 웨어(미국 미네소타 주 세인트루이스 파크에 본사를 둔 제과제빵용품회사)를 설립한 사람이기도 해."

"저 노르딕 웨어 번트팬을 결혼 선물로 받았는데. 번트팬은 언제 처음 만든 거예요?"

"1950년대 초. 달퀴스트 씨가 독일식 디자인을 따서 만들어서는 번트팬이라고 이름 붙인 거야."

"엄청난 성공이네요. 집집마다 번트팬 하나씩은 갖고 있잖아요."

그러자 한나가 고개를 가로저었다.

"처음에는 그렇게 인기 있지 않았어. 1966년에 필스베리 제빵경연대회에서 텍사스 출신 여성이 퍼지 터널 케이크를 만들어 2등을 하면서 유명해지기 시작했지. 번트팬을 사용해서 만들었을 뿐만 아니라 레시피도 흥미진진했거든. 모두들 따라 해보고 싶어 했어."

"그래서 다들 번트팬을 샀군요."

"맞아. 그리고 지금은 거의 온갖 종류의 번트팬을 사용하고 있잖아."

"안드레아의 젤로 몰드도 포함해서요."

리사가 덧붙였다.

"이번 크리스마스 때도 만든대요?"

"응, 샐리 헤이즈라는 친구에게서 새 레시피를 받았거든."

한나는 시계를 올려다보고는 한숨을 푹 내쉬었다.

"이제 슬슬 쿠키 싣고 출발해야겠어. 늦어도 3시까지는 돌아올 거야. 그래야 헬렌의 크리스마스 레이스 쿠키를 굽지 않겠어?"

"레이스 쿠키가 한나도 마음에 드실 거예요. 헬렌 고모는 집에 오실 때마다 늘 한 상자씩 만들어 오셨는데, 멀리서 고모가 쿠키 상자를 들고 오는 모습이 보이면 다 같이 환호하곤 했죠. 정말 맛있거든요! 그, 있잖 아요, 바삭바삭하면서도 동시에 쫄깃쫄깃한 맛."

"잘 모르겠는걸. 아무튼 빨리 맛보고 싶어서 입이 근질거릴 지경이 야."

한나는 상자 무더기를 집어 들고는 쿠키 트럭으로 향했다. 그 크리스 마스 레이스 쿠키라는 것, 귀가 솔깃하다. 만약 리사의 말대로 그렇게 맛 이 있다면 내년 크리스마스 출장 베이커리 서비스 때 메뉴로 내어도 좋 을 것이다.

다섯 번을 노크한 뒤 한나는 뒤로 물러나 손을 주물렀다. 초인종을 눌 러보았지만, 아무런 대답이 없었다. 심지어 초인종을 30초 동안이나 꾹 눌러 보아도 소용이 없었다. 아까보다 더 큰 소리로, 더 험하게 문을 두 드려보았지만, 손가락 관절이 부러져라 힘을 쓴 마지막 노크에도 루앤에 게서는 소식이 없었다. 한나는 대안으로 생각해 두었던 방법을 개시해야 겠다고 생각했다. 바로 네티에게 찾아가 진짜 방문 목적을 숨기기 위한 눈가림으로 쿠키를 선물한 다음 루앤의 근황에 대해 이것저것 물어보는 것이다. 그런데 바로 그때 안쪽에서 누군가의 발소리가 들렸다.

"누구세요?"

루앤이다. 한나는 그녀의 목소리를 알아들을 수 있었다.

"한나야. 문 좀 열어줘."

잠금 장치가 풀리는 소리가 들리더니 이내 문이 열렸다. 하지만 한나가 맞닥뜨린 광경은 그다지 아름답지 못했다. 루앤이 열린 문으로 쏟아져 들어오는 햇살에 눈이 부신 듯 부스스하게 눈을 껌뻑이며 몸을 살짝 비틀거리고 있었던 것이다.

"한나."

루앤이 한나를 위해 문 안쪽으로 몸을 비켜주었다.

"몇 시예요?"

"1시 30분."

루앤은 깜짝 놀란 듯했다.

"오후요?"

루앤이 물었다.

"그래."

한나가 책과 종이들이 가득한 커피 테이블 위에 쿠키 꾸러미를 내려놓고는 단도직입적으로 말했다.

"도대체 무슨 일이야, 루앤? 오늘 아침에 연락도 없이 결근해서 우리 엄마가 얼마나 걱정하셨는지 몰라."

"오늘 아침에요? 그게……그게…….."

루앤이 심호흡을 하더니 이내 한숨을 내쉬었다.

"어머님이 오셔서 수지를 데려가신 다음에 깜빡 잠이 들어버렸나 봐요. 10분만 눈을 붙이자고 한 것이 피곤했는지 일어나지 못했네요. 시계에 알람을 맞춰 두었는데, 그 소리도 못 듣고 줄곧 잤나 봐요!"

"엄마랑 나랑 그렇게 전화를 하고, 아까도 내가 초인종을 다섯 번이나 눌렀는데도 말이지."

한나는 자신의 아파트에서 들리는 희미한 초인종 소리에도 침대에서 벌떡 일어나곤 했다. 초인종 소리에는 시계 알람보다 2배는 더 예민해지는 듯했다.

"얼른 가서 알람부터 끄고 와, 루앤. 아직도 울리고 있어. 여기서도 들리는 걸. 어젯밤에 늦게 잤어?"

"늦게요? 한숨도 못 잤어요!"

루앤이 테이블 위에 쌓인 종이 무더기를 가리켰다.

"100번도 넘게 봤는데도 모르겠어요."

한나는 종이 무더기를 쳐다보았다. 한나로서는 알 수 없는 일람표들이 가득했다.

"뭘 모르겠다는 거야?"

"크레이지 엘프 크리스마스트리 공원의 장부 말이에요. 회계 장부의 수치가 맞는 것이 하나도 없어요. 어떡하면 좋을지 모르겠어요, 한나. 항목을 더하고, 또 더하고 숫자를 일일이 확인했는데도 수치가 맞지 않아요. 제가 뭔가를 빠뜨린 것이 아니라면 이럴 수가 없어요."

"어떤 것 말이야?"

한나는 루앤이 크레이지 엘프 크리스마스트리 공원의 장부를 갖고 도대체 무엇을 하고 있는 것일까 의아스러웠다.

"그게……글쎄요. 영수증을 무더기로 빠뜨렸는지도 모르고, 코트니가 저한테 준 서류에 수입의 일부가 기록이 안 되어 있는지도 모르죠."

루앤이 눈물을 닦았다.

아니면 래리가 의심스러운 무언가를 꾸미고 있거나. 한나는 생각했다. *하지만 투자라면 신중에 신중을 기하는 바스콤 시장님이 발을 들여놓은 사업인데, 어쩌면 정말 장부에 문제가 있는 것일지도 몰라.*

"이제 제가 아는 것이라고는 이 장부의 회계 수치를 맞춰놓지 못하면 돈을 받지 못한다는 거예요. 돈을 받지 못하면 수지에게 크리스마스 선물로 주기로 약속했던 인형의 집도 사주지 못하구요!"

루앤이 두 손에 얼굴을 묻었다.

"제가 어떻게 했는지 모르겠지만, 뭔가를 잘못했나 봐요. 어제 밤새 들여다봤는데도, 뭐가 잘못된 것인지 도저히 못 찾겠어요. 이제 어쩌면 좋을지 모르겠어요."

"난 알 것 같은걸."

"알 것 같다구요?"

"그래."

한나는 쿠키 꾸러미를 집어 루앤에게 건넸다.

"쿠키 먹어봐. 초콜릿을 먹으면 기분이 좀 나아질 거야."

루앤이 꾸러미에서 쿠키를 한 개 꺼냈다. 그러고는 한나가 루앤의 집에 들어온 뒤 처음으로 미소를 보였다.

"초콜릿 칩이네요. 제가 좋아하는 것이에요."

"잘 됐다. 이건 그냥 초콜릿 칩 쿠키가 아니야. 발레리의 초콜릿 칩 프레첼 쿠키야."

"초콜릿 칩 프레첼이요?"

"그래, 먹어보고 어떤지 얘기해줘."

루앤이 한 입 베어 물었다. 그러더니 아까보다 더 환한 미소로 한나를 쳐다보았다.

"맛있어요. 그냥 평범한 초콜릿 칩 쿠키보다 훨씬 마음에 드는데요."

"나도 그래. 근데 사실 이건 내가 실수로 만든 레시피야."

"어떻게요?"

"발레리는 내 대학시절 친구인데 그 친구 생일 때 내가 특별한 것을 만들어서 선물하려 했었거든. 그래서 발레리 어머님한테 전화를 해서 발레리가 어떤 종류의 쿠키를 좋아하는지 여쭤봤는데, 초콜릿 칩과 피젤을 가장 좋아한다고 하시지 않겠어?"

"피젤은 많이 들어봤어요. 이탈리아에서 온 거죠?"

"맞아. 사실 피젤을 만들려면 조그만 와플 기계 같은 것이 필요해. 근데 그때 내가 너무 마음이 급해서 발레리 어머님이 초콜릿 칩 프레첼 쿠키라고 말씀하신 줄 알았지 뭐야. 당시에는 당연히 처음 들어보는 쿠키 종류라 어떻게 만드는지 몰랐는데, 내가 직접 프레첼을 부셔서 견과류 다진 것 대신 초콜릿 칩 쿠키 반죽에 넣어본 거야."

"그 친구분이 좋아하셨어요?"

"열광했지. 친구 어머님도 나중에 그 사연을 들으시고는 무척 재밌어하셨어. 그러니까 실수가 언제나 나쁜 결과만 가져다주는 건 아니야."

"음……한나의 경우는 그랬지만……."

"루앤도 마찬가지일지도 모르잖아."

한나가 끼어들었다.

"쿠키 몇 개 더 먹고 나서 세수도 하고, 양치질도 한 다음에 새 옷으로 갈아입어. 그러고 나서 여기 장부와 서류들 챙긴 다음 나랑 같이 크레이지 엘프 크리스마스트리 공원으로 가자."

"하지만, 왜요?"

"난 쿠키를 배달해야 하고, 루앤은 코트니랑 이야기를 해봐야 하잖아. 아마 코트니가 깜빡하고 중요한 서류 몇 가지를 빠트려서 회계 수치가 맞지 않는 걸지도 몰라."

"그럼 그래니의 앤티크는 어떻게 하죠? 벌써 5시간이나 늦었는데!"

"루앤이 외출 준비를 하는 동안 내가 전화해서 설명할게. 루앤한테 별일 없다는 걸 아시면 안도하실 거야. 그런 다음에는 30분쯤 더 늦어도 신경도 안 쓰실걸."

초콜릿 칩 프레첼 쿠키

오븐은 175도로 예열해 주세요. 틀은 오븐의 중앙에 둡니다.

재료

부드러운 버터 1컵(220g)*** / 백설탕 2컵 / 당밀 3테이블스푼

바닐라 2티스푼 / 베이킹소다 1티스푼

거품 낸 계란 2개(포크로 저어주세요)

소금을 뿌린 프레첼 막대 과자 부스러기 2컵(과자를 부순 후에 측량하세요)

다용도 밀가루 2와 1/2컵 / 중간 정도 달기의 초콜릿 칩 1과 1/2컵

*** 버터는 실온 정도로 맞춰놓으면 됩니다. 지금 계신 곳이 북극의 이글루가 아니라면요.

한나의 첫 번째 메모: 프레첼 막대 과자를 구하기 힘드시면 미니 프레첼도 괜찮습니다. 어떤 종류의 프레첼이든 소금이 뿌려진 것이기만 하면 돼요.

한나의 두 번째 메모: 이 쿠키의 반죽은 일반적인 쿠키 반죽보다는 뻣뻣한 편입니다. 그러니 가능하면 전자 믹서기를 사용하시는 편이 좋아요.

만드는 법

1. 버터와 설탕, 당밀을 섞습니다.
2. 바닐라와 베이킹소다를 넣고 골고루 섞습니다.
3. 계란을 깨어 포크로 잘 휘저은 다음 위의 그릇에 넣고 저

어줍니다.

4. 프레첼을 비닐 지퍼백에 넣고 단단히 봉한 다음(작업대 위에 부스러기가 날릴 수 있거든요) 평평한 바닥에 올려놓습니다. 그런 다음 롤링핀을 비닐백 위로 굴리면서 프레첼을 부숩니다. 큰 덩어리가 남지 않을 때까지 반복합니다. 제일 큰 것이 1/4인치 (6mm) 정도면 적당합니다.

5. 잘게 부순 프레첼을 2컵 측량해 반죽에 섞습니다.

6. 밀가루 2와 1/2컵을 1컵씩 넣으면서 골고루 섞습니다.

7. 초콜릿 칩 1과 1/2컵을 반죽에 넣습니다. 믹서기를 사용할 때는 제일 느린 속도로 맞추어야 합니다. 믹서기가 없다면 손으로 하세요.

8. 기름칠(혹은 들러붙음 방지 스프레이)을 한 티스푼으로 반죽을 동그랗게 떼어 틀 위에 올립니다. 취향에 따라 틀 위에 양피지를 깔아도 좋습니다. 보통 1개의 틀에 12개의 반죽이 올라갑니다.

한나의 세 번째 메모: 쿠키단지에서는 숟가락이 2개 부착된 쿠키 디셔를 사용한답니다. 그 편이 속도가 훨씬 빠르거든요.

9. 175도에서 겉면이 노릇노릇해질 때까지 10~12분간 굽습니다(전 11분 정도 구웠어요).

10. 완성된 쿠키는 틀 위에서 2분간 식힌 뒤 틀에서 떼어내어 선반으로 옮겨 완전히 식힙니다.

한나의 네 번째 메모: 이 쿠키는 장거리 운송에도 끄떡없어요. 친구나 친지에게 보내고 싶을 때는 쿠키를 높이 쌓은 다음에 동전처럼 쿠킹호일로 잘 말아서 스티로폼이나 뿌뿌이(에어캡)에 괴어 포장하면 문제없답니다.

　차가운 바람이 목덜미를 훑고 지나갔다. 한나는 얼른 깃을 세워 올렸다. 쿠키단지의 작업실 창문 밖에 부착해 놓은 온도계는 한나가 배달을 하러 가게를 나설 때만 해도 영하 20도를 기록하고 있었다. 하지만 볼이 따가울 정도로 바람이 매서워진 것을 보니 지금은 그보다 몇 도 정도 더 떨어진 듯했다. 그러니 체감 온도는 더 말할 것도 없었다. 한나는 그 온도를 머릿속으로 가늠해 보는 것조차 끔찍했다. 추운 지역에서 자란 사람이라면 누구나 공감할 것이다. 체감 온도는 공기의 온도는 물론 바람의 속도에도 영향을 받는다. 그렇기 때문에 온도계의 수치는 영하 20도라고 해도 한나가 목덜미에서 실제로 느끼는 체감 온도는 영하 30도는 족히 된다고 봐야 한다!

　한나는 크레이지 엘프 사무실에 루앤을 남겨놓고는 홀로 쿠키샵으로 향했다. 처음에는 코트니를 만나 시산표(분개장에서의 기록 및 전기 등에 틀림이 없는가를 검증하는 표)에 문제가 있다는 사실을 알려주기 위해 장난감 가게로 갔지만, 계산대를 맡고 있는 직원이 코트니가 미용실에 갔으며 돌아오려면 적어도 30분 이상은 기다려야 할 것이라고 했고, 한나는 루앤에게 장난감 가게보다는 래리의 트레일러로 가서 코트니를 기다리는 편이 나을 것 같다고 제안한 것이다.

　사무실에 도착하자 한나는 래리에게 미네소타 자두 푸딩 1개와 프로스

팅 진저 쿠키, 초콜릿 펌킨 드림스, 그리고 퍼지 멜로우 쿠키 바 몇 개가
섞여 있는 쿠키 꾸러미를 건넸다. 그러고는 루앤을 소개시키며 코트니가
의뢰한 일을 하고 있다고 설명했다.

물론 래리는 그 일이 무엇인지 궁금해했고, 루앤은 시산표 문제에 대
해 설명했다. 그러자 래리는 혹시 잘못된 부분이 있는지 자신이 직접 보
겠다고 했고 한나는 나중에 루앤과 쿠키 트럭 앞에서 만나기로 약속하고
는 사무실에서 나왔다.

두툼한 파카를 입고, 귀 밑까지 털모자를 눌러쓴 사람들 몇몇이 보이
긴 했지만, 공원 안은 대체적으로 황량했다. 그렇게 놀랄 일도 아니었다.
추위가 점점 매서워지고 있었기 때문이다. 가죽 장갑을 꼈는데도 불구하
고 손가락에 자꾸 감각이 없어지자 한나는 손을 주머니에 넣었다. 코도
감각이 없기는 마찬가지였다. 마치 얼굴 한가운데에 짤막한 고드름이 붙
어 있는 듯한 느낌이었다. 정말 그렇더라고 해도 한나로서는 어찌할 도
리가 없었다. 한나는 거의 날듯이 빠른 속도로 걸었다. 그리고 마침내 크
레이지 엘프 쿠키샵에 도착했을 때에는 숨이 턱까지 차올랐다.

가게 안은 따뜻했다! 한나는 따뜻한 공기를 꿀꺽 들이마시고는 곧장
앞쪽으로 향했다. 가는 길에 곰인형에 앞서 먼저 메리크리스마스 인사를
건네는 것도 잊지 않았다. 계산대 방향에서 깜짝 놀란 듯한 웃음소리가
들려왔다.

"어서 오세요, 한나!"

크리스타 도넬리가 한나를 맞이했다.

"쿠키 가져오셨어요?"

"가져왔지. 근데 필요 없을지도 모르겠어. 너무 추워서 사람들이 많이
나오지 못할 것 같아."

"금방 괜찮아질 거예요. 남자 직원들이 가스히터를 키러 방금 나갔거

든요. 20분만 있으면 금방 따뜻해질 테니까 그때가 되면 사람들도 많이 모여들기 시작할 거예요."

"그럼 내 트럭에서 쿠키 내리는 것 누가 좀 거들어줄래?"

그러자 크리스타는 계산대 뒤에서 상품의 포장을 풀고 있는 두 명의 남자아이들을 향해 손짓했다.

"밖에 트럭에서 쿠키 상자 좀 가져다줘."

"열려 있을 거야."

한나가 그들에게 말했다.

"차 문은 그냥 열어두고 와도 괜찮아. 쿠키가 없으면 어차피 훔쳐갈 것도 없거든."

남자아이들이 자리를 뜨자 크리스타는 한나에게 따뜻한 커피 한 잔을 내주었다. 한나는 그녀에게로 몸을 가까이 숙여 물었다.

"혹시 래리의 약혼녀 알아?"

"코트니요?"

한나가 고개를 끄덕이자 크리스타가 말을 이었다.

"요정 우두머리를 맡고 계세요."

"래리가 우두머리 요정인 줄 알았는데."

"아니에요. 래리는 크레이지 요정이구요, 코트니가 래리를 포함한 요정들을 관리해요."

"그게 무슨 뜻이야?"

크리스타는 주변을 두리번거렸다. 유일하게 있는 손님들은 계산대에서 멀리 떨어진 테이블에 앉아 있어서 들릴 염려가 없었다. 그녀는 다시 한나를 돌아보며 말했다.

"코트니는 수익 내는 데 있어서 엄청 민감하거든요. 물론 래리 역시 마찬가지지만, 코트니를 못 따라가요. 코트니는 항상 사업에 대한 생각뿐이거든요. 반면에 래리는 제법 즐기는 성격이죠."

"이를테면?"

한나가 물었다.

"공원 문을 닫은 뒤에 래리는 직원들에게 놀이기구를 탈 수 있게 해줘요. 하지만 코트니는 기구 앞에 서서 직원들을 계속 지켜보고 있죠. 코트니는 아주 쓸데없는 짓이라고 생각해요. 전기세가 아깝다구요."

"알만해."

한나는 명백한 결론을 내렸다.

"그럼 직원들이 코트니를 별로 좋아하지 않겠어."

"그래도 뭐, 그런대로 괜찮게들 생각하고 있어요. 다만 래리가 요정회의 때 낸 아이디어들에 대해서 그대로 시행하도록 내버려만 둔다면 더 좋아할 텐데 말이에요."

"무슨 아이디어?"

"요정들 모두에게 공짜로 크리스마스트리를 나눠준다거나 하는 거요. 코트니는 트리 값이 워낙 비싸기 때문에 그건 안 될 말이라고, 반값에 제공하는 편이 낫다고 생각해요. 물론 그것도 나쁘지 않지만, 공짜로 받는 것에 어디 비하겠어요."

"그렇지."

"그리고 크리스마스 날에 요정들과 그 가족들까지 모두 초대하는 파티 건도 있었어요. 출장 뷔페도 부르고, 제법 풍성하게 준비하려고 했지만, 코트니가 반대했어요. 그럴 만한 재정적 여유가 없다구요."

한나의 머릿속이 바빠지기 시작했다. 코트니는 래리가 지출 비용을 줄이기를 바라고 있다. 어쩌면 그와 결혼까지 생각하고 있다 보니 씀씀이가 헤픈 약혼자를 그대로 둘 수 없는 것일지도 모르겠다. 혹은 크레이지 엘프 크리스마스트리 공원에 투자한 돈 때문에 부쩍 신경을 쓰고 있는 것일지도 모른다.

"혹시 코트니가 이곳 사업에 지분을 갖고 있는지 아닌지 알고 있어?"

"50% 갖고 있다고 들었어요. 전 남편이 타이어 가게 체인점을 운영하시다가 돌아가신 후에 그 돈을 전부 코트니가 상속받았잖아요. 래리도 그러다가 만났대요. 래리가 서류에 사인을 하기 위해 변호사를 만나러 왔다가 남편의 유언장을 확인하러 역시 같은 사무실을 들른 코트니를 만난 거죠. 서로에게 금방 푹 빠져버린 두 사람은 곧장 데이트를 시작했고, 결국 약혼에 골인, 코트니가 갖고 있던 돈을 래리의 사업에 투자하면서 시작된 것으로 알고 있어요."

"전부 래리에게 들은 거야?"

"아뇨, 코트니한테요. 사실 아주 사근사근한 성격이거든요. 그저 사업에 있어서만 엄격할 뿐이죠. 전 코트니에 대해 별로 불평 안 해요. 죽은 남편이 힘들게 벌어서 남기고 간 돈이니까 함부로 쓰고 싶지 않겠죠."

"하지만 다른 요정들이랑은 전부 그녀가 좀 너그러워지길 바라는 거 아니었어?"

그러자 크리스타는 어깨를 으쓱해 보였다.

"맞아요. 하지만 코트니도 사업에 관한 것 외에 다른 이야기를 할 때는 무척 재미있는 사람이에요."

그때 문이 열리고 아까 나갔던 남자아이 2명이 팔에 한가득 쿠키 상자를 안고 안으로 들어왔다.

"이거 어디에 놓을까, 크리스타?"

한 명이 물었다.

"일단은 카운터 위에 올려놓자."

크리스타가 카운터 끝으로 가서 공간을 만들며 말했다.

"한 번 더 갔다 와야 해."

남자아이들이 다시 밖으로 나가자 크리스타는 쿠키 상자를 열어 진열
대에 쿠키들을 진열하기 시작했다. 그리고 진열을 거의 다 마쳤을 때쯤
가족으로 보이는 사람들 여섯이 우르르 가게 안으로 들어왔다. 그리고
또 다른 네 명의 무리가 뒤를 이어 가게로 들어왔다. 크리스타와의 비밀
대화는 더 이상 어려울 듯했다.

"그럼 나중에 봐."

한나는 손을 흔들며 가게 밖으로 나섰다. 크레이지 엘프 장난감 가게
에 들려 코트니에 대한 크리스타의 생각이 얼마나 일치하는지 확인해 볼
참이었다.

밖에 나서자마자 또다시 북극에서 불어오는 바람이 한나의 얼굴을 때
렸다. 하지만 어쩐 일인지, 아까보다는 덜 매섭고, 조금 따뜻하기까지 했
다. 겨울바람이 따뜻할 리는 없고, 아마도 아까 남자아이들이 길을 따라
켜둔 가스히터가 제 몫을 하고 있는 모양이었다. 어스름이 지는 하늘에
번진 델프트 도자기 같은 푸른빛을 올려다보고 있노라니, 한나는 초등학
교 시절 어느 겨울, 학교에서 집으로 돌아가던 때가 문득 떠올랐다. 라벤
더 블루빛 어둠이 하얀 눈밭 위를 덮기 시작하는 가운데, 하얀색 눈밭에
크레이지 엘프 장난감 가게의 유리창에서 새어나온 노란 불빛이 반사되
고 있었다. 하지만 얼음이 얼어 울퉁불퉁한 표면 탓에 직사각형의 불빛
모양이 마치 사다리꼴과 같은 모양을 하고 있었다.

한나는 가게 안으로 들어섰다. 꽥꽥거리는 장난감 기계음이 들릴 것을
예상했지만, 가게 안은 생각 외로 아주 잔잔한 전통 크리스마스 캐럴이
흐르고 있었다.

"어서 오세요."

기계음이 아닌 진짜 사람의 목소리가 들려왔고, 한나는 고개를 들어

계산대 쪽을 쳐다보았다. 거기엔 나풀거리는 소매의 하얀색 레이스 블라우스를 입고 머리에는 초록색 벨벳의 산타클로스 모자를 쓴 여자가 혼자서 있었다. 그녀는 안드레아가 묘사했던 것과 비슷한 의상을 입고 있었는데, 단지 어젯밤의 빨간색 벨벳에서 오늘은 초록색 벨벳으로 바뀌었다는 것만이 다를 뿐이었다.

"코트니?"

한나가 확신에 찬 목소리로 물었다.

"그런데요, 누구신지……."

"한나 스웬슨이에요. 쿠키를 납품—."

"크레이지 엘프 쿠키샵 말이군요!"

코트니가 반갑게 끼어들었다.

"만나서 정말 반가워요, 한나. 쿠키가 정말 맛있던데요. 래리한테서 자두 푸딩 이야기도 들었어요. 빨리 맛보고 싶지 뭐예요."

"고마워요."

한나는 베시와 트레시를 위해 안드레아가 구입했던 크로셰 인형들이 진열된 곳으로 다가가 한 개를 집었다. 아주 잠깐이었지만, 한나는 모이쉐에게 한 개 사다주면 어떨까 했다가 이내 그만두었다. 녀석이 30초도 안 가 인형을 마구 할퀴어 거실 여기저기에 헝겊 누더기가 굴러다닐 것이 뻔했기 때문이다.

"이거 정말 귀엽네요."

한나가 코트니를 향해 인형을 들어올렸다.

"그렇죠? 마을 사람이 직접 만든 거예요."

"봉제 인형이 20달러면 조금 비싼데요."

한나는 머피 가족들에게 조금 미안한 생각이 들긴 했지만, 코트니가 뭐라고 대답할지 반응이 궁금했다.

"수제는 원래 더 비싸잖아요. 저 멀리 해외 어딘가의 커다란 공장에서 수십, 수백 명의 노동자들이 하루 일당 1달러도 채 받지 못하고 만드는 것들과는 달라요."

"그러네요. 이거 혹시 제시카 머피가 만든 게 맞나요?"

"맞아요!"

코트니가 미소를 지었다.

"손재주가 뛰어나죠? 래리가 직접 계약했어요."

"이윤이 100%죠?"

"100%요?"

코트니가 깜짝 놀라며 되물었다.

"세상에, 아니에요! 20%밖에 되지 않아요. 래리가 1개당 16달러씩 주고 사와서, 여기서 20달러에 팔고 있거든요. 어떻게 이윤을 100%나 남길 수 있겠어요?"

한나는 당황스러웠다. 괜한 이야기를 꺼낸 듯했다.

"제시카의 시동생이 1개당 10달러에 팔았다고 얘기하길래요."

"잘못 알고 있는 거예요. 래리가 분명히 16달러씩 주고 사온다니까요. 매번 서류를 갖다 주면 제가 여기 카운터 뒤편에 보관을 하거든요."

코트니는 잠시 혼란스러워하는 것 같더니 이내 확신에 찬 표정을 지었다.

"제시카의 시동생이 분명 이야기를 잘못 들은 거예요. 아니면 제시카가 시동생에게 일부러 적은 금액으로 말했던가요."

"그럴 수도 있겠네요."

한나가 난감한 상황에서 빨리 벗어나기 위해 대충 얼버무리고 났을 때 마침 문의 종소리가 울리더니 루앤이 들어왔다. 기분 좋은 미소를 짓고 있는 것을 보니 래리와의 의논이 잘 마무리 지어진 모양이었다.

"어서 오세요, 루앤."

코트니가 그녀를 맞이했다.

"안녕하세요, 코트니."

루앤이 코트니에게 다가가더니 서류가 잔뜩 들은 커다란 봉투를 건넸다.

"저한테 주셨던 것 전부 여기 있어요. 제가 작업한 것도 함께요. 죄송하지만, 손익계산서를 제대로 파악하지 못했는지 시산표가 엉망이 되어 버렸어요."

"괜찮아요."

코트니가 루앤에게 미소를 지어보였다. 루앤의 고백에도 그녀에게서는 전혀 놀란 기색이 보이지 않았고, 한나는 그 점이 의아했다.

"이것 때문에 괜히 오래 고민하고 계셨던 거 아닌지 모르겠어요."

"밤을 샜대요."

루앤의 성격으로 봐서는 결코 이야기하지 못할 것 같아 한나가 대신 나섰다.

"오, 저런! 미안해요, 루앤. 그렇게까지 신경 쓰게 할 생각은 아니었는데."

코트니가 금전등록기에서 돈을 꺼냈다.

"40달러 드리기로 했었는데, 50달러 드릴게요. 그리고 저희 가게 인형의 집도 원가로 드릴게요. 딸한테 선물하고 싶어 하셨잖아요."

"오, 고마워요! 하지만 돈은 안 주셔도 돼요. 재거 씨가 이미 주셨거든요."

"래리가요?"

"네, 좀전에 들렀을 때 안 계시길래 한나가 자두 푸딩과 샘플 쿠키를 배달하러 래리 씨 사무실에 가는 길에 같이 갔었어요. 사무실에서 한나가 제가 하고 있는 작업에 대해 래리 씨에게 이야기했고, 래리 씨가 무엇인지 물어보시더라구요. 그래서 장부를 검토했는데, 시산표가 맞지 않는다고 말씀드렸더니, 어디가 잘못됐는지 함께 봐주시겠다고 했어요."

"그래서 래리가 오류를 찾았어요?"

코트니가 물었다.

"아뇨, 제가 본 것이 맞는 것 같다고 하시면서 걱정하지 말라셨어요. 자료들 중 빠진 것이 있어서 일치하지 않는 것 같다고요."

루앤은 어딘가 좀 불편해 보였다.

"사실 재거 씨가 설명해 주시는 것 전부 다 이해하진 못했어요. 아마 제가 아직은 부기 수업밖에 들은 것이 없어서 그런가 봐요. 진짜 회계를 전공한 사람이라면 충분히 알아들었을 텐데."

"제가 왜 루앤에게 이 일을 부탁했는지도 물어보던가요?"

"아뇨, 전 재거 씨가 이미 알고 계시는 줄 알았어요. 전혀 놀라거나 하는 기색이 없었거든요. 5분 정도 이야기를 나눴는데, 학교를 졸업하면 연락하라고 하셨어요. 일자리를 찾아주겠다구요. 그러고는 코트니한테 가 보라고 하셨어요. 돈은 이미 지불했노라고 전해달라고요."

코트니는 돈을 다시 금전등록기에 집어넣었다. 한나는 그녀의 손이 떨리고 있는 것을 눈치챘다.

"그 사람이 넉넉하게 사례했나 모르겠네요."

"오, 충분하게 주셨어요. 수지의 인형의 집도 제 가격에 살 수 있을 만큼이요. 이런 기회를 주어서 정말 고마워요, 코트니. 그리고 래리 씨에게 제가 괜한 이야기를 한 거라면 죄송해요."

"아니에요. 루앤이 잘못한 건 없어요."

코트니가 말했다.

"저기 인형의 집 전시품 가져다가 집 트리 밑에 놓아요. 어차피 전시

품은 할인해서 팔고 있으니까 괜찮아요. 우리 장부 때문에 고생해 준 것에 대한 감사의 선물로 받아줘요."

"정말이요?"

루앤은 내키지 않는 듯했다. 자신에게 과분하다고 생각되는 것은 좀처럼 받지 않는 루앤의 성격을 한나는 잘 알고 있었다.

"어서요."

코트니가 말했다.

"그렇게까지 애써 주셨으니 이 정도는 마땅해요."

"내가 나르는 것 도와줄게."

루앤이 뭔가 변명거리를 생각해 내기 전에 한나가 얼른 나서서 덥석 받아들었다. 루앤은 눈치채지 못했을지도 모르겠지만 코트니는 그 장부가 옳게 정리되어 있지 않다는 사실을 이미 알고 있었다. 그저 다른 사람의 확인이 필요했을 뿐이다. 이제 코트니는 확신을 갖게 됐고, 래리 역시 그녀가 자신을 지켜보고 있다는 사실을 알게 되었다. 오늘 밤에는 이곳 공원에 그야말로 불꽃이 날리게 생겼다.

퍼지 멜로우 쿠키 바

오븐은 175도로 예열해 주세요. 틀은 오븐의 중앙에 둡니다.

재료

다목적 밀가루 3/4컵(컵에 가득 담아 측량합니다) / 백설탕 3/4컵

소금 1/2티스푼 / 부드러운 버터 1/2컵(110g) / 계란 2개

달지 않은 초콜릿 2온스 / 바닐라 추출액 1티스푼

다진 견과류 1/2컵(전 호두를 사용했지만, 피칸도 괜찮습니다)

미니 마시멜로우 10.5온스(300g) / 중간 달기의 초콜릿 2컵

한나의 메모: 손으로 반죽해도 괜찮지만, 믹서기가 있으면 훨씬 편하답니다.

만드는 법

1. 식히는 과정이 필요한 초콜릿부터 녹입니다. 달지 않은 초콜릿을 그릇에 넣고 전자레인지에 강으로 1분간 돌립니다. 1분이 지난 후에도 전자레인지에 잠시 두었다가 꺼내서 완전히 녹았는지 저어봅니다(아직 녹지 않았으면 15초 정도 더 돌려주세요). 완전히 녹은 초콜릿은 옆으로 밀어두고 한참을 식힙니다.

2. 이제 밀가루와 설탕, 소금을 믹서기 그릇에 넣고, 낮은 속도로 믹서기를 돌려줍니다.

3. 거기에 부드러운 버터를 넣고 다시 믹서기를 돌립니다.

4. 계란을 넣고 또 돌립니다.

5. 초콜릿이 완전히 식은 것을 확인한 다음 믹서기에 넣습니다. 아직 완전히 식지 않았다면 커피라도 한 잔 들면서 기다리세요. 그런 다음 다시 한 번 확인해 보아 충분히 식었으면 재료들에 섞어줍니다.

6. 바닐라와 다진 견과류 1/2컵을 넣습니다.

7. 9×13 크기의 케이크 팬에 기름칠을 합니다. 반죽을 팬에 넣은 다음 고무 주걱으로 윗부분을 평평하게 다듬습니다.

8. 175도에서 20분간 굽습니다.

9. 오븐에서 팬을 꺼내 윗부분에 미니 마시멜로우를 붓습니다. 그런 뒤 재빨리 고무 주걱으로 평평하게 펼칩니다.

10. 팬의 옆면까지 모두 덮이도록 쿠킹호일로 팬을 감싸거나 여분의 쿠키 틀로 위를 덮어 20분간 그대로 둡니다. 마시멜로우가 바 안쪽까지 스며들어 맛있는 핫 초콜릿 퍼지 바를 만들기 위한 과정이랍니다.

11. 20분이 지나면 중간 달기의 초콜릿 2컵을 전자레인지에 2분간 녹입니다. 그렇게 녹인 초콜릿을 마시멜로우 위에 붓습니다. 그런 뒤 팬을 식힘망으로 옮깁니다.

12. 바가 충분히 식어서 위에 초콜릿이 딱딱해졌으면 브라우니 크기로 잘라 손님에게 대접합니다. 만약 더 단단한 초콜릿 커버를 원한다면 냉장고에 30분간 보관했다가 꺼내면 됩니다.

13. 예쁜 접시에 고급스러운 장식을 곁들여 냅니다. 남은 것

은 밀봉 그릇에 담아 보관하면 됩니다. 하지만 저와 리사가
장담하건데, 남는 것이 없을 거예요!

리사의 말에 따르면 허브가 어린 시절 즐겨먹던 초콜릿
마시멜로우 쿠키 맛이랑 똑같다며 무척 좋아했다고 하네요. 근데
허브는 마지가 직접 만들어준 쿠키와 그 마시멜로우 쿠키를
친구들과 바꿔 먹었다고 하네요.
이건 비즈먼 부인에겐 비밀이에요!!

　오븐에서 마지막 크리스마스 레이스 쿠키를 꺼내는 한나의 귓가에 리사의 명랑한 웃음소리가 들렸다. 허브가 돌아온 모양이다. 한나는 쿠키가 어느 정도 식기를 기다렸다가 양피지를 빼내고 식힘망에 쿠키들을 올려놓았다. 그런 뒤 접시에 완전히 식은 쿠키들을 담아 레스토랑 스타일의 회전문을 열고 홀로 나갔다.

　"안녕, 애야."

　엄마가 제일 먼저 한나를 반겨주었다. 한나는 뒤편 테이블에 앉아 있는 네 명의 손님들을 향해 미소를 지었다. 거기에는 엄마와 허브, 바스콤 시장, 그리고 낯이 익은 여자 한 명이 함께 앉아 있었다.

　"누가 왔는지 보거라."

　엄마가 입을 열었다.

　"휘팅 교수님이 오셨어."

　그렇구나! 한나는 그제야 그 얼굴을 알아볼 수 있었다. 학교에서만 보다가 밖에서 처음 보는 것이니 혼란스러울 수밖에 없었다. 어젯밤 크림색의 실크 블라우스에 감색 정장을 입고 강단 위에 서 있던 그녀가 오늘은 훨씬 어려 보였다. 아마도 높이 올려 묶은 머리에 청바지와 분홍색 스웨터를 입고 있기 때문인 듯했다.

　"안녕하세요, 휘팅 교수님."

한나가 인사를 건넸다.

"숙제 검사 하러 오신 거예요?"

그러자 휘팅이 웃음을 터뜨리며 고개를 가로저었다.

"그래니의 앤티크에 크리스마스 선물을 고르러 들렀어요. 거기서 학생분을 만날 줄 생각도 못했지 뭐예요. 여기 어머님께서 한나가 만든 자두 푸딩 한 조각 맛보라며 저를 여기까지 데려오셨어요."

"맛이 어떠셨어요?"

"최고였어요. 크레이지 엘프 크리스마스트리 공원에서 팔 거라고 리사가 알려주던데."

한나가 리사를 쳐다보자 리사는 고개를 끄덕였다.

"한나가 작업실에 있는 동안 크리스타에게서 전화가 왔었는데, 미네소타 자두 푸딩을 매일 5개씩 보내달라고 했거든요."

"잘 됐다. 다행히도 맘에 들었던 모양이네."

한나가 접시를 테이블에 내려놓았다.

"여기, 크리스마스 레이스 쿠키 좀 들어보세요. 오늘 처음 구워본 레시피예요."

거절하는 사람은 아무도 없었다. 바스콤 시장이 먼저 손을 뻗어 쿠키를 집더니 한 입 베어 물었다. 그러고는 짐짓 놀란 표정을 지었다.

"좋은데. 보기보다 내용물도 많이 든 것 같군."

"맛있어."

허브가 리사를 향해 미소를 지었다. 낚시를 가 있는 동안 사랑스러운 신부가 무척이나 보고 싶었던 듯 리사를 향한 그의 표정에는 핑크빛 하트가 도드라져 있었다. 그 모습을 본 한나는 조금 부러운 생각이 들었다. 노먼의 청혼을 받아들였다면 그도 나를 향해 이런 표정을 짓지 않았을까. 그래, 분명 노먼은 언제나 사랑스러운 표정으로 나를 바라보았을 것이다.

그 점에 관해서라면 한나는 조금도 의심이 들지 않았다. 노먼은 정말 진실한 사람이니 말이다. 다른 여자와 바람을 피우는 어리석은 짓 따위는 결코 하지 않을 것이다.

하지만 마이크는 어떤가. 만약 한나가 그의 청혼을 받아들였다면 그는 아마……순간 한나의 공상은 고통스러운 현실에 맞닥뜨려 보기 좋게 증발해 버리고 말았다. 만약 한나가 마이크와 결혼했고, 어느 날 밤 그가 마을 외곽으로 외근을 나가게 되었다면, 한나는 그가 절대로 옆길로 새지 않을 것이라 차마 장담할 수 없을 것 같았다. 예전에 로니 워드, 혹은 쇼우나 리 퀸과의 염문이 또다시 되풀이되지 않으리란 보장이 없었다. 킹스턴 부인의 자리에서는 항상 마이크가 어디에서, 누구와 함께 있는지 궁금해하지 않을 자신이 없었다. 마이크의 외모가 지나치게 빼어난 탓에 주변에 여자들이 열을 다해 유혹해 오는 것도 문제이긴 했다. *하지만 그렇다고 한들, 마이크 마음만 굳건하다면 넘어가서는 안 되는 일이잖아.*

"왜 그러니, 애야?"

엄마가 한나의 음울한 표정을 눈치채고는 물었다.

"아무것도 아니에요. 크리스마스가 오기 전까지 해야 할 일들을 생각해 보고 있었어요."

"그중에 이 쿠키 만들기도 있었으면 좋겠네요." 허브가 말했다.

그러자 휘팅 교수도 고개를 끄덕였다.

"정말 맛있어요. 쫄깃하면서도 바삭한 맛이 매력 있어요."

"바로 그거야."

바스콤 시장이 또다시 손을 뻗어 쿠키를 집었다.

"오늘 밤에 병원에 있는 스테파니에게 가려고 하는데, 이걸 가져가면 무척 좋아하겠어."

은근히 공짜 쿠키를 바라는 바스콤 시장의 속내에 한나는 하마터면 큰

소리로 웃음을 터뜨릴 뻔했다. 하지만 참았다. 바스콤 시장은 비웃음을 당하는 것을 몹시 싫어하니, 정치적인 이유 때문이라도 그의 심기를 건드리지 않는 편이 나았다.

"상자에 조금 포장해 드릴게요."

"크리스마스트리 공원에 이 쿠키도 팔 게냐?"

엄마가 물었다.

"잘 모르겠어요."

한나가 대답했다. 하지만 엄마의 이야기를 듣는 순간 한나는 래리의 표지판이 떠올라 휘팅 교수를 향해 고개를 돌렸다.

"불건전한 경영 사례가 하나 있는데요."

"오, 그래요. 한번 들어볼까요? 새로운 사례는 언제든 환영이에요."

"크레이지 엘프 크리스마스트리 공원 입구에 표지판이 하나 걸려 있는데, 원가 이하로 팔고도 순익을 남긴다고 적혀 있어요."

"네?!"

휘팅은 깜짝 놀란 표정이었다.

"불가능한 일이라는 건 저도 알지만, 분명히 그렇게 표지판에 적혀 있었어요. 래리에게 난센스 같은 거냐고 물어봤더니 그렇다고는 대답했어요."

"래리요?"

"그 사람 이름이에요. 래리 재거. L. J. 엔터프라이즈라는 회사를 경영하고 있어요. 고등학생 때 어떤 매트리스 제품의 텔레비전 광고를 보았는데, 그게 바로 그 매트리스 회사의 슬로건이었대요. 그 문구가 너무 재미있어서 운영하는 회사에는 모두 그 표지판을 건다고 하더라구요."

"그렇군요."

"어떻게 보면 재미있기도 하지만, 불건전한 경영 사례 중 하나인 것 같아요. 찾아온 사람들이 그게 정말인 줄 알면 어떡해요?"

"좋은 지적이에요."

휘팅 교수가 자리에서 일어나며 말했다.

"미안하지만, 그만 가봐야겠어요. 학생이랑 약속이 있는데, 늦으면 곤란하거든요."

"숙제라니, 무슨 얘긴가?"

휘팅 교수가 자리를 뜨자 시장이 물었다.

"내가 경영학 수업을 듣고 있거든."

엄마가 대신 대답해 주었다.

"캐리가 수업을 빠지는 바람에 한나랑 같이 들었지. 거기서 휘팅 교수가 경영 상황이 좋지 않은 회사의 서류들을 주고, 문제점이 뭔지 조사해 오라고 과제를 내주었거든."

"회사 이름이 뭔데요?"

허브가 호기심 어린 눈빛으로 물었다.

"우리도 몰라."

한나가 대답했다.

"서류에는 모두 지워져 있거든."

"아마 법적인 문제 때문일 걸세."

바스콤 시장이 그의 의견을 말했다.

"내가 한번 볼까? 도움을 줄 수 있을지도 모르겠는데."

"자네가?!"

엄마는 깜짝 놀란 듯했다.

"산수라면 아주 젬병이었잖아."

"제가요?"

"그래, 자네. 내가 여름방학 동안 7단을 가르치느라 얼마나 진땀을 뺐

줄 아나?"

"7단이요?"

허브가 아리송한 표정을 지었다.

"구구단 말이야. 5단까지는 아주 잘했지, 그리고 8단과 9단도 잘 외웠어. 하지만 매번 7단에서 틀리는 거야. 그렇지, 리키티키?"

한나는 씩 웃었다. 엄마는 바스콤 시장이 초등학생이었을 때 여름방학 때마다 베이비시터로 그를 돌보았다. 지금까지 시장의 이름인 리처드를 마음 놓고 부르는 사람은 마을에서 엄마가 유일했다. 리키티키라는 별명도 마찬가지였다.

"그랬죠."

바스콤 시장이 사실을 인정했다.

"그리고 그건 우리 나이 든 베이비시터만 알고 있는 이야기랍니다."

'나이 든 베이비시터'라는 말에 순간 엄마의 머리털이 곤두서는 듯했다. *시장님이 또 실수하셨군.* 한나는 생각했다.

"그래도 고등학교 때는 잘했어요."

바스콤 시장이 계속 말을 이었다.

"그때서야 굳이 7단을 외울 필요가 없다는 것을 깨달았지 뭡니까. 계산기만 있으면 되는 걸요. 그리고 널린 게 계산기죠. 심지어 제 핸드폰에도 계산기가 있답니다. 자, 이제 그 서류들을 한번 볼까요? 경영에 대한 제 감이 아직 쌩쌩한지 확인해 봅시다."

한나는 작업실에서 휘팅 교수가 나눠준 서류들을 가지고 돌아와 시장에게 건네주었다.

"여기요."

한나가 말했다.

바스콤 시장은 서류를 한 장 한 장 넘기며 마지막 장까지 꼼꼼하게 읽어내려갔다. 그런 뒤 다시 앞으로 돌아와 그중 몇 장을 유심히 들여다보았다.

"여기 있군요."

그가 짐짓 의기양양해하며 손가락으로 표 하나를 톡톡 가리켰다.

"구구단 7단도 못 외우던 사람치고는 훌륭하지 않습니까, 딜로어?"

"그렇군. 이게 정확하다면 말이지."

엄마가 대답했다.

"뭐가 잘못됐다는 겐가?"

바스콤 시장이 엄마를 향해 서류를 내밀었다.

"한번 보세요. 말씀드리지 않아도 알아내시는가 봅시다."

"물품 구입 영수증 기록이잖나."

엄마가 서류를 보며 말했다.

"합산도 틀린 것이 없이 잘 되어 있는데, 무엇이 잘못됐다는 거지?"

"어떤 방식으로 지불되었는지 보세요."

한나는 엄마의 옆에 바짝 붙어 함께 서류를 들여다보았다.

"현금으로 지불했군."

엄마가 시장을 올려다보았다.

"근데 이게 뭐가 잘못됐다는 겐가?"

"합법적인 경영인이라면 현금으로 지불하지 않아요. 보통 수표로 지불하고 그 영수증과 말소 수표(지불이 끝난 수표)를 통해 사업비용을 판단하고 구분하죠."

뒤쪽에서 탄식소리가 들리자 한나는 고개를 돌렸다. 거기에는 리사가 커피 주전자를 든 채 서 있었다. 시장의 커피를 리필하러 왔다가 '영수증'에 대한 이야기를 들은 모양이었다.

"왜 그래?" 한나가 물었다.

"아뇨, 별 거 아닐지도 모르겠는데 래리는 항상 현금으로 대금 지불을 하는데, 한 번도 항목들이 완전히 다 들어가 있는 영수증을 받은 적이 없었거든요. 저보고 영수증에 일단 서명하라고 한 다음에 금액은 나중에 자기가 적겠다고 해요."

그러자 바스콤 시장의 눈이 휘둥그레졌다. 래리의 방식을 이해할 수 없다는 듯한 표정이었다.

"그게 잘못된 거예요?"

리사가 물었다.

"좋지 않아."

바스콤 시장이 리사를 쳐다보았다.

"정직하지 못한 사업자들은 실제 지불한 금액과 다른 금액을 적어넣는 경우가 있거든. 거래가 이미 현금을 통해 완벽하게 종료된 후에는 그걸 증명할 방법이 없어. 항목이 모두 정확하게 기재되지 않은 영수증에는 서명을 해 주면 안 되는 거라네."

그가 경고했다.

"특히 현금으로 지불했을 경우에는 더더욱."

"앞으로는 절대 그러지 말아야겠어요!"

리사가 결연한 표정으로 다짐했다.

"그렇게 하면 안 되는 건 줄 몰랐어요."

그러자 바스콤 시장이 미소를 지었다.

"아마 괜찮을 걸세. 그걸 악용하는 사람들은 그렇게 많지 않으니. 물론 이런저런 이유들로 그걸 의도적으로 악용할 가능성은 물론 남아있네만."

"알려주셔서 감사합니다."

리사가 말하고는 이내 한나를 돌아보았다.

"오늘 오후에 쿠키 배달해 주었을 때 혹시 래리가 백지 영수증에 서명하라고 하지 않았어요?"

"아니, 대금은 받아오지 않았어. 난 나중에 수표 같은 것으로 보내주겠거니 생각했거든. 물어봤어야 했던 건가. 그리고 보니 배달한 쿠키에 대한 물품배달 영수증 같은 것도 안 받아왔네."

"그러면 얼른 래리에게 전화해서 수표 받으러 다시 들르겠다고 알리는 것이 좋겠네."

바스콤 시장이 조언했다.

"그걸 받아두지 않으면 쿠키를 얼마큼 배달했는지 기록이 남지 않을 것 아닌가. 사업은 그렇게 하면 안 돼."

"제가 지금 바로 래리에게 전화할게요."

리사가 카운터 뒤에 있는 전화기로 향했다. 그리고 잠시 후 리사가 수화기의 밑부분을 손으로 감싼 채 한나에게 손짓했다.

"지금은 바빠서 공원 문 닫는 시각 이후에 오면 좋겠다고 하는데요. 밤 9시쯤에요."

"내가 갈게."

한나가 말했다. 내가 가는 것이 공평했다. 물품배달 영수증을 받아오는 것을 잊은 것도, 지불에 대해 물어보는 것을 깜빡한 것도 나였으니 말이다.

리사가 래리에게 몇 마디 하고 난 뒤 다시 수화기 밑을 손으로 감싸 쥐었다.

"문은 열어두겠다고 그냥 곧장 사무실로 오시면 된대요."

"알았어. 시간에 맞춰서 가겠다고 전해줘. 노먼과 저녁식사하기로 했는데, 식사 후에 우리가 몇 시쯤 도착할지 전화하겠다고."

크리스마스 레이스 쿠키

오븐은 175도로 예열해 주세요. 틀은 오븐의 중앙에 둡니다.

재료

롤드 오트(귀리를 쪄서 롤러로 압착한 것) 1과 1/2컵 / 녹인 버터 1/2컵

백설탕 3/4컵 / 베이킹파우더 1티스푼 / 밀가루 1티스푼

소금 1/2티스푼 / 바닐라 추출액 1과 1/2티스푼

거품 낸 계란 1개(포크로 저어주세요) / 초콜릿 칩 1/2컵

만드는 법

1. 중간 크기의 볼에 오트밀을 담습니다. 녹인 버터를 오트밀 위에 붓습니다. 그리고 잘 저어줍니다.

2. 작은 볼에 설탕과 베이킹파우더, 밀가루, 소금을 넣고 섞습니다.

3. 위의 혼합물에 오트밀 혼합물을 붓고 골고루 저어줍니다.

4. 바닐라 추출액과 거품 낸 계란을 넣고 섞어줍니다.

5. 초콜릿 칩을 넣고 잘 저어줍니다.

6. 쿠키 틀에 쿠킹호일을 덮습니다. 반짝이는 면이 위로 향하도록 합니다. 그런 뒤 호일 위에 들러붙음 방지 스프레이를 뿌립니다.

7. 둥근 티스푼으로 반죽을 떠서 호일 위에 얹습니다. 반죽이 퍼지는 공간까지 고려하여 간격을 맞추어 주세요. 1개 틀

에 6~8개 정도 놓으면 적당합니다.

한나의 첫 번째 메모: 저는 고리스푼 쿠키 스쿱을 사용해 반죽을 떴답니다. 크기가 아주 적당하거든요.

8. 175도에서 12분간 굽습니다. 오븐에서 꺼내 틀 위에서 5분간 식힙니다. 그런 뒤 틀의 호일을 벗기고 식힘망으로 옮겨 완전히 식힙니다.

9. 크리스마스 레이스 쿠키가 완전히 식었으면 호일에서 조심스럽게 떼어내 서늘하고 건조한 곳에 보관합니다.

10. 쿠키를 좀 더 특별하게 만들고 싶다면 쿠키가 완전히 식은 후 그 위에 녹인 초콜릿 칩에 커피를 섞은 소스를 뿌립니다. 초콜릿 칩 1/2컵과 커피 6테이블스푼을 그릇에 넣고 전자레인지 강에 30초간 돌려 부드럽게 저어주면 소스 완성입니다. 소스가 너무 되면 커피를 더 넣고 20초 정도 전자레인지에 더 돌려주시면 됩니다.

한나의 두 번째 메모: 매우 섬세해 보이지만 사실 포장만 잘 해주면 장거리 운송도 문제없는 쿠키랍니다. 상자 밑에 스티로폼 공(혹은 뽁뽁이)들을 깔고 그 위에 양피지를 깔아주세요. 그런 뒤 크리스마스 레이스 쿠키를 한 줄 깔고, 그 위를 다시 양피지로 덮고 다시 스티로폼 공을 깔아줍니다. 그렇게, 스티로폼 공, 양피지, 크리스마스 레이스 쿠키, 양피지, 그리고 스티로폼 공 순으로 상자가 가득 찰 때까지 넣어주세요. 제일 윗부분은 반드시 스티로폼 공을 넣어야 합니다. 그런 뒤 잘 봉해서 행운의 그분에게 배달하세요.

"정말 믿을 수 없을 정도로 놀라운 맛이에요!"

한나가 샐리의 트리플 쓰렛 초콜릿 치즈케이크 파이의 마지막 조각을 포크로 찌르며 말했다.

"음-흠."

노먼 역시 자신의 마지막 남은 파이 조각에 포크를 찔러 넣으며 대답했다.

"커피 더 들래요?"

"네, 고마워요. 이 맛있는 초콜릿을 끊으려면 커피라도 마셔야 되겠어요."

노먼은 웨이트리스가 가져다 준 조그마한 은주전자를 기울여 한나의 컵에 커피를 따랐다. 한나는 커피를 한 모금 마신 다음 반대편 벽 위층에 줄지어 자리하고 있는 부스들을 가리키며 말했다.

"엄마가 여기 안 계신 게 다행이에요."

"그건 왜요?"

"지금쯤이면 벌써 네 번째 화장실을 다녀오시면서 일부러 커튼이 드리운 부스 자리 쪽으로 빙 돌아서 오셨을 거예요. 그냥 지나치는 것으로도 만족 못하시고, 일부러 핸드백을 떨어뜨려서 물건을 주워담는 척하면서 커튼 안에 누가 있는지 흘끗 훔쳐보기도 하셨을 걸요."

노먼은 부스 자리 쪽을 쳐다보았다. 각 부스에는 사적 대화를 위한 커튼이 달려 있었는데, 오늘 저녁에는 오로지 한 팀만이 그 이점을 누리고 있었다.

"누가 저렇게 은밀하게 식사를 하는지 궁금하네요."

노먼이 빙긋거리며 말했다.

"글쎄요. 뭐, 특별한 날인지도 모르죠."

"그걸 어떻게 알아요?"

"웨이트리스가 얼음통에 샴페인을 담아 가져가는 것을 봤거든요. 그 틈에 살짝 안을 엿보려고 했는데, 웨이트리스가 아주 꼼꼼하게 커튼을 닫아걸더라구요."

"샴페인 잔도 같이 갖고 들어갔어요?"

노먼이 물었다.

"네, 분명히 2개였어요."

"그러면 커플이겠네요. 누군지 궁금한데요."

"나가는 길에 슬쩍 지나가볼까요?"

한나가 물었다.

"그러고 싶지만, 일부러 그러는 것이 너무 티 나지 않을까요?"

"꼭 그렇지만도 않아요. 재니스 콕스와 그녀의 부모님이 마지막 부스에서 식사를 하고 있잖아요. 나가는 길에 잠깐 들러서 인사라도 하면 되죠."

"요령이 좋은데요, 한나."

"전문가에게 배운 실력이랍니다."

"한나 어머님이요?"

"네, 그럼 지나가 보기로 하는 거죠?"

"그래요. 사생활 침해이긴 하지만."

"그렇긴 해요."

한나는 노먼을 쳐다보았고, 노먼은 한나를 쳐다보았다. 그렇게 몇 초간 두 사람은 서로를 응시하다 동시에 웃음을 터뜨리고 말았다.

"시작해요."

한나가 말했다.

"좋아요."

노먼이 동의했다.

"아마 레이크 에덴 사람이 아닐 거예요."

"왜요?"

"레이크 에덴 사람이라면 좀 더 신중할 테니까요. 저렇게 커튼을 닫아놓고 있으면 오히려 더 눈에 띄어서 사람들이 더 궁금해할 거라는 것을 모르지 않을 걸요. 그래서 사람들이 일부러 지나쳐 다니면서 커튼 안을 엿보려고 할 것이라는 사실을 말이에요."

"하지만 정말로 사적인 공간이 필요하다면요?"

"아무도 알아보는 사람이 없는 마을 밖 시내의 레스토랑을 찾겠죠."

한나는 웃음을 터뜨렸다. 노먼의 말이 옳았다. 레이크 에덴에 사는 사람이 뭔가 사적인 공간을 찾는다면, 차라리 미니애폴리스로 나가는 편이 나을 것이다.

위층 부스로 향하는 계단을 오르며 한나는 드리워진 커튼에 시선을 고정시켰다. 커튼이 바닥까지 닿지 않아 안에 있는 두 사람의 신발을 자세히 볼 수 있었다. 하나는 남자의 것으로 보이는 황갈색 스웨이드 부츠였는데, 양옆에 구슬 장식이 달려 있었다. 그 앞에는 한 켤레의 토오픈 샌들이 나란히 자리하고 있었는데, 빨간색의 반짝이는 가죽 끈으로 장식된 샌들의 굽은 놀라울 만큼 높다랗고 가늘었다.

"저런 신발을 신은 여자와 같이 있는 남자가 누구인지 정말 궁금하네요."

한나가 느린 속도로 재니스의 부스로 향하며 나지막이 말했다.

"무슨 신발이요?"

"커튼 안쪽으로 보이는 빨간색 샌들이요. 남자를 유혹할 의도가 아니라면 여자들은 보통 저런 신발을 신지 않거든요."

"정말요?"

한나는 노먼이 자신의 신발을 살펴보고 있는 것을 눈치채고는 아차 하고 말았다. 지금 한나는 제일 좋아하는, 낡은 사슴 가죽 부츠를 신고 있었기 때문이었다.

"물론 남자가 여자를 집 바로 앞까지 데려다 주는 경우에만요. 샌들을 신고 주차장을 걸어 다닐 수는 없잖아요."

"그러네요."

노먼이 아까보다는 좀 더 기운찬 목소리로 대답했다.

"안녕, 재니스."

한나는 레이크 에덴의 유치원 선생님인 재니스에게 먼저 인사를 한 뒤 그녀의 부모님을 향해 고개를 돌렸다.

"안녕하세요, 엘리노어, 그리고 오티스. 썰매개들은 잘 지내나요?"

"잘 지내고말고, 한나."

엘리노어가 반가운 화제에 화색을 보였다.

"올해 새 썰매개를 데려왔는데, 다행히 잘 적응하고 있어. 유콘은 이제 그만 쉬게 하기로 오티스가 결정했거든. 관절염이 있어서 조금 절뚝거려."

"그래도 유콘이 달리는 걸 그리워하지 않을까요?"

한쪽 눈은 갈색, 한쪽 눈은 파란색인 시베리안 허스키를 떠올리며 한나가 물었다.

"전혀 개의치 않는 것 같아. 사실 추위가 관절염을 더 악화시키잖아. 집에서만 데리고 있으니 이제는 별로 절뚝거리지도 않아."

"우리가 할 수 있는 최선이지."

오티스가 말하고는 이내 다시 입을 다물었다. 그는 말수가 적은 남자였다.

"그래서 요즘 우리랑 한 침대에서 같이 자고 있어."

엘리노어가 말을 이었다.

"언제 썰매개였나 싶을 정도로 집 생활을 잘 하고 있다니까. 이젠 나랑 같이 드라마도 본다구."

"녀석, 완전 집과 천생연분인데요."

노먼의 말에 오티스가 웃음을 터뜨렸다.

한나는 오티스가 웃는 모습에 흐뭇했다. 그는 너무 심하게 웃은 나머지 몇 번 캑캑거리기도 하고 무릎을 세 번이나 내리치기도 하며 즐거워했다. 오티스가 그런 반응을 보이는 것은 우스갯소리가 제대로 성공했다는 뜻이기도 했다. 진심으로 우스운 농담에 그는 항상 두 손으로 자신의 무릎을 세 번씩 내려치곤 했다. 노먼의 농담이 완전히 먹혀든 것이다.

마침 웨이트리스가 요리를 들고 안으로 들어왔고 한나와 노먼은 그들에게 작별인사를 했다. 부스 밖으로 나오면서 한나는 곁눈질로 재니스가 샐리의 저칼로리 스페셜 메뉴인, 브로콜리와 조그마한 붉은 감자 세 알을 곁들인 구운 생선 요리를 주문한 것을 확인했다. 재니스가 다이어트를 하고 있는 것이 분명했다. 한나는 다음번에 재니스를 만나게 되면 조심스럽게 물어봐야겠다고 생각했다. 그래야 유치원에 괜히 쿠키를 들고 가서 그녀의 다이어트를 위험에 빠트리는 일은 만들지 않을 테니 말이다.

"저기 커튼이 쳐진 부스를 지날 때 일부러 가방을 떨어뜨릴 거예요?"

재니스의 부스에서 다시 발걸음을 옮기며 노먼이 물었다.

"아뇨! 그건 엄마가 하는 방법이에요."

"효과는요?"

"글쎄요……."

한나가 잠시 생각에 잠겼다.

"효과는 있었던 것 같아요."

"그럼 한번 해보는 게 어때요?"

한나는 엄마와 동생들이 새들백(말안장에 다는 주머니)이라고 부르는 자신의 가방을 물끄러미 쳐다보았다. 커다란 가방에는 불시의 국가적 재해에도 즉시 대처할 수 있을 만한 온갖 필수품들이 가득 들어 있었다.

"엄마는 이것보다 훨씬 작은 핸드백이었단 말이에요."

한나가 말했다.

"이 안에 들은 것을 전부 주워 담으려면 밤을 꼴딱 새야할 걸요."

"그래서 하고 싶은 말이 뭐예요?"

노먼이 한나를 향해 씩 웃었다.

"알았어요."

두 사람은 다시 커튼이 쳐진 부스로 발걸음을 재촉했고, 이윽고 그곳에 다다르자 한나가 어깨에 멨던 가방을 슬쩍 미끄러트렸다.

"어머!"

가방이 카펫 위로 떨어져 안에 들어 있던 온갖 물건들(일부는 쓸모 있고, 일부는 쓸모없는)이 쏟아지자 한나가 외마디 소리를 질렀다.

"내가 도와줄게요."

노먼이 커튼 옆으로 허리를 굽힌 뒤 목을 살짝 내밀어 커튼 안쪽을 훔쳐보았다.

"고마워요."

한나 역시 커튼 안쪽을 보기 위해 무릎을 꿇었다. 자잘한 소지품들을 주워 넣으며 한나는 빨간색 샌들이 움직이는 것을 포착했다. 샌들은 구슬 장식이 달린 스웨이드 부츠 옆에 바짝 다가섰다. 이제 더 이상 두 사람이 마주보고 있지 않은 것이다. 그 말은 곧, 여자가 말발굽 모양의 부스를 돌아 남자의 곁에 바짝 다가앉았다는 것을 뜻했다.

"서둘러요!"

노먼이 손에 잡히는 대로 물건을 쥐어 한나의 가방에 던져 넣으며 속삭였다.

"왜요?"

한나도 속삭였다.

"어머니요."

한나는 귀를 더 가까이 가져갔다. 노먼의 속삭임이 거의 들리지 않을 정도로 작았기 때문이다.

"방금 어머니라고 했어요?"

한나 역시 아주 나지막하게 속삭였다.

"일단 나가요. 나가서 설명할게요."

레스토랑을 빠져나와 바를 지나고, 외투 보관소에서 코트를 받아든 다음 로비를 가로질러 호텔 밖으로 나오면서 한나는 도대체 무슨 일인지 궁금해 죽을 지경이었다. 얼음장처럼 차가운 공기에 몸을 부르르 떨며 한나는 아까의 질문을 다시 던졌다.

"아까 어머니라고 했어요? 그러니까, 우리 엄마요?"

"아뇨, 우리 어머니요. 우리 어머니가 그 부스 안에 계셨어요."

"하지만, 신발만 보고 어떻게 알아요?"

"신발을 보고 알아챈 게 아니에요. 그런 신발을 신으시는 건 한 번도 보지 못했거든요. 왼쪽 발목의 흉터를 봤어요."

한나는 노먼의 말을 믿었다. 한나도 엄마의 발만 보고 알아챌 수 있을 것 같았다. 하지만 그렇다고 해도 노먼이 잘못 판단한 것일 수도 있다.

"혹시 왼쪽 발목에 비슷한 흉터가 있는 다른 사람이 아닐까요?"

"아니요, 확실해요. 한나가 가방을 떨어뜨렸을 때 아주 낮은 목소리로 '오, 안 돼!'라고 하는 소리를 들었거든요. 그 뒤로는 두 사람 다 아무 말도 하지 않았어요. 아무래도 남자에게 조용히 있으라고 한 것 같아요. 아마 한나 어머님이라고 생각하셨을 거예요. 가방 떨어뜨리기는 한나 어머님이 자주 사용하시는 방법이니까요."

"흠……어쩌면요."

한나는 차가운 공기를 크게 들이마셨다.

"하지만 만약 노먼의 어머님이시라면 같이 있는 남자는 누굴까요? 만나는 분이 계신 줄은 전혀 몰랐어요."

"나도 몰랐어요. 어쨌든 어머니가 어째서 나와의 저녁식사 약속을 계속 취소하셨는지 이제야 알겠네요."

"우리 엄마랑 왜 함께 수업을 들으러 가지 않으셨는지두요. 그 남자가 누굴까요? 짐작 가는 사람 없어요?"

"전혀요. 부츠도 생소해요. 한나는 어땠어요?"

"나도 마찬가지예요. 어쨌든 어머님이 신고 계신 신발을 보니 마이크의 이론이 보기 좋게 깨져버린 것 같네요."

"무슨 이론이요?"

노먼이 별안간 한나 쪽으로 휙 돌아보았고, 그 바람에 눈더미에 걸려 하마터면 넘어질 뻔했다. 한나는 대답에 앞서 재빨리 그의 팔을 붙들었다.

"마이크는 노먼 어머님이 도둑질을 한다고 생각했거든요."

"뭐라구요?!"

"그렇게 생각한 것도 무리는 아니었어요. 마이크가 요즘 트라이 카운티 쇼핑몰에서의 경비 근무를 지원하고 있는데, 로드 부인과 몇 번 마주쳤나 봐요. 그때가 항상 쇼핑몰이 문을 닫을 시간이었는데, 뭔가 가득한 꾸러미들을 차 트렁크에 실으시더래요. 마이크와 마주쳤을 때는 무척 불안해 보이는 표정을 지으셨구요. 그래서 마이크는 부인이 혹시 절도를 하신 게 아닐까 의심하게 된 거죠."

노먼은 공기 중으로 하얀 입김을 그리며 크게 한숨을 내쉬었다.

"그러니까 내가 다시 설명해 볼게요. 마이크는 우리 어머니가 단지 초조한 표정을 지으셨다는 이유로 도둑질을 했다고 의심했다는 거로군요?"

"네, 물론 마이크가 이 이야기는 아무에게도 하지 않았어요. 나를 제외하고는요. 마이크의 생각이 틀렸다는 것을 말해주면 마이크도 기뻐할 거예요."

한나는 발걸음을 멈추고 목청을 가다듬었다. 이제 다음의 말을 신중하게 꺼내야만 했다. 어머니의 남자친구에 대해 언급하는 것만으로도 노먼의 기분을 상하게 할지 모른다.

"내 생각에는 노먼의 어머님이 누군가에게 새롭고 예쁜 모습을 보이기 위해 그렇게 쇼핑을 많이 하셨던 것 같은데, 노먼은 어때요?"

"그런 것 같네요. 그리고 고마워요, 한나. 남자친구라든가, 새 남자라든가 하는 표현을 쓰지 않아주어서."

"노먼이 어떻게 생각할지 잘 모르니까요."

그러자 노먼이 한나의 어깨에 손을 두르고는 그녀를 가까이 잡아당겼다.

"난 괜찮아요. 어머니도 너무 오랫동안 혼자셨잖아요. 어머니를 행복하게 만들어주는 사람이고, 두 사람 모두에게 고무적인 관계라면 상관없어요. 하지만 마이크는 도저히 용서할 수가 없네요. 우리 어머니를 도둑으로 몰다니!"

"그래도 마이크는 부인이 의도적으로 도둑질을 했다고는 생각하지 않았어요. 도벽도 일종의 질병이잖아요. 부인 혼자의 힘으로 어찌할 수 없는 것일지도 모른다고 했어요. 그래서 돕고 싶은데, 어떻게 해야 좋을지 모르겠다구요."

"그럼 나에게 의논했어야죠."

"그래요. 하지만 그 대안도 괜찮았잖아요. 대신 나에게 왔으니까요."

노먼은 잠시 동안 말이 없었다.

"알았어요. 이해할게요. 아마 그 얘기를 하면 내가 대뜸 화를 낼 거라 생각했을 거예요. 어쨌든 진짜 문제는 이게 아니에요."

두 사람은 차 있는 곳에 당도했고, 노먼이 한나를 위해 조수석 문을 열어주었다. 한나가 차에 오르자 노먼은 문을 닫고 차를 돌아 운전석에 올라탔다. 그런 뒤 예열을 위해 곧바로 시동을 켜고 한나를 돌아보았다.

"어머니와 함께 부스에 있던 남자가 누구인지 알아봐야겠어요. 좋은 사람이면 난 적극 밀어드릴 거예요. 단, 어머니의 돈을 보고 만나는 사람인지 아닌지 여부는 꼭 확인해야 해요."

한나는 노먼의 심정을 이해할 수 있었다. 엄마가 윈슬롭과 점점 더 진지한 만남을 이어갈 때에 한나와 두 동생도 똑같은 걱정을 했기 때문이다.

"샐리에게 부탁해서 웨이트리스에게 물어보라고 할게요."

"정말 고마워요. 사실 아버지가 돌아가시면서 남긴 유산이 많아서 혹시 누군가 그 유산을 노리고 접근한 건 아닐까 걱정이 돼요."

"걱정이 되는 것이 당연해요. 근데 노먼의 어머님이 그렇게 부유하신 줄은 미처 몰랐는데요."

"나도 장례식이 끝날 때까지 몰랐어요. 아버지가 운영하시던 병원이 그렇게 성업을 했던 것은 아니었거든요. 대신 내가 태어난 직후 생명보험을 많이 들어놓으셨어요. 도우 그리어슨이 전화해서 아버지가 남기신 금고가 있다는 이야기를 전해 주기 전까진 어머니도 모르셨구요. 금고를 열어보니 계약서가 한 묶음은 족히 나오더라구요. 편찮으셨을 때도 열심히 보험료를 납부하셨어요. 엄마가 돌아가실 때까지 돈 걱정 없이 사시게끔 미리 준비를 하셨던 거죠."

"이제 우리 차례예요."

한나가 그의 손을 잡으며 말했다.

"어머님이 만나는 분이 누구인지, 과연 어머님한테 어울리는 좋은 사람인지 얼른 알아보도록 해요."

트리플 쓰렛 초콜릿 치즈케이크 파이

오븐은 175도로 예열해 주세요. 틀은 오븐의 중앙에 둡니다.

재료

9인치 크기의 초콜릿 쿠키 파이 껍질*** / 백설탕 1/2컵

부드러운 크림치즈 8온스 / 마요네즈 1/3컵(일반적인 마요네즈를 사용하세요)

계란 2개 / 화이트 초콜릿 칩 1컵 / 바닐라 추출액 1/2티스푼

중간 달기의 초콜릿 칩 1컵

*** 초콜릿 쿠키 파이 껍질은 직접 만들 수도 있고, 마트에 가서 만들어 놓은 것을 구입하실 수도 있어요. '곰 세 마리' 동화에 나오는 표현처럼 8인치 크기의 파이 껍질은 소가 넘칠 수가 있고(오븐으로 옮길 때 조심하셔야 해요), 10인치 크기의 파이 껍질은 공간이 너무 많이 남을 수도 있으므로(파이가 완성된 후 윗면을 휘핑크림으로 채워 넣을 수도 있지만요), 9인치가 딱 적당합니다!

한나의 첫 번째 메모: 손으로 반죽해도 괜찮지만, 믹서기가 있으면 훨씬 편하답니다!

만드는 법

1. 부드러운 크림치즈에 설탕을 넣고 골고루 섞습니다. 거기에 마요네즈와 계란을 넣고 다시 섞습니다.
2. 화이트 초콜릿 칩을 전자레인지에 강으로 40초간 돌려 녹인 뒤(속지 마세요!-초콜릿은 녹은 후에도 제 모양을 하고 있을 수 있답니다) 잘 저어줍니다. 완전히 녹지 않았으면 15초씩 더 돌려줍니다. 녹은 초콜릿은 카운터 위에 놓고 잠시 식힙니다.

3. 초콜릿이 담긴 그릇을 손으로 감싸 쥐어도 그리 뜨겁지 않을 만큼 식었으면 초콜릿을 반죽에 조금씩 붓습니다. 골고루 반죽한 뒤 바닐라 추출액을 넣고 다시 반죽합니다.

4. 믹서기에서 그릇을 빼내 중간 달기의 초콜릿 칩 1컵을 넣고 손으로 잘 섞습니다.

5. 완성된 파이 반죽을 숟가락으로 떠서 파이 껍질 안에 부은 뒤 윗부분을 고무 주걱으로 평평하게 다집니다.

6. 175도에서 30~35분간 굽습니다.

7. 완성된 파이는 선반에서 식힌 다음 바로 냉장 보관합니다. 손님들에게 내기 20분 전에 냉장고에서 꺼내어 윗부분에 휘핑크림을 뿌립니다.

한나의 두 번째 메모: 이 파이는 풍부한 맛이 일품이어서 진한 커피와 함께 먹으면 좋답니다. 전 그래서 이 파이를 먹을 때만큼은 커피를 넉넉하게 끓이곤 해요.

두 사람은 차를 타고 그 남자의 차종을 알아보려 레이크 에덴 호텔 주차장까지 나가보았지만 소용이 없었다. 낯선 차들이 너무나 많이 주차되어 있었기 때문이다. 그 와중에 캐리의 차 역시 보이지 않았다. 그 남자의 차를 타고 호텔로 온 모양이었다. 주차장을 세 번째 돌고나자 한나는 두 손을 들고 말았다.

"됐어요, 노먼. 별 소득이 없겠어요. 어머님이 나오실 때까지 줄곧 차 안에 앉아 기다릴 생각이 아니라면 래리에게 수표부터 받으러 가요. 갔다가 오는 길에 어머님 집 앞을 지나면서 어머님이 집에 돌아오셨는지 확인해봐도 되잖아요."

노먼은 깜짝 놀란 듯했다.

"그럼 집에 찾아가서 오늘 호텔에 누구와 있었는지 물어보잔 말이에요?"

"그럴 리가요. 그렇게 대놓고 여쭤보면 오히려 거부감만 더 강해져서 결코 말씀해 주시지 않을 거예요. 그냥 집 앞에 무슨 차가 주차되어 있는지만 보자는 거예요. 번호판의 번호를 적어가서 마이크에게 확인을 부탁해도 되잖아요."

"좋은 생각이네요."

노먼이 주차장을 빠져나와 고속도로를 향해 달리기 시작했다. 호텔 진입로의 양 옆으로는 눈더미가 높다랗게 쌓여 있어 하나의 거대한 터널을 이루고 있었다. 두 사람은 그 끝이 없을 것만 같은 길 위를 달렸다. 자동차 높이보다 더 높다랗게 솟은 눈더미를 바라보는 한나는 기분이 왠지 이상했다. 샐리의 남편인 딕이 호텔을 찾아오는 손님들을 위해 미니 제설차로 길 위의 눈을 몇 번이고 열심히 쓸어놓은 모양이었다.

고속도로에 진입하자 노먼은 속도를 올렸고, 한나는 의자에 편안하게 기대어 드라이브를 즐겼다. 라디오에서는 클래식 재즈가 흐르고 있고, 차 안은 따뜻했으며, 조수석은 믿을 수 없을 만큼 폭신폭신했다. '세상은 평온하여라' 라는 문장이 한나의 머릿속을 부유했다. 노먼과 함께 있을 때면 늘 이런 안정감을 느끼곤 한다. 간혹 지금과 같은 순간이 찾아올 때면 한나는 내가 왜 그때 노먼의 청혼을 승낙하지 않았을까, 만약 그랬더라면 평생 이런 편안한 기분을 느끼며 살 수 있었을 텐데 하는 자괴감이 밀려오곤 했다. 한나는 노먼을 사랑했다. 그와 함께 있는 시간도 즐거웠고, 그와 함께 디자인한 꿈의 집에서 하루빨리 함께하고 싶은 마음도 있었다. 노먼이라면 분명 훌륭한 반려자가 되어 줄 것이다. 하지만 그의 청혼을 받아들이려는 순간 마이크에 대한 생각이 입을 가로막아 버렸다. 어쩌면 정신과 의사를 만나봐야 할지도 모르겠다. 하지만 정신과 의사를 찾아가는 것도 시간적 여유가 있어야 가능한 일이다. 한나에게는 시간이 없었다. 크리스마스 연휴에도 단 50분의 짬을 내기가 힘이 드니 말이다.

"왜 그렇게 조용해요?"

노먼의 말에 한나는 영원히 풀릴 것 같지 않은 딜레마에서 퍼뜩 깨어났다.

"시간 계획에 대해 생각하고 있었어요."

한나가 대답했다. 부분적으로는 진실이었다.

"요즘처럼 크리스마스가 가까워져 올 때는 한나도 정신없겠어요. 내가 도와줄만 한 게 있을까요?"

"이미 많이 도와주고 있는 걸요. 맛있는 저녁도 사주고 오후에 받았어야 하는 수표를 받으러 크레이지 엘프에도 같이 가주잖아요."

"마음 같아서는 이보다 더 해주고 싶어요. 혹시 급하게 쇼핑할 일이 있으면 나한테 말해요. 내가 대신 쇼핑몰에 가서 사다줄게요. 크리스마스까지 이제 열흘밖에 안 남았잖아요."

"그러게요. 안 그래도 리사가 오늘 얘기하더라구요. 근데 크리스마스 쇼핑은 벌써 다 끝냈어요. 미리 쇼핑해 놓으라는 엄마의 조언을 따라 이번에는 서둘렀거든요. 이제 준비한 선물들을 어디에 놓아야 할까 고민하는 일만 남았어요."

"그리고 포장도요."

노먼이 상기시켰다.

"맞아, 그것도요. 선물 포장하는 거 너무 싫어요. 영 소질이 없거든요."

"포장이라면 그럭저럭 하는 편이에요. 내가 도와줄게요. 둘이 같이 하면 더 재미있을 거예요."

"그래요. 그러면 내가 리본을 매는 동안 노먼이 매듭을 잡아줄 수도 있겠어요."

노먼이 한나를 바라보며 미소를 지었다.

"내가 평생 꿈꿔 오던 일이에요."

그가 말했다.

"사랑해요, 한나. 한나의 하루하루를 좀 더 편하게 만들어 주고 싶어요."

"지금으로도 충분해요."

한나가 대답하며 운전을 하고 있는 그의 팔에 가만히 손을 올려놓았다.

크레이지 엘프 주차장은 체인으로 굳게 잠겨 있었기 때문에 노먼은 길가에 차를 세울 수밖에 없었다. 차에서 내려 입구를 향해 걷는 동안 바람은 더욱 거세져 도보 길 위로 살짝 눈보라가 일었다. 한나는 더스트 데빌(먼지바람)과 그의 큰 사촌격인 샌드 데빌(모래바람)을 떠올렸다. 먼지도 있고, 모래도 있는데 혹시 스노우 데빌(눈바람)도 있지 않을까? 한나는 찾아봐야겠다고 생각했다.

"무슨 생각해요?"

노먼이 물었다.

"더스트 데빌과 샌드 데빌에 대해 생각하고 있었어요. 그렇다면 혹시 스노우 데빌이라는 것도 있지 않을까 하고요."

"있어요. 근데 대부분의 사람들은 스노우스파우츠(snowspouts)라고 부르죠. 찬 공기가 따뜻한 물 위를 지나면서 비를 생성하는데 그게 찬 대기 중으로 올라가면서 얼어버리는 거예요."

한나는 살짝 몸을 떨었다. 안 그래도 추운 밤에 얼음 알갱이 생각을 하니 더 추워졌다.

"추워요?"

노먼이 물으며 한나의 어깨를 팔로 감쌌다.

"네, 따뜻한 곳으로 순간이동이라도 하고 싶은 심정이에요. 사막 한가운데라도 좋으니 말이에요."

"팜 스프링은 어때요? 여기서 비행기로 몇 시간 안 걸리는데."

"정말 가고 싶지만 안 돼요."

"왜요? 금요일 밤에 출발해서 주말을 보내면 되잖아요. 레이크 에덴에

빨리 돌아오고 싶으면 일요일에 밤 비행기를 타고 돌아올 수도 있어요."

"확실히 유혹적이군요."

한나가 말했다. 정말이었다. 어딘가 멀리 떠나 주말을 보내고픈 마음이 간절했다. 하지만 할 일이 산더미처럼 쌓여 있는데, 그걸 모두 리사에게 미룰 순 없었다.

"진짜 가고 싶지만, 한창 바쁠 때잖아요. 2월 말, 한가해질 때 다시 생각해 보면 어때요?"

"그래요. 그럼 밸런타인데이에 한 번 더 물어볼게요. 그때도 한나가 혹할 만큼 날이 추울 테니까."

"분명 그럴 거예요!"

한나는 자신이 과연 그때는 여행을 수락할 수 있을지 궁금했다. 밸런타인데이라면 두 달도 채 남지 않았으니 여전히 유혹적일 듯했다. 눈 구경을 하러 온 관광객들도 그때쯤이면 얼음과 눈밭에 진력을 낼 것이다.

"좋아요. 그럼 데이트하는 거예요."

"간다고는 안 했어요."

"알아요. 내 말은 데이트 신청을 하겠다는 거였어요."

"좋아요."

두 사람은 크레이지 엘프 크리스마스트리 공원 입구에 도착했고, 한나가 문을 열었다.

"날 따라와요."

한나가 말했다.

"래리의 트레일러가 어디 있는지 알아요."

주등이 모두 꺼진 공원 안의 풍경은 모든 게 달라 보였다. 두 사람은 어두컴컴하고 황량한 통나무 상점들을 지나 루돌프 레인에서 왼쪽 골목으로 들어갔다.

"불빛이랑 음악이 없으니까 이상하네요."

노먼이 말했다. 한나 역시 같은 생각이었다. 그 시끄럽고 요란한 크리스마스 캐럴이 그리울 순간이 올 줄은 정말 몰랐다.

"여기가 사무실이에요."

일반 크기의 2배에 달하는 트레일러로 이어지는 길목으로 접어들며 한나가 말했다.

"불이 켜져 있네요. 우리를 기다리고 있나 봐요."

"트레일러 멋진데요."

노먼이 말했다.

"정말 크죠? 방이 2개인데 그중 하나를 사무실로 쓰고 있다고 했어요. 거실에는 커다란 평면 TV도 있어요. 그걸로 스포츠 경기를 즐겨 보더라구요."

"래리가 스포츠팬이에요?"

"말도 말아요! 지난번에 마이크랑 같이 방문했을 때 우리와 이야기하는 중에도 TV 소리만 죽여놓고 화면은 그대로 켜놓더라니까요."

"그냥 평범한 팬이라면 한나가 자리를 뜰 때까지 아예 TV를 껐을 텐데 말이죠?"

"그래요."

역시나 눈치가 빠른 노먼에게 한나는 새삼 놀라고 말았다.

두 사람은 몇 개 안 되는 계단을 올랐고, 문 앞에 다다르자 한나를 위해 노먼이 옆으로 비켜서 주었다.

"래리?"

한나가 이름을 부르며 경쾌하게 문을 두드렸다.

하지만 안에서는 아무 소리도 들리지 않았다. 그저 텔레비전 소리를 들을 수 있을 뿐이었는데, 농구 경기인 듯했다.

"내가 해 볼게요."

노먼이 한나보다 더 세차게 문을 두드렸다. 그런 뒤 잠시 쉬었다가 다시 문을 두드렸다.

여전히 아무 기척도 느껴지지 않았다. 스포츠 해설자의 목소리와 관중들의 환호 소리만 들릴 뿐이었다.

"다시 해봐요."

한나가 말했다.

노먼은 주먹을 꽉 쥐고 더 힘차게 문을 두드렸고, 그 옆에서 한나는 목청껏 래리의 이름을 불렀다. 하지만 소용이 없기는 마찬가지였다.

한나는 노먼을 쳐다보았다.

"어떻게 하죠?"

한나가 물었다.

"글쎄요. 혹시 문이 열려 있는지 볼까요? 텔레비전 앞에서 깜빡 잠들어 버렸는지도 몰라요."

텔레비전 소리가 저렇게 큰데 과연 그 앞에서 잠이 들 수 있을까? 한나는 의아했지만, 노먼이 하자는 대로 잠자코 있었다. 하지만 노먼의 손 안에서 문의 손잡이가 손쉽게 돌아가는 것을 본 한나는 탄식을 지르고 말았다. 뭔가 유쾌하지 못한 기분이었다. 아니, 불길했다. 그저 기분 탓일까? 공원 안이 어둡고 황량해서? 아니, 뭔가 일이 잘못되었는지도 모른다. 어서 이곳에서 도망쳐야 하는지도 모를 일이다.

"왜 그래요?

한나가 노먼의 팔을 꽉 붙들자 그가 한나를 돌아보았다.

"모르겠어요. 그냥 좀 이상한 기분이 들어서요."

"뭐가요?"

"문이 열려 있잖아요. 밤에는 보통 잠가놓지 않나요."

"어차피 공원 입구를 잠갔으니까 사무실은 굳이 잠글 필요가 없다고 생각했나 보죠."

노먼이 말했다.

"그렇긴 하지만……. 근데 안에 들어가 봐야 할까요?"

"여기서 만나기로 한 거 아니었어요?"

"맞아요. 하지만……."

한나의 목소리가 미세하게 떨리고 있었다. 한나는 침을 꿀꺽 삼켰다. 이 불길한 기분은 여간해서는 사라질 것 같지 않았다.

"어서 들어가요, 한나. 추워요."

노먼이 문을 열자 사무실 안쪽에서 환한 빛이 뿜어져 나왔다. 그는 한나의 손을 사무실 안쪽으로 잡아당겼지만, 한나의 발은 좀처럼 움직이지 않았다. 이유는 모르겠지만, 정말이지 들어가고 싶지 않았다. 이건 마치 엄마가 안드레아를 데리고 롤러코스터를 타고 오라고 시켰을 때의 기분과 똑같았다. 그때의 짧은 롤러코스터 여정은 결국 악몽으로 끝났고, 한나는 자신의 장이 롤러코스터를 그다지 반기지 않는다는 사실을 깨달았다.

"내일 다시 오는 게 좋겠어요."

노먼이 부디 동의해 주길 간절히 바라며 한나가 제안했다.

"왜요? 래리가 금방 올 거예요. 불도 켜놓고 텔레비전도 켜놓았잖아요."

"주인이 없는 사무실에 들어가 있는 건 좀 무례하잖아요."

당장이라도 달아나고 싶은 충동을 가까스로 억누르며 한나가 말했다.

"문이 열려 있는 것으로 봐서는 우리 때문에 일부러 열어놓은 게 분명해요. 그러니 먼저 들어가 있어도 된다는 의미로 받아들여도 괜찮아요.

어서요, 한나. 추운데 언제까지 그렇게 서 있을 거예요?"

"알았어요."

한나는 노먼을 따라 안으로 들어가며 용기를 내기 위해 심호흡을 했다.

현관 안쪽의 왼편에 탁자가 놓여 있었는데, 그 위에 한나의 이름이 적힌 봉투 하나가 눈에 띄었다. 래리가 약속대로 수표와 영수증을 준비해둔 모양이었다. 한나는 봉투를 집어 가방에 넣고는 노먼을 따라 사무실 안쪽으로 더 깊숙이 들어갔다.

한나는 자신이 언제부턴가 숨을 쉬고 있지 않다는 사실을 깨달았다. 바보같이 들리겠지만, 무언가 불길한 느낌이 계속 가시질 않았다. 그래, 분명 뭔가 일이 있다. 그리고……역시!

"왜 그래요?"

충격에 갑자기 비명을 지른 한나를 노먼이 깜짝 놀라 돌아보며 물었다.

"TV요."

한나는 벽에 걸린 커다란 평면 TV를 가리켰다. 래리의 거대한 TV에는 심각한 문제가 있었다. 화면 이곳저곳이 정신없이 번쩍이고 있었던 것이다. 화면의 윗부분에는 구멍이 두 개 나 있었는데 그럼에도 불구하고, 화면은 전혀 아랑곳없이 마치 매혹적인 불꽃쇼처럼 계속 번쩍거렸다. 그 와중에도 TV의 해설자는 보이지도 않는 화면에 대해 열성적으로 재잘거리고 있었다.

화면에 난 구멍들은 마치 총알 자국 같다! 한나의 머릿속이 분주해지기 시작했다. 설마 래리가 경기 결과에 화가 난 나머지 TV를 총으로 쏴버린 것일까? 한나의 시선이 소파 앞 탁자에 가 닿았다. 감자칩과 소스 그릇이 놓여 있고, 그 옆에는 반쯤 남은 브랜디 병과 잔이 나란히 자리하고 있었다. 브랜디 잔 바닥에는 노란색의 액체가 조금 남아 있었다. 래리는 술을 마시고 있었던 것이 분명하다. 이쯤 되니 TV의 구멍에 대한 한나의 가설이 신빙성을 얻는 듯했다.

"기분이 좋지 않아요."

한나가 말했다.

"나도 그래요."

노먼이 대답했다.

"하지만 그렇게 이상할 것도 없어요. 우리 아버지는 즐겨 보시던 정책 회담 방송이 갑자기 취소되었을 때 TV를 향해 유리컵을 던지셨거든요."

노먼의 이야기를 들으며 한나는 사무실 안을 찬찬히 둘러보았다. 아무 기척도 느껴지지 않는다. 어딘가 물건이 부서지거나 깨진 흔적도 없다. 모든 게 완벽……

"한나?"

한나의 갑작스러운 침묵에 노먼이 걱정스러운 목소리로 그녀를 불렀다.

"무슨 일이에요?"

"저기."

한나가 간신히 목소리를 내며 현관문의 반대편을 가리켰다.

노먼이 그쪽을 향해 고개를 돌렸다.

"오."

그가 말했다.

"래리예요."

"그래요."

노먼이 양탄자 위로 엎어진 래리를 향해 살짝 다가섰다.

"커피 테이블 위에 브랜디 병이 있었어요. 술에 취해서 완전히 정신을 잃었나 봐요."

"아니면 죽었거나요."

한나가 갑자기 거칠어진 목청을 가다듬기 위해 또다시 침을 삼켜 내렸다.

"맥박을 재봐야겠어요."

한나는 뒤로 물러섰다. 누가 래리의 맥박을 잴 것인가의 문제에 대해 논의조차 하고 싶지 않았다. 래리를 만지는 것 자체가 싫었다. 대신 한나는 래리 옆에 무릎을 꿇고 앉는 노먼에게서 애써 시선을 돌렸다. 바닥에 떨어져 있는 자신의 접시를 발견한 것은 그때였다. 주변에는 미네소타 자두 푸딩 부스러기들이 널려 있었다. 현관문을 열어주러 나가는 그의 손에 접시가 들려 있었던 것이 분명하다.

"맥이 느껴지지 않아요."

노먼이 자리에서 일어서며 한나를 향해 말했다.

"죽었어요."

"죽었다구요?"

한나는 허망한 그 단어를 되풀이했다.

"마이크에게 전화해야겠어요."

노먼이 주머니에서 핸드폰을 꺼냈다.

"여기 있기가 그러면 밖에 나가 있어도 괜찮아요."

"혼자서요?!"

자신도 모르게 비명처럼 내지른 소리에 한나는 금방 후회하고 말았다. 하지만 래리가 어떻게 죽었는지도 모르는 상황에서 어둠 속에 홀로 서 있고 싶진 않았다.

"설마……살해당한 걸까요?"

한나가 물었다.

"모르겠어요. 래리의 몸을 돌려보면 알 것 같은데, 경찰이 올 때까지는 아무것도 건드리지 않으려구요."

"그래요."

한나는 벽에 몸을 기대어 심호흡을 한 뒤 래리의 모습을 볼 수 없도록 눈을 감았다. TV에서는 해설자가 농구 경기의 점수를 생중계하고 있었다. 사실 경기를 뛰고 있는 팀이 어디인지 한나에게는 중요하지 않았다. 하지만 의미 없는 중계에라도 귀를 기울이고 있어야 무엇 때문에 지금 당장 크레이지 엘프 크리스마스트리 공원으로 달려와야 하는지 마이크에게 설명하는 노먼의 이야기를 듣지 않을 수 있었다.

"그러니까 한나가 온 줄 알고 문을 열어준 것일 수 있다는 겁니까?"

"충분히 가능해요. 내가 수표를 받으러 올 것을 알고 있었거든요. 호텔에서 출발하면서 미리 전화도 했었다구요."

한나는 커피 테이블에 놓여 있던 주전자를 들어 마이크의 컵에 커피를 리필해 주었다.

"몇 시에 전화했습니까?"

"거의 9시가 다 되어서였을 거예요. 수화기 건너편에서 문 닫을 시간이 되었다고 방송하는 소리가 얼핏 들렸거든요."

"공원에 들어간 건 몇 시였구요?"

그러자 한나가 어깨를 으쓱해 보였다.

"아마 9시 30분 이후였을 거예요. 시계를 보지 않아서 정확히는 모르겠어요."

"내가 봤어요."

노먼이 나섰다.

"우리가 차에서 내릴 때 계기판에 시간이 9시 50분이었는데, 그게 5분 빠른 거였어."

"지각하지 않으려고?"

마이크가 물었다.

"그렇지. 너도?"

"당근이지."

한나는 지각에 관한 이야기에는 전혀 관심이 없었기에 마이크에게 또 다시 질문을 던졌다.

"래리는 총에 맞은 건가요?"

"검시관의 최종 결과를 기다리고 있습니다."

"나이트 박사님이 말씀해 주지 않으셨단 말이에요?"

한나는 자신의 귀를 의심했다.

"물론 말씀은 해 주셨죠."

마이크가 소파 위 한나의 옆자리에 앉은 노먼을 향해 고개를 돌렸다.

"공원에 들어왔을 때부터 본 것들에 대해 자세하게 설명해 봐."

"흠……음악도 주등도 모두 꺼져 있었고, 야간 비상등만 켜져 있었어. 문은 닫혀 있었지만, 잠겨 있지 않았기 때문에 우리가 들어갈 수 있었지."

"누군가 보거나 무슨 소리를 듣진 않았나?"

한나와 노먼은 동시에 고개를 가로저었다.

"아무도요."

한나가 대답했다.

"누군가 가게나 텐트 안에 숨어 있었을지도 모르겠어."

노먼이 의견을 냈다.

"하지만 실제로 우린 아무도 못 봤어."

"공원 안에 누군가의 기척도 없었나?"

"없었어요."

한나가 대답했다.

"물론 바람이 세차게 불고 있었으니까 그 때문에 소리가 묻혔는지도 모르겠어요."

"트레일러 주변에 발자국은?"

"전혀."

이번에는 노먼이 대답했다.

"바람에 계단이나 진입로에 쌓인 눈이 모두 날리고 없었거든."

"한나는 어떻습니까?"

마이크는 한나를 돌아보았고, 한나는 고개를 가로저었다.

"발자국이 있었으면 우리가 보지 못했을 리가 없어요."

"알았습니다."

마이크는 수첩에 무언가를 끼적였다.

"좋아요, 한나, 트레일러 안에 들어갔을 때 본 것을 자세히 설명해 봐요. 한나가 처음으로 받은 인상이 어땠는지 궁금하군요."

"노먼이 먼저 들어가고 난 그 뒤에 따라 들어갔어요. 그리고 발을 들여놓자마자 뭔가 이상하다고 생각했죠."

"왜요?"

"아무 이유 없었어요. 그때는 TV 화면이나 래리를 발견하기 전이었거든요."

"근데 한나의 살인사건 추적망이 작동을 했다는 거죠?"

마이크가 물었다.

"그랬다고 볼 수 있겠네요."

한나는 살짝 미소를 지었다. 살인사건 추적망은 살인사건 피해자를 곧잘 발견하곤 하는 한나를 두고 몇 달 전 노먼이 우스갯소리로 한 말이었다.

"처음 들어서자마자 왼쪽을 봤는데, 현관 옆에 놓인 테이블 위에 봉투가 놓여 있었어요. 겉면에는 내 이름이 적혀 있었고……어머!"

"왜 그래요?"

한나가 갑자기 조용해지자 노먼이 걱정스러운 듯 물었다.

"그게……내 이름이 적힌 걸 보자마자 당연히 래리가 나한테 주기로 약속했던 수표랑 영수증이겠거니 생각하고 가방에 집어넣었어요. 그건 곧 내가 사건 현장을 훼손했다는 뜻이잖아요!"

"그때까지는 그곳이 사건 현장인 줄 몰랐잖아요."

노먼이 바로잡아주었다.

"맞습니다."

마이크가 말했다.

"그 봉투 아직도 갖고 있습니까?"

"네, 줄까요?"

마이크가 고개를 끄덕이자 한나는 가방에서 봉투를 꺼냈다.

"여기요."

한나는 봉투를 마이크에게 건네주었다.

마이크는 봉투를 열어 안에 있는 종이들을 꺼냈다.

"쿠키단지 앞으로 된 수표랑 배달한 쿠키에 대한 영수증이군요."

"그럴 거라고 생각했어요. 증거품으로 그것도 필요한가요?"

한나가 물었다.

마이크는 잠시 골몰하더니 이내 고개를 가로저었다.

"그저 테이블 위에만 놓여 있던 거라면 괜찮을 겁니다. 이게 범인이랑 무슨 연관이 있을 것 같진 않거든요. 그래도 기록을 위해 복사는 해 두겠습니다."

"그럼 그 봉투랑 내용물, 내가 스캔해 두면 될까?"

노먼이 물었다.

"그래야 한나가 내일 수표를 은행에 가져갈 수 있잖아."

"그래."

노먼이 한나의 컴퓨터를 사용하기 위해 자리를 뜨자 마이크가 한나를 쳐다보았다.

"그리고 그 다음에는 뭘 보았습니까?"

"TV 화면에 구멍이 나 있었어요. 그리고 커피 탁자에 반쯤 남은 브랜디 병과 거의 비어 있던 잔이 있었구요. 그래서 난 처음에 래리가 술에 취해서 홧김에 자기 TV를 쏜 줄 알았어요."

"그때까지도 래리가 죽은 줄은 몰랐고요?"

"네, 그때까지도요. 별로 기분이 좋지 않다고 노먼에게 말했고, 노먼도 그렇다고 했어요. 그러면서 자기 아버지도 좋아하는 TV 프로그램이 예고 없이 취소됐을 때 TV를 향해 유리잔을 던진 적이 있다고 했어요."

"그래서 안심했습니까?"

"별로요. 계속 불길한 느낌이 들었거든요. 그러면서 사무실 안을 둘러보다가 바닥에 쓰러진 래리를 발견한 거예요."

"그럼 그때 노먼이 나에게 전화한 거로군요."

"그건 더 나중이었구요. 노먼이 먼저 래리의 맥을 짚어봤어요. 그런 다음에 마이크에게 전화한 거구요."

"좋아요. 고마워요, 한나."

마이크는 또다시 수첩에 무언가를 적기 시작했다.

"커피 더 마실래요?"

한나가 물었다.

"지금쯤이면 다 끓었을 거예요."

"좋죠."

한나는 열심히 메모를 하고 있는 마이크와 수표와 영수증의 스캔을 뜨고 있는 노먼을 놔둔 채 부엌으로 들어갔다. 그리고 다시 거실로 나왔을 때 노먼은 마이크에게 복사본을 건네고 있었다.

"래리가 총에 맞은 건지 아직도 우리한테 얘기 안 해줬어."

노먼이 상기시켰다.

"현장에서 몸을 뒤집어봤으면 금방 알았을 텐데. 그러지 않아줘서 고마워. 피해자를 포함해 사건 현장은 가능한 그대로 보존하는 것이 우리가 작업하기에 좋거든."

한나는 노먼의 질문에 대한 마이크의 대답을 기다렸지만 그는 쉽게 입을 열지 않았다. 아무래도 대답을 듣긴 어려울 듯했다. 마이크는 원래 사건에 대한 정보라면 쉽게 공개하지 않으니 말이다. 마이크에게서 정보를 들을 수 있는 것은 항상 교환 형식을 통해서였다. 한나가 먼저 정보를 던져주어야 마이크도 슬며시 공개하는 식인 것이다.

"혹시 래리의 불건전한 경영 방식이 사건과 연관이 있는지도 모르겠네요."

한나가 짐짓 정보를 흘려보았다.

그러자 마이크가 재빨리 그녀를 향해 고개를 돌렸다.

"불건전한 경영 방식이라니요?"

"바스콤 시장님께 여쭤보는 게 좋을 거예요. 저보다 더 잘 설명해 주실 테니까요. 그나저나 래리는 어떻게 살해당한 거예요?"

"기밀입니다."

"별로 오래가지 않을 걸요."

한나가 자신 있게 입을 열었다.

"나이트 박사님의 야간 구급차 운전사가 미니 홀츠마이어의 아들이잖아요. 그 아들은 O' Dark-Thirty 뉴스의 제이크와 켈리들과 어울리고 있구요. 그 소식이 KCOW 방송에서 전파를 타기까지 과연 시간이 얼마나 걸릴 것 같아요?"

마이크는 잠시 생각하는 듯하더니 이내 한숨을 내쉬었다.

"총알이 심장을 관통했습니다. 소형 권총으로 쏜 것 같아요. 아마 22 구경쯤? 하지만 박사님이 찾아낸 총알을 과학수사대가 검사하기 전까지는 확실한 건 모릅니다."

"그럼 범인이 래리를 쏘고, 또 TV를 쏜 건가?"

노먼이 물었다.

"그 순서대로요?"

한나가 질문을 덧붙였다.

"아마 그럴 겁니다."

마이크가 대답했다.

"재거 씨가 한나인 줄 알고 문을 열었는데, 다른 사람이 서 있었고, 그 사람이 방아쇠를 당기자 재거 씨가 도망가려고 뒤로 물러나다가 총에 맞은 것으로 보여요."

"몇 발이나 쐈을까요?"

한나가 물었다.

"딱 한 발이요. 총알이 들어간 흔적은 찾았는데, 나온 흔적은 발견하지 못했습니다. 재거 씨가 쓰러지고 난 뒤 범인이 TV 앞으로 가서 화면을 향해 세 발을 더 쏜 듯합니다."

"범인이 도대체 무엇 때문에 TV를 쏜 건지 궁금하네요."

한나가 말했다.

"범인을 잡을 때까지는 알 수 없죠."

마이크가 씩 웃었다.

"물론 내 나름의 가설이 하나 있긴 합니다만."

"그게 뭔데?"

노먼이 물었다.

"경기 진행 상황이 마음에 안 들었던 거죠. 닉스(뉴욕의 농구팀)가 이긴 것을 두고 다들 기적이라고 하지 않습니까."

마이크는 한나가 커피와 함께 가져온 쿠키로 손을 뻗었다. 그는 쿠키를 한 입 베어 물더니 조금 놀란 표정을 지었다.

"바나나?"

"네, 바나나 초콜릿 칩 쿠키 레시피를 시험해 봤어요. 리사가 사촌인 메리 테레스에게서 받은 레시피인데, 어때요?"

"난 좋은데요."

한나가 접시를 내려놓자마자 이미 한 개 집어 맛을 본 노먼이 말했다.

"바나나랑 초콜릿이 정말 잘 어울려요."

"이건 말할 필요도 없습니다!"

마이크가 한나를 향해 미소를 짓고는 노먼을 돌아보았다.

"피를 굉장히 많이 흘렸던데, 숨이 끊어지기까지 얼마나 걸렸는지 모르겠어."

"얼마나 흘렸길래?"

"아마 1쿼트(약 1.14리터)는 될 거야. 양탄자 위에 핏자국이 농구공보다 컸거든. 우유 1쿼트를 쏟으면 아마 그 크기쯤 번지지 않을까."

"흠……어디 보자."

노먼은 한나에게 노트와 펜을 요청했고, 한나는 만약을 위해 전화기 옆에 항상 보관하는 노트를 꺼내 건네주었다.

"심장의학 시간에 배운 것을 내가 제대로 기억하고 있는 거라면, 성인의 심장은 한 번 뛸 때마다 대략 70밀리리터의 피를 송출하니까, 1쿼트의 피를 흘리려면 적어도 15초가 걸려."

한나는 더 이상 참을 수 없었다. 정말이지 지금의 주제는 끔찍하기 짝이 없었다.

"잠깐 멈춰봐요."

한나가 굳은 표정으로 두 남자를 바라보았다.

"이렇게 맛있는 쿠키를 먹으면서 래리의 시체나 양탄자 위에 쏟은 1쿼트의 피 이야기나 할 거면 난 침실에 들어가서 TV나 볼래요."

"미안해요."

노먼은 정말 미안한 듯했다.

"침실에도 TV가 있는 줄 몰랐군요."

반면 마이크는 조금도 미안한 기색이 아니었다.

"없어요. 그냥 이제 그런 이야기는 그만들 해줬으면 해서요."

"알았습니다. 여기서 그만하죠."

마이크가 자리에서 일어나 수첩을 주머니에 넣고는 크리스마스트리를 흘끗 쳐다보았다.

"저거 장식할 건가요? 전구도 없고, 더군다나 벽에 고정되어 있는 끈 때문에 너무 황량해 보이잖아요. 근데 저 끈들은 도대체 뭡니까?"

"모이쉐 때문에요."

한나가 설명하기 시작했다.

"트리를 넘어뜨릴까 봐요?"

"이미 한 번 넘어뜨렸어요. 오늘 새벽에요."

마이크는 소파 뒤쪽에 앉아 열심히 세수를 하고 있는 피고인을 쳐다보았다.

"자, 우리 새들처럼 정답게 이야기나 나눠볼까, 친구."

"'새'란 단어는 꺼내지 말아요."

한나가 씩 웃었다.

"그 단어만 나오면 녀석이 흥분하거든요."

"좋아요, 남자 대 남자로 얘기해 볼게요. 됐죠?"

마이크가 소파 뒤쪽으로 가서 불량한 고양이를 안아 올린 뒤 무릎에 앉혔다.

"저기 구석에 서 있는 건 엄마의 크리스마스트리야."

모이쉐는 정말로 마이크의 이야기에 귀를 기울이고 있는 듯했다.

"그러니 저건 그냥 놔둬야 해. 너한테는 키티 콘도가 있잖아. 노먼 삼촌이 사줬잖아, 그렇지? 크리스마스트리는 엄마의 장난감이니까 넌 네 장난감만 갖고 놀아야 해."

모이쉐는 마이크를 몇 초간 뚫어져라 응시하더니 이내 입을 쩍 벌려 하품을 했다.

"좋아."

마이크가 다시 입을 열었다.

"네가 잘 이해했다니 다행이야. 앞으로는 착하게 굴기로 약속했으니까 다음번에 올 때는 새 장난감을 하나 갖다 줄게."

모이쉐는 또다시 하품을 했다. 한나는 과연 모이쉐가 마이크의 말뜻을 전부 알아들었는지 시험해 봐야겠다고 생각했다. 어쩌면 경찰 대 고양이의 대화가 정말로 성공을 거두어 연휴 동안 한나의 크리스마스트리가 무사할 수 있을지도 모르겠다.

"그만 가봐야겠어."

마이크가 모이쉐의 볼을 살살 긁어주었다.

"내가 한 말 명심해, 친구."

노먼이 자리에서 일어나 마이크의 뒤를 따랐다.

"내가 배웅해줄게."

노먼이 말했다.

"마침 할 말도 있거든. 잠깐이면 돼."

마이크가 밖으로 나서자 노먼 역시 밖으로 나간 뒤 등 뒤로 문을 닫았다. 한나는 두 사람이 도대체 무슨 이야기를 하려고 하는 걸까 너무나 궁금했다. 두 사람만의 사적인 대화를 엿듣는 것은 안 될 일이다. 그건 훔쳐 듣는 것이나 마찬가지이니 말이다. 하지만 현관과 아주 가까운 곳의 양탄자에 먼지가 묻은 것이 눈에 띄었다. 이런, 두 사람 중 누군가 현관 밖에 놓인 매트에 신발을 제대로 털고 들어오지 않은 모양이었다.

커피 탁자에 놓여 있던 냅킨으로 무장을 한 채 한나는 양탄자로 서둘러 접근했다. 정확히 어느 지점이었는지 다시 보니 잘 기억이 나지 않았지만, 양탄자 위를 찬찬히 더듬어가다 보면 찾을 수 있을 것이다.

두 사람의 대화를 들을 수 있게 된 건 그저 우연일 뿐이다. 적어도 한나의 생각은 그러했다. 일부러 엿들으려고 한 건 결코 아니었다.

"자네 어머니를 절도 혐의로 고소한 건 아니라구."

마이크가 말했다.

"나도 알아. 한나가 얘기해 줬으니까."

노먼이 말했다.

"난 단지 어머니가 쇼핑몰에서 가져오신 물건들은 분명히 모두 제대로 값을 지불한 물건들일 거라는 사실을 말하고 싶을 뿐이야. 어차피 청구서가 날아오면 확인할 수 있을 거야. 어머니가 온라인으로 송금하는 걸 매번 내가 도와드리니까."

"그러면 충분해. 난 단지 그 많은 신발들을 보고 걱정이 되었을 뿐이니까. 그러니까……자네 어머님은 어째서 한 번에 여섯 켤레나 되는 신발들을 사신 거야?"

"만나는 분이 계시거든. 잘 보이고 싶으셨을 거야."

노먼이 설명했다.

"그래서 옷도 그렇게 많이 사신 것 같아."

"그 행운의 사나이가 도대체 누구길래?"

"우리도 몰라. 샐리의 레스토랑에서 커튼이 쳐진 부스에 앉아 계셨거든. 우리가 본 거라면 두 사람의 발뿐이야."

그러자 마이크가 웃음을 터뜨렸다. 그는 꽤 즐거운 듯했다.

"도대체 뭘 한 거야? 바닥을 기기라도 했나?"

"아니, 한나가 가방을 떨어뜨렸고, 우리가 물건을 줍는 척했지."

"오, 그거 기발한 방법인데. 다음번에 부스 자리에 커튼을 치고 앉을 일이 생기면 꼭 염두에 두고 있어야겠어."

한나는 얼굴을 찌푸렸다. 다음번에? 그 말은 마이크가 누군가와 커튼을 친 부스 자리에 앉았던 적이 있었다는 거잖아!

"어쨌든 덕분에 어머니가 요즘 들어서 왜 나와의 저녁식사를 바쁘다고 거절하시는지 알게 됐어."

"심각한 사이 같아?"

"모르겠어. 한나는 그렇게 생각하고 있지만."

"한나는 왜 그렇게 생각하는데?"

"웨이트리스가 그 자리로 샴페인 병을 나르는 걸 봤대. 어머니는 굽이 정말 높은 빨간색 샌들을 신고 계셨고."

"흐음."

마이크는 잠시 말이 없었다.

"한나의 생각이 맞을지도 모르겠군."

그가 결론을 내렸다.

"자네는 어때? 그래도 괜찮은 건가?"

"어머니의 돈을 보고 온 사람이 아니라면야 괜찮지. 미망인의 연금을 노리고 접근하는, 얼굴만 반질반질한 사내들 이야기 흔하잖아. 한나의 어머님만 해도 같은 경우로 큰 곤욕을 치르실 뻔했었지."

"그럼 앞으로 어떻게 할 생각이야?"

"그 남자가 누구인지 알아보려고. 원래는 공원에서 돌아오는 길에 어머니 집 옆을 지나면서 혹시 그 남자 차가 주차되어 있으면, 번호판을 확인해 보려고 했는데, 래리의 시체가 발견되는 바람에 자네를 만났고, 진술 때문에 곧장 이리로 오게 되었잖아."

"그럼 내가 경찰서로 돌아가는 길에 어머님 집 옆을 지나가볼게."

마이크가 제안했다.

"그러면 돌아가야 하지 않아?"

"뭐 어때? 자넨 내 친구고, 나도 자네 어머님을 좋아하니 말이야. 돈 때문에 남자에게 이용당하시는 건 나도 참을 수 없거든."

한나는 후다닥 현관에서 물러나 탁자를 닦기 시작했다. 노먼이 곧 다시 들어올 텐데, 양탄자 위에 엎드린 모습을 들키고 싶지 않았다. 하지만 거실과 부엌을 오가며 커피잔과 접시들을 식기세척기에 넣으면서도 한나의 머릿속은 온통 도대체 언제 마이크가 커튼 부스 자리에 앉아 보았을까, 과연 누구랑 동석을 한 것일까 하는 생각뿐이었다.

바나나 초콜릿 칩 쿠키

오븐은 205도로 예열하세요. 틀은 오븐의 중앙에 둡니다.

재료

부드러운 버터 1컵(220g) / 슈가 파우더 1과 1/2컵

레몬액 1/2티스푼 / 으깬 바나나 1/2컵 / 베이킹파우더 1티스푼

소금 1/4티스푼 / 밀가루 2컵(컵에 가득 담아 측정하세요)

중간 달기의 미니 초콜릿 칩 6온스(1컵쯤 될 겁니다)

한나의 메모: 믹서기가 있으면 작업이 훨씬 편합니다.

만드는 법

1. 부드러운 버터에 슈가 파우더를 넣고 잘 섞습니다. 슈가 파우더는 큰 덩어리가 눈에 보이지 않는 이상 체질할 필요는 없습니다. 만약 체질을 했으면 1컵에 가득 담아 측량해야 합니다.

2. 레몬액을 1/2티스푼 넣고 다시 섞습니다.

3. 바나나 껍질을 벗겨 듬성듬성 자릅니다. 자른 바나나를 위의 혼합물에 넣어 잘 으깨줍니다.

4. 베이킹파우더와 소금을 넣고 다시 골고루 섞습니다.

5. 밀가루를 1/2컵씩 넣고 한 번씩 넣을 때마다 잘 반죽합니다.

6. 마지막으로 반죽에 초콜릿 칩을 넣습니다.

7. 쿠키 틀 위에 쿠킹호일을 덮은 뒤 들러붙음 방지 스프레이를 뿌립니다.

8. 티스푼으로 쿠키 반죽을 떠서 틀 위에 올려놓습니다. 반죽 사이 간격을 2인치(5cm) 정도로 두면 12개를 올릴 수 있을 겁니다.

9. 철제 주걱이나 깨끗하게 씻은 손으로 반죽을 눌러줍니다.

10. 205도에서 8~10분간 굽습니다. 윗부분이 노릇노릇해졌으면 잘 구워진 것입니다. 오븐에서 틀을 꺼내 2분간 식힌 뒤 쿠킹호일째 들어 식힘망으로 옮겨 완전히 식힙니다.

메리 테레스의 힌트:

버터는 꼭 부드러워야 하기 때문에 난 하루 전에 미리

냉장고에서 꺼내두었어. 바나나를 좋아하면 2개를 넣어도 좋지만,

대신 밀가루를 조금 더 넣어야 한다는 걸 잊지 마.

(리사에게 보낸 레시피에 직접 메모한 내용이랍니다)

　새벽 4시에 알람이 울리자 한나는 자리에서 일어나 눈을 비볐다. 사무실의 양탄자 위에 엎어진 래리의 모습이 꿈속에서도 한나를 괴롭혔다. 그를 평소 그렇게 좋아한 건 아니었지만, 그래도 죽음이라니, 끔찍했다.

　이제 일어나서 옷을 갈아입고 운전을 할 수 있을 정도의 정신을 차리기 위한 커피를 섭취한 다음 쿠키단지로 달려가 산더미 같은 쿠키들을 구워내야 한다. 사람들이 래리 재거의 소식을 듣고, 그 현장을 노먼과 한나가 최초로 발견했다는 사실을 알게 되면 또다시 가게로 구름처럼 몰려들 것이 불 보듯 뻔했다.

　한나는 슬리퍼에 두 발을 꿰어 넣고, 곧장 부엌으로 향했다. 커피 한 잔이면 아침마다 한나를 괴롭히는 이 몽롱함이 금세 사라져 버릴 듯했다. 오늘 아침은 평소보다 더 심각했다. 아마도 어젯밤에 노먼과 크리스마스 트리를 장식하느라 늦게 잠이 든 탓일 것이다.

　복도를 중간쯤 지났을까 거실 쪽에서 쿵 하는 소리가 들렸다. 뒤이어 울음소리와 비슷한 나지막한 소리도 들려왔다. 처음에 한나는 도대체 어디서 나는 소리일까 의아했지만, 한나의 발걸음이 거실과 가까워질수록 전에 들어본 적이 있는, 아주 친숙한 소리들이 연속해서 한나의 귓가를 때렸다. 이건 세계 제2차대전 당시 미국병사가 멀리서 들려오는 대공 포화 소리를 묘사했던 것과 아주 흡사한 소리였다. 단지 지금 것은 멀리서 들려오는 것이 아니라는 사실만 달랐을 뿐이다. 이건 거실에서 나는 소리다. 그리고 당연히 이건 무슨 폭탄 소리가 아닐 것이다. 마치 공포영화의 전주곡처럼 한나의 고양이가, 적어도 녀석의 상상 속에서 펄쩍 뛰어올라, 뭔가를 덮치고, 마침내 사냥감을 오작오작 즐기기 직전에 목 깊숙한 곳에서 내는 소리였다.

한나는 서둘러 모퉁이를 돌아 결정적인 순간의 녀석과 맞닥뜨렸다. 녀석은 거실 구석에서 펄쩍 뛰어오를 준비를 하고 있었다. 한나는 녀석의 목표물이 무엇인지 순간 알아채고 말았다. 그건 바로 증조할머니 엘사의 새들이었다. 그 사랑스러운 홍관조와 눈처럼 새하얀 비둘기들……

"어-오!"

한나는 꿍 소리를 냈다. 그러고는 거실에서 벌어진 처참한 대학살의 풍경에 한나는 공중파 방송에서는 삐삐 소리로 대체했을 만한 욕설들을 중얼거렸다. 끈과 실로 연결되어 있던 새의 다리 몇 개와 하얀색과 빨간색의 깃털들이 여기저기 널려 있었고, 새의 눈으로 장식되어 있던 검정색 구슬은 커피 테이블 위를 굴러다니고 있었다. 그 참혹한 광경에도 한나는 웃음이 터져 나올 뻔했다. 버드 아이 메이플(Bird's eye maple) 목재로 만든 커피 테이블 위에 진짜 새의 눈이라니. 이런 재미난 우연이 있을까. 하지만 증조할머니인 엘사가 직접 털을 염색하고 손으로 다듬어 만든 홍관조와 비둘기들을 그 고손(손자의 손자) 뻘인 모이쉐가 순식간에 망쳐 버렸다는 생각이 들자 씁쓸함이 밀려왔다.

한나는 난폭한 사냥꾼을 찾아보았지만, 녀석은 이미 거실에서 사라진 뒤였다. 연기처럼 사라져 버린 모이쉐의 뒤로 하얀색 깃털 한 개만이 텔레비전 위에 사뿐히 내려앉고 있을 뿐이었다.

먼저 치우고 난 뒤에 커피를 마실까? 아니면 커피를 마시고 나서 치울까? 한나에게는 고민할 필요가 없는 문제였다. 한나는 처참한 현장에서 눈길을 돌리고, 발길을 돌려 곧장 거실을 빠져나가 부엌으로 향했다.

"소식 들었어요."

한나가 쿠키단지의 작업실로 들어서자 리사가 말했다.

"제이크와 켈리?"

리사가 고개를 끄덕이고는 한나를 위해 갓 내린 커피를 한 잔 따랐다. 그러고는 한나가 앉아 있는 스테인리스 작업대 앞으로 커피를 가져다주며 살짝 한숨을 내쉬었다.

"아마 어제는 그럴 정신이 없었을 것 같은데—."

리사가 말을 끝내기도 전에 한나는 가방에서 봉투를 꺼내 리사에게 건네주었다.

"우리를 기다리고 있었나 봐. 현관 옆 탁자에 올려뒀더라구."

"고마워요."

리사는 봉투를 외상 매출금을 보관하는 파일로 가져갔다. 살인사건 현장에서 나온 수표라는 사실이 조금 걸리는 듯했지만, 경영은 경영이기에 리사도 어쩔 수 없었다.

"오늘은 뭘 구울까?"

한나가 커피를 홀짝이며 물었다.

"있는 대로 전부 다요. 사람들이 물밀 듯 밀려올 테니까요. 하지만 걱정하지 않으셔도 돼요. 제가 벌써 시작을 했거든요. 힘을 낼 수 있게 초콜릿부터, 어때요?"

"좋은 생각이야. 어떤 종류로 구웠는데?"

"초콜릿 칩 크런치 쿠키, 독일식 초콜릿 케이크 쿠키, 데스퍼레이션 쿠키, 그리고 프로스팅 스플래터요."

"프로스팅 스플래터?"

232

한나는 처음 들어보는 이름이었다.

"그건 뭐야?"

"저희 엄마가 프로스팅이 남았을 때 즐겨 만드셨던 쿠키예요. 그냥 소다크래커를 소금이 발린 쪽을 밑으로 향하게 해서 엎은 다음에—."

"잠깐."

한나가 손을 들었다.

"스플래터가 뭐야?"

"엄마가 소다크래커 4개가 한 봉투에 들어 있던 것을 그렇게 부르셨어요. 상자에 그런 식으로 포장되어 있잖아요, 기억나요?"

"물론 알지. 근데 그걸 스플래터라고 부르는 건 처음 들어."

"아마 엄마만의 단어였던 것 같아요. 소다크래커는 쪼개서 먹으니까 split이고, 또 납작하니까 platter라고 해서 그걸 합쳐서 부르신 거죠."

"말이 되는데."

"근데 이제는 스플래터라고 부를 수 있는 크래커는 나오지 않는 것 같아요. 아직 팔고 있다고 해도 빨간 부엉이 식료품점에는 들여놓지 않았을 걸요. 거기에는 개별 포장된 크래커를 팔고 있으니 스플래터라고 부를 수 없잖아요."

"그 프로스팅 스플래터라는 거, 맛보고 싶은걸."

리사는 서둘러 조리대로 가 프로스팅 스플래터 3개를 가져왔다. 한 개는 소다크래커 위에 독일식 초콜릿 케이크 쿠키의 프로스팅을 얹은 것이었고, 한 개는 카푸치노 쿠키에 사용하는 모카 프로스팅을 얹은 것, 그리고 다른 한 개는 초콜릿을 입힌 체리 쿠키에 사용하는 프로스팅을 얹은 것이었다.

"소금이 발린 면이 무척 달콤해졌죠?"

한나가 처음 집은 프로스팅 스플래터를 다 먹고 나자 리사가 물었다.

"정말이야. 완벽해."

한나는 두 번째 쿠키를 집어 순식간에 입속에 넣었다.

"자, 이제 작업할 준비 되셨어요?"

"그래."

"좋아요. 어젯밤에 의논한 사안이 하나 있는데, 한나가 승인해 주길 바라요. 사실 제가 '행복의 크리스마스' 단체 소속 가족들에게 한 가족당 쿠키 한 상자씩 제공해 주겠다고 했거든요."

"'행복의 크리스마스'가 뭐야?" 한나가 물었다.

"아빠, 엄마의 형편이 어려워서 크리스마스를 제대로 즐길 수 없는 아이들을 위한 일종의 자선단체예요. 크리스마스 이브에 남자들이 산타 복장을 하고 집집마다 다니면서 음식과 선물을 주는 거죠."

"마음에 드는데. 그런 거라면 기꺼이 제공해야지."

"한나도 동의할 줄 알았어요. 어젯밤에 한나 어머님과의 통화에서도 그렇게 말했어요."

"우리 엄마가 리사한테 전화를 하셨어?"

"네, 한나가 아직 노먼과 저녁식사에서 집에 돌아오지 않은 모양이라면서 대신 저한테 전화하셨어요. 아마 그때쯤이 한나가……발견했을 때겠네요……래리의."

"그래, 아마도."

"아무튼 한나 어머님과 로드 부인도 함께하시겠대요."

한나는 인상을 찌푸렸다.

"설마 음식 만들기에 적극 참여하시겠다는 건 아니겠지?"

"그건 아닐 거예요."

"다행이야!"

"그게 무슨 말씀이세요?"

리사가 물었다.

"엄마가 요리를 하는 건 오직 레스토랑이 모두 문을 닫았을 때뿐이거든. 그것도 매번 하와이언 항아리 로스트 아니면 이지 라자니아, 둘 중 하나야."

"로드 부인은요? 부인도 요리를 못하세요?"

"로드 부인은 요리를 하시지. 노먼이 독립하기 전까지만 해도 식사를 챙겨주셨으니까."

"혹시 노먼이 독립을 한 이유들 중 하나가 그것 때문?"

"아마도. 로드 부인은 사람들의 식단을 변화시키는 것이 당신 인생 최대의 임무라고 생각하는 분이시니까. 저염에 저지방, 무미한 맛의 밀가루 음식에 레이크 에덴에서는 결코 흔히 볼 수 없는 이국적 야채들을 곁들여 먹는 식단을 신봉하고 계시잖아."

"오, 그렇다면……음식 나를 바구니만 제공해 주시겠다고 한 것이 오히려 다행이네요."

"천만다행이지."

한나는 자리에서 일어나 커피잔을 싱크대로 가져갔다.

"시작해 볼까."

"좋아요. 오늘 찾아오는 손님마다 한나에게 래리의 시체를 발견한 일에 대해 물어보겠죠?"

"이번에도 대신 이야기해 줄래?"

한나가 물었다. 리사가 스토리텔러를 자청해 준다면 한나는 작업실에 잠시 피신해 있을 수 있다.

"그럴게요. 대신 그때 상황을 자세하게 이야기해 주세요. 작업하면서 들으면 되겠어요. 아침에만 100상자에 가까운 쿠키들을 구워야 하는데, 서두르지 않으면 시간이 없을 테니까요."

프로스팅 스플래터

재료

어떤 종류의 프로스팅이든 상관없이, 여유분의 프로스팅

4개들이 포장이 되어 있는 소금기 있는 소다크래커(이런 형태의 크래커가 없다면 개별 포장의 크래커도 상관없답니다)

만드는 법

쿠키 틀이나 작업대, 혹은 접시 위에 소금이 발린 쪽으로 크래커를 엎은 뒤, 소금이 발리지 않은 쪽에 프로스팅을 엎습니다.

주의: 프로스팅을 모두 소진할 때까지 만들어 주세요.

리사의 메모: 아이들뿐 아니라 어른들도 무척 좋아한답니다. 프로스팅이 발린 케이크를 먹기 전에 애피타이저 형식으로 몇 개 미리 내어도 좋아요.

뒷문에 노크소리가 들리자 한나는 한숨을 내쉬었다.

"엄마일 거야. 아침에 출근하시면서 KCOW 방송을 들으신 거겠지. 이제 노먼까지 끌어들이는 거냐고 야단하실 게 분명해."

"노먼과 같이 현장을 발견한 것 때문에요?"

리사가 물었다.

"그래, 나의 이런 습성을 엄마가 어떻게 생각하시는지 리사도 잘 알잖아."

"습성이요? 한나 어머님이 그렇게 말씀하세요?"

리사가 킥킥거렸다. 한나는 리사가 아직 어린 나이라는 사실을 새삼 깨달았다.

"적어도 엄마 친구들 중에 나같이 시체를 찾아다니는 딸을 두고 있는 사람은 없으니까."

"물론 아주 틀린 말씀은 아니세요. 한나는 뭔가 타고난 재주가 있는 것 같거든요."

"재주? 그건 엄마도 한 번도 표현하지 않은 단어인 걸."

또다시 노크소리가 들렸다. 아까보다 더 큰 소리였다. 한나는 마침내 자리에서 일어났다.

"얼른 열어드려야겠어."

"좋은 아침, 얘야."

한나가 문을 열고 작업실 안으로 안내하자 엄마가 안으로 들어오며 인사를 건넸다. 얼굴에 미소가 가득한 것으로 보아선 아직 소식을 듣지 못한 듯했다.

"학교 가는 길에 들러보았다."

"잘 오셨어요, 엄마. 커피 한 잔 드릴까요?"

"같이 하자꾸나. 안 그래도 아침에 식사할 짬이 없었거든. 혹시 쿠키좀 있느……?"

시선이 식힘망 위에 가득한 갓 구운 쿠키들에 닿은 엄마는 즉시 하던말을 멈추었다.

"내가 너무 바보 같은 질문을 했구나. 쿠키 가게에 쿠키가 없을 리가있나!"

"보글스랑 건포도 드롭, 스파이시 드림, 그리고 오렌지 줄리어스 쿠키도 있어요."

리사가 식힘망에 자리하고 있는 쿠키들을 하나하나 일러주었다.

"오렌지 줄리어스 쿠키? 그건 먹어본 적이 없는 것 같구나."

"그러실 거예요."

한나가 말했다.

"안드레아의 친구인 캐시 브런스에게서 받은 레시피거든요. 오늘 처음구워본 거예요."

리사가 냅킨에 쿠키 2개를 담아 엄마 앞에 내려놓았다.

"전 홀에 나가서 문 열 준비를 할게요."

리사가 회전문으로 향했다.

"재밌게 놀다가 가세요, 스웬슨 부인."

"리사는 아주 어렸을 적부터 보아 왔는데, 언제 봐도 예의가 바르구나."

리사가 자리를 뜨자마자 엄마가 말했다.

"어떻게 해야 리사가 나를 딜로어라고 부르겠니, 아니면 어머니도 괜찮다만."

"아예 입양하시는 방법도 있죠."

"그런 방법도 있겠구나."

엄마가 웃음을 터뜨리며 말했다.

"아주 재밌구나, 얘야."

엄마의 커피잔에 커피를 따르며 한나는 어떤 선택을 할 것인지 고심했다. 엄마가 라디오에서 소식을 들으실 때까지 잠자코 기다릴 것인가, 아니면 지금 바로 터뜨려 버릴 것인가. 어느 쪽을 선택하든 엄마는 화를 내실 것이 뻔했다. 하지만 그래도 당사자에게서 직접 듣는 것이 조금 덜 마음 상하시지 않을까.

"래리 재거에 대한 소식은 아직 못 들으셨나 봐요."

한나가 엄마 앞에 커피잔을 내려놓으며 자진해서 불구덩이로 뛰어들었다.

"래리 재거 소식이라니?"

"어젯밤에 살해당했어요."

한나는 곧 이어질 엄마의 탄식을 기다렸다. 탄식이 쏟아지고 나면 그대로 밀고 나갈 작정이었다. 마침 좋은 아이디어가 떠올랐기 때문이다. 비록 쓰러져 있는 래리를 발견하긴 했지만, 그가 실제로 죽었다는 사실을 확인한 것은 노먼이지 않은가.

"노먼이 사무실 바닥에 쓰러져 죽어 있는 래리를 발견했어요."

"노먼이?!"

엄마는 입을 떡 벌리고 한나를 쳐다보았다.

"지금 노먼이 래리의 시체를 발견했다고 했느냐?"

"네, 어젯밤에 호텔에서 같이 저녁을 먹고 어제 오후에 배달한 쿠키에 대한 대금을 받으러 크레이지 엘프에 함께 들렀거든요. 예정보다 조금 일찍 도착하긴 했지만 래리가 미리 문을 열어놨기 때문에 안에 들어가는 건 쉬웠어요. 사무실 문을 두드렸는데 대답이 없더라구요. 그래서 잠깐 자리를 비웠나 보다 생각하고 안에 들어가서 기다리자고 했죠. 노먼이 먼저 안으로 들어갔다가 바닥에 쓰러져 있는 래리를 발견했어요."

"가엾은 노먼!"

엄마는 한숨을 내쉬며 고개를 설레설레 저었다.

"너무 끔찍했겠구나."

"그래도 그렇게 크게 충격을 받은 것 같진 않아요."

대화의 흐름에 만족해하며 한나가 말했다.

"아마 제가 같이 있었기 때문에 그렇지 않았을까요."

"아마 그 애가 치과의사라서 그랬을 게다."

엄마가 한나의 의견에 반박했다.

"치과의사랑 그게 무슨 상관인데요?"

"생각해 보거라, 애야. 치과의사들은 그래도 피를 보거나 징그러운 것들을 보는 일에 익숙할 게 아니냐. 불쾌하긴 하지만, 그래도 여러 번 겪어본 일일 게다."

엄마가 커피를 한 모금 마셨다.

"어쨌든 다른 사람에게서 듣기 전에 네가 미리 말해 줘서 고맙구나. 혹시 캐리도 알고 있느냐?"

"모르겠어요. 마이크가 어제 늦은 시간에 진술을 받아갔기 때문에 노먼이 어제는 연락을 못 드렸을 것 같고 아마 오늘 아침에는 전화로 말씀 드렸지 싶어요."

"그래, 그랬겠구나."

엄마가 동의했다. 하지만 친구에게 직접 그 충격적인 소식을 전하지 못하게 된 것이 내심 서운한 듯 보였다. 엄마는 커피를 또 한 모금 마셨다. 그러더니 뭔가 큰 충격을 받은 듯 세심하게 다듬은 눈썹을 역시나 세심하게 다듬은 헤어스타일을 향해 치켜 올렸다.

"왜 그래요, 엄마?"

"방금 생각이 난 건데, 낸시에게 알려줘야겠다."

"낸시요?"

"닥터 러브 말이다. 우리 정말 절친한 친구 사이가 됐단다, 얘야. 물론 나이는 나보다 상당히 어리지만 공통점이 참 많거든."

"어떤 거요?"

한나가 물었다.

"도르카스(루터교에서 믿는 성녀) 모임이랑 레이크 에덴 역사학회. 얼마 전에 우리 레전시 로맨스 클럽에도 가입했단다. 아, 행복의 크리스마스 단체도 있구나. 사실 거기서 처음 만났지. 그 단체는—."

"리사한테 들었어요."

엄마가 가입 권유를 해오기 전에 한나가 말을 잘랐다.

"낸시 말이 나를 엄마처럼 의지하겠다고 하더구나. 나같이 자상한 사람은 본 적이 없다면서 말이다."

나와는 조금 의견이 다른 걸. 한나는 생각했다. 물론 엄마 앞에서 정말 그렇게 얘기할 순 없었다. 사실 진심은 아니다. 한나는 무엇보다 엄마를 사랑하고 존경했다. 하지만 이러한 예기치 않은 결론 역시 한나는 입 밖에 낼 수 없었다.

"왜 그러니, 얘야? 어디 불편해 보이는구나."

"아무것도 아니에요, 엄마."

한나는 애써 미소를 지었다.

"아무튼 낸시를 만나야겠어. 아마 아직 소식을 듣지 못했을 게야. 오래 있진 않을 거다, 약속하마."

한나는 살짝 얼굴을 찌푸렸다. 왜 엄마가 굳이 나한테 닥터 러브를 만나는 시간이 그리 길지 않을 거라고 일러주는 걸까? 그래니의 앤티크 가게는 항상 루앤이 일찍 출근해 문을 열기 때문에 로드 부인이나 엄마는 편한 시간에 아무 때나 출근해도 상관없었다. 엄마의 시간은 그야말로 엄마가 쓰기 나름이었다. 학교에서 반 친구들과 수다를 떨며 언제까지든 눌러앉아 있어도 상관없는 일이었다.

"낸시는 매일 아침 8시부터 10시까지 사무실에 있으니까, 우리가 지금 가면 만날 수 있을 게야."

"우리요?"

뜻밖의 복수 표현에 한나가 되물었다.

"그래, 우리."

엄마가 갑자기 말을 멈추더니 이내 미안한 표정을 지었다.

"미리 얘기 안 해줘서 미안한데, 오늘은 네가 나랑 같이 학교에 갔다가 여기까지 다시 데려다줘야겠다. 올 때 차를 학교 주차장에 두고 와야 하거든."

"왜요?"

"미셸 때문에 말이다. 오늘 아침에 너무 정신이 없어서 너한테 알려준다는 걸 깜빡 했구나."

엄마가 나름 사과의 설명을 이어갔다.

"그리고 한 가지 더. 미셸이 네 집에서 지내도 괜찮겠느냐? 집에 페인트칠이 아직 끝나지 않아서 말이야."

"미셸이라면 언제든 환영이죠. 근데 크리스마스 이브 때나 집에 올 줄 알았는데."

"원래 계획은 그랬는데, 바뀌었단다. 오늘 오후에 온다는데, 차가 필요하다는구나. 그래서 내가 학교 주차장에 차를 세워놓으면 미셸이 저녁에 리허설이 끝나고 몰고 오기로 했단다."

"미셸이 커뮤니티 대학에는 무슨 일로요?"

한나는 예기치 못한 소식들에 일일이 되짚어 물었다.

"크리스마스 폴리에 참여한다는구나. 그 잘생긴 영미 시 교수가 얘기했던 것 생각 안 나느냐?"

"글쎄요. 잘생긴 건 모르겠던데."

한나는 말을 툭 뱉어놓고는 이내 후회하고 말았다. 엄마가 또 말꼬리를 잡아 꼬치꼬치 물어볼 것이 뻔하다.

"물론 생각나요."

한나는 엄마가 아까의 대답을 흘려들었기를 바라며 재빨리 고쳐 대답했다.

"혹시 미셸이 연극을 하는 거예요? 아니면 다른 활동을?"

"연극은 아니란다. 노래를 부른다던 걸."

"미셸이 노래를요!"

한나는 살짝 안심했다. 엄마가 눈치채지 못한 사이에 자연스럽게 화제가 넘어갔다. 영미 시 교수이자 바람둥이였던 전 남자친구 브래드포드 램지에 대해 한나는 누구와도, 아무 이야기도 하고 싶지 않았다.

"너무 자랑스럽지 뭐냐!"

엄마가 말을 이었다.

"난 미셸이 노래를 못 부르는 줄 알았거든. 너도 못 부르고, 안드레아도 음치이지 않느냐. 그래서 내가 너희들더러 교회에서는 입만 뻥긋하라고 누누이 얘기했었지. 언젠가 한 번 너희들이 큰소리로 노래를 불렀을 때 앞자리에 앉았던 사람들이 전부 뒤를 돌아본 일이 있지 않았느냐."

한나도 생생하게 기억하고 있었다. 그때는 어째서 엄마가 큰소리로 노래를 부르지 말라고 이르셨는지 이유를 몰랐었는데, 바로 그런 이유 때문이었다니.

"네 아빠도 음치였지."

엄마가 옛날의 추억에 잠겨 미소를 지었다.

"꼭 숨넘어가는 황소개구리 같았단다."

"진짜 숨넘어가는 황소개구리 소리 들어보셨어요?"

한나가 참지 못하고 물었다.

"물론 못 들어봤지. 그냥 가정해 본 것뿐이란다, 얘야. 어쨌든 미셸은 내 재능을 닮았나 보구나."

오, 그건 재앙이에요! 한나는 엄마와 로드 부인이 함께 노래자랑대회에 참석했던 때를 떠올렸다.

"그럼 미셸이 다른 사람들이랑 팀으로 노래를 부르는 거예요?"

"아니, 맥칼레스터 졸업생이 직접 연출한 뮤지컬에서 노래도 부르고 춤도 춘다는구나. 이번이 첫 공연이라고 하던 걸."

"멋지네요."

한나는 미셸의 공연이 큰 성공을 거두길 마음속으로 기원했다.

"빨리 보고 싶어요."

"그럼 나랑 같이 학교에 가겠니, 얘야? 네가 바쁜 걸 아니 가능하면 부탁하고 싶지 않았다만, 오늘 아침에 캐리에게 수십 번을 전화했는데도 받지 않지 뭐냐."

미스터 스웨이드 부츠와 아직도 함께 계시나 보네요. 한나는 속으로만 생각했다. 로드 부인의 로맨스 상대가 누구인지 우선 파악하고 난 뒤에 엄마에게 이야기해도 늦지 않다.

"그리고 초콜릿 쿠키 좀 가져가도 되겠느냐? 낸시에게 엔도르핀이 필요할지도 모르겠구나."

재빨리 초콜릿 하이랜더 쿠키 바 여섯 개를 쿠키단지의 독특한 포장 상자에 담은 한나는 파카를 집어들고 리사에게 가능한 빨리 돌아오겠다고 말한 뒤 엄마를 따라 쿠키 트럭을 향해 가게를 나섰다.

눈이 가볍게 날리는 가운데 한나는 엄마의 차를 뒤따라 고속도로로 접어들었다. 고속도로로 나선 엄마의 차는 급격하게 속도를 내기 시작했고, 한나 역시 엄마를 놓치지 않기 위해 액셀을 밟았다. 엄마가 갑자기 왜 저러시는 걸까? 언제나 안전주행을 자부하며 무사고 기록을 경신하던 엄마가 오늘은 평소와는 전혀 다른 모습이다. 한나는 입을 떡 벌리고 영원한 지옥에서 날아오르는 한 마리의 하늘다람쥐처럼 도로 위를 맹렬하게 날아다니는 엄마의 모습을 바라보았다.

한나로서는 그저 엄마를 쫓아갈 수밖에 도리가 없었다. 그래서 한나도 최대한의 속도를 내어 달렸다. 부디 속도위반 딱지를 끊게 되지 않기를 간절히 기도하며.

"어-오!"

한나가 외마디 소리를 질렀다. 엄마의 차가 얼음이 얼어붙은 구역 위를 달리다 미끄러지고 만 것이다. 날씨가 좋지 않은 겨울 같은 때에는 주로 아버지가 운전을 하셨는데, 과연 엄마는 빙판길을 무사히 벗어나는 법을 알고 계시는 걸까? 마음을 졸이며 몇 초간을 지켜보았지만, 아버지가 돌아가시기 6개월 전에 새로 산 대형 세단은 곧 안정을 되찾고 다시 제 차선으로 달리기 시작했다. 한나 역시 똑같은 빙판 구역을 조심스럽게 벗어나며 오늘 오전만큼은 엄마의 감각이 무뎌지지 않기를 기원했다. 엄마는 이리저리 곡예운전을 하며 아스팔트 위에 밀가루처럼 쌓인 눈들을 한나의 앞 유리창 위로 마구 날리고 있었기 때문이다.

한나는 도저히 더 이상은 목숨 걸고 엄마를 따라갈 수 없어 속도를 줄인 다음 평소대로 안정감 있게 주행했다. 그리고 마침내 대학에 도착해 주차장에 들어서자 차에서 막 내리는 엄마의 모습이 보였다.

"기다려요!"

한나가 엄마의 차 옆에 재빨리 주차를 하고는 튕겨 나오듯 서둘러 차에서 내렸다.

"왜 그렇게 서두르세요? 아까 고속도로에서 얼마나 위험했는지 아세요?"

엄마는 진심으로 겸연쩍어했다.

"나도 안다."

엄마가 말했다.

"그렇게 과속하면 안 되는 줄은 알고 있다만, 래리 재거의 소식을 들으면 낸시가 충격을 받을 것 같아서 말이야. 그러니 다른 곳에서 소식을 듣기 전에 내가 먼저 전해야 하지 않겠니."

한나는 뒷자리에서 쿠키 꾸러미를 꺼낸 뒤 차 문을 잠그고는 서둘러 엄마를 따라나섰다.

"왜 그렇게 낸시 걱정을 하세요? 래리 재거랑 아는 사이래요?"

"오, 그렇고말고! 닥터 러브 방송 듣지 않았니?"

"몇 번이요. 토크로 진행되는 라디오는 잘 듣지 않는데, 그래도 닥터 러브는 도움이 될 만한 조언들을 많이 해주어서 종종 들어요."

엄마가 스튜어트 홀의 문을 열었고, 두 사람은 안으로 들어갔다. 엄마는 장갑을 벗어 주머니에 넣었다.

"낸시가 미치광이에 대해 이야기하는 것 들어본 적 있느냐. 거의 매회 빠짐없이 얘기하는데 말이다."

"그 미치광이 남편이요."

한나가 미소를 지었다.

"최악의 남편 말이죠. 그 남자 덕분에 닥터 러브가 결혼생활에 있어 남편이 절대 하지 말아야 할 것들에 대해 빠삭하게 알게 되었잖아요."

"그렇지."

"그 이야기 들을 때마다 너무 재미있어요."

한나는 닥터 러브가 방송에서 했던 이야기들 때문에 배꼽을 잡고 웃었던 때를 떠올렸다.

"그 남자가 닥터 러브의 전남편인 거죠?"

"그래, 그 남자가 닥터 러브의 전남편이었었지."

한나가 사실을 깨닫는 데에는 그리 오랜 시간이 걸리지 않았다. 한나는 아무 말도 하지 못하고 엄마의 팔을 잡았다.

"설마 그 미치광이가……."

"미치광이 래리 재거."

엄마가 단호하게 말했다.

"그래서 내가 제일 먼저 소식을 알려주려 하는 거란다."

오렌지 줄라이스 쿠키

오븐은 175도로 예열해 주세요. 틀은 오븐의 중앙에 둡니다.

재료

밀가루 2와 1/4컵(체질하지 마세요) / 소금 1/4티스푼

베이킹소다 3/4티스푼 / 부드러운 버터 8온스(220g) / 백설탕 1/2컵

황설탕 1/2컵 / 거품 낸 계란 1개 / 오렌지 껍질 간 것 3티스푼

화이트 초콜릿 칩 12온스(2컵)

만드는 법

1. 쿠키틀에 들러붙음 방지 스프레이를 뿌립니다. 아니면 양 피지를 깔아주셔도 됩니다.
2. 커다란 믹싱볼에 밀가루와 소금, 베이킹소다를 넣고 잘 섞습니다.
3. 또 다른 볼에 부드러운 버터와 백설탕, 황설탕을 넣고 섞 습니다.
4. 버터와 설탕이 든 그릇에 거품 낸 계란을 넣고 다시 저어 줍니다. 거기에 오렌지 껍질 간 것을 추가합니다.
5. 앞에서 섞어 두었던 밀가루 혼합물을 버터 혼합물에 붓고 골고루 섞습니다.
6. 마지막으로 화이트 초콜릿 칩을 넣습니다.

7. 티스푼으로 반죽을 떠서 미리 준비한 틀 위에 얹습니다. 반죽을 평평하게 만든 다음 땅콩버터 쿠키를 만들 때와 똑같이 포크로 가운데에 십자가 모양을 그어줍니다.

8. 175도에서 10~12분간 굽습니다(전 11분 정도 구웠답니다).

9. 완성된 쿠키는 틀 위에서 1~2분간 식힌 다음 식힘망으로 옮겨 완전히 식힙니다.

한나의 메모: 엄마는 쇼핑몰에 있는 오렌지 줄리어스(핫도그와 주스를 파는 체인점)에서 사먹는 음료수 맛이랑 아주 똑같다고 하셨답니다.

"딜로어!"

한나와 엄마가 닥터 러브의 사무실 문을 노크한 뒤 안으로 들어서자 그녀가 반갑게 두 사람을 맞아주었다.

"한나도 왔군요! 어서 들어와요. 이렇게 일찍 어쩐 일이에요?"

자리에서 일어나려는 닥터 러브를 엄마가 손사래를 치며 다시 앉게 했다.

"앉아 있는 게 좋을 거야, 낸시."

엄마가 말했다.

"안 좋은 소식이 있거든."

닥터 러브의 행동이 움칫했다. 안 좋은 소식이라는 데에 마음의 준비를 하는 듯했다.

"무슨 일이 있었어요?"

그녀가 물었다.

"래리 재거가 죽었어. 어젯밤에 살해당했어."

닥터 러브는 믿을 수 없다는 듯한 표정이었다. 한나는 분명히 읽을 수 있었다. 하지만 이내 한나가 도무지 이해할 수 없는 표정이 그녀의 얼굴에 떠올랐다. 그것은 바로 깊은 안도감의 표정이었다.

"아, 덕분에 골칫거리들이 사라졌군요!"

닥터 러브가 말했다.

잠시 침묵이 흘렀다. 한나는 물론 엄마도 무슨 말을 해야 좋을지 몰랐다.

"아니……이해가 안 되는 걸."

마침내 엄마가 용기를 냈다.

"당연히 그러시겠죠."

닥터 러브가 손짓했다.

"앉으세요. 제가 충격을 받을 거라고 생각하셨을 거예요."

한나 역시 그러했다. 한나는 엄마와 시선을 주고받았다. 엄마의 손짓에 한나는 재빨리 닥터 러브의 책상에 쿠키 꾸러미를 내려놓았다.

"혹시 초콜릿?"

닥터 러브가 살짝 미소 지으며 물었다.

그러자 한나는 고개를 끄덕였다.

"엄마가 박사님이 소식을 듣게 되면 충격을 받을 테니 엔도르핀이 필요할 거라고 하셨거든요."

"어쩜, 너무 자상하세요!"

닥터 러브가 엄마를 향해 미소를 짓고는 다시 한나를 돌아보았다.

"초콜릿이 정말로 걱정, 근심, 우울증에 효과가 있다고 생각해요?"

"꼭 그렇지 않더라도 해될 건 없으니까요."

한나가 엄마 쪽으로 고개를 돌리며 말했다. 이제 엄마가 대화를 주도해 나가야 할 때였다.

엄마는 이내 한나의 시선을 눈치챘다. 바로 지금이 래리 재거에 대한 이야기를 꺼내야 할 때인 것을 엄마도 깨달은 것이다.

"어쨌든 전남편 일은 정말 안됐어."

엄마가 손을 뻗어 닥터 러브의 손을 토닥여주었다.

"아니에요. 그 사람은 제 남편이 아닌 걸요."

"그럼 래리 재거와 결혼한 적이 없으시단 말씀이세요?"

한나가 자연스럽게 대화에 끼어들었다.

"오, 결혼은 하긴 했죠!"

닥터 러브가 쿠키를 하나 집었다.

"여전히 혼인 관계를 유지하고 있구요. 물론 이제 죽어 버렸으니 그 말도 어폐가 있네요. 아무튼 이혼하진 않았어요."

"아직도 그 사람을 사랑하기 때문에?"

로맨스에 대한 본능적 감각으로 엄마가 물었다.

"아뇨, 어디 있는지 찾을 수가 없었거든요. 15년 전에 나를 혼자 두고 도망갔을 때부터 이혼하려고 했는데, 주소지를 알 수가 없어 서류를 보낼 수가 없었어요."

"얼마나 힘들었을까!"

엄마가 숨을 몰아쉬었다.

"그렇게 행복한 시간들은 아니었죠."

닥터 러브가 동의했다.

"대학을 졸업한 지도 얼마 안 되었을 때라 다른 주에서 시행하고 있는 이혼 서비스를 이용할 돈도 없었기 때문에 그냥 두었어요. 언제든 어딘가에서 래리가 나타났다는 소식이 들리면 바로 서류를 보내 이혼해야겠다는 생각이었어요."

"하지만 그 사이에 결혼하고 싶은 상대를 만나게 되면 어떡해?"

엄마가 교묘한 딜레마를 지적했다.

그러자 닥터 러브는 어깨를 으쓱해 보였다.

"그랬다면 뭔가 긴급하게 대책을 세웠겠죠. 하지만 아직까지는 그런 사람을 만나지 못했어요. 그래서 래리와의 이혼도 서두르지 않게 된 거구요."

"그럼 15년 동안 아무 소식도 듣지 못하셨던 거예요?"

한나가 물었다.

"전혀요."

"전화도, 편지도, 이메일도 없고?"

"아무것도요. 마치 지구에서 증발해 버린 것 같았죠."

"어디로 간다고 이야기도 안 했나?"

엄마가 물었다.

"나가는지조차 몰랐는걸요! 정말 엄청난 충격이었어요. 결혼 생활 동안 문제가 있긴 했지만, 그래도 그렇게 갑자기 집을 나가버릴 줄은 상상도 못했어요."

"어떤 문제들이 있었길래?"

엄마가 물었다.

"어떤 것부터 말씀드릴까요?"

닥터 러브가 애처롭게 킥킥거렸다.

"불성실하고 거짓말쟁이에다가 어느 한 직장에 오래 버티는 법이 없었어요."

"정말 실망스러우셨겠어요."

한나가 말했다.

"그랬죠. 대학에서 시간강사 일을 하면서 생계비를 마련해야 했어요. 래리가 또 회사에서 해고를 당하는 날이면 집세를 내기 위해 수업시간을 2배로 늘려야만 했죠. 그리고 브렌다 일도 있었어요."

"브렌다?"

한나와 엄마가 동시에 되물었다.

"우리 아파트 옆집에 사는 여자였는데, 할머니에게 물려받은 유산이

어마어마해서 우리처럼 일을 할 필요가 없었죠."

한나는 마음속 깊숙이 묵직한 기분이 들었다. 이야기의 끝이 어떠할지 이미 짐작하고도 남았기 때문이다.

"그럼 브렌다는 하루 종일 집에 있었겠군요?"

"네, 래리가 카펫 상점에서 해고를 당한 뒤부터였던 것 같아요. 그는 매일 일자리를 알아보러 다닌다고 했지만, 동네 사람들 말로는 오후시간에는 브렌다와 인디아나 카지노에서 시간을 보냈다고 하더군요."

"도박을 했어요?"

한나가 물었다. 쿠키 추가 주문에 대한, 사업상 중대한 이야기를 나누면서도 농구 경기의 점수에 잔뜩 신경을 기울이고 있던 래리의 모습이 떠올랐다.

"정말 열정적이었죠. 잘하기도 했구요. 하지만 그게 불행이었어요. 그 사람에게는 그저 심심풀이 놀이 같은 것이었어요. 가짜 돈을 갖고 하는 놀이 말이죠. 하지만 점점 자신감이 붙더니 자신은 절대 돈을 잃을 일이 없다고 믿기 시작했어요."

"그럼 브렌다가 그의 도박 자금을 대주었나?"

엄마가 물었다.

"네, 하지만 그때는 전 몰랐어요. 3일 동안 타 대학에서 열렸던 '결혼과 가정'이라는 대학 세미나에 참석하고 집에 돌아와 보니 집 안에 가구가 싹 사라져버렸더라구요. 남아 있는 것이라곤 신혼 초에 래리가 축제에서 경품으로 탄 분홍색의 테디 베어뿐이었어요. 구석에 한가득 쌓인 내 책더미 위에 올려져 있었는데, 가슴에 메모가 한 장 붙어 있더군요."

"뭐라고 적혀 있었어?"

엄마가 물었다. 닥터 러브의 이야기에 다분히 마음이 아프신 듯했다.

"'당신 옷들은 옷장에 그대로 남겨두었어'라고요."

닥터 러브가 또다시 씁쓸한 어조로 킥킥거렸다.

"그때 생각만 하면 아직도 화가 나 미쳐버릴 것 같아요. 이건 방송에서도 이야기한 적이 없는 일화예요."

"브렌다는 어떻게 됐어? 그 여자를 만나봤나?"

엄마가 물었다.

"아니요. 브렌다도 함께 사라져 버렸거든요. 래리가 함께 떠나는 걸 실제로 목격한 사람은 없지만, 충분히 추측 가능한 일이죠."

"그래서 어떻게 하셨어요?"

한나가 다시 물었다.

"뭘 어떻게 하겠어요? 당당하게 대처했죠. 친구들이 여분의 가구들을 가져다주었고, 집주인은 제 사정을 알고 집세가 밀려도 이해해 주었어요. 1~2달 동안을 학교에서 초과 근무를 한 결과 래리가 공동명의 계좌에 있던 예금들을 포함해 가져간 필수 물품들을 다시 장만할 수 있었죠."

"가구뿐만 아니라 돈도 가져갔단 말이야?"

엄마의 음성에는 래리에 대한 분노가 가득 차 있었다.

닥터 러브가 고개를 끄덕이는 것을 보며 한나는 이미 예상한 바라고 생각했다. 래리를 잠깐 만나보았을 뿐이지만, 그 잠깐의 인상에도 그는 다분히 이기적이고 다른 사람의 감정에 대해 전혀 배려하지 않는 사람처럼 보였기 때문이다.

"그 사람이 레이크 에덴에 있다는 소식을 듣자마자 변호사와 약속을 잡았어요. 그 때문에 래리의 죽음에 안도하는 거예요."

닥터 러브가 단호한 어조로 말했다.

"그 살해범 덕분에 변호사 비용과 소송하는 데 들이는 시간도 아꼈을 뿐더러 진흙탕 싸움을 하지 않아도 되고, 다시 래리의 얼굴을 볼 필요도 없게 되었잖아요. 사람이 죽었는데 매정하게 들릴지도 모르겠지만, 사실

난 그가 죽은 것이 얼마나 반가운지 몰라요!"

그녀는 말을 멈추고 두 사람의 눈치를 살폈다.

"제 반응에 너무 충격 받지 않으셨으면 해요."

그러자 엄마가 그녀의 손을 다시 한 번 토닥였다.

"세상에, 그럴 리가! 자네 이야기를 듣고 나서는 전혀 충격적이지 않았어."

"한나?"

닥터 러브가 한나를 쳐다보았고, 한나는 떠오르는 대로 이야기했다.

"상황이 그렇지 않았다면 좀 충격이었을지도 모르겠지만, 지금까지 겪은 이야기를 들어보니 그의 죽음이 반갑다고 해도 과언이 아닐 것 같아요. 박사님 인생에 계속 골칫거리였으니 그를 아예 없애버리고 싶은 심정도 충분히 이해할 수 있어요."

한나는 문득 하던 말을 멈추었다. 한나의 머릿속에 자신이 방금 내뱉은 말들이 메아리로 울려 퍼졌다. 반가운 그의 죽음, 인생에 골칫거리, 아예 없애버리고 싶은 심정. 한나는 닥터 러브를 신중한 시선으로 바라보았다.

"왜 그러는 게냐?"

엄마는 한나의 얼굴에 떠오른 근심을 눈치채고는 물었다.

"상황이 좋지 않아요."

한나가 닥터 러브와 시선을 교차하며 말했다.

"방금 들은 이야기는 아무에게도 말하지 않을게요. 혹시 래리가 죽임을 당한 시간에 대한 알리바이가 있는 게 아니라면요."

"한나!"

엄마는 놀란 듯했다.

"너 설마……."

한나는 눈빛으로 엄마의 말을 가로막았다.

"물론 우리는 의심하지 않죠. 다른 누군가라면 모를까."

"마이크 말이냐?"

"네."

한나는 닥터 러브에게로 고개를 돌렸다.

"알리바이가 있으세요?"

"모르겠어요. 래리가 몇 시에 살해당했는데요?"

"제가 9시 전에 전화하고 노먼과 함께 9시 45분에 도착했으니까 그 사이쯤일 거예요."

"9시와 9시 45분 사이라."

시간대를 되 읊어보는 닥터 러브의 얼굴이 점점 창백해졌고, 마침내 그녀는 힘들게 입을 열었다.

"어쩌면 좋아요."

"알리바이가 없으세요?"

한나가 참담한 기분으로 물었다.

"없는 것 같아요. 학기말 리포트를 채점하느라 8시부터 계속 집에 혼자 있었거든요."

물론 한나는 닥터 러브의 결백을 증명하는 일을 적극 돕겠다고 약속했고, 엄마는 한결 안심한 표정으로 한나와 함께 복도를 따라 걸었다. 한나가 육중한 외부 출입문을 열려고 하는 찰나에 반대편에서 두꺼운 파카에 스키 모자를 귀까지 눌러쓴 여자가 화급하게 밀고 들어왔다.

"안녕하세요."

여자가 모자를 벗자 얼굴이 환히 드러났다.

"과제 때문에 절 찾고 계셨나요?"

그러자 한나가 웃음을 터뜨렸다.

"그건 아니구요, 휘팅 교수님. 엄마가 막냇동생에게 차를 남겨두고 가실 거라고 해서 이따가 모셔다 드릴 겸 같이 따라왔어요. 막냇동생이 맥칼레스터 대학에 다니는데 이번에 크리스마스 폴리에 참여하거든요."

"멋지네요."

휘팅 교수는 한나의 이야기에 가볍게 대꾸하고는 이내 엄마를 향해 고개를 돌렸다.

"제가 나눠드린 유인물에서 샘플은 잘 찾아내셨어요?"

"찾은 것 같아요. 물품을 현금으로 구매하고 받은 영수증에 그보다 높은 가격을 기재하는 경우가 문제 아닌가요?"

"정확해요."

휘팅 교수가 살짝 얼굴을 찌푸렸다.

"그런데 누군가의 도움을 받으신 것 같네요. 이건 개인이 혼자 해야 하는 과제인데."

엄마가 약간 주춤하자 한나가 얼른 나섰다.

"제가 엄마랑 같이 상의했어요, 휘팅 교수님. 저희 가게에 온 손님들 몇 분도 함께요. 거기에 바스콤 시장님도 계셨는데, 만난 적 있으시죠?"

"오, 그럼요. 바스콤 시장님. 매력적인 분이시죠."

휘팅 교수의 얼굴에 미소가 번졌다.

"설마 제가 낸 퀴즈를 맞히는 데 4명이나 머리를 맞댔다는 건 아니겠죠!"

"5명이에요."

한나가 바로잡아 주었다.

"그리고 저희 답이 정확한지도 확신이 없었는걸요. 어려운 과제를 내

주셨어요, 교수님."

"부정한 방법으로 사업을 해서 사람들을 속여 먹는 나쁜 사업자들로부터 사람들을 보호하기 위해 계속 훈련시키는 것이 제 임무예요."

그러자 엄마가 목청을 가다듬었다.

"흠……음……고마워요, 휘팅 교수님. 그럼 월요일 수업 때 만나요."

"네, 그럼요. 3달 전에 방문 교수로 이 학교에 온 이후로 한 번도 수업을 취소한 적이 없거든요."

한나는 건물 밖으로 나오자마자 엄마를 향해 고개를 돌렸다.

"휘팅 교수님 좀 이상한 사람 같아요."

"그래, 하지만 그래도 훌륭한 선생이잖니."

엄마는 주차장으로 향하다 말고 이내 얼굴을 찌푸리며 한나를 돌아보았다.

"방금 이상한 것을 봤다만…… ."

"뭔데요?"

한나는 엄마와 보폭을 맞추기 위해 발걸음을 더 분주히 옮겼다.

"학생이 주차장 가장자리에서 뛰어내리는 모습이었던 것 같구나!"

"어디서요?"

"저기 끝에서. 커다란 소나무 옆 말이다. 마치 다이빙대 끝에 서 있는 사람처럼 훌쩍 뛰어내렸어."

"혹시 최근에 애니멀 채널에서 나그네쥐에 대한 다큐라도 보셨어요?"

엄마는 한나를 쏘아봤지만, 엄마의 한쪽 입 끝은 살짝 올라가 있었다.

"지금 이 엄마를 놀리는 게냐?"

"걱정 마세요, 엄마. 중간고사도 끝났는데 학생들이 떼로 자살할 이유가 없잖아요. 뭔가 잘못 보신 걸 거예요. 안경도 안 쓰셨네요."

"안경은 뭘 읽을 때만 쓰는 거지 먼 곳에 있는 걸 볼 때는 필요 없다.

지금 건 멀리 있는 거였잖니. 바로 저기…….”

엄마가 손가락으로 그 지점을 가리키고는 이내 탄식을 내뱉었다.

“저기 또 한 명이 뛰어내리는구나! 네가 틀렸다, 한나! 정말 나그네쥐들처럼 뛰어내리고 있어!”

한나는 엄마가 가리키는 곳으로 고개를 돌렸다. 엄마의 말이 사실이었다. 또 다른 학생이 주차장의 가장자리에서 훅 뛰어내려 공중으로 사라져 버리고 말았다.

“여기 잠깐 계세요. 제가 가서 무슨 일인지 알아볼게요.”

기묘한 현상에 대해 알아보는 데에는 그리 오랜 시간이 걸리지 않았다. 그건 정말 착시가 아니었다. 정말로 학생들이 주차장에서 뛰어내리고 있었다. 그게 아니라면 뛰어내리는 시늉이라도 하고 있는 것이 분명했다. 3~4피트(약 90~120cm) 높이의 아스팔트 벽 건너편은 가파른 언덕이었다. 그 절벽 옆에는 딱딱한 플라스틱 판자가 놓인 선반과 함께 다음과 같은 푯말이 걸려 있었다.

레이크 에덴 커뮤니티 대학 기술반에서 만든 썰매를 이용해 보세요.
타신 후에는 제자리에 돌려주시기 바랍니다.

한나가 지켜보고 있는 가운데 파카를 입은 한 여자아이가 초록색 플라스틱 썰매를 집었다. 윗부분에는 플라스틱 끈으로 만든 손잡이가 달려 있었고 나머지는 그 어떤 기능도 더하지 않은 순수한 공업용 플라스틱 판자 그대로였다. 여자아이는 양쪽의 손잡이를 잡고 썰매를 가슴께까지 올렸다가 언덕 아래를 향해 몸을 던지며 썰매 위에 배를 깔고 엎드렸다.

“타 보실래요?”

여자아이의 친구인 듯한 또 다른 아이가 한나를 향해 웃으며 물었다. 12살도 채 되지 않은 듯했다.

“고맙지만, 괜찮아. 이런 썰매 타기에는 내가 좀 늙은 것 같아.”

"타보지 않으면 모르는 거죠."

남자아이가 선반 제일 위쪽에 있는 밝은 빨간색의 썰매를 잡아 내리며 한나의 용기를 북돋웠다.

한나는 갈등했다. 빨간색은 제일 좋아하는 색이다. 하지만 지금 엄마가 기다리고 있다.

"나중에 탈게."

한나는 남자아이에게 미소를 짓고는 무슨 상황인지 설명하기 위해 엄마에게 돌아갔다.

"색색의 플라스틱 판자?"

한나가 썰매에 대한 이야기를 마치자 엄마가 흥미로운 듯 눈을 반짝였다.

"그럴 법도 해요. 언덕도 꽤 가파르고 플라스틱은 마찰도 적으니까요. 저도 어렸을 때 눈썰매가 있었는데, 그렇죠?"

"그래, 하지만 내가 치워 버렸지."

한나는 쿠키 트럭의 시동을 걸며 엄마를 쳐다보았다.

"왜 그러셨어요?"

"그것 때문에 네가 고생이 말이 아니었거든. 넌 뭐든 빙빙 도는 것에는 젬병이었잖니."

한나는 마지막으로 커피잔 놀이기구를 탔던 때를 떠올리며 몸을 부르르 떨었다.

"맞아요."

한나가 말했다.

"하지만 썰매는 빙글빙글 돌지 않아요. 아까 타는 걸 봤는데, 곧장 아래로 미끄러지더라구요."

"바로 떨어지는 썰매도 넌 타지 못했어. 혼자서 썰매 통제를 못해서

에드 삼촌과 함께 탈 때가 아니면 항상 나무숲까지 미끄러져 들어가곤 했잖느냐. 나중에 에드가 커다란 파란색 썰매를 사서 직접 조종 장치를 달았지."

"세상에, 까맣게 잊고 있었어요!"

불현듯 되살아난 기억에 한나는 미소를 지었다. 에드 삼촌이 앞자리에 앉고 한나는 그 뒷자리에 앉아 삼촌의 허리에 깍지를 낀 채 꼭 끌어안고 썰매를 탔던 일이 떠올랐다.

"너도 그렇고 네 동생들도 썰매 타는 걸 무척 좋아했지. 에드가 결혼을 못 한 것이 안타깝지 뭐냐. 제 자식을 가졌더라면 참 좋았을 텐데 말이다."

"그러게요."

한나가 말했다. 언젠가 사람들이 자신을 두고도 그런 이야기를 나누지 않을까 조금 복잡한 심정이었다.

한나가 주차장을 벗어나 고속도로로 향하는 동안 엄마는 조수석에 등을 기대고는 눈을 감았다.

"난 눈을 좀 붙여야겠구나, 얘야. 어젯밤에 별로 잠을 못 잤거든."

"왜요, 엄마?"

"캐리가 걱정이 돼서 말이다. 온갖 불길한 상상들이 다 떠오르더구나."

한나는 인상을 찌푸렸다. 엄마를 계속 저렇게 걱정만 하도록 내버려 둘 수가 없었다. 아직 어떻게 된 일인지 세세하게 알지는 못하지만 그래도 이야기해야 할 것 같았다.

"무슨 일인지 제가 알아요."

"네가?"

엄마가 눈을 번쩍 떴다.

"당장 말해다오!"

"이건 노먼과 제 생각인데, 누군가를 만나고 계신 것 같아요."

"남자를 만난다고? 캐리가?"

"네, 어젯밤에 저녁식사를 하러 호텔에 갔다가 로드 부인과 그 상대방 남자를 만났거든요. 확실해요."

한나는 엄마에게 어젯밤의 일을 상세하게 설명했다. 그런 뒤 아직은 해결되지 않은 궁금증으로 설명을 마무리했다.

"하지만 그 상대방이 누군지는 아직 몰라요."

"남자라."

엄마는 생각에 잠긴 모습이었다.

"흠, 내가 상상했던 일들보다는 낫구나. 어쨌든 그 남자가 누구인지 알아봐야겠다. 캐리에게 맞는 짝이 아닐 수도 있어."

"걱정 마세요. 우리가 알아볼게요. 마이크에게도 부탁해뒀어요."

그러자 엄마가 미소를 지으며 한나의 손을 토닥였다.

"고맙구나, 애야. 덕분에 안심이 되고 기분이 훨씬 나아졌다. 캐리가 찾은 짝이 아주 괜찮은 사람이었으면 좋겠구나."

"동감이에요, 엄마. 이제 다시 눈 좀 붙이시는 게 어때요? 도착하면 깨워드릴게요."

한나가 고속도로에 진입했을 때 엄마는 이미 잠들어 있었다. 한나는 엄마가 안전벨트를 단단히 착용했는지 확인한 뒤 운전석에 등을 바짝 붙였다. 로드 부인의 일을 알았으니 엄마도 이제는 편하게 주무실 수 있을 것이다. 가족에게 비밀을 만드는 건 좋지 않은 일이다. 물론 크리스마스 선물은 예외로 두어야겠지.

"좀 쉬어요, 한나. 피곤해 보여요."

리사가 친구인 낸시의 초콜릿 오트밀 쿠키를 오븐에서 꺼내며 말했다. 이번 것이 마지막이었다.

"사람들이 다시 몰려오기 전까지 아직 30분 정도 여유가 있어요. 그리고 이제 어젯밤 일에 대한 질문은 다 제가 받을게요."

"그래."

"여기 낸시의 쿠키 드셔보세요. 오트밀의 영양성분과 초콜릿이 기운 차리는 데에 도움이 될 거예요. 정말 맛있기도 하구요."

"고마워. 어디 먹어볼까."

한나는 쿠키를 하나 집었다. 어차피 맛보고 싶었던 레시피였다. 리사의 말대로 잠시 쉬는 것이 좋겠다. 정말 거짓말 하나 보태지 않고, 오전 시간은 혼이 나갈 듯이 바빴다. 마을 사람들 전부 친척들까지 대동하여 가게에 찾아와 노먼과 한나가 어떻게 해서 래리의 시체를 발견하게 됐는지에 대해 궁금해했기 때문이다.

"필요하면 불러. 나 여기 작업실에 있을게."

리사가 홀 밖으로 나서자 한나는 스테인리스 작업대 앞에 앉아 사건 수사용으로 사용하고 있는 수첩을 꺼냈다. 지금까지는 모두 여백이었지만, 이제 래리 재거의 지난 며칠간의 행적에 대해서 새롭게 알게 되었다.

이 정보들 중 일부는 앞으로 알게 될 사실들과 서로 부합하여 한나에게 새로운 의문점들을 생성하며, 결국 살인범의 정체에 대한 단서를 알려줄 것이다.

한나는 늘 하던 대로 용의자들의 명단을 작성하는 것으로 수사를 시작했다. 닥터 러브의 이름이 제일 윗자리를 차지했다. 래리와의 결혼생활이 몹시 불행했으니 그가 죽이고 싶을 만큼 증오스러웠는지도 모르겠다.

다음은 코트니였다. 래리의 약혼녀인 그녀가 자신이 투자한 사업에 대해 래리가 뭔가 속이고 있다는 것을 눈치챘다면, 배신감으로 그를 죽였을지도 모를 일이다. 또한 래리가 닥터 러브와 결혼했다는 것과 아직도 그 결혼이 유효하다는 사실을 알게 된 경우에도 마찬가지다. 코트니가 래리는 단지 자신의 돈 때문에 곁에 있을 뿐 사실은 전혀 결혼할 마음이 없다고 판단했다면 분노가 치민 나머지 살인을 저질렀을 수도 있다.

바스콤 시장도 있다. 한나는 그의 이름을 적으며 조금 미안한 기분을 느꼈다. 하지만 바스콤 시장은 래리에게 리사가 서명한 백지 영수증에 대해 물어보겠다고 하지 않았던가. 물론 시장이 래리의 부도덕함 때문에 그를 향해 방아쇠를 당겼을 것이라고는 생각하지 않지만 어쨌든 일말의 가능성은 있다. 또한 바스콤 시장이 래리와의 사업 관계 때문에 용의자 명단에 오를 수 있다면 크레이지 엘프 크리스마스트리 공원에 투자한 다른 투자자들 역시 마찬가지여야 할 것이다.

다른 투자자들은 누구일까? 한나는 시장에게 물어봐야겠다고 생각했다. 하지만 바스콤 시장이 투자자들에 대해 잘 모르고 있다면 어쩐다?

한나는 수첩의 다른 페이지를 넘겨 제일 위쪽에 '인터뷰'라고 적었다. 우선은 바스콤 시장에게 물어봐야 한다. 그런 다음 루앤을 만나 코트니에게 받았던 서류들 중에 혹시 투자자 명단은 없었는지 물어봐야겠다. 서류에 있던 투자자들의 명단을 캐는 것도 사적인 문서를 무단으로 검토

한 것이 되어 그 문제가 법정까지 갈 수도 있으니, 그 부분에 대해서도 알아봐야겠다.

그리고 한나가 마이크와 함께 산타의 썰매 관람차를 탔던 날 밤에 래리의 사무실로 들어가던 서류가방을 든 남자 또한 수상하다. 어쩌면 투자자일지도 모른다. 당시 얼 프렌스버그를 닮았다고 생각했으니 거기부터 시작하자. 우선 얼에게 래리와 사업상 논의를 할 만한 사촌이나 친척이 있는지 물어봐야겠다.

한나는 또다시 수첩의 새 페이지를 넘겨 윗부분에 '동기'라고 적었다. 모든 살인에는 동기가 있게 마련이니 그 부분 역시 정리해볼 필요가 있다. 우선 강도를 들 수 있겠다. 래리가 사무실에 들어섰다가 강도와 맞닥트린 것이다. 지금쯤이면 사무실에 뭔가 없어진 물건은 없는지 마이크가 파악하고 있을 것이다. 사무실 안에는 도둑이 든 것 같은 흔적은 전혀 없었지만, 래리의 대형 TV를 쏜 것에 대한 개연성은 있다. 즉, 원래 범인은 TV를 훔치려고 사무실에 들어갔지만 TV가 생각보다 무거워 혼자 가지고 나갈 수 없게 되자 홧김에 TV를 쏜 것일 수도 있다.

돈이 살인의 동기일 수도 있다. 크레이지 엘프 크리스마스트리 공원의 수익이 래리가 처음에 약속했던 것에 미치지 못하자 투자자 중 한 명이 그를 죽인 것이라면? 공원의 수익이 플러스인지 마이너스인지도 확인해야 하겠다. 소문에 의하면 꽤 쏠쏠한 수입을 벌어들이는 것 같지만 사실과는 다를지도 모른다.

도박 문제 또한 빼놓을 수 없다. 도박중독에 빠진 사람은 수중에 돈이 모두 없어질 때까지 도박을 멈추지 못한다. 그렇게 되면 심지어 다른 사람에게서 돈을 빌리면서까지 자신의 운을 시험해 보려 한다. 혹시 래리에게 도박 빚은 없는지도 알아봐야겠다. 만약 래리가 제때에 돈을 갚지 못했다면 채무자가 그를 죽였을 수도 있다.

사랑 또한 빠지지 않는 동기다. 이 경우에는 래리의 약혼녀인 코트니나 법적 부인인 닥터 러브가 범인이 될 수 있다. 아니면 한나가 모르는 제3의 여자가 있을지도 모른다.

어느새 페이지를 꽉 채운 한나는 다시 수첩을 한 장 넘겼다. 하지만 문득 수첩의 빈 줄이 끝도 없이 이어질 것만 같은 기분에 한나는 작업대 위에 머리를 뉘이고 눈을 감았다. 휴식을 취하며 온통 긴장했던 신경을 다른 곳으로 분산시켜야 할 듯했다. 뭔가 즐겁고 래리나 살인사건과는 전혀 상관이 없는 무언가로 말이다. 그런 다음에 다시 일을 시작해야지.

"한나?"

리사가 부르는 소리에 한나는 깜짝 놀라 일어났다.

"일어나요, 한나. 안드레아랑 트레시가 왔어요."

"왔다고."

한나는 눈을 껌뻑거리며 리사의 말을 되풀이했다.

"미안, 리사. 어젯밤에 잠을 별로 못자서 깜빡 잠이 들었나 봐."

"좀 길게 눈을 붙이셨으면 좋았을 텐데. 우선은 안드레아와 트레시에게 쿠키와 함께 커피와 우유를 대접할게요. 한나는 그동안 욕실에 가서 얼굴에 찬물이라도 끼얹고 와요."

한나는 리사가 시키는 대로 했다. 차가운 물이 얼굴에 닿자 아까보다는 훨씬 정신이 들었다. 한나는 욕실 문을 열고 다시 작업실로 나가 동생과 조카를 맞이했다.

안드레아와 트레시는 모두 근사한 옷차림을 하고 있었다. 역시 한나의 예상대로였다. 안드레아는 항상 패션모델과 같은 모습이었으니 오늘도 예외일 수 없다. 안드레아의 반짝이는 금발은 굽슬굽슬 우아하게 물결치고 있었는데, 몇 시간은 족히 공을 들였을 법한 스타일링이었다. 화장 역시 흠잡을 데 없었고, 울 소재로 만든 짙은 파란색의 정장은 안드레아의 완벽한 몸매를 더욱 돋보이게 해 주었다.

트레시 역시 마치 어린이 잡지에서 막 빠져나온 듯한 모델의 모습이었다. 퀼트 옷감의 라벤더와 하얀색의 스웨터를 입고 보송보송한 하얀색의 구슬이 달린 라벤더 색의 귀여운 스키 모자를 쓰고 있었다.

"안녕하세요, 한나 이모!"

트레시가 모자를 벗고 활짝 웃으며 인사했다. 그 바람에 앞니 하나가 횅하게 빠진 것이 눈에 띄었다.

"어젯밤에 아기 이빨(젖니)이 빠졌어요!"

"그럼 이빨 요정(밤에 어린아이의 침대 머리맡에 빠진 이를 놓아두면 이것을 가져가고 그 대신에 동전을 놓아둔다는 상상 속의 존재)이 왔다갔겠네?"

"아뇨, 한나 이모, 진짜 요정은 없어요. 그거 다 지어낸 얘기잖아요."

"그럼 이빨 요정이 트레시가 잠자는 사이에 와서 25센트를 두고 이빨을 가져가지 않았단 말이야?"

그러자 트레시가 까르르 웃었다.

"아빠가 가져갔어요. 내가 자는 줄 알았나본데, 나 다 봤어요. 발끝으로 살금살금 와서 배게 밑에 1달러를 놓고 갔어요."

"1달러씩이나? 이빨 요정 협회 사무실에 전화해서 컴플레인을 해야겠는걸. 난 25센트밖에 받지 못했는데 말이야."

"인플레이션이요, 이모. 지금은 돈 가치가 더 커졌잖아요. 아기 이빨도요. 텔레비전에서 봤어요."

트레시는 안드레아를 돌아보았다.

"할머니 오실 때까지 홀에 나가서 리사 이모 도와드려도 돼요?"

"리사 이모는 귀찮게 하지 않는 게 나을지도 몰라, 트레시."

"아니에요. 아까 와서 카운터를 봐도 된다고 했어요. 그리고 한나 이

모랑 크레이지 엘프 사건 이야기할 거잖아요."

"음……."

안드레아는 잠시 고민하더니 한나를 쳐다보았고, 한나는 살짝 고개를 끄덕였다.

"알았어. 대신 뜨거운 커피는 따르지 말아야 해, 알았지?"

트레시가 살짝 한숨을 내쉬었다.

"리사 이모도 똑같은 얘기했어요. 물은 따를 수 있잖아요, 그렇죠?"

"그래, 리사 이모가 괜찮다고 하면."

트레시는 쿠키와 우유를 들고 회전문으로 향했다. 트레시가 자리를 뜨자마자 한나는 안드레아를 돌아보았다.

"우리가 래리 이야기를 하고 싶어 하는 줄을 다 알고. 트레시가 아주 조숙해."

"그러게! 난 한마디도 안 했는데."

안드레아가 커피를 한 모금 마시고는 이내 물었다.

"래리 사건도 나설 거지?"

"물론이지. 닥터 러브의 결백을 밝혀야 하거든."

안드레아는 어리둥절한 표정이었다.

"닥터 러브가 래리 사건하고 무슨 상관이길래?"

"래리와 결혼했고, 아직 이혼하지 않은 혼인 상태에 있거든."

"하지만 어떻게 그럴 수가 있어! 래리는 코트니와 약혼했잖아!"

한나는 어깨를 으쓱해 보였다.

"결혼한 상태라는 사실을 전혀 신경 쓸 필요가 없다고 생각했나 보지."

"원한 살만한 일을 했네!"

안드레아가 쿠키를 오물거렸다.

"이거 맛있어, 언니. 이름이 뭐야?"

"초콜릿 오트밀 쿠키."

"오트밀이라구?"

안드레아가 살짝 떨리는 목소리로 되물었다. 이런, 곧이곧대로 이름을 알려주다니, 한나의 실수다. 안드레아는 어렸을 적부터 오트밀이라면 치를 떨었다.

"이건 롤드 오트(귀리를 쪄서 롤러로 압착한 것)야."

한나는 롤드 오트라는 것이 조리하지 않은 오트밀의 또 다른 표현이라는 사실을 안드레아가 모르고 있기를 바라며 설명했다.

"그럼 오트밀이 아니라는 거야?"

"그렇지."

"일반 오트밀과 달라?"

"그래."

"그래서 그런가, 오트밀은 싫은데, 이 롤드 오트는 맛이 좋네."

오트밀에 대한 질문이 더 집요해지기 전에 얼른 화제를 돌려야 했다. 크레이지 엘프 투자자들에 대한 이야기면 적당하겠다.

"네 도움이 필요해, 안드레아."

한나가 말했다.

"내가 뭘 해주면 되겠어?"

제발 오트밀과 롤드 오트의 정의에 대해 찾아보지 않겠다고 약속해줘. 한나는 생각했다. 하지만 자매 사이를 갈라놓을 법한 대답 대신 한나는 이렇게 말했다.

"래리의 크리스마스트리 공원에 누가 돈을 투자했는지 알아야 하는데, 혹시 어떻게 하면 알아볼 수 있을지 좋은 생각 있어?"

"정오쯤에 우리 딸들 대학 자금 마련 문제로 은행에 가서 도우를 만날 건데, 그때 투자자들도 뭔가 작성해야 하는 서류들이 있는지 물어볼게."

"개인적인 투자자들일 거야."

한나가 상기시켰다.

"래리가 공개적으로 투자자들을 모으진 않았을 것 같거든."

"언니 말이 맞을 거야. 그럴 시간도 없었을 테니까. 도우가 잘 모른다고 하면 점심시간 이후에 알에게 물어볼게."

안드레아가 또다시 쿠키를 집어 한 입 베어 물었다.

"빌한테는 뭐 필요한 거 없어?"

안드레아가 물었다.

"사건현장 사진은 꼭 없어도 돼. 노먼과 내가 직접 거기에 있었으니까. 대신 검시 결과 보고서랑 과학수사 보고서 정도면 도움이 될 거야. 뭐든 입수할 수 있는 정보는 모두 부탁해."

"가능한 한 해볼게. 래리의 은행 거래 내역은 어때? 돈을 너무 많이 갖고 있어서 살해당한 것인지도 모르잖아."

"그렇지."

한나는 아까 도박 빚에 대해 세웠던 가설을 다시 한 번 떠올렸다.

"돈이 너무 없었어도 살해당했을 수 있어."

"뭐라구?"

안드레아가 어리둥절한 표정으로 물었다.

"아무것도 아니야. 별 것 아닐 수도 있어. 정말로 래리의 은행 거래 내역서를 구해줄 수 있어?"

"아마도. 우리 그이한테 부탁하기만 하면 되는걸. 소환장이 있으면 은행에서도 안 내줄 수가 없을 거야."

한나는 잠시 골몰하다가 이내 자리에서 일어나 포장 상자에 쿠키를 담기 시작했다.

"뭐하는 거야?"

"리사가 오늘 아침에 만든 초콜릿 라즈베리 트뤼플을 담고 있어."

"나 주려고?"

안드레아가 희망적인 어조로 물었다.

"아니, 리디아 그라딘에게 줄 거야. 아직 은행에서 일하고 있는 것 맞지?"

"그 사이 승진해서 이제는 특별 고객들만 담당한다던 걸. 하지만 래리에 대해 물어보았자 소용없을 거야. 리디아는 규칙에 아주 엄격한 사람이니까. 사실 래리의 은행 거래 내역서는 개인정보잖아. 리디아가 언니에게 넘겨줄 리가 없어."

"래리의 은행 거래 내역서는 필요 없어. 그냥 그의 계좌에 대한 약간의 정보만 필요할 뿐이야."

"그것도 어림없을걸."

"아니야, 통할지도 몰라. 좋은 방법이 떠올랐거든."

"트뤼플을 뇌물로 안기는 거?"

"그것도 도움이 될 수 있겠지만, 리디아에게 그보다 더 중요한 걸 넘길 생각이야."

안드레아는 멍한 표정이었다.

"초콜릿 라즈베리 트뤼플보다 중요한 것이 있어? 리디아는 트뤼플이라면 껌뻑 넘어가잖아."

"예금."

한나는 포장 상자에 예쁘게 리본을 묶은 뒤 곧장 밖으로 나섰다.

초콜릿 오트밀 쿠키

오븐은 165도로 예열해 주세요. 틀은 오븐의 중앙에 둡니다.

재료

부드러운 버터 1/2컵(110g) / 백설탕 1컵 / 달지 않은 초콜릿 2온스(55g)

거품 낸 계란 1개(포크로 저어주세요) / 베이킹파우더 1티스푼

소금 1/2티스푼 / 밀가루 3/4컵(컵에 가득 담아 측량하세요)

건조시킨 오트밀 1과 1/2컵(요즘 나오는 형식의 오트밀이든 전통 방식의 오트밀이든 상관없습니다)

만드는 법

1. 커다란 볼에 부드러운 버터와 설탕을 넣고 섞습니다.
2. 달지 않은 초콜릿을 전자레인지에 녹인 뒤 위의 볼에 넣고 섞습니다.
3. 볼을 만져보아 충분히 식었으면 계란을 넣고 골고루 저어 줍니다.
4. 베이킹파우더와 소금을 넣습니다.
5. 밀가루를 넣고 잘 반죽합니다.
6. 오트밀을 넣고 다시 한 번 섞습니다.
7. 기름칠한 쿠키 틀에(혹은 들러붙음 방지 스프레이를 뿌립니다) 티스푼으로 반죽을 떠서 얹습니다.

8. 165도에서 13~15분간 굽습니다. 살짝 황갈색이 돌면 완성입니다.

9. 완성된 쿠키는 틀 위에서 2분간 식힌 다음 식힘망으로 가져가 완전히 식힙니다.

낸시의 메모: 저장고에 닿지 않은 초콜릿이 없다면, 초콜릿 1온스 당 코코아 3테이블스푼과 식물성 쇼트닝 1테이블스푼으로 대체할 수 있어요. 버터에 쇼트닝을 넣고 코코아를 넣은 뒤 밀가루와 함께 잘 섞어주시면 됩니다.

낸시는 살짝 부드러울 때 먹어야 가장 맛있으니
너무 오래 굽지 말라고 조언했답니다. 혹시 유리병 등에
넣어두었다가 나중에 다시 맛보았을 때 너무 딱딱해졌다면
잉그리드 할머니의 비법을 따라 오렌지 껍질이나
사과 조각을 병에 함께 넣어
부드럽게 만들어 주세요.

　레이크 에덴 퍼스트 머천다일 은행 안으로 들어서는 한나의 눈에 리디아 그라딘이 바로 눈에 들어왔다. 그녀는 머리카락에는 군데군데 보랏빛 브릿지를 넣고, 반짝이는 보라색 가죽 바지에 조단 고등학교의 치어리더들도 깜짝 놀랄 만한, 몸에 딱 달라붙는 상의를 입었지만, 그렇다고 늙어 보이는 얼굴을 감춰주지도, 풍만한 몸매를 가려주지도 못했다.

　리디아를 향해 손을 흔든 뒤 리디아가 시간이 날 때까지 기다리기 위해 로비에 놓인 의자에 앉으며 한나는 리디아는 왜 옷을 늘 십대처럼 입으려고 하는 걸까 궁금해졌다. 물론 그런 생각을 하는 것이 이번이 처음은 아니었다. 리디아에게 무슨 의도가 있는 것이 분명했다. 언젠가 엄마에게서 십대들을 타깃으로 하는 의상들만 팔고 있는 가게인 '업틴'에서 리디아가 나오는 모습을 봤다는 이야기를 들은 적이 있었다. 한나의 엄마와 리디아는 수십 년 전 같은 반 친구였다. 그 말은 곧 업틴의 가장 고연령 손님이 바로 리디아라는 뜻이다. 이것도 유아적 사고의 정체된 사례라고 볼 수 있을까? 아니면 인생에 있어 가장 행복했던 때로 시간을 되돌리고픈 욕구? 혹은 바람?

　리디아는 손님과의 상담을 끝낸 뒤 한나를 향해 손짓했다. 독립적인 공간으로 나뉘어져 있는 부스 안으로 들어서며 한나는 리디아의 짙은 머리카락에 넣은 보라색 브릿지가 꽤 멋지다고 생각했다. 한나는 평소 리디아의 의상이나 외모에 대해 아무런 언급도 하지 않았다. 어린이 만화 영화 '밤비' 에 등장하는 아기 토끼 썸퍼가 알려주었던 썸퍼 아빠의 조언, 곧 '칭찬할 수 없을 것 같으면 차라리 아무 말도 하지 않는 것이 낫다' 라는 말을 그대로 따랐기 때문이다. 하지만 지금만큼은 무엇이라도 칭찬해야만 했다.

"헤어스타일이 멋지신데요, 리디아."

한나가 리디아의 책상 앞에 놓인 두 개의 쿠션 달린 의자 중 한 곳에 앉으며 말했다.

"고마워, 한나!"

리디아는 조금 놀란 듯했다.

"보라색이 너무 튀지 않아?"

"원래의 머리카락 색이랑 너무 잘 어울리세요."

한나는 리디아의 머리카락이 부디 본래의 색이길 간절히 바라며 말했다.

"우리 조카딸에게 얘기해야겠어. 매일 내 옷이랑 헤어스타일을 골라주느라 얼마나 고민을 한다구. 고등학교를 졸업하면 스타일리스트가 될 거래."

한나는 트레시와 베시를 떠올리며 너무 과하게 사랑하지는 말자고 결심했다. 트레시든 베시든 패션에 대해 조언하려 든다면 무조건 멀리하리라. 손에 보라색 염색약을 들고 있을 때는 더더욱.

"뭘 도와줄까, 한나?"

리디아가 물었다.

"작은 선물이에요."

한나가 책상 위에 포장 상자를 올려놓았다.

"초콜릿 라즈베리 트뤼플이요."

리디아는 뭔가 끙끙거리는 듯한 묘한 소리를 냈다.

"초콜릿 라즈베리 트뤼플. 이보다 더 멋진 선물이 어디 있어? 정말 고마워, 한나. 내일이 내 생일인 거 어떻게 알았지?"

한나는 내심 놀랐지만 아무렇지도 않은 듯 태연한 표정을 지었다.

"레이크 에덴에는 비밀이 없잖아요."

한나가 다정하게 웃으며 말했다.

"약간 이르지만 생일 축하 드려요, 리디아. 지금 트뤼플 맛보시는 게 어때요? 새 레시피인데 맛이 어떤지 평을 듣고 싶어요."

리디아는 상자를 열고 우아하게 트뤼플을 집었다. 그런 뒤 한 입 베어 물고는 이내 미소와 함께 기쁨의 신음소리를 내뱉었다. 맛을 음미하던 리디아는 나머지 반을 한꺼번에 입에 넣고는 두 눈을 감았다.

"완벽해."

리디아가 말했다.

"다행이에요. 그럼 크리스마스가 지난 후에 쿠키단지에서 손님들에게 선보여도 될까요?"

"되고말고. 내가 제일 먼저 달려가서 주문할 거야. 정말 최고의 생일 선물이야. 고마워, 한나."

"천만에요."

리디아는 책상에 있는 티슈를 한 장 뽑아 손가락을 닦은 뒤 다시 은행원 모드로 돌아갔다.

"은행 업무 때문에 온 거야?"

"사실, 맞아요."

한나는 리사의 서류철에서 가져온 수표를 꺼냈다.

"리사가 이 수표 때문에 걱정을 하길래 제가 가져가 보겠다고 했어요. 아무래도 여기 계좌가 닫힌 것 같다고 해서요."

리디아는 수표를 바라보며 키보드로 숫자 몇 개를 쳤다. 그러고는 화면에 뜬 정보를 보고는 고개를 끄덕였다.

"리사가 걱정할 만하네. 닫힌 계좌는 아니지만 오늘 가져오길 잘했어. 잔액이 얼마 없거든. 현금으로 인출하겠어? 아니면 가게 계좌로 넣어줄까?"

"가게 계좌에 넣어주세요."

리디아는 서류를 작성한 뒤 한나에게 내밀었고, 한나는 리디아가 가리킨 지점에 서명을 했다.

"한 가지 더 있어요."

한나가 말했다.

"얼마든지, 개의치 말고 얘기해."

리디아가 은행원 특유의 서비스를 발휘했다.

"이 동일 인물에게서 받은 수표가 더 있거든요."

한나가 앞으로 몸을 바짝 기울였다.

"저희 쿠키 대금으로 받은 거예요."

"그렇군. 그럼 그 수표에도 문제가 있는 거야?"

"모르겠어요. 그래서 알아봐 주셨으면 해요. 오늘 리사가 나중에 입금하려고 모아둔 수표들을 살짝 봤는데, 이 사람한테서 받은 수표가 지금 방금 드린 수표랑 조금 달랐어요."

"어떻게 달랐는데?"

"지금은 잘 기억이 안 나요. 색깔이 다르거나 일련번호 같은 것들이 달랐던 것 같아요. 어쨌든 지금 드린 수표와 다르다는 것만 확실하게 기억나요. 혹시 다른 계좌와 연결된 수표일까요?"

리디아는 몇 초간 키보드를 두드리더니 이내 화면을 물끄러미 쳐다보았다.

"그래, 다른 계좌랑 연계된 수표일 수 있겠어."

"그럼 그 사람이 여기 은행에 계좌를 2개 갖고 있는 건가요?"

"그렇지."

리디아가 또다시 트뤼플을 집어 이번에는 한 번에 입에 집어넣었다.

"역시 최고야!"

리디아가 트뤼플을 삼키며 다시 한 번 감탄했다.

"그래서 수표가 달라보였군요."

한나는 리디아의 관심을 다시 래리의 계좌로 이끌었다.

"그럼 혹시 그 계좌의 수표도 오늘 처리해야 되는 건 아닌지 봐주실 수 있으세요? 요즘 크리스마스 시즌이라 가게가 정신없이 바쁜데 그 와중에 받은 수표가 정지 상태라거나 하면 큰일이잖아요."

"공식적인 절차를 거치려면 며칠은 족히 걸려. 이건 안전한 계좌야, 한나. 개인 계좌인 데다가 체크카드 명의도 한 사람으로 되어 있어."

"하지만 다른 사람들이 같은 계좌에서 수표로 현금을 인출해 가면 어떡해요? 저희가 돈을 찾기도 전에 계좌에 잔고가 바닥나면요?"

리디아는 또다시 키보드를 두드리며 트뤼플을 입에 가져갔다. 그녀는 화면을 자세히 살펴보더니 이내 한나를 향해 미소를 지었다.

"그럴 일은 없겠어, 한나. 이 계좌는 올해 11월에 처음 개설됐는데, 지금까지 입금 내역은 있지만 인출 내역은 없어."

"그러면 저희가 갖고 있는 수표가 아직은 유일하단 말씀이시네요?"

"그럴 가능성이 높아. 설마 그 수표 합계가 2만 5천 달러가 넘는 건 아니겠지?"

"물론 그건 아니에요."

큰 금액에 한나의 머릿속이 빙글빙글 돌았다. 2만 5천 달러를 벌어들이려면 도대체 쿠키를 얼마나 구워내야 하는 것일까.

"그러면 그 수표는 여유 있게 처리해. 그 부분에 대해선 전혀 걱정할 필요가 없으니까."

한나가 가게로 돌아와 작업실에서 새로 알게 된 정보를 기록하고 있는데 때마침 리사가 들어왔다.

"어머님이 오셨어요."

리사가 말했다.

"잘 됐어. 이리로 오셔서 나랑 커피 한잔하자고 말씀드려줄래? 마침 의논할 것도 있거든."

한나가 커피를 두 잔 따르고 초콜릿 라즈베리 트뤼플 몇 개를 접시에 담아내자 엄마가 회전문을 통해 작업실로 들어왔다.

"안녕, 얘야."

엄마는 무척 활기찬 목소리였다.

"안녕, 엄마. 좀 쉬신 것 같네요."

"그랬지. 루앤이 피곤해 보인다며 집에 들어가 쉬라고 하더구나."

"그래서 낮잠 주무셨군요."

엄마의 눈 밑에 자리하고 있던 다크서클이 온데간데없이 사라졌다.

"2시간은 넘게 잔 것 같구나, 얘야. 캐리가 왜 그렇게 이상하게 구는지 이유를 알았으니 이제 걱정할 필요가 없어졌잖니. 너랑 노먼이 그 남자에 대해 알아서 잘 알아보겠다만, 그래도 무척 궁금하구나."

"저도 그래요."

한나가 말했다.

"참, 잊어버리기 전에 말해야겠구나. 루앤이 너에게 전해달라고 한 게 있다."

엄마는 작업대 위에 커다란 봉투를 꺼내놓았다.

"코트니한테 받았던 서류들을 모두 복사해 두었다더구나. 휘팅 교수 수업에서 서류 작업은 그렇게 해야 한다고 배웠다던 걸. 래리의 사건을 해결하는 데에 도움이 될 거라면서 전해주라더라."

"잘 됐네요. 도움이 많이 될 거예요. 래리와 그의 사업에 대해 많이 알면 알수록 좋거든요. 루앤에게 고맙다고 전해 주실래요?"

"그러마."

한나는 트뤼플이 담긴 작은 접시를 엄마 쪽으로 밀었다.

"트뤼플 하나 드셔보세요, 엄마."

엄마는 트뤼플을 집어 우아하게 한 입 베어 물었다. 그러고는 곧이어 두 번째 트뤼플을 집었다.

"라즈베리와 초콜릿이 아주 잘 어울리는구나, 얘야."

"엄마가 맛있어 하셨다고 리사에게 전해줘야겠어요. 리사가 매년 캔디 익스체인지 파티(8~12명의 사람들이 각자 디저트류를 만들어 가서 함께 나누어 먹으며 레시피를 공유하는 모임)에 가는데, 이 트뤼플은 에이미 코샤스가 가져온 레시피래요. 리사가 트뤼플을 먹어보고 너무 맛있어서 레시피를 얼른 받아왔다고 하더라고요."

"괜찮다면 2~3개 정도 가져가고 싶구나. 오후에는 캐리와 루앤, 단둘이 가게를 봐야 하거든. 난 또 트라이 카운티 쇼핑몰에 마지막 크리스마스 쇼핑을 하러 가야 해서 말이다."

"크리스마스 쇼핑이요?"

한나는 깜짝 놀랐다. 엄마는 항상 크리스마스 쇼핑을 1월 세일 때 끝내기 때문이다. 엄마의 조언에 한나도 엄마를 따라 그렇게 일찍 쇼핑을 마쳤는데, 안전한 곳에 보관한답시고 11개월 전에 정리한 선물들을 지금껏 찾지 못하고 있다!

"미셸에게 줄 선물을 더 사려고 한다. 부츠의 창을 새로 갈아야 한다길래, 새로 한 켤레 사줘야겠다 싶더구나. 지금 신는 것보다 더 여성스러운 것이면 좋을 것 같아."

한나는 잠자코 있는 것이 현명하다는 판단하에 아무 말도 하지 않았다. 미셸은 자기 취향의 부츠가 아니면 손도 대지 않는다는 사실을 엄마에게 알려주었다가는 한나의 낡은 사슴 가죽 부츠까지 흉을 보시며 새 부츠를 사주겠노라고 고집을 부리실지도 모를 일이다.

"아마 쇼핑하는 데에 1시간도 안 걸릴 게야."

엄마가 말을 이었다.

"그리고 나머지 오후 시간은 아주 널널한데, 사건과 관련해서 내가 뭔가 도와줄 일이 없겠느냐?"

"아마 있을 거예요."

한나는 수첩을 넘겼다.

"닥터 러브의 알리바이를 다시 한 번 확인해 보시는 게 어때요?"

"어려운 일은 아니다만, 이미 낸시가 그 시간에 혼자 집에서 채점을 하고 있었다고 대답하지 않았느냐."

"그래도 잘 생각해 보면 알리바이가 있을 거예요. 전화 기록은 어때요? 누군가에게 전화를 걸었다던가, 받았다던가? 아니면 밤 9시에서 9시 45분 사이에 집 밖으로 도보 길을 걷고 있는 누군가를 보았을지도 모르잖아요? 아니면 시끄럽게 집 옆 찻길을 지나가는 트럭이 있었다던가? 사이렌 소리를 들었을 수도 있죠. 어쨌든 이런 것들도 그 시간에 닥터 러브가 크리스마스트리 공원에 있지 않았다는 증거가 될 수 있어요."

"그래, 아주 좋구나, 애야! 내가 낸시에게 다양하게 물어보고, 알리바이로 인정할 수 있는지 알아보마."

"역시 엄마예요! 금방 이해하시네요."

한나의 칭찬에 엄마는 기분이 좋아진 듯했다.

"또 도울 만한 일이 있느냐?"

한나는 다시 수첩을 내려다보았다.

"한 가지 더 있긴 해요."

"뭐든지 말해보려무나. 비밀요원 행세도 상관없다. 지난번에 무척 재미있었거든!"

"이것도 비밀요원 놀이라고 할 법하네요."

한나가 이 부탁을 어떻게 하면 엄마가 오해하지 않도록 잘 포장할 수 있을까 고민하며 말했다.

"얼 프렌스버그에 대해 알아봐주세요."

"얼 말이냐? 설마 그 사람도 용의자로 의심하는 건 아니겠지?"

"일단 명단에는 올라와 있어요."

한나가 수첩을 톡톡 두드렸다.

"아니, 어째서?"

"래리가 살해당하기 며칠 전에 마이크와 관람차를 탔었는데, 얼과 비슷하게 생긴 사람이 서류가방을 들고 래리의 사무실로 들어가는 것을 봤거든요. 그전에 래리에게서 사업상 회의가 있다는 얘기를 들은 적도 있구요."

"얼이? 서류가방을 들고 회의에 참석해?"

엄마는 한나의 말을 믿지 못하겠다는 듯한 표정이었다.

"공원 관계자 중 누군가가 차를 견인해야 할 일이 생기지 않은 이상 얼이 회의에 참석할 일은 절대 없다고 본다, 얘야. 그 사람, 도시락 가방 이외의 것을 들고 다니는 것은 한 번도 본 일이 없어요. 분명 다른 사람일 게다. 그저 얼과 닮은 것뿐이겠지."

"아마도요. 그래도 확인은 해봐야죠. 엄마가 어차피 얼과 같은 수업을 들으시니까 저보다 더 가까이 접근하실 수 있잖아요. 오랜 친구를 가장

한 비밀요원 역할을 한 번 더 해주세요."

"흠……솔깃하다만. 알았다. 정확히 내가 뭘 알아봐 주면 되겠느냐?"

한나는 고민하고 있던 문제들을 하나씩 꼽았다.

"우선 제가 본 그 사람이 얼이 맞는지 확인해 주시구요. 만약 맞는다면 혹시 얼이 래리의 투자자들 중 한 사람인지도 알아봐 주세요. 만약 얼이 그날 공원 근처도 가지 않으셨다고 하면 혹시 비슷하게 생긴 사촌이 이 근처에 살진 않는지도 물어봐주세요."

"닮은 사촌이라."

엄마는 프렌스버그 가에서 얼과 닮은 친인척이 있는지 찾아봐야 한다는 한나의 관점에 꽤 흥미를 느끼는 듯했다.

"기발한 추측이구나, 얘야. 얼의 아버님이 쌍둥이셨거든. 그리고 내 기억이 맞는다면, 그 쌍둥이 형제도 얼의 어머님의 여동생과 결혼을 했단다. 그 두 사람이 아이들을 낳아 아직 이 근처에서 살고 있다면, 얼과 비슷하게 생겼을 법도 하지."

"그럼 물어봐 주실 거죠?"

"그래, 그러마."

엄마는 잠시 생각에 잠겼다.

"얼에게 사건 당시에 어디에 있었는지도 물어봐야겠다."

"엄마도 얼을 의심하세요?"

한나는 깜짝 놀랐다. 얼 프렌스버그는 엄마의 가장 오래된 친구들 중 한 명이었다.

"물론 그건 아니지만, 그래도 알리바이는 확인해야 하잖니."

"그렇죠."

"내가 나서면 쉬울 게다. 얼은 나한테는 절대 거짓말하지 않거든. 6학년 때 교실 칠판에다가 선생님 그림을 아주 우스꽝스럽게 그려놓은 것이

너냐고 물으니, 순순히 그렇다고 인정하지 뭐냐."

"그래서 선생님께 이르셨어요?"

한나는 자기도 모르게 엄마의 초등학교 시절 이야기에 빠져들고 말았다.

"당연히 아니지! 절대 고자질하지 않았다."

"얼과의 우정이 더 중요하기 때문에요?"

"그래, 하지만 그게 전부는 아니었단다. 사실 나도 선생님한테 몹쓸 장난을 많이 쳤거든."

초콜릿 라즈베리 트뤼플

한나의 첫 번째 메모: 에이미가 리사에게 레시피가 너무 쉬워서 레시
피라고도 할 수 없다고 했다네요. 하지만 그럼에도 불구하고 모두가
사랑하는 메뉴랍니다. 리사는 화이트 초콜릿과 라즈베리를 짝지어 만
들어 보거나, 화이트 초콜릿과 복숭아, 혹은 화이트 초콜릿과 다른 종
류의 잼과 젤리를 짝지어 만들어 보고 싶다고 했어요. 화이트 초콜릿
을 사용할 때에는 트뤼플을 코코아보다는 슈가 파우더 위에 굴리는 것
이 낫겠죠?

재료

중간 달기의 초콜릿 칩 6온스(170g)

씨를 뺀 라즈베리 잼 2테이블스푼(1/8컵)

트뤼플을 코팅하기 위한 코코아 파우더

만드는 법

1. 그릇에 초콜릿 칩과 라즈베리 잼을 담고 중탕으로 녹입니
다. 중간에 한 번씩 저어주면서 퍼지와 같은 점성이 나타날
때까지 녹입니다.

2. 불을 켜지 않은 가스레인지 위에 혼합물을 올려놓고 식힌
뒤에 손가락을 사용해 트뤼플 크기의 공 모양으로 굴립니다.
아주 진한 맛이기 때문에 적당히 작은 크기로 만드는 것이
좋습니다.

3. 완성된 트뤼플을 코코아 파우더 위에 굴려 옷을 입힌 다음 밀폐 용기에 담아 냉장고에 보관합니다.

4. 이 초콜릿 라즈베리 트뤼플은 실온에 두고 먹어야 가장 맛이 좋답니다. 그러니 먹기 30분 전에는 냉장고에서 꺼내 놓으세요.

한나의 두 번째 메모: 리사와 저는 트뤼플을 코코아 옷을 입히지 않은 채 냉장고에 보관했다가 차갑게 굳은 트뤼플을 꼬챙이에 꽂아서 녹인 초콜릿을 입힌 다음 양피지 위에 놓고 굳혀보았어요. 근데 그렇게 만들어도 정말 맛있더군요! 리사는 코코아 파우더 대신 다진 견과류 위에 트뤼플을 굴려도 훌륭한 레시피가 탄생한다고 조언해 주었답니다.

"바빠?"

리사가 손에 진열용 쿠키단지를 들고 작업실 안으로 들어와 곧장 선반으로 향하자 한나가 물었다.

"말도 마세요! 지금 제가 쿠키 가지러 오는 동안 안드레아가 카운터를 봐주고 있어요. 몇 분만 더 빌려주세요."

"좋아."

한나는 방금 껍질을 벗긴 사과들을 얇게 잘라 들러붙음 방지 스프레이를 뿌린 케이크 팬 바닥에 하나씩 깔았다.

"뭐 만들고 계세요?"

리사가 여분으로 작업실에 두고 사용하는 쿠키단지에도 쿠키를 채우며 물었다.

"딕시 리의 독일식 애플 케이크."

"그 케이크 정말 좋아하는데! 굽는 동안 근사한 향이 나거든요."

"그렇지. 그런 다음에 쿠키를 몇 종류 더 구울 거야. 사람들이 사건에 대해 뭐라고 물어봐?"

"대부분 평면 TV의 총구멍에 대해 궁금해했어요."

리사가 어깨를 살짝 으쓱해 보였다.

"다들 한 번씩은 총으로 TV를 쏘아보고 싶었던 적이 있나 봐요. 그리고 노먼과 함께 사무실 문을 열었을 때의 모습에 대한 설명을 무척 흥미진진해하던 걸요."

"뭐라고 했는데?"

한나가 물었다. 리사에게 사건 현장에 대해 미리 설명해 주고는 나머지는 리사의 상상력에 맡겼던 터라 리사가 뭐라고 했는지 한나도 궁금했다.

"왠지 음침한 사무실 안에서 희미하게 북극광이 비치는 것 같았다. 마치 구름 속에 숨어 빛을 발하고 있는 것 같은. 등골이 오싹한 그 순간, 한나는 사무실 안에 들어가야 하나 말아야 하나 몹시 갈등했다. 그때 농구경기의 점수 차를 설명하는 스포츠 해설자의 목소리가 들렸지만, 화면은 텅 비어 있었다."

"그래서 내가 어떻게 했는데?"

한나는 리사의 이야기에 완전히 몰입할 수밖에 없었다. 리사는 정말 타고난 이야기꾼이었다.

"한 발자국씩 안으로 들어선 다음 어마어마한 크기의 값비싼 평면 TV 화면에 뚫린 구멍을 멍하니 바라봤죠. 해설자는 때마침 닉스 팀에게 기회가 돌아갔다고 방송했고 이내 닉스 팀이 쏜 슛이 성공했다고 방송했어요. 그때 한나의 시선이 커피 테이블에 가 닿았고 거의 비어 있는 브랜디 병을 발견해요. 잠시 한나는 래리가 화면을 향해 유리잔을 던지기라도 한 것일까 생각하죠. 하지만 성인 남자가 아무리 세차게 잔을 던진다고 해도 저렇게 큰 구멍을 낼 수는 없어요. 구멍은 모두 3개인데, 마치 불꽃놀이라도 하는 듯 섬광이 번쩍이고 있어요. 노먼과 힘을 합쳐 빨리 리모컨을 찾아 TV를 꺼야 하지 않나 생각해요. 그러지 않으면 끊긴 전기 배선 때문에 순식간에 TV가, 그리고 온 사무실이 화염에 싸일지도 모르니까요."

"그래서 어떻게 했어?"

한나가 물었다.

"미처 뭘 어떻게 할 새도 없이 노먼에게 물어보려고 고개를 돌렸다가 바닥에 납작하게 쓰러져 있는 사람을 발견하고 말아요. 쓰러져 있는 모습이 꼭 죽은 것 같죠. 그의 두 팔은 마치 악령을 쫓아내려는 듯 활짝 벌어져 있고, 그의 영혼이 담긴 피가 그 주변으로 한가득 고여 있어요."

"윽!"

"알아요. 좀 잔인하죠. 하지만 이렇게 해야 사람들이 좋아하더라구요."

"알만 해. 계속해봐, 리사."

"우선 할 수 있는 건 떨리는 손을 감싸 쥐는 것뿐이었어요. 하지만 미동도 없는 형체를 향해 다가갈수록 떨림은 온몸으로 퍼져나갔죠. 그리고 몇 번인가 침을 삼키며 돌이라도 삼킨 듯 꽉 막힌 목을 풀고는 간신히 한마디 내뱉었죠."

"뭐라고?"

"봐요! 한나의 목소리가 폭풍에 사시나무 떨듯이 떨려요. 심호흡을 한 뒤 이번에는 두 단어를 내뱉어요. 저기요! 봐요!"

"브라보!"

한나는 박수를 쳤다.

"정말 소질 있는 것 같아, 리사. 이렇게 훌륭한 영화배우 감을 감독들이 몰라보는 게 안타까울 따름인걸."

"고마워요."

리사의 양볼이 발그레해졌다.

"이제 그만 나가봐야겠어요. 안드레아는 들여보낼게요. 한나에게 전할 소식이 있다고 했거든요."

한나가 미리 만들어 둔 반죽을 사과 조각이 담긴 케이크 팬에 부은 뒤 오븐에 넣자마자 안드레아가 바람처럼 작업실 안으로 들어왔다.

"오, 세상에!"

안드레아가 알아서 커피 한 잔을 따랐다.

"홀이 완전 아비규환이야!"

"사건 때문에 질문들이 쏟아지지?"

"말도 마. 근데 내가 서장 부인이라고 나한테는 다들 직접 물어보지 못하더라구. 다들 리사는 언제 오느냐고 난리였어."

"리사라면 타고난 이야기꾼이지."

한나 역시 커피를 따라 작업대를 사이에 두고 안드레아와 마주앉았다.

"다들 그렇게 얘기하더라구. 버티도 나한테 살짝 와서는 리사 이야기를 듣고 있으면 아주 머리카락이 쭈뼛쭈뼛 솟는다고 했어."

"다른 사람도 아니고 버티가 머리카락이 쭈뼛할 정도라고 하면 의심할 여지가 없겠어."

한나가 웃음을 터뜨렸다. 버티 스트롭은 마을에서 컷 앤 컬이라는 미용실을 운영하고 있었다.

"먹을 만한 것 좀 있어?"

안드레아가 물었다.

"점심을 걸렀거든."

"샌드위치 만들어 줄까? 저장고에 참치가 있는데."

"고맙지만, 그건 별로야. 뭔가 달달한 게 먹고 싶거든."

"그럼 저기 선반 가서 먹고 싶은 것 골라봐. 애플 케이크를 권하고 싶지만 방금 오븐에 넣었기 때문에 1시간은 족히 기다려야 해. 프로스팅을 하려면 또 식혀야 하고."

"쿠키면 되겠어."

안드레아가 선반으로 다가가 쿠키들을 살피더니 감탄이 섞인 한숨을 살짝 내쉬었다.

"리사의 작품들이네."

안드레아가 마카다미아 화이트 초콜릿 칩 쿠키를 집으며 말했다.

"내가 좋아하는 메뉴야. 여기 피칸 디바인도 있어. 이것도 정말 맛있는데. 저기 블루베리 크런치도 환상이지! 아, 빨간색과 초록색의 체리를 얹은 체리 윙크 좀 봐. 너무 예쁘다. 크리스마스 분위기가 확 느껴지는 것 같아. 일단 빨간 체리 윙크부터 먹어봐야겠어. 그런 뒤에도 출출하면 초록색도 맛봐야지."

냅킨에 쿠키 네 개를 담아 자리로 돌아오는 안드레아를 보며 한나는 고개를 설레설레 저었다. 아무리 날씬한 몸매의 소유자인 안드레아일지라도 계속 이렇게 먹어대다간 얼마 못 가 매 끼니를 풀로만 때워야 될 것이다.

"사건에 대해 뭐 알아낸 거 있어?"

안드레아가 첫 번째 쿠키를 다 먹고 나자 한나가 물었다.

"있지."

안드레아는 커피를 한 모금 마신 뒤 주머니에서 종잇조각을 꺼냈다.

"언니한테 정확하게 전달하려고 들은 이야기 그대로 메모했어. 도우한테 래리의 사업에 투자한 사람들에 대한 기록이 있는지 물어봤거든. 그랬더니 바로 이렇게 말했어. 래리가 아마 기록을 갖고 있을 거야. 투자자와 맺은 계약에 대한 계약서를 갖고 있을 테니까. 하지만 법률 서류까지 작성해야 될 필요성은 없어."

"알았어."

한나가 말했다.

"알은? 혹시 만나봤어?"

그러자 안드레아가 고개를 끄덕였다.

"알은, 바보들이 아닌 이상 서명이 들어간 계약서가 없을 리가 있나, 라고 말했어. 그래서 내가 혹시 알도 래리의 사업에 투자한 거 아니냐고 물어봤더니, 장난해? 라고 하면서 미친 듯이 웃더라구."

"다른 건?"

한나가 살짝 한숨을 내쉬었다.

"아, 호위 레빈한테 전화해서 개인 사업에 투자할 때 작성해야 하는 서류 같은 것들이 있냐고 물어봤는데, 그런 건 없고 대신 모든 조건들이 항목으로 들어가 있는 계약서에 사인을 한 서류는 꼭 갖고 있어야 한대."

"혹시 마을에서 그 계약서 건으로 호위를 찾은 사람은 없었대?"

"물어봤는데, 기밀이라 알려줄 수가 없대."

한나는 천장을 향해 눈을 굴렸다.

"호위다운 대답이군."

"그래서 유도 심문으로 결국 알아냈지. 방금 전 일이야."

"어떻게 했는데?"

"그건 중요하지 않아. 중요한 건 호위가 우리 마을 사람 2명에게서 계약서 작성 건으로 의뢰를 받은 적이 있다는 거야. 한 사람은 바스콤 시장님인데, 그건 우리가 이미 아는 사실이고, 다른 한 사람은 존 워커였어."

한나는 수첩을 펼치고 펜을 집었다. 레이크 에덴 네이버후드 약국의 주인인 존 워커의 이름을 용의자 명단에 막 추가하려던 한나는 어젯밤 호텔에서 노먼과 함께 사석 자리를 지나다 마지막 부스에서 만났던 사람이 떠올라 멈칫하고 말았다.

"이름 안 적어?"

안드레아가 재촉했다.

"어젯밤에 존은 부인과 함께 레이크 에덴 호텔에서 저녁식사를 하고 있었어. 노먼과 내가 나왔을 때 막 메인 요리를 받고 있었거든."

"오, 이런!"

안드레아는 실망한 표정이었다.

"또 하나 잡았나 싶었는데."

"또 하나라니?"

"그래! 말한다는 걸 깜빡했는데, 은행에서 나오기 전에 바스콤 시장님이 알을 만나러 오셨었거든. 시장님은 이미 래리와 계약서를 작성했다는 걸 알고 있었으니까 어젯밤에 혹시 병원에 스테파니를 만나러 갔었냐고 여쭤봤지. 요즘은 어떤지 궁금하다구 말이야."

"머리 좋은데."

한나가 말했다.

"그랬더니 스테파니는 아직 입원 중이고 면회 시간이 끝날 때까지 같이 계셨다고 하시더라구. 그래서 오늘 저녁에 스테파니 병문안을 가겠다고 했어. 선물을 들고 말이야."

안드레아는 고개를 돌려 선반 쪽을 쳐다보았다.

한나는 안드레아의 행동을 금세 눈치챌 수 있었다.

"알았어. 쿠키 포장해 줄게."

한나가 말했다.

"어쨌든 병원에 전화해서 면회 시간을 물어봤는데, 9시면 끝이라고 했어. 근데 병원에서 공원까지는 10분밖에 안 걸리잖아. 그러니 바스콤 시장님의 알리바이가 완벽한 건 아니야."

"빙고."

한나는 다시 용의자 명단을 적은 페이지를 넘겨 바스콤 시장의 이름을 적었다.

"바스콤 시장님은 엄마에게 부탁해야겠어. 시장님한테도 거침이 없는 유일한 사람이니까."

"좋은 생각이야! 시장님과 친한 척하는 건 엄마만 가능한 일이지."

마지막 쿠키를 집어 드는 안드레아의 표정을 보니 만약 입에서 위장까지를 연결하는 계량기가 있다면 한도까지 다다른 상태를 보일 듯했다.

"이건 내가 가져가도 될까?"

안드레아가 물었다.

"얼마든지. 스테파니에게 가져다 줄 쿠키 포장해 줄게."

한나가 레이크 에덴의 퍼스트레이디가 가장 좋아하는 당근 케이크 쿠키를 포장하는 동안 안드레아는 하나 남은 쿠키마저 입에 넣어버리고 말았다. 한나가 다시 안드레아를 돌아보았을 때 체리 윙크는 이미 온데간데없이 사라졌고, 안드레아는 냅킨으로 입술 주변을 훔치고 있었다.

"너무 맛있어서 참을 수가 없었어."

안드레아가 설명했다.

"4시에 집을 보여주기로 했는데, 그 전까지는 자유야. 혹시 그동안 내가 할 일 없어?"

한나는 고개를 저으려다 말고 안드레아라면 손쉽게 해 낼만한 일이 떠올라 멈칫했다. 한나는 루앤이 엄마를 통해 전해준 서류들 중 하나를 꺼내어 들춰보며 말했다.

"제시카 머피에게 들를 수 있겠어?"

"용의자는 아니잖아, 그렇지?"

"그 크로셰 인형들에 대해 래리가 얼마의 대금을 지불했는지 궁금해서 그래. 제시카도 혹시 백지 영수증에 서명을 한 일이 있는지도 확인하고 싶고."

"그 정도쯤이야 거뜬하지. 이제 아기가 둘이라 더 넓은 집으로 이사 가고 싶다고 해서 어차피 만나볼 참이었거든. 아이들은 금방 크니까 집이 확 좁아 보일만 해. 그것 말고는 또 부탁할 것 없어?"

한나는 다시 서류를 들여다보았다.

"래리는 위니 헨더슨의 농장에서 트리를 사들였어. 거기도 가서 래리가 얼마에 트리를 사갔는지, 백지 영수증을 써줬는지 확인해봐야겠어."

"알았어."

안드레아는 자리에서 일어나 한나가 건넨 쿠키 상자를 받아들고는 문으로 향하며 말했다.

"걱정 마. 아무리 유혹적이라도 이 쿠키들은 먹어버리지 않을 테니까. 어차피 배가 불러서 더는 무리야."

한나가 애플 케이크의 프로스팅을 끝냈을 때는 오후 5시에 가까운 시간이었다. 한나가 완성된 애플 케이크를 앞서 만든 메뉴들이 자리하고 있는 저장실에 넣으려는 찰나에 노먼이 작업실로 들어왔다.

"안녕, 한나."

노먼이 미소를 지으며 한나를 포옹했다. 하지만 이내 노먼은 근심스러운 표정이 되고 말았다.

"피곤해 보여요. 저녁에 나랑 같이 코너 태번에 가서 스테이크 먹는 게 어때요?"

한나는 망설일 이유가 없었다.

"너무 좋죠!"

한나가 재빨리 대답했다.

"안 그래도 스테이크가 먹고 싶었어요. 고마워요, 노먼."

"스테이크 먹은 다음에 선물 포장하는 것 도와줄게요."

노먼이 제안했다.

"한나 컨디션이 괜찮다면요."

"좋아요. 그럼 디저트는 우리 집에서 먹으면 되겠어요. 마침 새로운 바 쿠키 레시피를 시험해 보고 싶었거든요."

"안녕, 여러분!"

그때 안드레아가 활짝 웃으며 작업실로 들어왔다.

"나 방금 집 팔았어요!"

"축하해!"

한나가 말했다.

"축하해요."

노먼도 덧붙였다.

"코너 태번에서 축하 파티 어때요? 마침 한나와 가려던 참인데, 함께 해도 좋아요."

그러자 안드레아가 믿을 수 없을 정도로 환한 표정을 지었다.

"잘 됐어요."

안드레아가 말했다.

"마침 트레시가 오늘은 카렌 던라이트의 집에서 자기로 했거든요. 베시는 감기 기운이 있어서 할머니가 일찍 재우겠다고 했구요. 빌은 늦게 온다고 했고, 엄마는 닥터 러브와 저녁 약속이 있다고 했고, 저만 아무 계획이 없어요."

"이제 생겼네요."

노먼이 말했다.

"내가 예약할게요. 언제 출발할 수 있겠어요, 한나?"

"당장이요."

한나는 시계를 올려다보고는 단호하게 대답했다.

"리사에게 지금 가게 문 닫고 일찍 퇴근하라고 하려구요. 아마 리사도 오늘 하루 종일 사람들에게 우리가 래리를 발견하게 된 사연을 이야기해 주느라 목이 꽤 아플 거예요."

30분 후, 세 사람은 코너 태번의 원형 탁자에 둘러앉아 요리사의 특제 시저샐러드를 즐기고 있었다. 한나와 노먼은 토핑으로 앤초비를 주문했지만, 안드레아는 아무런 토핑도 얹지 않았다. 세 사람이 막 포크를 집어드는 찰나에 코너 태번의 사장인 닉 프렌티스가 은색 통에 담긴 샴페인을 들고 다가왔다.

"축하할 일이 있으신가 봐요."

그가 샴페인의 마개를 땄다. 그런 뒤 한나를 향해 고개를 돌렸다.

"노먼과 특별한 날인가 보죠?"

별안간 침묵이 흘렀고, 이내 안드레아가 나섰다.

"그럼요!"

안드레아가 환하게 미소를 지으며 말했다.

"언니랑 노먼이 방금 2인분 스테이크를 주문했으니 그것도 참 특별한 일이긴 하죠. 근데 오늘은 제가 부동산 중개로 한 건 성공해서 그것 때문에 축하하러 온 거예요."

"그렇군요. 축하해요!"

닉이 안드레아의 손을 잡고 악수한 뒤 몸을 바짝 기울였다.

"갈릭 브레드 주문하셨죠?"

"물론이죠. 갈릭 브레드라면 여기가 미네소타에서 최고잖아요."

"고마워요. 그리고 토드 서장님 몫으로 늘 드시던 것 포장 주문하신 것 맞죠?"

"네, 맞아요."

"여기 키안티(이탈리아 토스카나 지방산의 적포도주) 반 병 서비스로 드릴게요. 갈릭 브레드랑 아주 잘 어울리거든요. 어젯밤에 바스콤 시장님도 와서 드셔보고는 감탄하셨어요."

"바스콤 시장님이 어제 저녁식사 하러 오셨어요?"

닉의 뜻밖의 이야기에 한나가 놀라 되물었다.

"아, 네. 사모님 병문안 다녀오신 후 직접 운전해서 오셨어요. 사모님, 너무 좋으신 분인데, 빨리 완쾌하시길 기도하고 있어요."

"저희도 마찬가지예요."

닉이 샴페인을 따르는 동안 노먼이 수사 대열에 합류했다.

"전 괜찮아요. 운전을 해야 하거든요. 근데 어젯밤에 시장님이 몇 시에 여길 오셨는지 기억하고 계신가요?"

"9시가 조금 지난 시간이었어요. 병원에서 곧장 오셨다고 하시던데요."

닉이 한나 무리로 몸을 바싹 기울였다.

"병원에서 사모님이 드시는 식단을 보고 왔더니 더 허기가 진다고 하시더라구요. 왜 병원 같은 곳에서는 훌륭한 식사를 할 수 없는 걸까요? 아픈 사람들은 더욱 잘 먹어야 하는데 말이죠."

닉이 샴페인을 모두 따른 뒤 자리를 뜨자마자 안드레아가 한숨을 내쉬었다.

"어쨌든, 설마 바스콤 시장님이 래리를 죽였으리라곤 생각하지 않았어."

안드레아가 샴페인을 한 모금 마신 뒤 노먼 쪽으로 손을 뻗어 살짝 포옹했다.

"축하해줘서 고마워요."

"얼마든지요. 빌도 함께했으면 좋았을 텐데 그 점이 아쉽네요."

"그러게요."

안드레아가 한나를 돌아보았다.

"제시카랑 위니를 만난 일이 어떻게 됐는지 궁금하지 않아?"

"궁금해."

한나가 가방에서 수첩을 꺼내 적당한 페이지를 펼쳤다.

"제시카 일은 어떻게 됐어?"

"래리는 봉제 인형 1개당 10달러를 지불했어. 그리고 한 번도 영수증을 미리 준비해 온 적이 없었대. 그래서 백지 영수증에 서명을 해줬고, 돈은 늘 현금으로 받았대."

"그럼 이윤이 100%가 남았겠네. 코트니가 생각하고 있는 20%는 거짓이었어."

"위니도 현금으로 대금을 받고 백지 영수증에 사인했어. 그리고 나한테 가격 목록을 보여줬는데, 래리가 위니에게 구입한 금액이 내가 래리에게서 구입한 금액보다 무려 20달러나 더 쌌어."

그러자 노먼이 휘파람을 획 불었다.

"그게 사실이라면 래리의 사업이 아주 잘 나가고 있었던 거로군요."

"서류상으로는 어려웠어요."

한나가 포크로 앤초비를 콕콕 찔렀다.

"루앤이 코트니에게 영업 장부와 서류를 받아 훑어 봤는데, 그 상태만 보았을 때는 완전 적색등이었어요. 사업용 계좌에도 우리 쿠키 주문에 대한 대금을 치를 돈만 간신히 남아 있는 상태였다구요."

"잠깐만요."

노먼이 말했다.

"그럼 그 수익들은 다 어디로 간 걸까요?"

"레이크 에덴 퍼스트 머천다일 은행의 개인 계좌와 아마 다른 계좌들에 흩어져 있겠죠."

"언니 말이 맞아."

안드레아도 동의했다.

"래리가 장부들을 조작한 거야."

"이제야 의혹에 대한 물증을 찾았으니 이제는 이 사실을 알아낸 또 다른 사람을 찾기만 하면 돼."

"그리고 그것 때문에 그를 죽인 사람을 말이죠."

노먼이 말했다.

딕시 리의 독일식 애플 케이크

오븐은 175도로 예열해 주세요. 틀은 오븐의 중앙에 둡니다.

재료

껍질을 벗겨 깍둑썰기를 한 사과 4컵(중간 크기 사과 4~5개) / 계란 3개

식물성 기름 1컵 / 백설탕 2컵 / 바닐라 1티스푼

베이킹소다 1티스푼 / 시나몬 2티스푼 / 소금 1/2티스푼

다목적 밀가루 2컵(컵에 가득 채워 측량하세요)

만드는 법

1. 9×13 크기의 케이크 팬 안쪽에 기름칠을 합니다(혹은 들러붙음 방지 스프레이를 뿌립니다).

2. 사과의 껍질을 벗기고, 씨를 빼낸 뒤 파이에 넣기 좋을 만한 크기로 깍둑썰기를 합니다. 미리 준비한 케이크 팬 바닥에 사과 조각들을 깔아줍니다.

> 한나의 메모: 반죽을 할 때는 손으로 하는 것보다 전자 믹서기를 사용하는 것이 훨씬 편합니다. 쿠키단지에서는 애플 케이크 반죽 4개를 한꺼번에 같이 만들어야 하기 때문에 꼭 전자 믹서기를 사용하고 있어요.

3. 중간 크기의 볼에 계란과 식물성 기름을 넣고 골고루 저어줍니다. 그런 뒤 설탕을 넣고 다시 젓습니다.

4. 바닐라, 베이킹소다, 시나몬, 그리고 소금을 넣고 골고루 섞습니다.

5. 밀가루를 1컵씩 넣으면서 넣을 때마다 잘 반죽합니다.

6. 반죽을 숟가락을 사용해 마지막으로 잘 저은 뒤 사과 위에 붓습니다(반죽이 사과를 모두 덮지 않더라도 걱정하지 마세요. 굽는 동안 반죽이 퍼질 테니까요).

7. 175도에서 60분간 굽습니다(전 50분 정도 구웠어요). 팬에 담은 채 식히거나 선반으로 옮겨 식힙니다.

딕시 리의 독일식 애플 케이크 프로스팅

재료

부드러운 크림치즈 8온스(220g, 휘핑크림 스타일이 아닌 네모나게 낱개 포장된 상품)

바닐라 추출액 2티스푼 / 레몬주스 1테이블스푼(갓 짠 것이 제일 좋습니다)

녹인 버터 4테이블스푼

슈가 파우더 2컵(큰 덩어리가 눈에 띄지 않는 이상 체질하지 않아도 됩니다)

만드는 법

1. 크림치즈를 부드럽게 만들기 위해 미리 냉장고 밖에 꺼내어 놓는 것을 잊어버렸다면, 포장을 벗겨 전자레인지에 넣고 강으로 20초간 돌려주세요. 부드러워졌는지 확인하고 아직 딱딱하면 15초 정도 더 돌립니다.

2. 크림치즈에 바닐라 추출액을 넣고 레몬주스와 녹인 버터를 넣고 부드럽게 저어줍니다.

3. 슈가 파우더를 1/2컵씩 더하면서 혼합물의 점성을 확인합니다. 어느 정도 끈적끈적해질 때까지 설탕을 넣어주세요(전 결국 2컵을 모두 넣고 말았지만요).

4. 딕시 리의 프로스팅은 애플 케이크와 윈-윈 작용을 한답니다. 프로스팅이 너무 묽으면 슈가 파우더를 더 넣고, 너무 끈적거리면 레몬주스나 바닐라를 더 넣어주세요.

5. 완전히 식은 독일식 애플 케이크 위에 프로스팅을 뿌린 다음 향기로운 커피 한 잔을 곁들여 맛있게 즐기세요.

리사의 메모: 전 복숭아가 제철일 때 사과 대신 복숭아를 넣고 똑같은 방법으로 만들어 보았답니다.

　한나는 현관문에 열쇠를 꽂은 뒤 문을 열면서 곧 닥칠 모이쉐의 맹
렬한 환영인사에 단단히 대비를 했다. 하지만 웬일인지 집 안은 잠잠했
다. 매일 한나의 팔 안으로 달려드는 녀석의 모습은 온데간데없었다.

　"이런."

　한나가 말했다.

　"내가 먼저 들어갈게요."

　노먼이 집 안으로 먼저 발을 들여놓았고, 이내 그의 탄식 소리가 들렸
다. 한나는 최악의 경우를 상상했다. 녀석이 뭔가 잘못을 저지르고는 숨
어 있거나, 어딘가 아파서 바닥에 쓰러져 있거나, 그게 아니면 혹시……
한나는 눈을 질끈 감아 버렸다!

　"도대체 무슨……?"

　한나는 집 안으로 들어가 거실을 둘러보았다. 어딘가 부서지거나 흐
트러진 곳도 없었고, 소파 위로 날리는 오렌지색과 하얀색의 털도 보이지
않았다. 이상한 점이라곤 아무것도…….

　"혹시 계단식 의자 있어요, 한나?"

　노먼이 한나의 상상에 끼어들었다.

　"네, 하지만 그건 왜……."

　한나는 노먼이 쳐다보고 있는 천장 쪽을 바라보고는 이내 아까의 노먼

이 그랬던 것처럼 탄식을 내뱉었다. 모이쉐가 크리스마스트리의 가장 위쪽 가지에 위태롭게 매달려 있었던 것이다. 녀석의 입에는 증조할머니 엘사의 새 인형이 물려 있었다. 아침부터 새 사냥에 재미를 들이더니 그 맛을 잊지 못하고 또 일을 저지른 모양이었다. 모이쉐는 크리스마스트리를 기어 올라가 사냥감을 획득하는 데에는 성공했지만, 그러고 나서는 쭉 저렇게 내려오고 있지 못한 듯했다.

증조할머니의 새 인형이 또다시⋯⋯. 한나는 그대로 양탄자 위에 주저앉아 울고 싶은 심정이었다. 하지만 우리의 천하무적 고양이님께서 불쌍한 모습으로 가지에 매달려 처량하게 울고 있는 것을 보고 있자니 한나는 차마 모른 척 할 수가 없어 의자를 가지러 곧장 부엌으로 달려갔다. 모이쉐의 안전이 앤티크 크리스마스 장식보다 중요하니 말이다. 그러고 보니 크리스마스 장식이 이제 종류별로 하나씩 밖에 남아 있지 않게 되었다.

노먼이 한나가 가져온 의자를 밟고 올라가 모이쉐를 안아 올렸다. 녀석은 보통 고양이들이 그러하듯 노먼을 할퀴는 대신 그의 팔 안에 가만히 안겨 가르랑거리기 시작했다. 아마도 사과의 뜻이 담긴 듯했다. 아니, 충동적이기 짝이 없는 녀석의 입에서 토막 난 새 인형 조각을 꺼내며 한나는 적어도 그럴 것이라 믿고 싶었다.

"커피 할래요?"

모이쉐 때문에 소동 아닌 소동을 겪었으니 커피가 필요하겠다는 생각에 한나가 노먼에게 물었다.

"좋죠. 포장지랑 리본은 어디에 뒀어요? 내가 포장 준비할게요."

문득 한나는 엄마의 조언을 따르길 잘했다고 생각했다. 크리스마스용 포장지와 리본, 테이프를 엄마가 쇼핑 카탈로그를 보고 딸들을 위해 주문한 빨간색과 초록색의 상자들 중 하나에 모두 담아 보관하고 있었기 때문이다.

"손님방 침대 밑에 보면 빨간색과 초록색 상자가 있는데, 거기에 전부 있어요."

한나가 말했다.

"난 커피 준비하고, 디저트로 먹을 낸시 던을 굽고 있을게요."

"낸시 던이 뭐예요?"

"오트밀과 대추야자 열매를 넣은 바 쿠키예요. 어젯밤에 재료들을 미리 준비해 놓았거든요. 근데 오늘 아침에 노먼도 아는 그 일 때문에 깃털들을 치우느라 바빠서 미처 반죽을 하지 못했어요. 지금 바로 반죽해서 하나는 우리가 먹고, 다른 하나는 내일 가게에 가져가서 구우려구요. 맛이 정말 깊고 달콤할 거예요."

"지금 처음 만들어보는 거예요?"

"네, 지난주에 우편으로 레시피를 받았거든요. 다들 맛있다고 하면 출장 서비스 때 메뉴로 내려구요."

한나는 서둘러 부엌으로 가 오븐을 예열하고 커피 물을 올린 다음 바 쿠키 반죽할 준비를 했다. 마른 재료들은 이미 조리대 위에 준비가 되어 있었기 때문에, 냉장고에서 나머지 재료들을 꺼내고 팬을 준비하기만 하면 되었다. 대추야자 열매도 어제 저녁에 오렌지 주스를 넣고 조리를 해놓은 뒤였다. 레시피가 무척 간단했기 때문에 10분도 채 지나지 않아 낸시 던이 완성되었다.

"빠른데요."

노먼이 한나에게 다가와 손에서 커피를 건네받았다.

"이제 필요한 건 다 있는 것 같군요. 물론, 크리스마스 선물만 빼고요."

"그러네요."

한나는 커피를 소파 옆에 있는 테이블 끝에 내려놓고 미리 구입한 선물들을 가지러 침실로 들어갔다. 그러고는 선물들을 가지고 나오려다가 노먼의 선물도 포함되어 있다는 사실을 깨닫고는 노먼의 선물만 빼서 재빨리 옷장 안에 넣었다. 그건 나중에 한나 혼자 포장을 해야 할 듯했다. 한나는 다시 나머지 꾸러미와 상자들을 챙겨 거실로 나왔다. 미셸은 이런 크리스마스 선물 더미들을 두고 크리스마스 약탈품이라고도 했다.

"상자에서 얼른 나와, 모이쉐!"

녀석의 머리가 상자 안으로 쑥 들어가 있는 것을 본 한나가 소리쳤다.

"내가 할게요."

노먼이 모이쉐를 안아 올려 소파 뒤로 데려다놓았다.

"그냥 호기심이 생겨서 그래요."

그냥 호기심이라, 한나의 눈앞에 녀석의 호기심이 발동했던 그간의 사건들이 쭉 스쳐 지나갔다. 값비싼 디자이너 소파 쿠션이 갈기갈기 찢어져 마치 눈송이처럼 솜털이 양탄자 위로 나부끼던 때, 케이블과 비디오, 텔레비전 등의 전기선이 콘센트에서 뽑혀 새집처럼 뒤엉켜 있던 때, 한나의 침실 옷장 바닥에 고양이 사료를 수북이 쌓아 놓았던 때도 있었다. 그리고 바로 지난 이틀 동안만 해도 한나의 증조할머니가 손수 만드신 크리스마스 장식을 망쳐놓았을뿐더러 트리 가지 위에도 올라가지 않았던가. 호기심이라고? 그래, 호기심이지. 하지만 녀석의 행동을 그보다 더 잘 설명할 수 있는 단어가 몇 개 떠올랐다. 그중 악동이라는 표현이 제일 맞을 듯했다.

"우리가 선물 포장을 하는 동안 뭔가 가지고 놀 장난감이 있으면 괜찮을 거예요."

노먼이 리본을 잘라 모이쉐에게 가지고 갔다.

"여기 있어, 친구."

모이쉐는 한나를 쳐다보다 다시 노먼을 쳐다보았다. 한나가 생각건대 녀석은 분명 앞발로 리본을 툭툭 건드리면서 씩 웃고 있었다. 노먼은 리본을 둥글게 말아 녀석에게 던져주고는 이내 다시 상자 앞으로 돌아왔다.

"테이블 위에 놓고 할까요, 아니면 바닥에서 할까요?"

노먼이 물었다.

"바닥이요. 선물 중에 테이블 위에 놓기에 너무 큰 것들도 있어서요."

한나는 트레시의 침실 문에 거는 용도로 구입한 화이트보드와 수성 매직들을 가리켰다.

"난 어디든 괜찮아요."

노먼이 첫 번째 꾸러미를 열고 내용물을 살펴보았다.

"이거는 초록색 크리스마스트리 무늬가 있는 황금색 포장지로 포장해야겠어요. 이 정도 크기를 포장할 수 있는 건 그것밖에 없네요."

"그래요."

한나는 포장 재료들이 담긴 상자 맞은편에 앉아 노먼에게 포장지를 건넸다.

"내가 포장지를 양탄자에 펼칠게요. 그러면 한나가 화이트보드를 바닥에서 가운데까지 6인치(약 15cm) 정도 오도록 내려놓아요. 그런 뒤에 어디서 자르면 좋을지 봐요."

"알았어요."

노먼이 포장지를 펼쳤다. 하지만 한나가 화이트보드를 막 내려놓으려는 찰나에 소파 쪽에서 털 뭉치가 달려와 트레시의 선물 밑으로 미끄러지듯 들어가더니 네 발로 갈퀴처럼 포장지를 모두 할퀴어버렸다.

"어-오."

종이가 뜯기는 소리에 노먼이 중얼거렸다.

"정말 '어-오'네요. 하지만 덕분에 어디서 가위질을 해야 할지 이제 알겠어요. 노먼이 아직 펼치지 않은 포장지 위로 가위질을 해야겠어요."

"아주 재밌군요. 녀석한테 생쥐 장난감 하나 던져주겠어요? 그래야 우리가 포장을 끝낼 수 있을 것 같아요."

"그래요. 하지만 그렇다고 해도 서둘러야 할 거예요. 녀석은 생쥐 인형에 고작 1분밖에 집중하지 못하니까요."

"1분이 어디에요."

한나가 모이쉐의 생쥐 장난감을 한 개 꺼냈다.

"인형을 오른손으로 들고 조금 흔들어요. 녀석이 한나가 곧 인형을 던질 거라는 걸 알게요. 그런 다음에 왼손으로 포장지 끝을 잡아요. 난 한나가 인형을 던지자마자 포장지를 펼칠게요."

"좋아요, 준비됐어요?"

한나는 한 손으로 포장지를 잡고 한 손으로는 인형을 흔들었다. 노먼이 준비됐다고 하자마자 한나는 복도 끝을 향해 인형을 던진 다음 화이트보드를 들어 포장지의 정중앙에 내려놓고, 서둘러 달려오는 모이쉐를 도중에서 가로막았다.

"성공이에요."

한나가 말했다.

"아직 말하긴 일러요."

노먼이 포장지를 자른 다음 테이프로 손을 뻗었다.

"포장을 마무리해서 리본까지 매려면 아직 한참 남았어요. 인형을 한 번 더 던지는 게 좋겠어요."

한나는 억지로 녀석을 키티 콘도 있는 곳으로 데려간 다음 2층에 널브러져 있는 또 다른 생쥐 인형을 꺼냈다. 아까 던진 인형은 아직도 복도 끝 그 자리에 놓여 있었다. 모이쉐가 노먼이 포장지를 펼치는 것을 보자마자 인형은 내버려둔 채 곧장 달려왔기 때문이다.

"두 번은 안 통할 것 같은데요."

한나가 말했다.

"특히 리본 묶을 때는 더더욱이요."

"한번 해봐요. 매듭 묶을 때 손가락으로 리본을 잡아줘요."

한나는 모이쉐를 꼭 안은 채 한 손으로 생쥐 인형을 유혹적으로 흔들었다. 녀석은 인형에 흥미를 보이는 듯했지만, 여전히 노먼이 들고 있는 리본패와 인형 사이에서 갈등하고 있었다.

"지금이에요!"

노먼이 외치자 한나는 인형을 저 멀리 복도 쪽으로 다시 던졌다. 그런 다음 재빨리 몸을 돌려 노먼이 방금 묶은 리본 위에 손가락을 얹었다. 하지만 노먼이 겨우 리본 고리 하나 만들었을 뿐인데, 어느새 나타난 털이 몽실몽실한 모이쉐의 앞발이 노먼의 손을 힘차게 내리쳐 그가 들고 있던 리본 패가 저 멀리로 날아가 버리고 말았다.

노먼은 끙 소리를 냈다. 한나 역시 마찬가지였다. 두 사람은 거실의 양탄자 위로 빨간색 벨벳 리본을 맹렬하게 쫓고 있는 녀석을 노려보았다. 먼저 입을 연 것은 한나였다.

"내가 보기에는요."

한나가 말했다.

"이 문제에는 딱 두 가지 방법밖에 없어요. 모이쉐의 네 발을 테이프로 꽁꽁 묶어놓든가."

"설마 정말로……"

노먼이 고개를 갸우뚱하며 하던 말을 멈추었다.

"……정말로?"

"물론 아니에요. 그건 너무 잔인하니까요. 또 다른 방법이 있어요."

"가둬두려는 것도 아니겠죠?"

한나는 고개를 가로저었다.

"그것보다 더 좋은 방법이 있어요."

"그게 뭔데요?"

"연어 통조림을 따서 아주 조금씩 조각조각 주는 거예요. 그동안 노먼은 가능한 빨리 포장을 마쳐야 해요."

한나의 계획은 생각보다 더 잘 진행되었다. 8온스(220g)짜리 연어 통조림 1개는 노먼이 열여섯 개의 선물을 모두 포장하는 동안 지나치게 호기심이 많은 녀석의 주의를 돌리기에 충분했다. 리본만큼은 모이쉐가 없었더라면 더 공들여서 예쁘게 맬 수 있었을지 모르겠지만, 그래도 한나가 혼자서 매는 것보다는 훨씬 나았다.

낸시 던 쿠키 바가 오븐에서 나와 식힘망 위에서 한껏 김을 빼는 가운데, 모이쉐는 소파 뒤에 나른하게 앉아 살짝 연어 향을 풍기며 코를 골고 있었고, 한나와 노먼은 소파에 앉아 래리 재거의 살인사건에 대해 이야기를 나누고 있었다.

"래리가 레이크 에덴에 오기 전에는 뭘 했는지 모르겠어요."

한나가 말했다.

"15년 전에 닥터 러브를 떠난 뒤로는 그간의 래리의 행적을 그녀도 모른다고 했거든요."

"만약 예전에도 지금과 똑같은 명칭으로 사업을 했다면 찾아볼 수 있을지도 몰라요."

노먼이 제안했다.

"그가 예전에 사용했던 사업명을 알아요."

한나는 공원 사무실에서 마이크와 래리가 나눴던 대화를 떠올렸다.

"래리가 고등학교 시절 만들었던 표지판에 대해 얘기한 적이 있어요. 그간 경영했던 L. J. 엔터프라이즈의 사업체들 앞에 내걸 정도로 아주 컸다고요."

"그럼 L. J. 엔터프라이즈부터 시작하면 되겠군요."

노먼이 자리에서 일어나 하나의 컴퓨터 앞으로 갔다.

"컴퓨터 사용해도 괜찮죠?"

"그럼요. 낸시 던이랑 함께 커피 더 들겠어요? 지금쯤이면 자를 수 있을 만큼 식었을 거예요."

"좋죠. 만약 예전의 사업체에 홈페이지가 있었다면 찾는 데는 그렇게 오래 걸리지 않을 거예요."

하나가 커피와 함께 낸시 던 접시를 들고 다시 거실로 돌아왔을 때 노먼은 출력을 하고 있었다.

"뭣 좀 찾았어요?"

하나가 물었다.

"래리가 레이크 에덴에 오기 전에 경영했던 사업체를 찾았어요."

노먼이 말했다.

"할리우드 홈시어터라고, 위스콘신 주 매디슨에 있었어요."

"영화 배급업을 했어요?"

하나가 물었다.

"대형 스크린 TV를 판매했어요."

노먼이 정정해 주었다.

"기술자들이 거실에 TV를 설치해주고, 의자며 사운드 시스템까지 정비해 주는 거죠. 하지만 불행하게도 사업은 그리 오래가지 못했어요."

"얼마나 경영했는데요?"

"5개월 후에 파산했어요. 그것과 관련된 신문기사가 있는데, 다운을

313

받을 테니 잠깐만 기다려요."

노먼이 링크를 클릭하고는 화면에 나타난 내용을 읽었다.

"위스콘신 스테이트 저널에 실린 기사인데, 래리의 할리우드 홈시어터에 투자했던 살바토레 비앙코라는 사람에 관한 내용이에요. 사업이 파산하자 투자했던 모든 돈을 잃었고 결국 자살했다는군요."

"끔찍해요!"

한나가 말했다.

"래리가 지금과 같은 수법으로 투자자들에게 사기를 친 것이라면 더욱 끔찍한 일이죠."

"아마 사기를 친 게 맞을 거예요. 매디슨처럼 큰 도시에서 대형 스크린 TV 사업이 그렇게 단기간에 망할 리가 없잖아요. 거기는 특히 패커스 팀(미국 위스콘신 주 대표 미식축구팀)을 응원하는 사람들이 많이……."

"왜 그래요?"

한나가 갑자기 하던 말을 멈추자 노먼이 물었다.

"대형 스크린 TV요. 방금 기억이 났어요. 휘팅 교수님이 내준 과제가 바로 그거였는데."

"그럼 우연이 아닐 거란 말이에요?"

"네, 바로 그거예요. 근데 휘팅 교수가 어떻게 래리의 마지막 사업체에 대해 알고 있었을까요?"

그러자 노먼이 미소를 지었다.

"알아내는 방법은 하나뿐이에요."

"맞아요. 내가 내일 바로 학교로 가서 그녀에게 직접 물어봐야겠어요."

"정정할게요. 우리가 같이 학교에 가서 직접 물어보는 거예요."

"좋아요. 노먼의 차가 더 안락하고 난방도……."

한나가 또다시 하던 말을 멈추었지만, 이번에는 노먼이 이유를 묻지 않았다.

"래리의 평면 TV요?"

노먼이 물었다.

"네, 무슨 연관이 있는 것 같지 않아요?"

"가능성이 있네요. 누군가 래리와, 그리고 그의 TV를 죽였어요. 래리는 TV 사업을 한 적이 있고 우리가 새로 알게 된 그 자살한 사람을 포함해 사업에 투자한 사람들을 속였죠. 우연으로 엮을 수 있는 사건들이 많군요."

"우연치고는 너무 많아요."

한나가 수첩을 꺼내 새로운 사실들과 의심점들, 그리고 휘팅 교수와 면담할 것 등을 기록했다. 한나가 수첩을 다시 덮자 현관문에서 열쇠 소리가 들렸다.

"안녕, 언니."

미셸이 얼굴 가득 미소를 지으며 안으로 들어왔다.

"안녕, 노먼. 이게 무슨 좋은 냄새야?"

"낸시 던 바 쿠키야."

그러고는 미셸이 묻기도 전에 한나가 먼저 알려주었다.

"대추야자 열매랑 오트밀을 넣고 만든 쿠키 바인데, 입에서 녹는 맛이 아주 좋아."

미셸은 실망한 표정을 지었다.

"언니가 집에서 쿠키 굽는 줄 알았으면 오는 길에 초콜릿 선데는 먹지 않는 건데."

"안됐네요."

노먼이 말했다.

"방금 하나 맛봤는데 정말 맛있어요."

"흠……그래도 아직 한 개 정도는 거뜬하게 먹을 수 있을 거예요."

미셸은 곧장 접시로 다가가 쿠키 한 개를 집었다.

"언니, 크리스마스트리 정말 예쁘다. 올해는 집에 트리가 있어서 반가 운걸?"

"그러게."

한나가 말했다. 정말 미셸의 말대로 크리스마스트리는 너무 예뻤다. 모이쉐의 사건 이전에는 말이다.

"모이쉐는 어디 있어?"

"소파 등받이 위에."

한나가 모이쉐를 가리켰다.

"매번 내가 오면 달려와서 반겨줬었는데."

미셸이 근심스러운 표정을 지었다.

"어디 아픈 거야?"

한나는 고개를 가로저었다.

"너무 배가 불러서 혼수상태야. 노먼이 크리스마스 선물을 포장하는 동안 녀석을 붙잡아 두려고 연어 통조림 한 캔을 모두 먹였거든."

"그럼, 트리 밑에 선물을 두면 안 되겠네."

미셸이 까르르 웃었다.

"안드레아 언니한테 언니가 요 며칠 모이쉐 때문에 고생이 많았다는 이야기 들었어."

"사실이야. 크리스마스 이브 날까지 트리가 무사할 수 있을지 모르겠 어."

"아, 그러니까 생각이 났는데."

미셸이 낸시 던을 한 개 더 집으며 말했다.

"혹시 올해도 크리스마스 이브에 저녁식사 해?"

"당연하지. 그건 매년 하는 거잖아."

"여기 언니 집에서 말이지?"

"그래, 늘 그래 왔잖아."

"잘됐다. 그럼 디저트 때 대학에서 온 손님 한 명 초대해도 될까? 식사는 밖에서 먹고 디저트 타임에만. 언니의 디저트는 환상이니까 말이야."

"얼마든지 괜찮아. 대신 친구들이 몇 명이나 오는지 꼭 말해줘야 해. 애피타이저는 6시에 시작할 거구 미네소타 자두 푸딩은 8시에 선보일 거니까 말이야."

"고마워, 언니. 아주 멋질 거야. 자두 푸딩 이야기는 엄마한테 이미 들었는데, 정말 놀라운 맛이라고 하셨어."

미셸이 손목시계를 내려다보더니 한숨을 내쉬었다.

"아직 9시 30분밖에 안 됐는데, 너무 피곤해. 난 그만 자야겠어. 오늘 총 연습만 3번을 했거든. 내일 아침에는 의상 리허설이 있구."

"그럼 잘 자요, 미셸."

노먼이 인사했다.

"네, 그럼 노먼, 언니, 난 이만."

미셸은 약간 망설이더니 다시 커피 탁자로 돌아와서 쿠키 바를 하나 더 집었다.

"아무래도 에너지가 필요해서."

미셸은 씩 웃으며 손님방으로 사라졌다.

낸시 던 바 쿠키

오븐은 175도로 예열해 주세요. 틀은 오븐의 중앙에 둡니다.

재료

씨를 빼서 마구잡이로 다진 대추야자 열매 8온스 / 오렌지주스 1과 1/2컵

다목적 밀가루 2와 1/2컵(측량할 땐 1컵 가득 담습니다) / 황설탕 1과 1/2컵

소금 1/2티스푼 / 부드러운 버터 1과 1/2컵(340g)

오트밀 2컵(퀵 오트밀이나 정통 오트밀이나 어느 것이든 괜찮습니다)

다진 코코넛 1컵(반죽용) / 다진 견과류 1컵(호두 혹은 피칸)

다진 코코넛 1/2컵(토핑용)

만드는 법

1. 중간 크기의 소스팬에 대추야자 열매와 오렌지주스를 넣습니다. 뚜껑을 닫지 말고 팬을 불에 올립니다. 끓으면 불을 낮춘 뒤 조금 끈적끈적해질 때까지 중간에 한 번씩 저어주면서 15~20분간 더 끓입니다.

2. 소스팬을 불을 켜지 않은 곳에 올려 식힙니다.

3. 커다란 볼에 밀가루, 설탕, 소금을 넣고 골고루 섞습니다.

4. 부드러운 버터를 패스트리 블렌더나 2개의 칼을 사용해 고르게 잘라(칼날을 부착한 믹서기를 사용해도 좋습니다) 반죽에 넣습니다.

5. 오트밀과 코코넛, 그리고 견과류를 넣고 섞습니다.

6. 9×13 크기의 케이크 팬에 들러붙음 방지 스프레이를 뿌립니다.

7. 오트밀 혼합물 4컵을 토핑용으로 따로 덜어낸 뒤 남은 것을 팬 바닥에 넣어 꾹꾹 눌러줍니다.

8. 반죽을 넣은 뒤 가장자리에서 1/4인치(6mm) 안쪽으로 대추야자 소스를 붓습니다.

9. 덜어두었던 오트밀 혼합물을 위에 뿌립니다.

10. 그 위에 코코넛 1/2컵을 뿌리고 부드럽게 다듬어 줍니다.

11. 175도에서 35~40분간 굽습니다. 윗부분이 노르스름하게 구워지면 완성입니다. 팬 채로 식힘망 위에 올려 식힙니다.

12. 완전히 식었으면 바 모양으로 잘라 밀폐 용기에 보관합니다.

"이만 가봐야겠어요, 한나."

노먼이 자리에서 일어나 커피잔을 부엌으로 가져갔다.

"벌써 10시가 다 됐는데, 한나도 이제 그만 자야죠."

"그래요. 그럼 내일 학교에는 몇 시에 갈까요? 교수님이 8시에는 수업이 있을 거예요."

"그럼 8시 30분에 가게로 데리러 갈게요. 수업 끝난 후에 만나보도록 해요. 내일 오전은 진료 약속을 잡지 않을게요."

"고마워요, 노먼."

한나가 일어나서 그를 배웅하려는 찰나 누군가의 노크소리가 들렸다.

"내가 나갈게요."

노먼이 현관으로 향했다.

"누구세요?"

"나네, 한나의 엄마."

엄마가 어찌나 큰 소리로 대답하는지 바로 옆에서 이야기하는 것처럼 생생하게 들렸다.

"어서 열어주게, 노먼. 얼어 죽겠어."

노먼이 서둘러 문을 열었고, 집 안으로 들어온 엄마의 코트를 한나가 받아들었다.

"커피 드릴까요?"

한나가 물었다.

"이미 끓여 놓은 것이 있다면 주려무나. 귀찮게 하긴 싫거든."

"마침 끓인 것이 있어요. 새로 끓여야 한다고 해도 괜찮아요."

한나는 서둘러 부엌으로 들어가 커피를 따른 뒤 노먼과 미셸이 열광하던 바 쿠키도 몇 조각 접시에 담아 거실로 돌아왔다.

"커피랑 같이 바 쿠키 드세요, 엄마."

"흠……한 개만 먹어볼까. 낸시가 손수 저녁을 차려주었는데 정말 근사했단다. 외출할 기분이 아니라고 해서 말이다."

"알리바이는요?"

부디 닥터 러브가 래리가 살해당했을 시간에 우연이라도 공원 주변을 거닐지 않았기를 간절히 바라며 한나가 물었다.

"막다른 길이란다, 애야. 전화를 받은 적도, 건 적도 없었고, 집 앞을 지나가는 사람도 없었고, 기억나는 소음도 없다는구나. 낸시가 당시 집에 있었다는 것을 증명할 방법이 없어."

"괜찮아요. 어차피 어려운 일이었고, 엄마도 최선을 다하셨잖아요. 진범을 찾기만 하면 문제없을 거예요."

한나가 짐짓 자신 있게 말했다.

"얼은요? 그 일은 잘되셨어요?"

"사실 말이다……."

엄마가 인상을 찌푸리며 고개를 설레설레 저었다.

"그것도 별로 운이 없었단다. 삼촌이나 고모들이 모두 아이가 없었고, 근처에 사는 친척도 없다더구나. 혹시 래리의 사업에 투자하지 않았냐고, 공원에서 한나가 당신을 본 것 같았다고 했단 이야기를 했지만, 분명하게 대답을 안 하지 뭐냐. 그래서 래리가 살해당한 날 밤 9시에서 9시 45

분 사이에 어디에 있었냐고 물으니, 글쎄, 기억이 안 난다고 하더구나. 모두 제법 잘 물어본 것 같은데, 얼은 계속 대답을 피하기만 했단다."

엄마는 깊은 한숨을 내쉬었다.

"어쩌면 내가 소질이 없는지도 모르겠구나."

그러자 노먼이 엄마의 손을 꼭 잡았다.

"소질 있으세요. 그러니 그런 생각은 단 1초도 하지 마세요. 예전에 가라오케 바에서 비밀요원 역을 하시면서 아주 중요한 단서를 찾아내셨잖아요."

"흠……그랬지. 하지만 그땐 그때고 지금은 지금이지 않느냐. 이번에는 아무것도 알아내지 못했어."

"그런 말씀 마세요."

노먼이 말했다. 한나는 엄마에게도 한없이 자상한 노먼에게 키스를 퍼붓고 싶은 심정이었다. 아니, 그저 노먼이라는 이유만으로도 키스하고픈 마음이 일었다.

"단서를 찾았는데, 아직 깨닫지 못하고 있는 것일지도 몰라요."

노먼이 계속해서 엄마를 위로했다.

"오늘 오후에 하셨던 일을 하나씩 말씀해 보세요."

"흠……그렇다면."

다시 밝아진 엄마가 입을 열었다.

"우선 쇼핑몰에 갔었지. 미셸에게 줄 선물을……."

엄마가 하던 말을 멈추었고, 한나는 그 이유를 알 것 같았다.

"괜찮아요, 엄마. 미셸은 지금 손님방에서 자고 있어요."

"음, 미셸에게 선물할 새 부츠를 사러 쇼핑몰에 갔었단다."

엄마가 아까보다 훨씬 나지막한 목소리로 말했다.

"글래스 슬리퍼에서 적당한 것을 찾아서 구입했지. 너한테 보여주려고 지금 가져왔단다."

엄마는 들고 온 쇼핑백에서 부츠 크기의 상자를 꺼낸 뒤 뚜껑을 열었
다.

"미셸에게 정말 잘 어울릴 것 같지 않니?"

엄마가 물었다.

"딱이네요."

한나는 노먼과 시선을 주고받았다. 엷은 황갈색의 스웨이드 부츠의 옆
에는 구슬로 사랑스러운 나비 장식이 수 놓여 있었다.

"정말 비싸더구나. 그래도 미셸이 이걸 신을 생각을 하니 어찌나 뿌듯
하던지."

엄마가 한나를 돌아보았다.

"그렇지, 얘야? 미셸이 좋아하겠지?"

"그럼요. 미셸이 뛸 듯이 좋아할 거예요."

"스웨이드인가요?"

노먼이 대화를 좀 더 구체적으로 이끌었다.

"그래."

"여기 혹시 남자 부츠도 있나요?"

"아니, 한 켤레가 있었는데, 누군가 와서 사갔다더구나. 사실 진열품
이었는데, 크리스마스 전에 특별 주문을 해도 받기가 어려울 것 같아 그
냥 팔았다고 하더라. 미셸의 부츠랑 똑같은 거란다. 마침 미셸의 사이즈
가 남아 있어 다행이었지."

"흥미로운데요."

한나가 또다시 노먼과 시선을 주고받았다.

"혹시 누가 그 부츠를 사갔는지 물어보셨어요?"

"그래, 하지만 거기 주인은 이름을 모르겠다지 뭐냐. 그저 레이크 에

덴 사람이었다는 것밖에 기억이 안 난다더라. 부츠 값이 워낙 고가라 나도 참 궁금했단다. 우리 마을 사람들 중에 누가 그렇게 많은 돈을 주고 부츠를 사 신겠느냐."

"그러게요. 저희도 궁금하네요."

노먼이 말했다.

그러자 엄마가 노먼을 엄한 눈빛으로 쳐다보았다.

"혹시 궁금해하는 특별한 이유라도 있는 게야?"

한나와 노먼이 다시 한 번 의미 있는 눈길을 주고받았다. 이내 노먼이 엄마에게 캐리와 그 스웨이드 부츠를 신은 남자에 대한 이야기를 해도 좋다는 뜻으로 고개를 끄덕였다.

"오늘 아침에 말씀드렸던 남자 때문에요, 엄마."

한나가 엄마를 돌아보았다.

"캐리랑 부스 자리에 동석했다던?"

"네, 그 남자도 여기 이 부츠랑 비슷한 스웨이드 부츠를 신고 있었거든요. 지금 엄마 이야기를 들으니, 글래스 슬리퍼에서 부츠를 구입한 사람이 그 남자인 것 같아서요."

"그럼 내가 다시 가게에 가서 판매원이랑 그 남자에 대해 이야기를 좀 해볼까? 마침 내 부츠도 하나 장만하고 싶었거든."

"그거 좋은 생각이에요."

한나가 엄마를 위해 쿠키 바를 포장해서 건넸다.

"정보 고맙습니다, 딜로어."

노먼이 자리에서 일어나 엄마의 코트를 챙겼다.

"그럼, 잘 있거라, 얘야."

엄마가 한나에게 말했다.

"잘 있게, 노먼."

"제가 차까지 모셔다 드릴게요."

노먼이 자신의 재킷을 챙겨 입었다.

"어차피 저도 이제 가야하거든요. 한나도 잠을 자야 하니까요."

한나는 두 사람을 향해 손을 흔들고는 다시 집 안으로 들어와 안도의 한숨을 내쉬었다. 너무 피곤해서 가능한 빨리 자고 싶었다. 알람시계는 항상 4시에 맞춰 놓는데, 벌써 밤 10시 30분이 지났다. 5시간이라도 수면을 취하려면 빨리 잠자리에 들어야 한다.

한나는 커피잔들과 디저트 접시를 식기세척기에 넣고 쿠키 바가 담긴 케이크 팬을 모이쉐가 접근하지 못하도록 단단히 뚜껑을 덮어두었다. 그런 뒤 환한 부엌의 불을 끄고 아직도 혼수상태에 빠져 있는 모이쉐를 안아 막 침실로 들어가려는 찰나에 또다시 현관에서 노크소리가 들렸다.

이렇게 늦은 시간에 한나의 집 현관문을 두드릴 수 있는 사람은 딱 두 명뿐이다. 마이크이거나 강도이거나. 한나는 전자일 거라고 생각하며 문을 열었다.

마이크는 깜짝 놀란 듯했다.

"누구인지 묻지도 않습니까?"

"뭐 하려요? 어차피 마이크란 걸 아는 걸요."

"어떻게 알았습니까? 도어렌즈로 내다보지도 않았잖아요."

"내다봤자 소용없어요. 보안등이 너무 밝아서 바로 앞은 그림자밖에 안 보이거든요."

그러자 마이크가 조급한 듯 한숨을 내쉬었다.

"안으로 안 들여보내줄 겁니까? 밤새 이렇게 여기 서서 얘기할까요?"

한나는 마이크를 그대로 돌려보내고 싶은 심정이었다. 너무 피곤했고, 너무 졸렸다. 하지만 마이크의 미소를 보니 위넷카 카운티 경찰서의 수석 형사와 사적인 시간을 함께 보내고픈 열망이 일렁였다. 게다가 마이크도 한나가 쫓고 있는 사건을 수사하고 있으니 그에게서 고급 정보를 들을 수 있을 것 같았다.

"어서 들어와요, 마이크. 이렇게 보니 반갑네요."

한나가 최대한 기운차게 인사했다.

"커피 할래요?"

"좋습니다. 오늘은 하루 종일 외근이었거든요."

먹을 것. 마이크는 뭔가 먹을 것을 원하고 있다. 한나는 속으로 신음 소리를 냈다. 하지만 겉으로는 애써 밝은 표정을 지었다.

"저녁 안 먹었어요?"

"아뇨, 먹었습니다. 카페 문 닫기 직전에 간신히 들러서 패티 멜트(햄버거 패티와 그릴에 구운 양파, 체다 치즈 등을 넣어 만든 샌드위치)와 프렌치프라이를 먹었어요. 근데 디저트는 못 먹었습니다. 남은 것이 건포도 파이 한 조각뿐이었거든요."

의미심장한 침묵이 흘렀고, 한나는 일부러 몇 초간 더 잠자코 있었다.

"뭔가 디저트로 대접할 게 있을지 한번 볼게요."

한나는 마이크를 향해 소파 쪽으로 손짓했다. 낸시 던 쿠키 바 여섯 개면 건포도 파이를 좋아하지 않는 남자에게서 충분히 훌륭한 정보들을 얻어낼 수 있으리라.

커피를 내리는 데는 그리 오랜 시간이 걸리지 않았다. 한나는 커피가 다 내려지기 전에 포트에서 주전자를 꺼내 한 잔을 먼저 따랐다. 그런 뒤 쿠키 바가 담긴 접시와 함께 모락모락 김이 나는 커피잔을 들고 부엌에서 나왔다.

"여기 있어요."

한나는 배고프다고 보채기 전만 해도 호감을 느끼던 남자였던 마이크의 앞에 놓인 커피 탁자에 들고 온 것을 내려놓았다.

"맛있어 보이는데요."

마이크가 말하며 쿠키를 하나 집었다. 그러더니 한 입 베어 물고는 이내 미소를 지었다.

"맛있어요. 이게 뭡니까?"

"대추야자 열매와 오트밀을 넣은 바 쿠키예요."

한나는 자신도 모르게 잠들어 버리기 전에 궁금한 것을 물어봐야겠다고 생각했다.

"용의자는 추려졌어요?"

"딱 한 명이요."

"그렇다면 누구……."

한나는 기다렸지만 마이크에게서는 아무런 대답도 나오지 않았다.

"노먼과 공원 사무실에 들어갔을 때 얼마나 깊이 들어갔습니까?"

"별로요. 전에도 말했잖아요. 아주 불길한 기분이 들었다구요."

"예감 같은 것 말입니까?"

"혹시 사무실 안에 뭔가 일이 잘못된 것 같다는 무의식적인 단서 같은 것이 있었나요?"

한나는 그를 빤히 쳐다보다가 이내 웃음을 터뜨렸다.

"무의식이라면 내가 의식적으로 알 수 없는 것이잖아요."

"미안합니다. 그렇군요. 그럼 정정하겠습니다. 사무실 안에 불길한 느낌을 주는 단서 같은 것이 있었습니까?"

"그렇진 않았던 것 같아요. 적어도 지금 기억에는 그래요. 그저 래리가 사무실에 있겠다고 했는데, 어디 있는지 보이지 않으니 불안했던 거겠죠."

"알았습니다."

마이크가 커피를 한 모금 마셨다.

"다시 중요한 사안으로 돌아가서, 혹시 대형 평면 TV에 접근했습니까?"

"아뇨, 총알 자국만 봤어요. 처음에는 래리가 뭔가에 화가 나 TV를 향해 물건을 던진 줄 알았어요. 하지만 다시 보니 총알 자국이더라구요."

한나가 하던 말을 멈추고 그를 쳐다보았다.

"내가 래리의 TV에 가까이 갔는지가 왜 궁금해요?"

"TV 근처에 피 묻은 발자국이 찍혀 있었습니다. 오늘 오후에 검사 결과가 나왔는데, 피는 래리의 것이고 발자국은 99% 여성의 것이라고 하더군요. 그래서 한나의 발자국을 가려내려고 들렀습니다. 그날 밤에 어떤 부츠를 신었습니까?"

"부츠는 사슴 가죽 부츠 한 켤레뿐이에요."

"보여줄 수 있겠어요?"

한나는 자리에서 일어나 부츠를 가지러 가려다 말고 마이크를 돌아보았다.

"설마 가져가는 건 아니겠죠? 내일 아침에 신어야 된단 말이에요."

"한 짝만 있으면 됩니다. 그리고 가져갈 필요는 없을 듯해요."

"고마워요."

한나가 어쩐지 서글픈 어조로 대답했다. 이른 새벽에 한쪽 발에만 부츠를 신고 깽깽이 발로 트럭까지 가는 자신의 모습이 눈앞에 훤히 그려졌기 때문이다.

한나의 부츠는 현관 옆 양탄자 위에 가지런히 놓여 있었다. 한나는 왼쪽 부츠를 들고 마이크에게 돌아왔다.

"여기요."

한나가 말했다.

마이크는 부츠를 건네받아 자세히 들여다보더니 이내 다시 한나에게 돌려주었다.

"좋습니다."

마이크가 말했다.

"확실히 발자국이 한나의 것은 아니군요."

"그냥 보기만 해도 내 부츠에 피가 묻었는지 안 묻었는지 알 수 있어요?"

한나는 마이크의 수사 기술이 놀라웠다.

"아뇨, 현장에 남아 있는 발자국은 한나의 것보다 훨씬 더 컸거든요. 근데 발 사이즈가 어떻게 됩니까?"

"6사이즈요."

한나가 일부러 실제보다 더 작은 사이즈로 줄여 말했다. 경찰에게 거짓 증언을 하다니, 하지만 이미 내 발자국이 아니란 사실이 입증되지 않았던가.

"코트니는 어때요? 부츠 사이즈가 몇이래요?"

"5예요. 하지만 굽 모양이 다릅니다. 게다가 재거 씨의 약혼녀는 그날 공원에서 일찍 퇴근해 호텔로 돌아갔어요. 사실 퇴근하기 전에 약혼녀와 재거 씨가 말다툼을 하는 것을 들었다는 직원이 몇 명 있었지만, 그녀는 그날 호텔로 돌아가 밤 9시 20분부터 10시까지 부엌에서 샐리와 이야기를 나눴다고 하더군요. 샐리가 증명했습니다."

"그럼 다른 여성 용의자는 없는 건가요?"

이미 한 명이 더 있다는 사실을 알고 있는 한나가 물었다. 운이 좋으면 닥터 러브와 래리의 결혼 사실을 마이크가 모르고 넘어갈 수도 있다. 그리고 마이크가 사실을 알게 되기 전에 한나가 그녀의 결백을 밝히는 것이다.

"재거 씨 사건에 연루되어 있는 여성이 몇 명 있습니다. 마을 여자가 세 명 있는데, 래리와 그……부적절한 관계를……음…….”

“그러니까 데이트를 했단 말이죠?”

한나가 제안했다.

“맞습니다. 그 편이 훨씬 낫군요! 그 세 명의 여성 모두 재거 씨와 만나는 사이였는데, 사건 시간대에는 모두 알리바이가 있었습니다.”

“그럼 여성 용의자는 그게 전부인가요?”

한나가 모르는 척하며 물었다.

“아뇨, 한 명 더 있습니다. 재거 씨의 사업에 대한 한나의 조언 덕분에 그의 재정 기록을 심도 있게 살펴볼 수 있었어요. 그러던 중에 아주 유력한 여성 용의자 한 명을 찾아냈습니다. 이제 증거만 더 수집하면 체포도 가능할 겁니다.”

한나는 심장이 발밑으로 툭 떨어지는 듯한 기분이었다. 그 사람이 누구인지 짐작은 가고도 남았지만, 그래도 한나는 물어보았다.

“그 사람이 누군데요?”

“재거 씨의 부인이에요. 그의 죽음으로 인해 가장 많은 이득을 얻을 사람이더군요. 방금 그녀를 만나보고 오는 길입니다. 마음에 들더군요.”

마이크의 ‘마음에 든다’는 표현은 한나가 흔히 말하는 ‘마음에 든다’의 의미가 아니다. 그건 래리 재거를 살해한 혐의를 받기에 안성맞춤이었다는 뜻일 것이다. 하지만 래리의 현재 부인이 닥터 러브가 아닐지도 모른다. 혹시 그가 그 사이 이혼 서류를 접수한 뒤 또 다른 사람과 재혼을 한 것이라면?

“사건 당시 시간에 대한 알리바이가 없었습니다. 3개 주에 걸쳐 있는 다양한 은행들 이곳저곳에 분산되어 있는 200만 달러의 돈도 살해 동기 중 하나일 수 있고요. 어쨌든 그녀의 부츠에 대한 검사 결과가 나오면 확실히 알게 되겠죠.”

한나는 힘겹게 침을 삼켜 내리며 물었다.

"그 사람이 누구예요?"

"아마 닥터 러브라고 한나도 알 겁니다. 커뮤니티 대학의 심리학 교수죠. 지난 15년간 남편과 말 한마디 섞어본 일이 없다면서, 참으로 황당한 이야기를 하더군요."

알람시계는 새벽 4시에 맞춰져 있었지만, 한나는 알람이 울리기도 전에 눈을 떴다. 한나는 침대에 일어나 앉아 물끄러미 시계를 바라보았다. 새벽 3시 47분. 도대체 무엇 때문에 알람이 울리기 13분 전에 눈이 떠진 것일까?

아직 어둠이 깔린 아파트 안은 고요했다. 한나가 다시 베개에 머리를 누이고 눈을 감는 찰나 등골이 오싹해질 정도로 구슬픈 누군가의 울음소리가 들렸다. 이건 한밤중에 잠자리에 들지 못하게 할 만큼, 머리카락이 바짝 곤두서는 소리였다.

또다시, 아까보다 더 크게 울음소리가 들렸다. 한나는 스프링처럼 침대에서 나와 슬리퍼를 챙겨 신을 사이도 없이 복도로 달려나갔다. 불을 켤 시간도 없었다. 이건 모이쉐의 소리다. 모이쉐가 도움을 청하고 있는 것이다.

밖에서 들어오는 희미한 불빛에 의지해 한나는 무슨 상황인지 확인할 수 있었다. 중력의 두려움이라고는 전혀 모르는 모이쉐가 또다시 크리스마스트리의 가장 윗가지에 대롱대롱 매달려 있는 것이다. 어젯밤과 똑같은 상황이었다.

의자를 치우지 않은 것이 다행이라면 다행이었다. 한나는 서둘러 의자를 밟고 올라가 모이쉐를 구했다. 크리스마스트리에 뭔가 대책을 세워야 할 듯했다. 그것도 가능한 빨리.

한나가 커피를 한 잔 따르고 나자 미셸이 부엌에 모습을 보였다.

"무슨 일이야?"

그녀가 물었다.

"모이쉐 울음소리를 들은 것 같은데."

"녀석이 또 크리스마스트리에 올라갔어. 가지에 매달려 있더라구."

"저런, 고양이들은 자기가 알아서 나무에서 내려오기도 한다던데, 거 짓말인가 봐."

"그러게."

한나가 커피 한 잔을 새로 따라 동생에게 건넸다. 그런 뒤 두 사람은 앤티크 스타일의 부엌 탁자에 마주앉았다.

"그럼 트리 어떻게 할 거야?"

미셸이 물었다.

"트리에 통째로 고양이 보호막을 씌워야 하나?"

그러자 한나가 어깨를 으쓱해 보였다.

"아니면 모이쉐에게 트리 보호막을 씌우거나."

물론 리사는 가게 일은 전혀 걱정하지 말라고, 자신이 모두 알아서 하 겠노라고 했다. 한나가 그래도 어떻게 혼자서 그 많은 것을 다 할 수 있 겠느냐고 걱정하자 리사는 홀 서빙을 위해 허브의 이모인 팻시에게 도움 을 청했다고 알려주었다. 덕분에 한나는 마음껏 살인범을 추적할 수 있 게 되었다. 가게는 리사와 팻시가 알아서 잘 돌보아 줄 것이다.

한나는 노먼의 차 조수석에 앉아 차창 밖으로 날씨를 살폈다. KCOW 라디오 방송의 기상캐스터는 오늘 밤늦게 눈이 내리고 바람이 점차 강해 질 것이라고 했다.

"들었어요?"

노먼이 학교로 향하는 길목으로 접어들어 학생들이 썰매를 타던 높다 란 언덕을 따라 달리며 한나에게 물었다.

"들었어요. 폭풍이 아니어야 할 텐데 걱정이네요. 크리스마스에 선보 일 공연들이 몇 개 있다고 미셸이 그랬거든요."

"오늘 아침에 기상청 홈페이지에서 날씨 예보를 확인했는데 남은 한 주간 폭풍의 기미는 보이지 않았어요. 다음 주는 또 모르겠지만요."

"아마 눈이 오겠죠."

한나가 씩 웃으며 말했다.

"매년 이맘때는 늘 눈이 왔잖아요."

노먼이 차를 주차한 뒤에 두 사람은 캠퍼스를 가로질러 곧장 스튜어트 홀로 향했다.

"휘팅 교수님의 교실은 2층이에요. 왼쪽 끝에서 세 번째 교실이요."

한나가 노먼에게 말하고는 계단으로 오르는 문을 열었다.

주차장에서 스튜어트 홀까지 전혀 서두르지 않았기 때문에 한나는 계 단을 다 오르고 나서도 전혀 숨이 차지 않았다. 두 사람이 계단에서 벗 어나자마자 종소리가 울렸고, 황량하기만 하던 복도는 어느새 학생들로 와자지껄해졌다. 노먼은 한나의 팔을 붙들고 복도 끝으로 이끌었다.

교실 문 앞에 두 사람이 나타나자 휘팅 교수가 고개를 들었다.

"안녕하세요, 여러분."

그녀가 말했다.

"과제 제출하러 오셨나요?"

"그건 아직이에요."

한나가 대답했다.

"여기 노먼 로드와 함께 왔어요. 레이크 에덴의 치과의사예요."

"제 수업에 관심이 있으신가보군요."

휘팅 교수가 말했다.

"병원을 운영하고 계실 테니까요, 그렇죠?"

"네, 맞아요."

휘팅 교수는 자신의 책상 가운데 서랍을 열어 접힌 종이를 건넸다.

"강의계획서예요. 경영학 4과목의 수업을 맡고 있는데, 거기 보면 같이 적혀 있을 거예요. 전문 경영인들에게는 경영 계획이 필수인데, 혹시 계획안이 있나요?"

"네."

한나는 노먼을 얼른 휘팅 교수의 질문 공세에서 구해줘야겠다고 생각했다.

"뭣 좀 여쭤봐도 될까요, 교수님?"

"과제와 직접적으로 연관된 것이 아니라면 얼마든지요."

"사실, 관련이 있어요. 지난번에 나눠주셨던 유인물에 나와 있던 위스콘신 주 매디슨의 사업체가 혹시 할리우드 홈시어터인가요?"

휘팅 교수는 무척 놀란 듯했다.

"설마 제가 사업체 명을 제대로 삭제하지 않은 건 아니겠죠!"

"그건 아니에요. 유인물에서는 완벽하게 가리셨어요. 어쨌든 홈시어터의 자료들이 맞죠?"

"아⋯⋯네, 맞아요."

"놀라운 우연이네요."

노먼이 나섰다.

"그 사업체는 래리 재거가 운영하던 것인데, 이틀 전에 레이크 에덴에서 살해당했거든요."

"정말이요? 할리우드 홈시어터의 사업주가 레이크 에덴에서 도대체 뭘 하고 있었죠?"

"크레이지 엘프 크리스마스트리 공원이라는 또 다른 사업체를 운영하고 있었어요."

한나가 대화의 흐름을 놓치지 않으며 말했다.

"그리고 저희가 오해하는 게 아니라면, 최근의 사업체에서도 건전하지 못한 방법으로 운영을 해 왔던 것 같아요."

"그럼 그 때문에 살해당했다고 생각하시는 건가요?"

"네. 그래서 저희는 교수님이 왜 과제로 할리우드 홈시어터 사례를 내주셨는지 궁금했어요."

"흠, 간단해요. 내 졸업 논문이 파산한 회사들의 불건전한 경영 방식에 관한 것이었거든요. 다섯 개 주에서 파산한 회사들 중에 가장 악명 높은 경우들을 추린 거예요. 할리우드 홈시어터도 그중 한 곳이었구요."

"그럼 앞으로의 과제는 어떤가요?"

노먼이 물었다.

"앞으로의 과제들도 파산한 회사들에 관한 것인가요?"

"네, 그게 저의 주력 분야인 걸요. 다음 주에는 파고(미국 노스다코타 주 동부에 있는 도시)에 있는 중고차 판매상의 사례를 살펴보려고 했어요. 그 다음에는 피어(미국 사우스다코타 주의 주도)에 있는 비디오 게임 프랜차이즈 사업, 디모인(미국 아이오와 주의 주도)에 있는 패스트푸드 사업체, 그리고 로체스터(미국 뉴욕주에 있는 도시)의 열대과일 주스 가게의 순으로 과제를 낼 계획이었죠."

"고맙습니다, 교수님."

다음 수업을 듣는 학생들이 교실을 채우기 시작하자 한나가 서둘러 인사를 했다.

"천만에요."

휘팅 교수가 노먼을 돌아보았다.

"제 수업 듣는 것, 생각해 보세요, 닥터 로드. 아마 재미있을 거예요. 병원 경영에도 제법 도움을 드릴 수 있을 것 같군요."

교실에서 나와 건물 밖으로 나설 때까지 노먼은 아무 말도 하지 않다가 어느 정도 거리가 멀어지자 마침내 입을 열었다.

"내가 머리가 어떻게 된 걸까요? 아까 그 교수님 나한테 꼬리치는 듯한 느낌을 받았는데."

노먼이 한나에게 물었다.

"맞아요. 그랬어요."

"정말이요?"

"네."

한나의 대답에 노먼은 기뻐하는 듯했다.

"그렇다고 내가 그런 것에 관심이 있는 건 아니지만, 그래도 공짜 미백 치료 같은 것을 바라는 게 아니라니 기쁘네요."

"마침 따뜻한 커피를 끓이고 계시다면 좋겠네요."

노먼이 마을에서 견인차와 제설차를 운전하고 있는 얼 프렌스버그의 집으로 향하며 말했다.

"오, 마셔보면 생각이 달라질 걸요. 언젠가 시릴 머피가 얼의 커피는 자동차 오일보다 더 지독하다고 얘기한 적이 있었거든요. 물론 시릴의 커피도 지독하기로는 차석이지만요."

"수석은 누구인데요?"

"존 워커요. 몇 년 동안 주전자를 한 번도 안 닦았거든요. 그 낡은 것이 조각나지 않는 이유는 안쪽에 들러붙은 오래된 커피 찌꺼기 때문일 거예요."

노먼이 잠시 그 말뜻을 생각하는 듯하더니 곧 웃음을 터뜨렸다.

"고마워요, 한나. 방금 전까지만 해도 커피 생각이 간절했었는데."

"지금은 아니구요?"

"네, 우리가 여기에 왜 왔는지나 얘기해줘요. 마이크가 범인은 여자라고 했다면서요."

"엄마가 얼에게 래리가 살해당했을 시간에 어디에 있었냐고 물으니까 대답을 회피했다고 했잖아요. 래리의 사업에 투자를 했는지의 여부조차 대답하지 않았구요. 래리의 사건과는 아무 상관이 없을지도 모르지만, 얼이 어째서 엄마에게 솔직히 대답하지 않았는지 물어보고 싶어요. 두 분이 아주 오랫동안 친구 사이셨는데, 엄마에게 왜 그러셨을까요?"

"적절한 설명이었어요. 그럼 난 뭘 하면 좋겠어요?"

"사건 시점에 대한 이야기를 하는 중에 난 물 한 잔을 마시러 부엌에 갈 거예요. 혹시 엄마나 내 앞에서 밝히기 힘든 알리바이라면 노먼 앞에서는 같은 남자 대 남자니까 솔직하게 말씀하실 수 있을지도 몰라요. 그러면 들었다가 나중에 나에게 알려줘요."

"좋아요. 그럼 시작할까요? 나 또다시 커피 생각이 나기 시작했어요. 언제까지 참을 수 있을지 모르겠네요."

현관문을 연 얼은 한나와 노먼을 보자 깜짝 놀란 듯했다.

"한나."

그는 뒤로 주춤 물러났다.

"노먼도 왔군. 누구 차가 수로에 빠지기라도 한 건가?"

한나는 고개를 가로저었다.

"아뇨, 얼. 잠시 말씀 좀 나누러 왔어요. 들어가도 될까요?"

"아……그래……그러게나. 어서들 들어오라구."

얼은 두 사람을 거실로 안내했다.

"무슨 이야기가 하고 싶어서 왔나?"

"화요일 밤이요."

한나가 곧장 본론으로 들어갔다.

"화요일 밤에 어디 계셨어요, 얼?"

얼은 힘겹게 침을 삼켜 내렸다. 노먼과 한나를 번갈아 쳐다보는 그의 결후가 위아래로 움직이는 것이 훤히 보였다.

"어째서 그게 알고 싶은 거지?"

"중요한 일이니까요. 왜 말씀하지 못하시는 거죠?"

"그, 그건……안 돼. 그건 말할 수 없어."

얼은 어딘가 몹시 불편해 보였고, 그걸 보는 한나는 왠지 측은한 마음이 들었다. 한나는 살짝 기침을 해 목청을 가다듬었다.

"전 잠깐 물 한 잔 마시고 올게요."

부엌으로 향하며 한나는 노먼이, 여자들 앞에서는 꺼내기 곤란한 화제들에 대해 이야기하는 것을 슬쩍 엿듣고는 미소를 지었다. 부디 남자 대 남자의 대화가 성공하기를. 두 사람은 마침 사이도 좋으니, 얼이 무슨 일이든 노먼에게는 허심탄회하게 털어놓을 수 있을 것이다.

필요한 조리 기구들이 모두 갖춰져 있는 얼의 부엌은 무척 잘 꾸며져 있었다. 한나의 예상과는 달랐다. 한나가 알고 있는 대부분의 독신남들은 기능만을 중요시할 뿐 외양 같은 것은 중요하게 생각하지 않았다. 하지만 얼은 둘 다 중요하게 생각하고 있는 듯했다. 아니면 집이 원래부터 그렇게 꾸며져 있었던가.

한나는 얼에 대해 생각해 보았다. 물론 그에 대해 그렇게 많은 것을 알고 있는 건 아니었다. 우선 그는 엄마와 함께 학교를 다녔고, 매너 좋고 유쾌한 사람이었으며 퇴직한 공무원이기도 했다. 한나가 아는 것은 이 정도뿐이다. 지금 그가 살고 있는 집이 부모님께 물려받은 것인지 아니면 본인이 직접 구입한 것인지도 알 수 없었다. 물론 그건 안드레아에게 물어보면 된다. 안드레아는 레이크 에덴 10마일 반경에 있는 모든 집들의 역사를 속속들이 알고 있으니 말이다.

한나는 유리컵을 꺼내려 찬장을 열었다. 그런데 찬장 안에는 물건들이 너무도 가지런히 정돈되어 있었고, 접시들도 아주 깨끗하게 정리되어 있었다. 얼은 살림솜씨가 남다른 모양이었다. 한나는 유리컵에 물을 받아 조리대 위에 내려놓고는 부엌을 한 바퀴 돌아보았다. 테이블 위에 놓인 서류 뭉치가 눈에 띄어 한나는 얼이 무엇을 읽고 있었는지 궁금한 마음에 다가가 서류를 살펴보았다. 그건 경제부의 공식 보고서였다.

옛날식의 접이식 책상이 내실 창가 아래에 놓여 있어 한나는 그쪽으로 다가갔다. 책상 위에는 노트북 컴퓨터가 놓여 있었는데, 컴퓨터가 마을에서 유일한 위성 인터넷과 연결되어 있는 것을 보고 한나는 놀랐다. 그리고 책상의 바로 옆에는 양옆에 구슬 수가 놓인 엷은 황갈색의 스웨이드 부츠 한 켤레가 놓여 있었다.

한나는 입을 떡 벌리고 한껏 소리 죽여 탄성을 내질렀다. 얼이 바로 그 스웨이드 부츠의 남자였던 것이다. 레이크 에덴 호텔에서 로드 부인과 함께 부스 자리에 앉았던 남자. 노먼과 엄마와의 수많은 약속을 취소시키게 했던 바로 그 장본인 말이다.

"그러니, 노먼, 그게 누구였는지는 정말 말해줄 수가 없네."

얼이 이야기를 마치려는 찰나에 한나가 부츠를 들고 거실로 나왔다.

"이것 혹시 새로 사신 부츠예요?"

한나가 노먼을 향해 씩 웃으며 물었다.

"그래, 이번 주 초에 구입했지."

"그렇게 많이 신지 않으신 것 같네요."

노먼이 얼을 바라보며 말했다.

"저녁 먹으러 갈 때 딱 한 번 신었지."

"저희 어머니와 함께하신 샴페인 저녁식사 말씀이시죠?"

노먼이 말했다.

"레이크 에덴 호텔의 부스자리에서요."

얼마간 침묵이 흐르고 마침내 얼이 한숨을 내쉬었다.

"맞아. 어쨌든 모두가 알게 됐으니 잘 됐어. 캐리가 자네에게 먼저 이야기할 때까지 비밀로 해달라고 부탁했거든. 자네만 괜찮다면, 자네 어머니와 결혼하고 싶네만."

얼은 하던 말을 멈추고 살짝 얼굴을 찌푸렸다.

"사실……자네가 괜찮지 않다고 해도 캐리와 결혼할 생각이네."

"그것 때문에 얼이 그토록 수상쩍게 굴었다니, 아직도 믿을 수가 없구나."

엄마가 웃음을 터뜨렸고, 한나는 학교 주차장으로 들어서며 엄마를 흘끗 쳐다보았다. 엄마는 요 근래 들어 가장 행복해 보였고, 얼마 전까지만 해도 얼굴에 가득했던 근심은 이제 전혀 찾아볼 수가 없었다.

"로드 부인이 엄마한테 비밀로 한 것이 섭섭하지 않으세요?"

"전혀. 오늘 오후에 캐리가 전부 다 설명해줬단다. 얼과의 로맨스는 정말로 극적이고 놀랍더구나. 차마 말할 수가 없었더란다. 너무 꿈같이 행복해서 입을 열면 사라질 것 같았던 걸."

주차장이 아직 붐비지 않은 덕분에 한나는 엄마의 세단 바로 옆에 차를 주차할 수 있었다. 미셸이 엄마의 차 범퍼에서 코드를 길게 빼어 콘센트에 연결한 것이 눈에 띄었다. 한나 역시 트럭에서 전기선을 뽑아 콘센트에 연결하고는 엄마를 위해 조수석 문을 열어주었다.

"그럼 로드 부인은 언제 말씀하실 생각이셨대요?"

엄마가 차에서 내리기를 기다리며 한나가 물었다.

"크리스마스 이브에. 우리 저녁식사 때에 얼을 데려와서 발표할 계획이었다는구나."

"그럼 노먼은요? 그 전에 말씀하실 생각이셨겠죠?"

한나는 하이힐의 멋스러운 부츠를 신은 엄마의 팔을 부축했다.

"그래, 오늘 밤에 얘기하려고 했단다. 노먼이 크리스마스 폴리에 데려가기로 했는데, 그때 설명하려고 말이다. 그래서 노먼이 좋다고 하면 바로 강당에서 얼을 만나 동석할 생각이었단다."

"노먼이 반대할까 봐 걱정하셨겠네요?"

말끔히 눈이 치워진 교정을 걸어 강의실로 향하며 한나가 물었다.

"그래, 잘 모르는 사람과 재혼하는 것에 대해 노먼이 걱정을 많이 할 거라고 생각했다는구나."

강당에 다다른 두 사람은 로비로 들어서 자리를 찾아 앉으려는 사람들의 줄에 합류했다.

"미셸의 공연이 걱정되는구나."

엄마가 속삭였다.

"저도요. 근데 오늘 아침에 미셸이랑 얘기했는데, 비디오로 찍어서 천사들에게 보여줄 거래요."

엄마는 깜짝 놀라 한나를 쳐다보았다.

"방금 뭐라고 했니?"

"미셸이 공연을 비디오로 촬영해서 천사들에게 보여줄 거라고 했다구요. 공연 제작을 후원하는 사람들을 천사라고 불러요."

"오, 그 천사!"

엄마는 안도하는 듯했다.

"나는 아까 순간 네가 너무 긴장해서 헛소리를 하는 줄 알았지 뭐냐."

두 사람은 안내 학생을 따라 대학 오케스트라가 음악을 연주하고 있는 강당 안으로 들어섰다. 미셸이 미리 앞자리와 가까운 중앙 구역의 좌석 2개를 맡아두었다. 한나는 옆 구역의 제일 앞줄에 앉은 안드레아와 빌,

그리고 트레시를 지나치며 손을 흔들었다. 그때 엄마가 팔꿈치로 한나를 쿡 찔렀고, 한나는 노먼과 로드 부인, 그리고 얼이 앉은 곳을 눈치채고는 그쪽을 향해서도 손을 흔들었다. 마이크는 보이지 않았다. 아마 오지 못할 것이다. 래리 재거의 사건 때문에 눈코 뜰 새 없이 바쁠 테니 말이다.

한나와 엄마는 자리에 앉아 코트를 벗었다. 강당 안은 어둑하면서도 따뜻했고, 좌석도 무척 편안했다. 한나처럼 고작 4시간 밖에 잠을 자지 못한 사람에게는 그야말로 일석삼조의 상황이었다. 여동생의 성대한 코미디 뮤지컬 데뷔 무대가 펼쳐지는 공연장 안에서 꿈나라에 빠져 드르렁거리며 코를 고는 당황스러운 상황을 연출하지 않기 위해 한나는 안내원이 건네준 프로그램 책자를 일부러 열심히 읽었다.

"이것 봐요, 엄마."

한나는 대학 합창단이 부를 노래 제목들 명단을 가리켰다.

"'오 소나무여'를 독일어로 부르네요."

"'오 태넌바움'."

엄마가 미소를 지으며 말했다.

"우리 할머니가 그 노래를 불렀던 기억이 아직도 생생하구나."

"'펠리즈 나비다'를 스페인어와 영어로 부르구요."

"멋지구나. 모두 좋은 노래들이지. 또 무슨 노래가 있느냐, 애야?"

"이탈리아어로 '화이트 크리스마스'를 부를 거래요."

"'비앙코 나탈레'."

엄마가 다시 미소를 지으며 말했다.

"이탈리아어도 하시는 줄 몰랐어요!"

"할 줄 모른다. 단지 네 아빠랑 결혼한 지 얼마 안 되었을 때 아빠 철물점에 일 도와줄 사람으로 이탈리아 이민자를 고용한 적이 있었거든. 다른 가족들은 아직 모두 이탈리아에 있다고 해서 크리스마스 때 집으로 초대를 했었지. 그때 그 사람이 '비앙코 나탈레'를 불러줬단다."

"멋져요, 엄마."

한나는 다시 프로그램을 들여다보다말고, 순간 눈이 휘둥그레졌다. 생각해 보니 비앙코는 래리의 할리우드 홈시어터 회사에 투자했다가 퇴직연금을 모두 날리고 자살한 사람의 성이었다. 그리고 그 할리우드 홈시어터 회사의 재정 자료들을 유인물로 나눠준 사람은 바로 휘팅 교수였다. 래리의 회사는 대형 TV를 판매했고, 여성으로 추정되는 그 살해범은 래리를 죽인 뒤에 TV까지 쐈다. 그리고 이탈리아어로 비앙코(bianco)는 흰색(white)을 의미한다. 만약 휘팅(whiting) 교수의 성이 비앙코라면? 단지 그녀가 그것을 미국식으로 바꾼 것이라면?

"왜 그러느냐, 얘야?"

엄마가 묻기 전까지 한나는 자신이 큰소리로 탄성을 지른 줄도 몰랐다.

"갑자기 생각나는 게 있어서요."

한나가 말했다. 그러고는 머릿속을 다시 한 번 정리해보려 좌석에 등을 기댔다. 할리우드 홈시어터의 파산과 연관이 있는 여자가 래리 재거를 살해한 것은 일단 확실했다. 지금까지의 그 많은 일화들을 단지 우연으로만 보기는 어려웠다. 하지만 휘팅 교수가 살바토레 비앙코와 관계된 인물이라는 것을 어떻게 증명할 수 있을까?

가능성 있는 대답이 떠오르자 한나는 엄마를 돌아보았다.

"휘팅 교수님이 방문 교수로 여기 학교에 온 거라고 했잖아요. 혹시 어디서 왔는지 알고 계세요?"

"수업 시작 첫날에 알려준 것 같은데, 확실하게 기억나지 않는구나, 얘야. 근처 주의 어디 대학가였던 것 같은데, 아마 아이오와였던가? 아니면 위스콘신?"

또 다른 우연인가? 이쯤 되면 믿어도 좋을 듯했지만, 확실한 증거는 아직 없었다. 만약 휘팅 교수를 위스콘신과 엮을 수 있다면 그나마 도움이 될 것이다. 한나는 그녀가 수업시간에 했던 이야기들을 머릿속으로 되짚어 보았다. 휘팅 교수는 여기에 온 지 3개월이 됐다고 했다. 그러니 아직은 아마 너무 바빠서 미네소타 운전면허를 취득하거나 자신의 자동차를 재등록할 시간이 없었을 것이다.

"휘팅 교수님 차가 뭐예요?"

한나가 물었다.

"은색 경차더라. 근데 어떤 종류인지는 모르겠어. 경차는 다 그게 그거 같거든."

한나에게는 그 정도의 정보면 충분했다. 예전에 휘팅 교수가 쿠키단지에 찾아왔을 때 가게 앞에 주차되어 있던 은색의 혼다 경차를 기억하고 있었기 때문이다.

"할 일이 있어요, 엄마."

한나가 말했다.

"잠깐만 어디 좀 다녀올게요."

"알았다. 하지만 서두르거라. 네 동생 공연은 세 번째로 시작한단다."

"금방 올게요."

한나는 약속한 뒤 같은 줄에 앉은 사람들의 무릎을 스치며 줄을 빠져나갔다. 얼른 주차장에 가서 휘팅 교수의 은색 혼다에 위스콘신 주의 번호판이 붙어 있는지 확인해야만 한다.

KCOW 라디오의 기상캐스터 말이 맞았다. 바람이 거세지고, 눈이 날리기 시작한 것이다. 덕분에 15분 전에 강당으로 향했을 때보다 약 10도가량은 더 춥게 느껴졌다. 그건 온도가 그만큼 떨어졌기 때문이 아닐 것이다. 차가운 바람이 한나의 몸에서 열기를 빼앗아가고 있기 때문일 것이다.

한나의 두 손이 차가웠다. 한나는 엄마에게 선물 받은 검은색 드레스 코트 주머니에 손을 넣어 코트와 세트인 장갑을 꺼냈다. 한나는 엄마를 기쁘게 해주기 위해 코트를 입고 장갑을 꼈지만, 부츠만큼은 늘 신던 낡은 사슴 가죽 부츠를 신었다. 엄마는 매번 새 부츠를 사라고 잔소리를 했지만, 한나는 전혀 개의치 않았다. 한나는 그 낡은 부츠가 무척 마음에 들었기 때문이다. 중고품 매장에서 구입한 그 사슴 가죽 부츠를 신으며 한나는 그것을 제일 처음 구입한 사람이 누구인지는 몰라도 그 부츠를 구입함으로써 살아 있는 동물을 죽여 그 가죽으로 신발을 만드는 산업을 지지했다는 것에 죄책감을 느끼길 바랐다. 부츠는 이미 만들어졌고, 사슴은 죽은 지 오래이니, 한나가 그것을 중고품으로 샀다고 해도 비난할 사람은 없을 것이다. 게다가 그 중고품 가게는 판매 수익으로 가난한 사람들에게 따뜻한 수프를 제공하고 있으니 말이다.

바람이 점점 거세어지면서 눈발이 한나의 얼굴에 와 부딪혔다. 입고 있는 드레스 코트에 스키 모자는 전혀 어울리지 않았기 때문에 한나는 모자를 쓰고 나오지 않았다. 한나는 만약을 위해 주머니에라도 챙겨오는 것인데 후회가 막심이었다. 학교 안에는 아무도 없었다. 다들 크리스마스 폴리가 시작되는 강당 안에 이미 들어가 있기 때문이었다.

한나는 바람을 뚫고 길을 건너 주차장에 도착했고, 첫 번째 줄부터 훑었다. 은색의 혼다는 모두 두 대였다. 이 둘 중 한 대가 휘팅 교수의 것인가? 그렇다면 어느 것이 교수의 차일까?

엄마의 차를 흘끗 쳐다보니 답이 쉽게 나왔다. 엄마의 차 앞 유리창의 오른쪽 밑에 '학생용'이라는 파란색의 주차딱지가 붙어 있었던 것이다.

그렇다면 교직원용 딱지는 다른 색일 테지?

한나는 딱지를 확인하기 위해 다시 첫 번째 줄을 따라 걸었다. 두 대의 은색 혼다 모두 파란색의 학생용 딱지가 붙어 있었지만, 줄 끝에 서 있는 차에는 붉은색의 교직원용 딱지가 붙어 있었다.

이제 붉은색 딱지가 붙은 은색 혼다를 찾으면 된다. 한나는 아까보다 더 빨리 움직이며 은색 혼다를 찾기 시작했다.

너무 추운 날씨 때문에 주차장 탐색을 마쳤을 때 한나는 마치 얼음 위를 걷고 있는 듯한 기분이었다. 주차장에는 모두 여섯 대의 은색 혼다가 있었지만, 붉은색 교직원용 딱지가 붙은 차는 한 대도 없었다. 휘팅 교수가 오늘 밤에 여기 오지 않았거나 다른 사람의 차를 타고 학교에 온 모양이었다.

한나가 막 주차장을 나오려는데 차 한 대가 주차장으로 들어왔다. 가로등 옆을 지날 때 불빛에 드러난 차의 모습을 확인한 한나의 심장이 쿵쾅거리기 시작했다. 은색의 경차였던 것이다. 운전자는 가운데 줄의 제일 끝자리에 차를 주차했다. 한나가 서 있는 자리에서는 너무 멀어 그 차가 혼다인지 알 수 없었기 때문에 한나는 서둘러 그곳으로 가까이 다가갔다.

차는 혼다였다. 그리고 한 여자가 차에서 내렸다. 휘팅 교수였다. 그녀는 한나를 향해 손을 흔들었다.

"안녕, 한나. 여기서 혼자 뭐해요?"

한나는 재빨리 머리를 굴렸다. 그럴듯한 핑계를 대야 한다.

"차에 가방을 두고 와서요. 가지러 왔어요."

한나가 말했다.

"얼른 들어가야죠. 프로그램이 시작하겠어요."

휘팅 교수가 말했다.

"네."

한나는 그녀의 차 번호판을 확인하려 했지만, 그녀가 몸으로 막고 서 있었기 때문에 볼 수가 없었다. 휘팅 교수는 한나가 그 자리에서 등을 돌려 강당으로 향하길 기다리고 있는 듯했지만, 한나는 이대로 자리를 뜰 수 없었다. 휘팅 교수의 차 번호판을 꼭 확인하고 가야 한다.

"안 갈 거예요?"

휘팅 교수가 묻는 순간 한나는 레이크 에덴 호텔에서 사용했던 속임수가 떠올랐다. 지금의 상황에서도 통하지 않을 이유가 무엇이랴.

"어머!"

한나는 소리를 지르며 가방을 떨어뜨렸다. 그런 뒤 허리를 숙여 흩어진 물건들을 줍기 시작했다. 이곳저곳 물건이 떨어진 지점을 훑으며 한나는 번호판을 확인하려 애썼다.

한나는 간신히 번호판의 오른쪽 윗부분을 흘끗 볼 수 있었는데, 농가에 사일로(곡식, 마초 등을 저장하는 탑 모양의 건축물)가 함께 있는 그림이 그려져 있었다. 내륙 지방의 어느 주든 충분히 번호판에 농가와 사일로 그림이 그려져 있을 법하다. 그러니 그것만으로는 딱히 위스콘신이라고 확신할 수 없었다.

"내 펜이 여기 어디 떨어진 것 같은데."

한나는 갓 내린 눈이 쌓인 눈밭 왼쪽을 살폈다. 애써 몸을 기울여 간신히 번호판 왼쪽에 'W'라는 알파벳을 확인할 수 있었다.

하지만 그것으로도 충분하지 않았다. 'W'로 시작하는 주는 와이오밍도 있고 웨스트버지니아도 있고 워싱턴도 있다. 알파벳 하나만 더 확인하면 된다.

그때 휘팅 교수가 세 발자국 옆으로 물러나 번호판을 훤히 노출시켰다.

"이렇게 하면 더 보기가 쉬운가요?"

그녀가 물었다.

내가 무엇을 하는 것인지 알고 있어! 한나의 의식이 마음속에서 외쳤다. 하지만 자리에서 일어나며 한나는 휘팅 교수가 아마 자기가 옆으로 비켜야 가로등 불빛이 더 잘 비치지 않느냐는 의미에서 한 말일지도 모른다고 스스로를 안심시켰다.

"고마워요."

한나가 두 손으로 가방을 집어들며 말했다.

"이제 다 찾은 것 같아요."

"그렇겠죠. 그리고 이제 내 번호판도 확인했으니 말이에요."

"무슨 말씀이세요?"

한나는 최대한 아무렇지도 않은 척 되물었지만, 이미 심장은 저 발끝까지 떨어져 있었다. 지금 한나는 휘팅 교수와 단둘이다. 그리고 저 사람은 래리 재거를 죽인 살인범이다.

휘팅 교수가 가까이 다가왔다.

한나는 뒤로 주춤 물러섰다.

"왜 그러죠?"

휘팅 교수가 차가운 미소를 흘렸다.

"내가 무서운가 봐요?"

대답을 피해봤자 득 될 것이 없었다.

"네."

한나가 대답했다.

"왜죠?"

"당신 이름이 비앙코라서요. 그리고 살바토레 비앙코와의 관계 때문에 래리 재거를 죽였죠."

"이런, 이런. 생각보다 똑똑하네요."

휘팅 교수가 또다시 서릿발 어린 미소를 지었다.

"살바토레 비앙코는 내 아버지예요. 그리고 래리가 내 아버지를 죽였죠. 오, 물론 직접적으로 죽인 것은 아니지만, 방아쇠에 손을 올리고 있던 꼴이죠. 내가 아버지를 설득해 래리의 사업에 은퇴 연금을 모두 투자하시게끔 했거든요."

"그런……끔찍한!"

한나는 어떻게 하면 이 상황을 벗어날 수 있을까 머릿속이 복잡했다. 이미 살인을 저지른 그녀이니 또 한 번 살인을 저지른다고 해도 크게 잃을 것이 없었다.

"네, 끔찍하죠. 난 그를 사랑했어요."

"당신 아버지를 말이죠."

한나가 나름 조의를 표했다.

"그리고 래리도요. 난 래리도 사랑했어요. 아니, 적어도 사랑한다고 믿었죠."

휘팅 교수가 가방에서 권총을 꺼냈다.

"수다는 이만하면 됐어요. 걸어요."

한나는 시키는 대로 걸었다. 달리 어쩌겠는가? 하지만 주차장의 가장자리로 가까이 접근하며 한나는 계속 말을 붙였다.

"래리의 TV는 왜 쏜 거예요?"

물론 한나도 이미 답은 알고 있었다.

"실수였어요. TV를 보니 화가 치밀더군요."

"할리우드 홈시어터 때문에요?"

"네, 너무 화가 나서 실수를 했어요. 덕분에 나를 의심하게 할 수 있는 단서를 남겨놓고 왔으니 말이에요. 그냥 래리만 죽이고 자리를 떠났으면 설마 나를 그의 죽음과 연결시킬 수 없었겠죠. 하지만 이 마지막 조각을 맞춘 것은 당신뿐이에요. 정말 훌륭한 학생이에요, 한나. 그야말로 A+감이로군요. 이렇게 똑똑한 학생을 죽여야만 한다는 것이 마음이 아파요."

뭔가 대책을 세우지 않으면 안 된다. 주차장의 가장자리에 다다른 한나의 시선은 도망칠 수단을 찾아 이곳저곳을 더듬었다. 그리고 바로 그때 기술반 학생들이 만든 썰매가 눈에 띄었다. 일단 휘팅 교수의 중심을 잃게 만든 다음, 그 사이에 썰매를 집어들고…….

"이만하면 됐어요."

휘팅 교수의 냉혹한 말에 한나는 이때라고 생각했다. 한나는 몸을 돌려 들고 있던 가방을 휘팅 교수의 얼굴을 향해 던진 뒤 썰매가 놓인 선반으로 달려가 썰매를 한 개 집었다. 뒤를 돌아보아 휘팅 교수가 한나가 던진 가방의 충격에서 헤어났는지 확인하고 싶었지만, 썰매를 가슴께까지 올린 뒤 절벽을 향해 세 걸음을 걸어 낭떠러지로 몸을 던지는 수밖에 없었다.

너무 세게 몸을 던지는 바람에 한나는 순간 숨이 턱 막혔다. 하지만 어쨌든 참을 만했다. 몇 미터나 미끄러지고 나서야 한나는 간신히 정신을 차릴 수 있었다. 조금만 늦었더라도 커다란 소나무와 정면으로 부딪힐 뻔했다. 한나는 그전에 가까스로 손잡이를 꺾어 경로를 바꿨다. 그런 뒤 다행이라고 생각하고 있는데…….

퍽 하는 소리와 함께 무언가가 한나의 귓가를 스칠 듯 지나갔다. 휘팅 교수가 한나를 향해 총을 쏜 것이다! 하마터면 머리가 박살날 뻔했다. 빨리 정신을 차려야 한다. 안 그러면…….

또다시 퍽 소리가 들렸지만, 이번에는 귓가에 바람소리가 들리지 않았다. 몸의 어디에서도 아무 느낌도 나지 않는 것으로 보아 맞은 것 같진 않았다.

한나는 언덕 중턱에 박힌 돌을 피하기 위해 오른쪽으로 손잡이를 당겼다. 만약 돌덩이와 부딪힌다면 등껍질이 뒤집힌 거북이처럼 썰매와 함께 뒤집어지고 말 것이다. 그렇게 되면 휘팅 교수의 총 앞에 훤히 몸을 드러내는 꼴이 될 테니 큰일이다. 총알 이야기가 나와서 말인데, 이제 총알이 몇 개나 남았을까?

한나는 휘팅 교수의 손에 들려 있던 권총의 모양을 기억해보려 했지만, 소용없었다. 그저 기억나는 것이라고는 둥글고 까만 총구멍뿐이었다.

한나의 숨을 바로 끊을 수 있는 총알이 금방이라도 날아올 듯했던 그 총구멍 말이다. 썰매를 타고 한없이 미끄러지며 한나는 언젠가 마이크가 알려주었던 일반 권총의 총알 개수에 대해 떠올려보았다. 1발은 래리에게, 그리고 3발은 평면 TV를 향해 쏘았다. 그렇다면 모두 4발을 쏘았다는 것인데, 대부분의 권총은 최대 6개의 총알을 장착할 수 있다……. 휘팅 교수가 아까 쏜 1발은 한나의 귓가를 스쳤고, 다른 1발은 어디로 갔는지 아무도 알 수 없지만, 어쨌든 허공을 가른 것은 맞다. 그렇다면 모두 6발. 휘팅 교수에게는 이제 남은 총알이 없다. 래리를 살해한 뒤 새로 장전을 했다면 또 모르지만.

한나의 썰매에서 3피트(약 1m) 앞 눈밭에 총알이 날아와 박혔다. 그 바람에 날린 눈더미 때문에 한나는 잠시 앞이 보이지 않았다. 또다시 총알이 한나 바로 앞 소나무에 와 박혔다. 이런, 총알 개수 따위는 집어치우자. 이제는 경영학 교수인 그녀가 사격보다는 학문에 조금 더 소질이 있기를 바라는 수밖에 없다.

한나는 저 앞에 커다란 가시덤불이 보이자 입을 떡 벌렸다. 그런 뒤 있는 힘을 다해 손잡이를 꺾었다. 엄마의 말이 옳았다. 한나는 썰매 운전에 젬병이었다. 하지만 적어도 이번만큼은 절박했다. 저 가시덤불은 나무 정도에 비할 게 아니니 말이다!

마치 영화에서 많이 본 듯한 장면들이 슬로우 모드로 연출되었다. 그녀의 손은 부질없이 썰매 손잡이를 비틀고 있었고, 와락 덤비는 눈더미가 한나의 부드러운 볼을 따끔하게 찔러댔으며, 한나의 입은 냉혹하게 앞만 보고 달려가는 썰매 위에서 소리 없는 비명을 지르고 있었다. 그리고 마침내 태양처럼 거대한 가시덤불이 한나를 맞이하려 몸을 흔들고 있었다.

그리고 다시 현실의 시간대로 돌아와 한나는 픽하고 가시덤불과 부딪히고 말았다. 뭔가 딱딱한 느낌. 덤불 위를 구르는 한나의 살갗을 가시들이 마구 할퀴었다.

얼음장 같은 공기가 마취제 역할을 하는 것일까. 아니면 너무 겁을 먹은 나머지 아무것도 느껴지지 않는 것일지도 모른다. 둘 중 어느 것이 맞는 것인지는 알 수 없었지만, 한나는 이상하게도 아픔이 느껴지지 않았다. 한참을 구른 한나는 자리에서 일어나 썰매를 들고 눈에 띄는 가장 큰 나무 뒤로 몸을 숨겼다.

방금 전까지만 해도 살인범이 칭찬했던 그 이성은 마침 썰매가 초록색인 것이 다행이라고 생각했다. 나뭇잎 색깔과 비슷해 휘팅 교수의 눈에 잘 띄지 못할 것이다.

한나는 얼마 동안이나 휘팅 교수의 눈을 피해 이 나무 뒤에 숨어 있을 수 있을까 생각했다. 눈밭 위에 썰매 흔적이 남아 있을 것이다. 휘팅 교수가 그것을 본다면 한나가 여기 숨은 것도 곧 알게 될 테지. 얼른 움직여야 한다.

언덕 위를 올려다보는 것은 무척 위험할 것이다. 그때 총알이 한나가 숨은 소나무를 향해 날아왔다. 위치가 들통이 나고 만 것이다. 역시 썰매 흔적이 문제였다.

한나는 남은 가능성들을 계산해 보느라 머릿속이 분주했다. 휘팅 교수가 여기까지 내려와서 바로 앞에서 나를 죽이려는 것일까? 마이크는 지금 어디에 있을까? 곤경에 처했을 때는 항상 그가 나타나서 구해주곤 했는데. 내가 위험에 빠진 것을 감지하는 육감 같은 것이 혹시 마이크에게 있진 않을까? 늘 제때 등장하곤 하던 마이크였는데 말이다.

또 다른 총소리에 한나는 퍼뜩 현실로 돌아왔다. 빨리 움직여야 한다. 지금 당장! 단지 문제는 기어가야 할지, 아니면 썰매를 방패삼아 다른 소나무로 달려야 할지였다.

주변은 어두웠고, 달빛마저 흐렸으며, 눈발이 세차게 내리고 있었다. 소용돌이 같은 바람이 일 때를 기다려 한나는 그 밑을 기어 또 다른 소나무 뒤로 몸을 숨겼다.

다른 소나무에 도달한 한나는 잠시 기다려보았다. 총알이 날아오지 않는다. 성공이다! 한나는 이대로 잠시 쉬고 싶은 심정이었지만, 썰매의 흔적과 휘팅 교수에게서 가능한 조금 더 멀어지는 편이 좋을 것 같았다.

한나는 바닥에 배를 깔고 다시 기어갈 준비를 했다. 두 발로 버둥버둥 바닥을 밀고, 두 손으로 눈밭을 해치며 한나는 마치 한 마리의 게가 된 기분이었다. 목표한 소나무까지 반쯤 갔을까 무슨 소리가 들렸다. 바람 소리도 아니고, 눈발이 날리는 소리도 아니었으며, 숲 속의 어느 동물 소리도 아니었다. 금속과 금속이 맞부딪히는 철컥 소리, 한나는 고개를 들었다. 그리고 바로 거기에는 휘팅 교수가 서 있었다.

"제법이에요."

휘팅 교수가 총구를 한나의 머리에 겨눴다.

"총알이 머리를 관통하면 모든 게 끝이에요. 아까운 사람이긴 하지만, 어쩔 수 없죠."

이제 다 끝났다. 더 이상은 방법이 없다. 한나는 두 눈을 감았다. 죽음 전에는 그간의 인생이 주마등처럼 눈앞을 스쳐 지난다던데, 그런 건 전혀 보이지 않았다. 그저 모이쉐 생각뿐이었다. 부디 노먼이 데려다가 커들스와 함께 잘 키워주기를. 녀석이 무척 보고 싶을 것이다. 물론 간간히 말썽을 부리긴 하지만, 그래도 하나밖에 없는 동반자가 아닌가.

그리고 바로 총소리가 이어졌다. 귀를 찢을 듯 아주 큰 소리였다. 휘팅 교수가 한나의 머리를 쏜 것이다. 이제 인생도 끝이다. 결국 죽음이구나.

희미하게 누군가 언덕을 달려 내려오는 듯한 소리가 들렸다. 어떻게 된 일이지? 죽은 사람은 천상에서 내려오는 멜로디 외에는 아무것도 들을 수 없는 것이 아닌가? 아직 숨이 끊어지지 않은 모양이다. 서서히 죽어가고 있는지도.

잠시 후 단단한 누군가의 팔이 한나를 감싸 안고는 한나의 뒷머리를 쓰다듬었다. 죽은 게 아닌가. 따뜻하게 안긴 느낌이 무척 좋았다.

"괜찮아요?"

마이크가 한나를 일으켰다.

"네……그런 것……같아요."

한나는 간신히 입을 열었다.

"걱정 말아요. 휘팅은 죽었어요."

마이크가 한나를 업고 언덕을 내려가기 시작했다.

"긴장 풀어요, 한나. 현장은 로니가 와서 맡을 겁니다. 바로 병원으로 데려다줄게요."

"휘팅 교수가 날 쐈나요?"

한나가 두려움에 가득 차 물었다.

"아뇨, 하지만 얼굴에 긁힌 상처는 치료해야 됩니다. 가시덤불에서 구를 때 뇌진탕은 없었는지도 진료해 봐야 하구요. 한나가 괜찮은지 내가 직접 확인해야겠어요."

한나는 아픔을 참고 애써 미소를 지었다. 마이크가 걱정을 하고 있다. 하지만 한나는 모르는 척 물었다.

"왜요?"

"한나가 걱정이 되니까요."

좋은 대답이다. 위험한 상황에서 벗어났다는 안도감과 아직 살아 있다는 행복감이 교차되는 가운데 마이크가 한나의 입술에 살짝 키스를 했다.

"얼른 나아야 해요. 그래야 나랑 약속한, 성대한 크리스마스 이브 저녁식사를 준비할 수 있을 거 아닙니까."

한껏 흥겨운 분위기에 한나가 손수 차린 저녁식사를 둘러싸고 사람들은 모두 크리스마스 이브를 즐기고 있었다. 한나가 마지 비즈먼에게서 빌린 도서관의 접이식 식탁 위에서는 줄지어 놓인 촛불들이 부드럽게 살랑거리고 있었다. 안드레아는 반짝이는 황금색 식탁보를 빌려주었고, 미셸은 한나가 좌석표 만드는 것을 도와주었다. 두 사람은 조그마한 트뤼플 상자에 초콜릿 라즈베리 한 개와 화이트 초콜릿 살구 트뤼플 한 개를 넣고 크리스마스용 포장지로 포장해 윗면에 손님들의 이름을 적었다. 약속시간보다 일찍 도착한 엄마가 테이블세팅을 도와주며 한나의 좌석표를 또다시 마이크와 노먼 사이에 끼워 넣었다.

사람들 뒤로는 크리스마스 캐럴이 흐르고 있었다. 기다란 식탁을 놓기 위해 거실에는 오디오와 모이쉐의 키티 콘도를 제외하고 다른 가구들을 모두 다른 방으로 옮겨야 했다.

"트리가 정말 예뻐."

미셸이 쉬림프 루이 스프레드를 얹은 크래커를 집으며 말했다.

"정말 그렇구나. 저 쥐들만 빼면 말이다."

엄마가 몸을 부르르 떨며 말했다.

"인형이 너무 진짜 같잖니!"

"모이쉐에게는 아닐 겁니다."

트리에 달린 생쥐 인형을 쫓고 있는 모이쉐를 보며 마이크가 말했다.

모이쉐와 크리스마스트리의 문제는 어느 하나에 보호망을 씌우지 않아도 되게끔 해결되었다. 한나가 사투를 벌이느라 곯힌 몸과 마음을 회복하는 동안 마이크와 노먼이 자주 병문안을 다녔는데, 그러는 중에 두 사람이 모이쉐가 트리를 공격하는 현장을 직접 목격하게 된 것이다. 둘은 뭔가 대책이 필요하다는 데에 뜻을 모았지만, 그렇다고 해서 애써 꾸민 크리스마스트리를 없애고 싶지는 않았다. 릭과 로니 머피 형제까지 동원해 트리의 크기를 측정하고 도르래와 레버에 대해 의논한 다음 필요한 부품들을 사러 철물점까지 다녀온 뒤 문제는 말끔히 해결되었다. 한나가 다시 출근을 시작한 월요일 저녁, 집에 돌아와 보니 트리에는 고양이의 공격 방지 장치가 철저하게 구비되어 있었다.

"괜찮을 거예요."

노먼이 트리를 바라보며 말했다.

"일반적인 트리와는 조금 다르지만, 그래도 아예 없는 것보다는 낫잖아요."

한나는 진심으로 동의했다. 위아래로 움직이는 트리가 한나는 점점 마음에 들기 시작했기 때문이다. 도르래에 트리 기둥을 부착했기 때문에 교회의 가장 높은 천장까지도 얼마든지 들어 올릴 수 있었다. 다른 트리들과 마찬가지로 한나는 온갖 전구들과 유리볼, 그리고 증조할머니 엘사의 마지막 남은 두 개의 새 장식들로 트리를 장식했다. 트리에 올라갈 수 없어 실망할 모이쉐를 위해 마이크와 노먼은 트리 밑에 눈에 보이지 않는 낚싯줄로 여섯 개의 생쥐 인형을 달아주었다. 트리는 바닥에서 4피트(약 120cm) 정도 위에 있었기 때문에 모이쉐는 트리를 건드리지 않고서도 얼마든지 생쥐 인형을 사냥할 수 있었다.

크리스마스 치즈볼은 이미 접시가 깨끗해진 지 오래고, 쉬림프 루이

스프레드 역시 **빠른** 속도로 사라지고 있었다. 이제 첫 번째 코스를 시작할 때가 되었다. 한나는 자리에서 일어나 부엌으로 향했고, 그 뒤를 미셸과 안드레아, 그리고 트레시가 따랐다.

"난 뭘 들고 갈까요, 한나 이모?"

트레시가 물었다.

"아무것도 떨어뜨리지 않겠다고 약속할게요."

한나는 어린 조카를 살짝 안아주었다.

"그래, 우리 트레시는 잘 할 거야."

한나가 말했다.

트레시로서는 할머니와 베시와 함께 자리를 지키는 대신 무엇이라도 거들 수 있게 된 첫 번째 크리스마스 이브였다. 그래서인지 트레시는 무척 진지해 보였다.

첫 번째 요리는 홀리데이 스쿼시 수프였는데, 약간의 조미료로 사우어 크림과 파슬리를 곁들였다. 수프가 뜨거웠기 때문에 부엌에서 담아 개별 그릇으로 식탁에 내야 할 것 같았다.

"사우어크림 들 수 있겠어?"

쟁반으로 수프 그릇을 나르는 일은 안드레아와 미셸에게 맡기면 될 듯했다.

"난 파슬리를 들고 따라갈게. 사람들이 크림을 더는 동안 그릇을 들고 있어야 해."

"할 수 있어요."

트레시가 말했다.

"근데 사람들이 사우어 크림을 많이 먹을까요?"

"할머니는 드실 거야. 사우어크림을 좋아하시니까. 그리고 내 생각에는 마이크와 노먼도 원할 것 같구. 그리고 네 아빠도 있지, 맥캔 할머니도 있고."

"그럼 전부 다네요!"

트레시는 새로 맡은 임무에 기분이 좋아진 듯했다.

수프가 돌아가고 사람들이 저마다 사우어크림과 파슬리로 가미를 한 뒤 한나는 다시 부엌으로 돌아와 나머지 식사를 준비했다. 한나는 오븐에서 쥬얼 포크 로스트를 꺼내 식힘망 위에 얹었다. 그런 뒤 안드레아의 젤로를 얹기에 안성맞춤인 접시를 찾았다. 틀에서 젤로를 꺼내는 일은 식은 죽 먹기였다. 안드레아의 볼보 뒷좌석에 실려 한나의 집까지 여행을 온 젤로는 길 위에서의 진동 때문에 이미 가장자리가 헐거워져 있었기 때문이다.

한나는 접시를 틀 위에 얹은 다음 재빨리 손목을 돌려 젤로를 뒤집었다. 그런 뒤 틀을 살짝 흔들자 틀에서 파인애플 크랜베리 젤로가 빠져나와 접시 위에 안착하는 소리가 들렸다. 한나는 조심스럽게 틀을 들어보고는 미소를 지었다. 안드레아는 역시 젤로의 여왕이다. 아주 그림처럼 예쁜 젤로였다.

다음 메뉴는 크리스마스 벨 샐러드였다. 한나는 손님들이 도착하기 1시간 전에 미리 만들어 냉장고에 넣어두었다. 한나는 샐러드 그릇을 꺼내 신선하게 보관하기 위해 덮었던 비닐랩을 벗긴 뒤 조리대 위 젤로 옆에 내려놓았다.

쁘띠 그린피 보트에 넣은 소금물이 조금씩 끓기 시작했고, 한나는 불을 더 세게 올렸다. 그런 다음 냉장고로 가서 오렌지를 반으로 잘라 과육을 도려내어 보트 모양으로 만든 것을 꺼내 예쁜 접시에 올렸다. 소금물이 완전히 끓자 한나는 냉동 완두콩들을 끓는 물에 넣은 뒤 안드레아와 미셸에게 신호를 보냈다. 이제 트레시가 빈 수프 그릇을 치우는 동안 다음 식사를 준비해야 한다.

안드레아와 미셸은 일일이 시키지 않아도 알아서 움직였다. 안드레아는 버터에 볶은 완두콩들을 맞이하기 위한, 오렌지 껍질로 만든 보트에 돛으로 이쑤시개를 꽂았고, 미셸은 린건베리로 만든 그레이비를 만들기 시작했다. 사실 식료품점에서 린건베리 잼을 찾을 수 없어 한나는 대신 살구 잼을 사용했다.

완두콩들이 잘 삶아졌다. 한나는 체를 사용해 완두콩들을 꺼낸 다음 초록색의 색감을 좋게 하기 위해 바로 찬물에 넣었다. 그런 뒤 버터와 소금, 그리고 후추와 함께 볶은 다음 숟가락으로 떠서 안드레아가 장식한 보트 위에 얹었다.

스칸디나비아 스퍼드는 오븐에서 대기 중이었다. 한나는 오븐 장갑을 낀 손으로 스퍼드를 꺼내 조리대 위에 올려놓았다.

"포크 로스트, 그레이비, 이제 됐어."

한나가 도마와 전기칼을 집었다.

포크 로스트는 꿈결처럼 부드럽게 썰렸다. 한나는 1인치(약 2.5cm) 두께로 고기를 잘라 고기용 접시에 올렸다. 로스트를 전부 썰었을 때쯤 한나가 즐겨 사용하는 그레이비 용 그릇에 미셸이 그레이비를 부었다. 이제 준비는 끝났다.

"이제는 뭘 갖고 갈까요, 한나 이모?"

트레시가 물었다.

"포크랑 나이프 같은 것을 나르면 어떨까?"

한나가 고기용 포크와 서빙용 숟가락, 그리고 안드레아의 젤로 샐러드를 뜨기 위한 케이크 서버를 집어 바구니에 담았다.

"이제 내가 포크랑 숟가락을 식탁에 올리는 동안 계속 이거 들고 나를 따라다녀야 해."

한나가 조리대 위를 다시 확인하고는 이내 얼굴을 찌푸렸다.

"뭔가 빠트린 것 같아."

한나가 말했다.

"근데 뭔지 모르겠단 말이야."

"빵이요?"

트레시가 추측했다.

"이모는 항상 롤 같은 거 만들었잖아요."

"바로 그거야!"

한나는 트레시를 칭찬한 뒤, 손님들이 도착한 직후에 바로 오븐에서 꺼내 종이 타월을 깐 바구니에 담아 두었던 크랜베리 스콘을 가져왔다.

"이제 다 됐지?"

안드레아와 미셸, 트레시까지 이구동성으로 대답했다. 한나는 쥬얼 포크 로스트를 들고 제일 앞에 섰고, 얼마 후 기다란 식탁에는 크리스마스를 축하하는 성대한 음식들이 가득 찼다.

한나도 자리에 와 앉았다. 디저트와 커피 타임 전까지는 이제 할 일이 없었다. 정성들여 만든 음식을 사람들이 맛있게 먹는 모습을 빨리 보고 싶었다.

간간히 들리는 "으음!" 소리를 제외하고는 얼마간 식탁 주변은 무척 고요했다. 허기졌던 배가 어느 정도들 채워지고 나서야 사람들 사이에 대화가 오갈 수 있었다.

"낸시가 래리의 유산을 어떻게 처리하기로 했는지 아니?"

엄마가 모두에게 물었다.

"낸시가 누구예요?"

미셸이 물었다.

"닥터 러브 말이다."

엄마가 대답했다.

"법적으로 래리 재거의 미망인이거든."

그러자 마이크가 흥미롭다는 듯한 표정을 지었다.

"처음 듣는군요."

"나도야."

로드 부인이 말했다. 그녀는 왼쪽 손으로 포크를 쥔 채 오른손은 얼의 손을 잡고 있었다.

"래리의 투자자들에게 돈을 돌려주기로 했다는구나."

"유산이 그렇게 많아요?"

미셸이 깜짝 놀라 물었다.

"많은 정도가 아니야."

엄마가 말했다.

"낸시와 코트니가 래리의 서류들을 모두 검토했는데, 그중에서 그간 운영했던 사업체에 투자했던 사람들의 명단이 적힌 장부를 발견했단다. 다들 수표를 써주었다더구나."

"혹시 거기 네 이름도 있는 거 아니야, 얼?"

엄마가 물었다.

"난 아니야. 한나가 날 보았다는 날 밤에 래리를 만나러 갔던 것은 사실이지만, 그가 둘루스에 개업하려는 스파에 대한 투자 문의를 하러 간 거였거든. 재정 상황에 대해 몇 가지 물어봤는데, 대답이 영 신통치 않아서 바로 거절했지."

"역시 똑똑한 남자라니까."

로드 부인이 얼을 바라보며 미소를 지었다.

"그렇게 생각해 주니 고마워."

얼도 미소로 답했다.

"공연에 대한 새로운 소식이 있어요."

미셸이 포크를 내려놓으며 말했다.

"혹시 제가 공연하는 것을 비디오 촬영한 것 보신 분 계세요?"

"나."

한나는 안드레아 덕분에 보지 못한 동생의 공연을 테이프로 탐독할 수 있었다. 미셸이 무대에서 신나게 노래를 부르고 춤을 췄던 그 시각에 한나는 숲 속에서 총을 든 휘팅 교수와 사투를 벌이고 있었으니 말이다.

"뉴욕의 큰 손이 그 테이프를 보고 마음에 들어 했나 봐요. 그래서 다른 노래와 춤의 라이브 공연을 보고 마음에 들면 우리 공연을 후원해주겠다고 했어요."

"그럼 네가 뉴욕에 가는 게냐?"

엄마가 흥분하여 물었다.

"맞아요, 엄마. 월요일에 출발해요. 그 사람 소유의 극장에서 시연을 할 거예요."

그러자 안드레아가 얼굴을 찌푸렸다.

"하지만 그 사람이 널 마음에 들어 해서 계약서라도 내밀면 어떡해? 그럼 계약서에 사인하고 계속 뉴욕에서 살 거야?"

"오, 그런 걱정은 안 해도 돼."

미셸이 웃음을 터뜨렸다.

"나 같은 대학생을 무엇 때문에 원하겠어?"

대화는 그렇게 여러 화젯거리를 타고 흘러갔지만, 휘팅 교수에 대한 이야기를 꺼내는 사람은 아무도 없었다. 한나를 보호하기 위해서는 어쩔 수 없이 그녀를 죽일 수밖에 없었던 상황은 모두가 인정했지만, 그래도 일부러 그에 대해 이야기하고 싶어 하진 않았다.

모두가 은식기를 내려놓고 의자에 등을 기대기 시작하자 한나는 동생들에게 신호를 보냈다. 드디어 디저트 타임이 돌아온 것이다.

커피는 이미 준비가 끝났다. 한나가 식사 중에 부엌으로 달려가 미리 스위치를 켜둔 덕분이었다. 한나는 커피를 찻주전자에 담고 미리 컵과 티스푼, 설탕을 준비해 둔 쟁반 위에 올렸다. 그리고 크림까지 준비되자 안드레아에게 쟁반을 들려 내보낸 뒤 리필을 위해 다시 커피 물을 올렸다. 그런 다음 한나는 식사한 접시들을 헹군 다음 미셸에게 건넸고, 미셸은 그것을 식기세척기에 차곡차곡 집어넣었다.

남은 음식들을 들고 돌아온 안드레아는 음식을 비닐랩으로 잘 덮어 냉장고에 넣었다.

"다 됐어."

안드레아가 음식들을 놓았던 조리대 위를 닦으며 말했다.

"디저트 시간이야."

한나가 하드 소스와 소프트 소스가 담긴 볼을 두 사람에게 건넨 뒤 거실 쪽을 향해 재촉했다.

"얼른 가서 자리에 앉아. 몇 분이면 될 거야."

"트레시가 불은 준비됐대."

안드레아가 알렸다.

"신호도 잘 외고 있어. 팔에 펠트펜(휘발성 잉크를 넣은 용기에 펠트를 심(心)으로 꽂아 쓰는 필기구)으로 적어놨다고 하더라구."

"저런, 혹시 그거 지워지지 않는 유성펜 아니야?"

"아마도. 뭐, 괜찮아. 언젠가는 지워지겠지."

마침내 부엌에 혼자 남은 한나는 크리스마스를 위해 특별히 구입한 브랜디를 꺼내 작은 소스팬에 조금 부었다. 그런 다음 가스 불을 켜고, 천천히 데우면서 케이크 상자의 동그란 뚜껑을 열었다. 안에는 한나의 미네소타 자두 푸딩이 자리하고 있었다. 그야말로 환상의 디저트가 될 것이다.

브랜디가 적당히 데워지고 있었다. 조금씩 기포가 올라오는 것이 눈에 띄었다. 그때 초인종이 울렸고, 미셸이 현관문으로 달려나갔다. 대학 친구가 제시간에 도착했군!

한나는 불에서 소스팬을 내려 자두 푸딩 위로 브랜디를 조금씩 뿌렸다. 그런 다음 가스 벽난로에 불을 붙일 때 사용하는 기다란 점화기를 디저트에 가까이 가져갔다.

브랜디에 불이 붙자 한나는 푸딩을 따라 둥글게 불길을 만들었다. 불꽃이 아름답게 일렁이고 있었다. 이제 트레시에게 신호를 보내야 할 때다.

"정말 아름다운 크리스마스 이브예요!"

한나가 거실의 등을 바라보며 외쳤다. 트레시가 스위치 밑에 제대로 자리를 잡고 있었던 모양이다. 순간 거실의 등이 모두 나가고, 주변은 칠흑처럼 어두워졌다.

위아래로 움직이는 크리스마스트리의 전구 불빛에 의지해 한나는 환상적인 디저트를 들고 거실로 나왔다. 그런 다음 식탁 중앙에 내려놓고 미소를 지으며 모두를 올려다보았다. 사람들은 감탄하며 박수를 쳤다.

"브라보! 정말 최고예요!"

깊이 있으면서도 굵은 누군가의 목소리가 들렸다. 어디선가 많이 들어본 목소리였다. 한나의 귓가에 달콤한 단어들을 속삭이던 그 목소리, 세상에 사랑하는 이는 한나 하나뿐이라고, 영원히 한나만 사랑하겠노라고 고백하던 바로 그 목소리. 한나의 시선은 곧장 미셸의 친구를 위해 비워두었던 자리로 향했다. 그리고 바로 그곳에는 브래드포드 램지가 있었다.

쉬림프 루이 스프레드

한나의 메모: 크래커와 곁들여 차게 해서 먹으면 제일 좋습니다.

재료

부드러운 크림치즈 8온스(220g) / 마요네즈 1/2컵 / 칠리소스 1/4컵

양고추냉이 1테이블스푼 / 후추 1/8티스푼 / 골파 6개

칵테일 새우 다진 것 2컵*** / 약간의 소금

*** 냉동 새우를 사용하는 게 제일 좋습니다. 새우 포장에 적힌 대로 냉동 새우를 해동한 다음에 종이 타월로 물기를 제거해 주세요. 냉동 새우가 없으면 통조림 새우를 사용하셔도 됩니다. 하지만 통조림 새우를 사용할 때는 나중에 소금을 조금 넣어주어야 할 거예요. 그래서 재료들을 모두 섞은 다음에 마지막으로 간을 본 뒤 싱거우면 첨가하기 위해 레시피 재료에 '약간의 소금'을 더한 것이랍니다.

만드는 법

1. 크림치즈와 마요네즈를 섞습니다. 거기에 칠리소스, 양고추냉이, 그리고 후추를 넣습니다. 부드러운 질감이 느껴지도록 섞어주세요.
2. 깨끗하게 씻은 골파의 밑동을 잘라낸 뒤 하얀색 부분을 사용하는데, 파란 잎사귀 부분이 시작되기 1인치(2.5cm) 전까지는 사용하셔도 됩니다. 파란 부분은 버리셔도 괜찮아요.
3. 골파를 최대한 잘게 다진 뒤 아까의 혼합물에 넣고 섞습니다.

4. 새우를 잘게 다집니다. 칼을 사용하셔도 되지만, 칼날을 끼운 믹서기를 사용하면 훨씬 편하답니다.

5. 새우를 혼합물에 넣고 섞은 뒤 간을 봅니다. 싱거우면 소금을 조금 넣으세요.

6. 완성된 스프레드는 차갑게 만들기 위해 뚜껑이 있는 용기에 넣은 다음 냉장고에 적어도 4시간 이상 보관합니다. 밤에 낼 것이라면 아침에 만들어 냉장고에 넣어놓으시면 될 거예요.

홀리데이 스쿼시 수프

재료

겨울 호박 20온스(565g, 퓨레 형식의 상품을 사용하세요) / 다진 양파 1/2컵

닭고기 육수 2컵*** / 휘핑크림 2컵 / 후추 1/4티스푼

크림치즈 8온스(220g, 포장을 벗겨 전자레인지에 1분간 돌립니다)

토핑을 위한 사우어크림 혹은 파슬리

*** 닭고기 육수 대신 농축 치킨 수프를 사용하실 때에는 분량을 1과 1/2컵으로 줄여야 합니다. 고형으로 만든 육수도 사용이 가능한데, 고형 육수를 사용할 때에는 뜨거운 물을 약간 부어 잘 녹여줘야 합니다.

한나의 메모: 육수 2컵을 한꺼번에 섞을 수 있는 용량의 믹서기가 없다면 두 번에 나누어서 섞은 다음 도기 냄비에 합쳐주어도 됩니다.

만드는 법

1. 겨울 호박은 포장에 있는 지시사항을 따라 요리한 뒤 물을 빼고 믹서기에 넣습니다. 거기에 다진 양파와 닭고기 육수를 붓습니다.

2. 휘핑크림을 넣은 후 믹서기 뚜껑을 닫고 양파 조각들이 퓨레가 될 때까지 갈아줍니다.

3. 뚜껑을 열어 후추와 부드러운 크림치즈를 넣습니다.

4. 다시 뚜껑을 닫고 재료들이 골고루 섞이도록 믹서기를 가동합니다. 그런 뒤 들러붙음 방지 스프레이를 뿌린 도기 냄비에 넣습니다.

5. 재료들이 냄비에 잘 담겼으면 마지막으로 한번 저어준 뒤 양념을 위해 맛을 봅니다. 조금 싱겁다 싶을 때에는 절대 소금을 넣지 마세요. 소금 대신 닭 육수를 넣는 편이 닭고기 향을 더욱 짙게 하기에 좋습니다. 수프의 풍미를 더욱 좋게 하고 싶다면 버터 4온스(110g)를 잘게 잘라 냄비에 넣어주면 됩니다.

6. 냄비의 전원을 켜고 약한불에 맞춘 뒤 4시간 동안 요리합니다(초대한 손님이 제시간에 도착하지 않았다면 1~2시간 정도 더 요리해도 상관없습니다).

7. 손님에게 내기 전에 다시 한 번 간을 봅니다. 그런 뒤 그릇에 담고 취향에 따라 사우어크림 한 덩어리와 신선한 파슬리 조각을 뿌립니다.

한나의 메모: 냄비에서 수프가 너무 되게 되었다면, 육수를 조금 더해 주세요.

파인애플 크랜베리 젤로 샐러드

재료

라즈베리 젤로 6온스(170g) / 끓인 물 1과 3/4컵

젤리 형태의 크랜베리 소스 16온스(450g)

다진 파인애플 8온스(220g, 물을 빼지 마세요) / 오렌지주스 3/4컵

레몬주스 1티스푼(신선한 것으로 준비해 주세요) / 다진 호두 1/2컵

만드는 법

1. 끓인 물에 젤로를 용해시킨 다음 30초간 잘 저어줍니다.

2. 거기에 크랜베리 소스를 넣고 골고루 섞이도록 저어줍니다.

3. 파인애플(주스도 함께), 오렌지주스, 레몬주스, 그리고 호두를 넣습니다.

4. 재료들이 서로 잘 섞였으면 링 모양의 틀에 붓습니다.

5. 단단해질 때까지 냉장고에 보관합니다. 4시간 정도면 충분하지만, 손님들에게 내기 하루 전날 밤에 만들어 계속 냉장고에 보관한 다음 먹기 직전에 틀에서 꺼내도 괜찮습니다.

한나의 메모: 안드레아가 샐리 헤이즈에게서 받은 레시피랍니다.

크리스마스 벨 샐러드

재료

빨강, 노랑, 녹색 파프리카 큰 것 각 1개(깨끗하게 씻어 씨를 빼낸 뒤 채썰기합니다)

대파 6개(깨끗하게 씻어 잘게 썰어주세요. 줄기에서 2.5cm 위까지 사용합니다)

신선한 파슬리 다진 것 1/4컵 / 신선한 시금치 4컵

황금 건포도 1/2컵 / 견과류 다진 것 1/2컵(전 호두를 사용했어요)

라즈베리 식초(혹은 적포도주 식초) 1/8컵 / 엑스트라 버진 올리브 오일 1/4컵

백설탕 1/4컵 / 갓 갈은 검정 후추 / 소금 1/4티스푼

한나의 메모: 신선한 파프리카를 구입하기가 어렵다면, 냉동 파프리카
채썬 것을 사용하셔도 됩니다. 실온에서 밤새 해동시킨 다음 사용하기
전에 종이 타월로 물기를 닦아 주세요.

만드는 법

1. 파프리카 채썬 것과 양파, 파슬리, 그리고 시금치를 커다란 믹싱볼에 넣고 섞습니다. 거기에 건포도와 견과류를 넣고 다시 섞습니다.
2. 작은 그릇에 식초와 올리브 오일, 설탕, 후추, 그리고 소금을 넣고 골고루 섞습니다.
3. 완성된 소스를 샐러드 위에 뿌린 다음 냉장고에 1시간 정도 보관해도 되고, 손님에게 내간 뒤 그 자리에서 소스를 뿌려도 됩니다.

슈얼 포크 로스트

재료

뼈 없는 돼지고기 허릿살 5파운드 (2.2kg, 가운데 칼집을 내 주세요)

말린 과일 섞은 것 2봉투*** / 버터 3테이블스푼

빻은 올리브 오일 3테이블스푼 / 소금 / 갓 갈은 검은 후추

백포도주 1컵 / 휘핑크림 1컵 / 우유 약간

*** 제가 구입한 견과류 봉투에는 자두, 복숭아, 배, 살구, 그리고 사과 말린 것이 들어 있었는데, 모두 골고루 사용했답니다. 심지어 저는 자두를 별로 좋아하지 않는데, 포크 로스트에 넣으니 훨씬 맛있더라구요!

만드는 법

1. 돼지고기 허릿살을 2조각으로 자릅니다. 한 조각의 크기가 8인치(20cm) 이상이 되어서는 안 됩니다.

2. 돼지고기 조각의 중간 부분에 바비큐 꼬챙이를 찔러넣습니다. 거대한 핫도그라고 생각하시면 될 겁니다.

3. 꼬챙이를 둥글게 움직여 찔러넣은 구멍을 넓힙니다. 꼬챙이가 한 개 더 있다면, 같은 구멍에 찔러넣어 넓힌 구멍을 지지해 주세요.

4. 꼬챙이 구멍이 충분히 넓어졌으면, 꼬챙이는 빼고 나무 숟가락의 손잡이 부분을 집어넣습니다. 그런 뒤 다시 숟가락을 움직여 구멍을 넓혀 주세요. 손가락이 들어갈 정도로 넓어질 때까지 계속합니다.

5. 양피지 위에 취향에 따라 선택한 과일을 올립니다. 고기 속에 채울 과일의 색깔을 잘 조합하면 아주 환상적인 메인 요리를 만들 수가 있답니다. 우선 자두의 씨가 완전히 발렸는지 확인하세요. 손님 치아에 금이 가는 불상사가 일어나지 않기를 바란다면 말이죠!

6. 고기 구멍에 자두를 넣습니다. 손가락이나 나무 숟가락 손잡이를 사용해 구멍의 반 정도까지 밀어 넣어 주세요. 그 뒤로 살구를 넣고, 배, 복숭아, 그리고 사과 2조각을 이어서 채워 넣습니다. 구멍이 꽉 찰 때까지 과일을 넣어주세요.

7. 이제 반대편에서 과일을 채워 넣어 주세요. 자유롭게 과일을 채우되 과일의 색깔을 서로 다르게 해서 넣어 줘야 보기 좋습니다. 구멍이 과일로 가득 찼으면 양쪽 끝을 꼬챙이로 봉해 주세요. 혹은 실이나 커다란 바늘로 봉해도 좋습니다(전 위험하게도 봉하지 않은 채 돼지고기를 구웠는데, 굽는 동안 과일이 빠져나오지 않도록 아주 조심해야만 했답니다). 남은 돼지고기에도 똑같이 과일을 채워넣은 다음 돼지고기 두 조각이 모두 들어갈 만큼 큰 냄비에 버터와 올리브 오일을 넣고 돼지고기를 넣어 데웁니다.

8. 고기 겉면이 잘 익었으면, 골고루 익게 하기 위해 부젓가락으로 뒤집어 주세요. 그런 중에 후추와 소금을 뿌려 골고루 간을 합니다.

9. 돼지고기 두 조각이 들어갈 만큼 크고, 크림과 포도주, 우유를 넣어도 넘치지 않을 만큼 깊은 로스팅용 팬을 꺼냅니다.

팬에 들러붙음 방지 스프레이를 뿌린 뒤 백포도주와 크림을 넣습니다.

10. 고기를 팬에 넣습니다. 혹시 구멍을 잘 봉하지 않았다면, 두 조각의 구멍이 서로 맞닿도록 배치합니다. 그래야 과일이 떨어지지 않거든요.

11. 고기 높이의 반 정도까지 차도록 우유를 붓습니다.

12. 팬의 뚜껑을 덮거나 쿠킹 호일로 윗면을 덮은 다음 오븐에 넣고 175도로 온도를 맞춥니다.

13. 오븐에서 2시간 동안 굽습니다. 칼끝으로 고기를 찔러보아 부드럽게 잘 들어가면 완성입니다.

14. 오븐에서 팬을 꺼내 조심스럽게 (뜨거운 김이 빠져나올 테니까요) 쿠킹호일 혹은 뚜껑을 엽니다. 그런 뒤 돼지고기를 꺼내 도마 위에 올려놓고 쿠킹호일로 살짝 덮은 다음 적어도 10분간 그대로 둡니다 (15분 정도도 괜찮습니다).

15. 팬에 남은 액체는 버립니다. 소스로 사용하기에는 적합하지 않거든요.

16. 쥬얼 포크 로스트가 어느 정도 식었으면 날카로운 칼을 사용해 끝부분부터 자릅니다. 1인치 (2.5cm) 두께로 잘라 접시에 얹습니다.

17. 손님들에게 접시를 낸 뒤 저마다 '오', '와' 하며 감탄을 아끼지 않을 때 스스로를 칭찬해 주세요. 이 요리를 만든 수고를 생각하면 충분히 칭찬받을 만합니다.

링건베리 그레이비

한나의 메모: 이건 홈메이드 그레이비가 아닙니다. 돼지고기를 우유에 요리했기 때문에 남은 육수를 그레이비로 사용할 수 없거든요.

링건베리 그레이비가 구미 당기고, 다행히도 링건베리 잼을 구할 수가 있다면, 꼭 이 방법을 사용해 그레이비를 만드세요. 하지만 링건베리 잼을 구할 수 없다면, 살구 잼으로 대신해도 좋습니다. 혹은 씨 없는 라즈베리나 블랙베리 잼을 사용해도 되고, 심지어 애플젤리로도 가능하답니다.

재료

포크 그레이비 믹스 3개 (전 실링사의 것을 사용했습니다. 포장 1개에 1컵 정도 나옵니다)

여분의 포크 그레이비 믹스 / 링건베리 잼 1/2컵 (혹은 대체하는 잼 혹은 젤리)

만드는 법

1. 믹스의 포장에 적힌 방법에 따라 그레이비를 만듭니다. 거기에 링건베리 잼을 넣어주세요.
2. 잼 때문에 그레이비가 너무 묽어졌다면, 그레이비 한 포장을 더 만들어 넣어주세요.

스칸디나비아 스프드(스칸디나비아식 감자요리)

재료

구운 감자 12개(길이 10cm, 높이 5cm 정도 크기의 감자)

부드러운 버터 2테이블스푼(30g)

소금기 있는 버터 녹인 것 8테이블스푼(110g) / 소금 1티스푼

말린 바질 으깬 것 2테이블스푼 / 파프리카 1티스푼

빵조각 4테이블스푼 / 소금기 있는 버터 차가운 것 8테이블스푼(110g)

만드는 법

1. 감자가 전부 들어갈 만한 큰 그릇에 찬물을 넣고 소금과 레몬주스를 조금 넣습니다. 그런 뒤 조리대 위에 올려둡니다.

2. 감자 껍질을 벗겨 깨끗하게 씻습니다. 그런 뒤 나무 숟가락이나 서빙용 숟가락으로 받쳐 감자가 굴러떨어지지 않도록 수건을 뭉쳐놓은 곳에 숟가락 채로 감자를 얹어놓습니다. 이제 숟가락을 비스듬하게 돌려 세로 면이 위로 올라오게끔 한 다음 끝에서 1/2인치(12mm) 지점부터 1/4인치(6mm) 간격으로 썰되, 감자의 반대편까지 칼날이 닿도록 완전히 썰지는 않습니다. 숟가락의 오목한 부분이 칼이 끝까지 들어가는 것을 방지해 줄 겁니다. 감자 색이 변하는 것을 막기 위해 차가운 물에 넣고 이제 다음 감자에 똑같은 작업을 반복합니다.

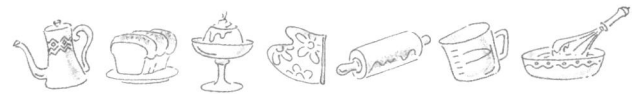

한나의 첫 번째 메모: 감자의 껍질을 벗겨 써는 작업은 다소 시간이 소요되니, 감자를 꼭 소금을 넣은 차가운 물에 넣은 뒤 냉장 보관해 주세요.

한나의 두 번째 메모: 만약 감자를 썰다가 완전히 썰어버렸다고 해도 걱정하지 마세요. 팬에 담을 때 두 조각을 맞붙여 넣은 뒤 구우면 아무도 모를 거예요.

3. 손님들에게 내기 1시간 10분 전에 220도로 오븐을 예열합니다. 틀은 오븐의 중앙에 들어갈 겁니다.

4. 예열이 되었으면, 감자를 준비해 완성하기까지 1시간 정도 소요될 겁니다.

5. 감자가 한 겹으로 모두 깔릴 만한 큰 용량의 팬을 준비합니다. 큰 용량의 팬이 없다면, 작은 것 2개를 사용해도 좋습니다.

6. 부드러운 버터 2테이블스푼으로 팬 안을 코팅합니다(혹시 손님에게 그대로 내어도 좋을 만큼 예쁜 팬이 있다면, 주저 말고 그것을 사용하세요!).

7. 물에서 감자를 꺼내 종이타월로 물기를 닦아내고 버터를 바른 팬에 감자를 나열합니다.

8. 감자 위로 녹인 버터와 소금을 뿌립니다.

9. 바실과 파프리카도 뿌려줍니다. 빵조각은 아직 뿌리지 마세요.

10. 220도로 예열한 오븐에 뚜껑을 덮지 않은 채 팬을 넣은 다음 시간을 30분으로 맞춥니다.

11. 시간이 다 되었으면 오븐에서 팬을 꺼내고 **빵조각**을 뿌립니다(감자가 조금 퍼져 있어서 감자 조각들 사이로 떨어지는 빵조각도 있을 겁니다).

12. 버터를 녹인 뒤 **빵조각** 위에 뿌립니다.

13. 팬을 다시 뚜껑을 덮지 않은 채 오븐에 넣고 25분을 더 굽습니다.

14. 포크로 감자를 찔러보아 부드럽게 들어가면 오븐에서 꺼내 5분 정도 식힙니다.

손님의 인원에 따라 분량을 반으로 줄이거나
더 늘려서 만들어도 좋습니다.
마이크를 초대한 날에는 꼭 넉넉하게 만들어야 한답니다.
혼자서 감자 3개는 너끈히 먹거든요.

크랜베리 스콘

오븐은 220도로 예열하세요. 틀은 오븐의 중앙에 둡니다.

재료

다목적 밀가루 3컵(1컵 가득 넣어 측량합니다) / 백설탕 2테이블스푼

타르타르 크림 2티스푼(중요합니다) / 베이킹파우더 1티스푼

베이킹소다 1티스푼 / 소금 1/2티스푼 / 소금기 있는 버터 1/2컵(110g)

거품 낸 계란 2개(포크로 저어주세요) / 플레인 요거트 1컵(220g)

말린 크랜베리 1컵 / 전유(탈지하지 않은 그대로의 우유) 1/2컵

만드는 법

1. 중간 크기의 믹싱볼에 밀가루, 설탕, 타르타르 크림, 베이킹파우더, 베이킹소다, 그리고 소금을 넣고 골고루 섞습니다. 파이껍질 반죽을 만들 때처럼 버터를 잘라 넣습니다.

한나의 메모: 믹서기가 있다면, 첫 번째 단계부터 믹서기를 사용해 주세요. 차가운 버터 1/2컵을 8등분으로 나눈 뒤 마른 재료들과 함께 칼날을 부착한 믹서기에 넣고 섞는 겁니다. 완성된 것은 믹싱볼에 넣고 다음 단계에 들어갑니다.

2. 거품 낸 계란과 플레인 요거트를 넣고, 말린 크랜베리를 넣은 다음 잘 섞습니다.

3. 거기에 우유를 넣고 다시 한 번 섞어줍니다.

4. 수프용 숟가락으로 반죽을 떠서 기름칠한(혹은 들러붙음 방지 스프레이를 뿌린) 틀에 올려놓습니다(12개 정도 올라갈 겁니다). 양피지가 있다면 틀에 양피지를 얹으셔도 됩니다.

5. 반죽이 다 올라갔으면, 손가락을 적셔 반죽을 완벽한 원 모양으로 다듬어 줍니다(남은 반죽은 반으로 나눠서 다음 날 아침식사로 토스트를 해 먹어도 좋습니다).

6. 220도에서 12~14분간 굽습니다. 윗부분이 노릇노릇한 빛깔을 띠면 완성입니다.

7. 틀 위에서 적어도 5분간 식힌 다음 주걱으로 떼어내어 온기를 유지하기 위해 종이 타월을 깐 바구니에 담아냅니다.

빠디 그린피 보트

새로

2인에 작은 오렌지 1개씩

작은 냉동 완두콩 1봉(혹은 2봉, 손님 수에 따라 결정하세요)

버터 / 소금 / 후추 / 베이컨 썬 것

갖가지 색의 삼각형 깃발들 / 이쑤시개

만드는 법

1. 오렌지를 반으로 잘라 과실을 긁어내고 배 모양의 껍질만 남깁니다. 그런 뒤 껍질의 바닥 부분을 조금 잘라내야 보트가 넘어지지 않고 안정감 있게 설 수 있습니다. 이 '보트'는 하루 전에 만들어 비닐백에 넣은 뒤 냉장고에 보관하세요.

2. 냉동 완두콩을 포장지에 적힌 안내에 따라 요리한 다음 물을 따라내고 버터와 소금, 그리고 후추를 섞은 소스 위에 굴립니다.

3. 서빙 접시에 보트를 꺼내 얹고, 종이 깃발을 이쑤시개에 붙인 다음 뾰족한 부분을 오렌지 껍질의 하얀 부분에 넘어지지 않도록 단단히 꽂습니다.

4. 보트 안을 완두콩으로 채운 뒤, 베이컨을 뿌려 손님에게 냅니다.

자두 푸딩 살인사건

2010년 12월 15일 초판 발행

지은이 조앤 플루크
옮긴이 박영인
펴낸이 이경선
펴낸곳 해문출판사

등 록 1978년 1월 28일 제3-82호
주 소 서울시 서초구 서초동 1328-11 도씨에빛 2차 1420호
전 화 325-4721(대표)
팩 스 325-4725

값 12,000원

ISBN 978-89-382-0422-6
ISBN 978-89-382-0400-4(세트)

※ 잘못 만들어진 책은 구입하신 곳에서 바꾸어 드립니다.

국립중앙도서관 출판시도서목록(CIP)

자두 푸딩 살인사건 / 조앤 플루크 지음 ; 박영인 옮
김. -- 서울 : 해문출판사, 2010
    p. ;   cm. -- (Cozy mystery)

원표제: Plum pudding murder
원저자: Joanne Fluke
영어 원작을 한국어로 번역
ISBN 978-89-382-0422-6 04840 : ₩12000
ISBN 978-89-382-0400-4(세트)

미국 현대 소설[美國現代小說]
추리 소설[推理小說]

843.6-KDC5
813.6-DDC21   CIP2010004242